無視し続けた強制力曰く、僕は悪役らしい。上

Parume

パルメ

Contents

登場人物紹介
裏家業を担う
マイナスル公爵家の
跡取り。困った人を
放っておけない
優しい性格。
大の甘党。
アーシェル・マイナスル
アーシェルの
家に引き取られた
義理の弟。
天才魔法騎士で
モテモテだが、
アーシェルを
偏愛。
テオドア・エスパダ

マイナスル
公爵家の現当主。
アーシェルの父親。
裏家業により国を
裏で牛耳って
いる策士。
ヒューベルト・マイナスル
第一王子で
後継者筆頭候補。
文武両道、
眉目秀麗の完璧超人。
アーシェルに
執着を見せる。
レオドール殿下
第二王子。
レオドールと後継者
争い中だが、
完璧な兄と比較され
劣等感を
持っている。
カルロス殿下

無視し続けた強制力曰く、僕は悪役らしい。

上

第一話　なんか聞こえるんだけど！

ヤンファンガル国。王都郊外にある、ヤンファンガル最高学院の大ホール。

そこではこの国が誇る最高教育機関であるヤンファンガル最高学院の卒業パーティーが開かれていた。

学院に通っていた生徒やその父兄が集い、学院最後の夜を楽しく過ごしつつも、別れや寂しさで頬を濡らし、明日から始まる新しい人生に思いを馳せていた。

そんな惜別の時間を裂くように、青年の声が響いた。

「卒業パーティーの真っ最中にすまない！　ダンス中の生徒は申し訳ないが、会場の中央を空けてもらいたい。楽団！　一旦、曲を止めろ」

会場にいた全員がその青年に視線を向ける。

青年は正装……それもこの国の王族だけが身に纏える衣装を着こなし、丁寧に会場に詫びを入れ、そして、目的の人物を呼んだ。

「アーシェル！　アーシェル・マイナスル!!　いないのか！　いるのなら、今すぐ、私の前へ来い！」

突然、名前を呼ばれたアーシェル・マイナスル公爵令息は思わず、大好物のカスタードプディングをスプーンにのせたところで固まってしまった。

（……ん？　僕呼ばれた？）

彼は明るいブラウンの髪に、深緑の大きな瞳、白磁の肌にまだ背の低い少年の体つきで、のほほんとした雰囲気を持つ人間だった。まさかホールのど真ん中に呼び出しをくらうような人間には誰にも見えない。

そんなアーシェルは突然の呼び出しに目を瞬いた。

壁の花同然に人目につかない会場の隅でちまちまプディングを食べていたアーシェルからは、会場の中央は沢山の人集りで見えない。だから、誰が自分を呼んでいるかすら、アーシェルには見当もつかない。とにかく、会場の中央から自分の名前が聞こえて、何やら只事ではない雰囲気が会場に広がっている。

　そんなアーシェルのもとへ、息を切らして、違う別の青年がやってきた。

（あ、よかった。待ち人が来た！）

　アーシェルは元々この待ち人に会う為にここでプディング片手に待っていたのだ。待ち人たる青年はようやく用を済ませて、ここに帰ってきたらしい。

「遅いよ。プディングのおかわりに行けなかったじゃないか！　あ、そうそう僕、なんか、呼ばれてるみたいだから行った方がいいよね？」

　そう了解を取って会場の中央に行こうとすると、息を切らした青年は慌てたようにアーシェルの手を掴み、会場の外に向かって早足で歩き出す。ちなみにアーシェルが持っていたカスタードプディングは青年の手により会場に置いていかれた。

「ちょ、え、待っ！」

　当然、アーシェルは戸惑い……と言っても、プディングを置いていかれたことに対してだが……慌てて手を離そうとする。しかし、青年の方が何倍も力が強く、引き摺られるように連れ出されてしまう。

「待って、待ってよ!!　まだ宮廷料理長手作りの高級生クリームバニラカスタードプディング蜂蜜キャラメル金平糖ゼリービーンズ全部のせ4つしか食べてない!!　せめて、あと12個くらい食べるかお持ち帰り出来てから……！　あ、あと、ついでに、何か呼ばれてるみたいだし！　止まって!!」

　暴れるように抵抗するが、全ていなされてしまい、最終的に荷物のように小脇に抱えられ、会場の外に向かう。

「ああああ!!　僕のカスタードプディィィイングッッッ!!」

　遠くから「アーシェル・マイナスル！　逃げたか!?　あの卑しい罪人！」と誰かが未だに出てこないアーシェルを探し、詰る声がして……。

……そこで、アーシェルの夢は覚めた。

「……ん？」

起きた僕は思わず首を傾(かし)げる。何だか理不尽な夢を見ていた気がする。理不尽に何か取り上げられ、強制的に連れ出されて、不快になるような……嫌な夢だ。……あんまり覚えていないけど……。

あっ、でも、宮廷料理長手作りの高級生クリームバニラカスタードプディング蜂蜜キャラメル金平糖ゼリービーンズ全部のせ……なんていう超夢みたいな最高のカスタードプディングが夢に出てきたことだけは覚えてる!!

「んー食べたい!!　今日のティータイムに出ないかな、カスタードプディング……」

僕は、アーシェル・マイナスル。マイナスル公爵家の長男。一人息子。１ヶ月前に14歳になった。

僕は甘い物大好き。男では珍しいけど、他人が言うところの、胸焼けする程甘いスイーツが物凄(ものすご)く好きだ。ドロ甘、甘さの暴力、甘くみたらいけない系甘いデザート、味覚崩壊甘味、と皆、嫌うけどね。それがいいんだって、砂糖が大量に入っていればいる程、僕は好き。

特にカスタードプディング。これが一番好き。

僕の国では伝統的にカスタードプディングは糖度計が壊れるくらい甘くする。だから、超甘くて、別名、ヘル・デザート。地獄のような甘さ。食べた人は大概、味覚が崩壊して、倒れてしまう。でも、僕は甘い物大好きだから、逆に丁度いいんだよね。

「あープディング食べたい……」

でも、カスタードプディングって贅沢品(ぜいたくひん)なんだよね。砂糖は大概輸入品で関税かかってめちゃくちゃ高いから、たまにしか食べられない。

僕、将来は砂糖を自分の領地で栽培出来るようにして、牧場も作って、毎日プディングが食べられるようになりたいなぁ……。

と、考えた時、ふと、頭の中に何かが過ぎった。

アーシェル・マイナスルは、野心家。第一王子であるレオドール王子に取り入って、政治を牛耳ろうとしている。

はい？

僕、そんなこと考えたことないんだけど？　勘違いです。誤解です。人違いです。

それが過ぎった後、先程とは違う誰かが朗読しているような声が、どこからか聞こえた。

僕はこんな公爵家程度の人間じゃない。僕は優秀だ。必ずや、王子や王族を出し抜き、貴族どもを黙らせ、金と権力、国の全てを手に入れ、僕の王国を作る‼

……何言ってんの？

今日は父親であるヒューベルトから呼ばれている。何でも紹介したい人がいるのだとか。利用価値があるかどうか見極めなければ。もし、価値があるなら駒にし、価値がなければ、早々に手を打って捨てよう。自分がこの国を掌握する為には、何でもするのが妥当。

……僕、精神病院に行った方がいいかな??

なんか幻聴が聞こえますって。

……これが僕と変な幻聴との出会いだった。

「……アーシェル。彼はテオドア。エスパダ伯爵から引き取って欲しいと頼まれたんだ。今日より、彼を養子にする。お前の弟になる」

　応接間で、そう父上に紹介された子は無表情だったけど……眩しいと感じる程の美少年だった。濡れ羽色の髪、アクアマリンみたいな青い瞳、僕より歳下のはずなのに既に体格が大人のそれだ。女性が見たら、あまりに美人すぎて昏倒しちゃうかも。

　思わず、手をかざしちゃう。

「……アーシェル、何をしてるんだ」

「眩しいので、仕方がなく」

　父上はため息を吐いたが、直ぐに凛々しいいつもの父上になる。

「……テオドア。うちの一人息子、アーシェルだ。ちょっと、いや、かなり、いや、想像絶するくらい変わってる子だけど、うちの天才！　超絶可愛い！　目に入れても痛くない我が子だから、仲良くしてやって欲しい」

　僕が言うのもなんだけれど、父上も変わり者だ。どこがって？　察して欲しい。未だに常識人なのか親バカなのか変人なのか分からないな……。

　そんな僕らの前で、テオドアは相変わらず、無表情のままだった。

　何だか全てを拒否してる感じ。心を閉ざしているってこういうことを言うのかな??　話さないし、挨拶もしないし、僕のことも眼中にないみたい。

ちっ、これは使えないな。

お、出た。あの声だ。

扱いにくい、愛想もない奴が来た。うざいったらない。どうせまた借金のカタだろう。借金のカタで子どもを引き取るなんて、何を考えてんだか。いや、しかし、これはとっと上下関係をハッキリさせて……鬱憤晴らしには丁度いい。

ほうほう。なんだか物騒なことを考えてるなぁ。って、彼、借金のカタなの?? いや、それより、それって人身売買みたいなもんじゃん！ ヤバくない?? どんな理由であれ、人身売買にあたるような取引は、うちの国禁止だよ。

僕は急いで父上に質問した。

「父上、テオドアをまさか借金のカタで引き取ったとかないですよね?? 人身売買に相当するようなことしてませんよね??」

「ギクゥッ!!」

口からギクゥッなんて効果音みたいな声出す人初めて見た。父上……したんだな。借金のカタにテオドア引き取ったんだな……。

「アーシェル！ これは仕方がなかったんだ！ アイツがどうしても金がないと言うから……!!」

「でも、これが王家にバレたらどうするんですかぁ！ 父上！ 懲役ですよ！」

「そこは、金で解決……」

「汚い！ 大人汚い！ 公爵家汚い！」

でも、これが普通っちゃ普通だ。権力を持ったら、そりゃあね。汚いこともやる必要があるよ。でないと、地位と生活が守れないからね。

平民がよく貴族は汚い泥沼なんて言うけど、世の中弱肉強食だもの。弱みを握って、揚げ足取って、のし上がるが基本だからね。

……というわけで。

「でも、父上、今日のティータイムのお菓子を、カスタードプディングにしてくれたら、事実の揉み消しを手伝いますし、僕が我儘で連れ出したことにして、借金の取引の事実をすり替えていいですよ。目眩しに別の家の人身売買について露呈させてもいいですね！」

「流石、我が息子汚い!! よし、今日はカスタードプディングだ!!」

カスタードプディングを食べる為なら、汚い手を使うことすら厭わないよ、僕！

いえーい、今日はカスタードプディングだぁ!!

ふふっ、と思わず笑みが零れちゃう。

ふと、その時、無表情だったテオドアが目を瞬いて僕を見ているのに気づく。首を傾げると、目を逸らした。

……なんだったんだろ？　はっ!!　まさか！

「テオドア、君もカスタードプディング食べたいの？」

君も同志か！　甘い物が好きな同志なのか!?

テオドアが戸惑うように目を泳がせる。これは……遠慮しているな！

「いいよ、一緒に食べよう！　カスタードプディング！」

あのゲロ甘ドロ甘ベタ甘を分かってくれる友達が欲しかったんだよね!!

嬉しくて思わず、テオドアをギュッと抱きしめる。

「これからよろしくね！　テオドア！　これからは僕がお兄ちゃんだけどね。僕のことは気軽にアーシエルと呼んで！」

そんな僕にテオドアはますます困惑した様子で、されるがまま、僕に抱きしめられていた。

side 1.5　暗い世界（テオドア視点）

俺はテオドア・エスパダ。

エスパダ伯爵の息子として生まれた。……とはいえ、庶子。俺は父親である伯爵が行きずりの女と作った子どもだった。女は俺を産んで、伯爵の屋敷に捨て、どこかに消えた。

それ以来、俺はクソみたいな人生を送ることになった。

エスパダ伯爵は子ども嫌いの女好きだった。妻は3人いて、皆、金食い虫。伯爵が日頃（ひごろ）、女遊びばかりしているせいもあって、伯爵家の家計は常に火の車。それなのに、嫌いな癖に無責任に子どもを作るから、7人もいて、とにかく金がない。その子どもも、ろくな人間ではなく、庶子のテオドアを蔑（ないがし）ろにして笑っている。

今日は6人がかりで暴力を振るわれた。

きっかけは何だったたか。あーそうだ。クソな姉のサリーがものを壊されて、俺のせいになったんだっけ？　まぁ、いつものことだ。兄弟の誰かが物を壊したら、俺のせいになるなんてザラだ。本当はクソな妹のアンネの仕業だったが、アイツらはそんなことどうでもいい。気に入らない俺をぶっ飛ばすことで日頃の鬱憤を晴らせれば、それでいい連中だ。

だが、それで黙って殴られる俺ではないから、全部やり返してやった。あのクソども、難癖つけてくる割には弱いんだよ。サリーもアンネも一纏めに泣かしてやった。泣かしたところで、俺を怒鳴る大人はいない。父親もその妻共もみんなガキは嫌いだからな。

……だが、身体（からだ）中が痛い。頭がクラクラする。口の中が血だらけだ。……はぁ、最悪。

もう夕方だ。

夕飯の匂いがするが、俺の分なんてない。それが普通だった。俺の分は全部、クソデブ兄のライディが食ってしまう。元々子どもの分の食事は少ないのに。

だから、俺には、家を抜け出して、ゴミを漁るか、スリを働くしか、食べ物にありつく手段がない。

腹が減った。

食べ物を探そうと、俺は屋敷の外へ行こうとした。


屋敷の外へ行こうとすると、玄関に見知らぬ馬車が一台。黒塗りで双頭の鷲の紋章が車体に金で描かれている高級馬車だ。どう見ても、上流貴族の馬車。何故、こんなところに馬車が？　俺は不思議に思い、外から覗こうとすると、右目にモノクルを付け高そうな服を着た中年の男性が1人、馬車から降りてきて、覗こうとしていた俺に気づくと、近づいてきた。


「君ィ、良い身体と魔力持ってるね？」

「魔力……？」

「ふむ、良い感じに育てて、良い感じに仕込んで、良い感じに魔術師か騎士か、それか両方とも兼任して魔法騎士かにすれば、役に立ちそうだね」


公爵ヒューベルト・マイナスルはそう言って俺を引っ掴むと、ゴミでも投げ捨てるかの如く、馬車に入れた。抵抗は出来なかった。する暇さえなかった。

ヒューベルトが父親と話を付けているようだが、話の内容的に父親はヒューベルトに多額の借金をしていて、借金のカタにヒューベルトが俺を選んだらしい。だが、借金がどうにかなったのに、何故か父親の表情は今にも死にそうな程、青い。ヒューベルトはそんな父親を置いて、馬車に帰ってくると、俺の向かい側に座った。やがて、走り出した馬車は伯爵家から遠ざかっていった。

「まずね、その傷と身体の汚れをどうにかしよう」

公爵は俺に回復魔術と浄化魔術をかけた。すると、俺から忽ち傷が消え、身体がさっぱりして、髪も艶やかになる。風呂なんて入らないから、初めて綺麗な自分を見た。

「お、結構、良い顔なんだねぇ、君ィ。浄化魔術かけて初めて分かったよ。さっきまでの君ィ、ドブネズミよりもドブネズミらしい酷さだったからね」

酷い言い様だが、正しくその通りだったから、俺は何も言わなかった。

それより気になることがある。

「あんた、俺をどうするつもりだ」

「あんたじゃなくて、義父上だよ。はい、リピートアフターミー！　義父上！」

「ち、義父上」

「そうだよ！　これから義父上と呼ぶように。あと、敬語ね。僕、今から君に先行投資して、養子にするんだよ。ラッキーだねえ。君ィ。可愛い可愛いアーシェル以外に息子なんて要らないと思ってたこの僕が、養子にするんだからね！　あ？　なんで養子にしたかだって？　それはね」

公爵はこちらが聞いてもいないのに、ペラペラと喋り始めた。

なんでも父親には億単位の借金があって、その肩代わりをヒューベルトがして、そのカタとしてエスパダ伯爵が持っている利権、領地の領有権などをもらい、それでも足りないから、俺を引き取ることにしたらしい。因みに、エスパダ伯爵は生かさず殺さず、利用する為に適度に恩を売って残すとのこと。とりあえずさっき手始めに政敵である侯爵家の夫人と一晩やってくれ、不貞でっち上げて、それで侯爵家取り潰すから、あ、しくじると君の伯爵家がなくなるからね～とお願いと脅しをしたらしい。伯爵家に愛着はないが、流石に惨いと思った。

「それが貴族ってもんだよね。仕方がないネ。とりあえず、君ィは僕んちで引き取りだから。あのエスパダ伯の子どもの中では見込みがあるの君ィだけだったんだよね。身体の伸びしろもあるし、魔力量も尋常じゃないし、素質はあるよねー。衣食住とか教育はどうにかするし、将来的に公爵家の箔がつくような働きをしてもらいたいね。あ、でも、公爵の子になったからって天狗になったり、堕落したりしないでよね。マイナスルの名を汚すようなことしたら、すぐに君ィの首、胴体から切り離すからね。あと、これは絶対に覚えていて欲しい。……うちのアーシェルを一度でも傷つけたら、地獄を見せるから。すんなり死ねると思わないでね？　いいね？」

脅しだ。

俺は直感する。

これは、脅しだ。

俺は善意で公爵家に引き取られたわけじゃない。

価値があるから引き取られただけだ。公爵は、将来的な箔付けの為に……いや、駒にする為に俺を引き取り、利用するつもりだ。役に立つなら使い続け、役に立たなくなったらすぐ捨てる……俺は体のいい使い捨ての道具だな。

しかし、反抗することは俺には出来なかった。

ここで反抗したところで、生きていく手段もない。口振り的に衣食住は保障してくれるようだし、糞のような伯爵家での生活より、遥かにマシと考えて、従うしかない。

問題なのはアーシェルとかいう奴だが……こんな公爵の子どもだ。

きっとマトモじゃない……。

無関心でいよう。関わるもんじゃない。

俺はそう確かに思った。

公爵の屋敷は伯爵家なんて比べ物にならないくらい豪華絢爛な屋敷だった。屋敷と庭を合わせた面積は伯爵家の15倍らしい。さぞかし毎日贅沢三昧しているのだろう。屋敷もその庭も、調度品も家具も、全てのものが恐ろしく豪華。

……ここでこれから生きるなんて、目眩がしそうだった。

そして、俺は応接間に通され、あのアーシェルとかいう息子と会わされる。

「……アーシェル。彼はテオドア。エスパダ伯爵から引き取って欲しいと頼まれたんだ。今日より、彼を養子にする。お前の弟になる」

……発言に虚偽があるが、訂正したところで意味はないから、特に訂正しない。

目の前にいる少年がアーシェルらしい。

茶色い髪に緑の目、何処にでもいる容姿だ。その上、纏っている雰囲気がやけに平和ボケしている。装いが貴族らしいそれなので、貴族に見えるが、平民の服を来たら、平民にしか見えなくなるだろう。

そんな奴は室内なのにふと目を細め手をかざした。

「……アーシェル、何をしてるんだ」

「眩しいので、仕方がなく」

何言ってんだ、コイツ。

「……テオドア。うちの一人息子、アーシェルだ。ちょっと、いや、かなり、いや、想像絶するくらい変わってる子だが、うちの天才！　超絶可愛い！　目に入れても痛くない我が子だから、仲良くしてやって欲しい」

は、目に見えた薄っぺらな言葉だ。傷一つでも負わせたら地獄を見るのに、仲良くとか不可能だろう。兄弟仲良しなんて理想でしかない。あのクソどものように、コイツも俺を排撃するだろう。

それに、コイツ、さっきから明らかに値踏みするような顔で俺を見て……。

見てないな。全く見てない。

明らかに別のことを考えている。物凄く悩ましげな顔をして、俺ではない方向を見ている。俺なんてまるで眼中にない。

すると、突然、アーシェルはハッとして、公爵を見た。

「父上、テオドアをまさか借金のカタで引き取ったとかないですよね?? 人身売買に相当するようなことしてませんよね??」

「ギクゥッ!! アーシェル! これは仕方がなかったんだ! アイツがどうしても金がないと言うから……!!」

「でも、これが王家にバレたらどうするんですかぁ! 父上! 懲役ですよ!」

「そこは、金で解決……」

「汚い! 大人汚い! 公爵家汚い! ………でも、父上、今日のティータイムのお菓子を、カスタードプディングにしてくれたら、事実の揉み消しを手伝いますし、僕が我儘で連れ出したことにして、借金の取引の事実をすり替えていいですよ。目眩しに別の家の人身売買について露呈させてもいいですね!」

「流石、我が息子汚い!! よし、今日はカスタードプディングだ!!」

……なんだ。この茶番。

かすたーどぷでぃんぐ? なんて料理、俺は知らないが、アーシェルはその為に自分を使い他人を売ったのは確かだった。

余程カスタードプディングがティータイムに出ることが嬉しかったのか、ふと、アーシェルが笑った。

それを見て。

……何故か、胸が高鳴った。

とても幸せそうに、屈託なく、頬を綻ばせ、喜び

に笑っていた。……今までどんなところでも、そんな表情を見たことがなかった俺は、じっと彼を見てしまう。

と、そんなことをしていたからか、アーシェルと目があった。思わず、目を逸らす。

すると、何を勘違いしたか、彼は目をキラキラと輝かせた。

「テオドア、君もカスタードプディング食べたいの？」

は？　そんなこと一言も言っていない。けれど、期待に満ちたアーシェルの表情を見ると、どうしても言い出せず、目を泳がせるしかなかった。

「いいよ、一緒に食べよう！　カスタードプディング！」

突然、抱きしめられる。

予想外の温かさに俺は更に困惑してしまう。

「これからよろしくね！　テオドア！　これからは僕がお兄ちゃんだけどね。僕のことは気軽にアーシェルと呼んで！」

アーシェルは、何か違うようだ。

てっきり、この公爵のように俺を駒にして利用するか、伯爵家のクソ兄弟のように俺を邪険にするか、と思っていたが、そうではないらしい。

公爵曰く、想像絶するくらい変わり者とは本当らしい。


因みに、初めて食べさせられたカスタードプディングは、一口で味覚がぶっ壊れる甘さだった。倒れはしなかったが、強烈な吐き気に襲われた。そんな俺の前で、アーシェルは上機嫌に幸せそうに頬張っている。絶対、味覚だけじゃなく頭までぶっ壊れてるだろ、アーシェル。

……ただ、その凶器以外なんでもないデザートを幸せそうに頬張っている姿を見ていると、俺は何故か変に顔が熱くなる。……この公爵家に来て、俺までおかしくなったのか？

第二話　幻聴くんは義弟（おとうと）が嫌いらしい

テオドア、甘いもの好きじゃなかったよ……。
どうやら僕の勘違いだったみたい！

「ごめん！　同志かと思って！」

「いや、別に……！」

テオドアのすっごく寛大な心で許してもらえたけど、甘い物好きじゃなきゃ、カスタードプディングなんて暴力行為もいいとこだよね。虐待になるよ！　慰謝料請求きちゃうよ！　許してくれてよかった。次から気をつけよ。

　ほう、コイツは甘いのが得意じゃないのか。

うわ、また出た。ずっとこの声が聞こえるなぁ……。

　ははっ、こいつの料理に砂糖でも仕込んでやろうか。毒を仕込むと問題になるが、調味料を足して味を死ぬ程不味（まず）くするだけなら、何の問題もない。全ての料理を砂糖で甘くして嫌がらせしてやる。

　全ての料理に砂糖!?　何それ、僕が食べたいなぁ!!　スープも肉料理もサラダも甘くなって、デザートみたいになったら、絶対美味（おい）しいよ！　いいよね！　ひゃっほい！　砂糖最高！　甘さ最高！

「テオドア！　ちょっと僕、厨房（ちゅうぼう）行ってくる！」

「何故？」

「僕が食べる料理全部にこれから砂糖をしこたま入れるように頼むんだよ！　絶対美味しいでしょ！」

「待て待て待て!!」

　何故かテオドアに真剣に制止され、正気かどうか疑われた。失礼な、僕は正気だ。正気だから、料理を甘くするんだよ！　と言ったら、異星人でも見るような目で見られた。解せぬ。

それから6ヶ月。

「……うむむ」

嫌いな外国語の勉強から僕は如何に逃げ出すか考えていた。

隣には同じ勉強をしているテオドアがいる。

そうっと音を立てないように離席して、開きっぱなしの部屋の扉から逃げようと、一歩踏み出そうとした。

……その途端。

僕はテオドアに首根っこを掴まれた。

「ぎゃあああ！」

「お前、また脱走しようとしたな」

「何で分かるんだよ!?」

「あんなん猿でも分かるぞ！　さっきから隣でソワソワしやがって……！」

「もう僕いやなんだもん。外国語嫌い！　僕、この国から一生出ないから学ばなくていいじゃないか！　逃げる！」

「あぁ？　お前それでも国政でブイブイ言わせている公爵家のボンボンかよ。外国語出来ない公爵家の令息なんて恥ずかしいとか、家庭教師も言っていただろうが」

「ぐっ……」

料理に砂糖をしこたま入れようとしたあの時以来、テオドアは僕のことを目を離すとろくなことしない奴と思ったのか、こうして保護者のように僕の面倒を見るようになった。今では父上からも「テオドアはアーシェルを傷つけないし、むしろ発破かけてくれるから、頼っちゃおっかなー!!」なんて言うようになった。僕がお兄ちゃんだよね??　どこいった僕の矜持??

とか、思っていると、いつものあれがやってくる。

屈辱だ。この野郎、調子乗りやがって、僕が何を嫌おうが勝手だろうに、口を出してきやがる。父上から気に入られていなければ、今すぐにでも追い出してやるのに！　僕が国政を掌握したあかつきには、こいつを真っ先に殺してやる……。

すっごいテオドア恨むじゃん。ものすっごいテオドア嫌いじゃん。テオドアに超殺意持つじゃん。僕、そんなことないのに!!

テオドア嫌いじゃないよ！　僕。

確かに歳下のお目付け役が出来たみたいで、こうやって逃げることも出来ずに、勉強を強いられるけど、でも、嫌いじゃない。なんせ……！

「……はぁ」

テオドアが仕方ないとため息を吐いて、ごねる僕にいつもの条件を出してきた。

「分かった。勉強終わらせたら……今日のティータイムの俺のフィナンシェをやるから」

「わーい！　テオドア分かってるー!!」

必ず1人分しか出てこないティータイムの菓子が、この取引で2人分食べられるようになるのだ!!　テオドアには悪いけど、テオドアが来てから、取引次第で、いつもの2倍お菓子が食べられるようになった。

やばくない？　お菓子が2倍だよ？　テオドアは確かにお兄ちゃんに手厳しいけど、お菓子くれるんだよ??　嫌なこと、全部どうでも良くなるよね!!

「ふへへ……甘い物が2倍……！」

「その代わり、ちゃんと勉強しろよ」

「分かってるよー」

テオドア様様だ。

思わず、微笑んじゃうと、テオドアが慌てて僕から目を逸らした。

勉強が終わると、次は武術だ。

マイナスル公爵家は、武術を教育に取り入れている、ヤンファンガルではちょっと珍しい貴族だ。学ぶのは、剣術、弓術、護身術、暗殺術の4種類。それぞれ専門の家庭教師に学ぶ。なんで暗殺術を学ぶのかって？　いつか王さまが悪いことをしたり、隣の国に嫌な奴が出たりしたら、即刻懲らしめる為だって、小さい頃に父上が言ってた。ギュッとサクッとブスッとやって国を平和にするのも公爵の務めなんだって。

今日はその4種類の中の剣術だ。

実を言うと、僕、体動かすの好きなんだよね。ついつい夢中になって、何時間もやっちゃう。僕、甘い物好きだから、物凄く太りそうなものだけど、運動も好きだから太らないんだよね。全部消費しちゃって。

ただそれでプラマイゼロになるのか……全然筋肉がつかない。

びっくりするくらいつかない。いつまでも僕の身体はやわやわだ。

一緒にやるテオドアは6ヶ月で早くも筋肉が出来て固くなり始めてるのに。

「本当になんでだろう……」

「……他人の身体触りながら、何を言っているんだ、お前」

おっと何も考えずに、テオドアの身体の至る所触ってた。あ、テオドアの腹筋、もうすぐフォーパックぐらいになりそう……。

「何で僕には筋肉がつかないんだ……」

「おい、触るのやめろ」

「はっ！　大胸筋があるのテオドア!?　僕にはないのに！」

「手を放せ！」

怒ったテオドアに僕は引き剥がされる。けっ、僕にないものを持っているんだから、触るくらいいいでしょ。減るもんじゃないし。

怒るテオドアは何故か耳まで赤くなっていた。


テオドアは超天才だ。

ただの天才じゃない、超がつく天才だ。

勉強は僕の方が、進みが早いこともあって、まだ抜かれていないけど、武術と魔術は僕にはもう追いつけなかった。


「ぐっ……」

膝をついたのは剣術の先生だ。

5本先取の練習試合。テオドアは先生に1本も取らせないまま、試合を終えた。

ひゅー！　かっこいい！　かっこいい！

「テオドア凄い！　かっこいい!!」

「……あぁ」

テオドアは涼しげだ。何でもないような顔して僕から目を逸らす。おぉ、これが強者の余裕……！

と、ここで幻聴くんの悪口タイムだ。


最悪。こんな奴にこの僕が何故劣るんだ。絶対に不正をしている!!　先生に媚びたか身体でも売ったか？　僕がこんな奴の足元にも及ばないなんて認めないぞ！　ムカつく顔で先生を倒しやがって。僕はやっと1本取れるぐらいなのに！　何か事故を、事故を起こして、使えなくしてやる……！


僕はこの僕とは全く違う思考をしている僕を幻聴くんと呼ぶことにした。

幻聴くんの言葉は、聞いているとまるで僕自身がそう思っているように錯覚しちゃうけど、根本的に僕とは全く違う価値観と思考回路をしているから、結局、僕の思考じゃないって分かるんだよね。

この幻聴くんについては全く謎で、1回、図書館で幻聴について調べても全然分からなかった。二重人格かな？　とも思ったけど何だか違う。心理系の専門書を積み上げて、色々調べたけど、全く分からなかった。

ただ、積み上げた専門書を見て、テオドアに「やっと自分がまともじゃないって気づいたか」って言われたのは解せぬ。

「やれやれ。これは困りましたな」

剣術の先生がため息を吐いた。

おっと幻聴くんに気を取られていた。

先生は難しい顔をして思案していた。

「テオドア、君は想像以上だよ。たった6ヶ月で元騎士団長だった俺の実力を超えてしまった。正直に言うと、もう教えることはないくらいだ。……アーシェルの坊ちゃんは死ぬほどあるけどね」

チラッと先生が僕を見る。ゲッ。僕はさっさとテオドアの背中に隠れた。

「来週からは、テオドア、俺が所属していた騎士団に交じって、実践を積みなさい。その方がずっと良いだろう。公爵様には言っておくから」

「はい。分かりました」

幻聴くんがそれを聞いて、僕の頭の片隅で語彙(ごい)力高めに嫉妬(しっと)と怨嗟(えんさ)を吐き散らしていたけど、僕はへぇ、テオドアすごーい！　としか思わなかった。因みに僕、幻聴くんより語彙力ないから、すごーい！　しか言えない。

ん？　そういや幻聴くんが言っていることで、全然意味の分からない言葉があったな。

僕はテオドアにそっと耳打ちして聞いた。

「テオドア、身体を売るってどういう意味？」

そう聞いたら、何故(なぜ)か無言で真っ赤(まっか)になったテオドアに殴られた。解せぬ。

武術の次は、魔術だ！　これもテオドアの方が超優秀だ。だから。

「な、な、な、な、な、な!?」

魔術を担当している先生が腰を抜かして、さっきから壊れたレコードみたいになってる。

そりゃ風と土、火、水、雷の5属性魔術を同時展開するなんて有り得ない魔術をテオドアがやっていたら、そうなるよね。

テオドアは世界で5本の指に入るくらい保有している魔力量が尋常じゃないらしい。国じゃないんだよ? 世界だよ? 世界の5本の指だよ? ほぼ無尽蔵に魔力を持っているんだって、やばいね。

その上、魔力操作が超上手(うま)くって、普通は3属性までしか同時展開出来ないのに、5属性同時展開だって、もう神の御業(みわざ)だよね。

どんな魔術理論もすぐ覚えて、自分のものにするし、凄いことに、自分でもっと効率のいい魔術理論を編み出すから、毎週、魔術界隈(かいわい)の歴史を動かしているらしい。

だから、魔術の授業は、専ら僕だけが受けて、テオドアは先生に新技か新理論を毎回披露する場になってる。

腰を抜かした魔術の先生に手を貸して、立たせる。まだ先生は呆然(ぼうぜん)としている。

「……アーシェル様、私、今まで真面目(まじめ)に魔術師として魔術を研鑽(けんさん)してきました。けれども……色々もうぽっきり折れそうです」

「分かります! 何か自負とか努力とか色々折れますよね! 僕もぽっきりぼっきりスコーンと折れてます!!」

「……折れそうなんですが、彼と雲泥の差、いや、月と海底くらい差がある貴方(あなた)を見ると安心します」

「なんで!?」

そう僕は、魔術が苦手。

魔力量が平凡の凡なのは良いとして、魔力操作がまぁ苦手。扱える属性は、普通なら2属性が限界なんだけど、僕はさっきの5属性にプラスして、闇(やみ)に光に、回復、召喚、使役、通信、探知魔術と扱える属性だけは多い。だけど、魔力操作が苦手だから、どれも初級魔術しか使えない。これぞ宝の持ち腐れ。因みにテオドアは、僕と同じくらいの属性を全て、最上級で扱えている。超天才は違うね！　先生は、「魔力操作は努力次第」だと言うけどもねぇ。苦手なものは、苦手だ。

　そうそう、テオドアに魔力操作のコツ教えてと聞いたら、アウトプットインプットのバランス、魔力循環の必要性うんぬんかんぬんと延々と語り始めてしまい、僕の貧弱な頭じゃ理解出来なかった。全然わけわかめ。勉強はともかく、魔術関連は、どうしても理解が追いつかないんだよね、僕。

　父上はそれでもいいって言ってくれるけど。

「アーシェルは天才じゃなくても公爵として相応しい存在になって、そんでもって、ずぅ――とウチにいてくれたら、父上はそれでいいし、物凄く嬉しいなぁ！」

　確かに。僕は公爵としてそれなりなら全然武術の成績がふるわなかろうが、魔術操作が苦手だろうがいいのか、なんてあの時は思ったな。

　はっ！　また幻聴くんの気配！

　公爵として相応しい?? 僕は公爵なんて陳腐な地位で人生を終わらす気なんてない。この国を物にする。そうだ。俺はただの公爵で終わるはずがない。父上は俺を見誤っている。

……だが、このふざけた化け物、ムカつく。こいつさえいなければ、世間を騒がせていたのは俺だったのに。

　騎士団からは勧誘され、魔術省からは表彰され、王族からの覚えもいい。社交界では既に有名人……。クソっ、どうにか、どうにかコイツを蹴落としたい。父上もテオドアに期待して、俺には全く期待していないのが見え見えだ。俺は王族を騙して手玉に取り、この国を掌握出来る男だ……！　こうなれば、社交の時にアイツに大恥をかかせて……。

あと、1時間でティータイム！　フィナンシェ2倍！　やっふー！　あっ、ティータイムが楽しみすぎて幻聴くんの話一切聞いてなかったや。

まあ、いいか。聞かなきゃいけない義務もないし。

「テオドア！　今日も一緒にティータイムしようよ。フィナンシェくれるついでにさ！」

「……あぁ、分かった」

「ところで、さっきの5属性やばいね！　すごいね！　テオドア、天才だね！」

「……」

僕がいつものようにテオドアを褒めていると、テオドアが不意に僕を訝しげに見つめてきた。あれ？　僕、なんかした？

「なぁ、本当に、アーシェルは俺のこと凄いと思っているのか？」

「？」

「……その……俺に嫉妬とかないのか？」

嫉妬？　嫉妬！

「ないよ!!」

幻聴くんならまだしも、僕にはないよ！　だって。

「テオドアって圧倒的じゃん。化け物級じゃん。神はテオドアに二物どころか三物、四物与えすぎじゃん。もう自分と比較する方がバカじゃん。そんなテオドアに最早嫉妬とか出来ないよ」

「……気に入らないとも思わないのか？」

さっきから変な質問するなぁ……もしかして、テオドア、アンニュイな感じ？　分かんないけど、正直に言っとこ。

「それはないよ！　むしろ、好き！」

好きって言ったら、テオドアが目を見開いて固まった。まあ、いいや。言うだけ言っとこ。

「僕にお菓子分けてくれるし、僕のティータイムに付き合ってくれるし、話し相手になってくれるし、そして、何より友達でいてくれるじゃん！　いや、僕、お兄ちゃんなんだけどね！」

「……友達……」

僕が友達って言った瞬間、テオドアの固まっていた表情が虚無になった。そして、僕はテオドアに無言で額にデコピンされた。何故に⁉　げーせーぬー‼

第三話　忘れたってことは、大したことじゃないはず？

何だか……夢を見てるようだ……。

だって、さっき、僕確かにベッドに入って……。

『初めまして。私は案内役。このBLゲーム、「Dolce/bitter/sugar」のあらすじを説明させていただきます』

……ん？　なんか、どこからか店員さんみたいな声がする。……幻聴くんとは違う……知らないお姉さんの声だ。

……僕とうとう新しい幻聴、幻聴ちゃんを手に入れたらしい。正直言って嬉しくない……カウンセリング受けた方がいいかな……？

『このBLゲーム、通称ビタシュガは、男性同士でも夫婦になれる上に、男性も妊娠が可能な世界で、主人公である男爵令息、デイビッド・クライナがヤンファンガル最高学院に入学するところから始まります。

デイビッドがどんな学院生活を送り、誰とどのくらい関係を構築出来るかによって、ビターエンドか、シュガーエンドかが決まります』

ゲームだか、エンドだか、分からないけど……。

……ヤンファンガル最高学院?

って僕、知ってるぞ!!

貴族なら絶対通う学院だ。入学は超簡単なのに、定期試験が猛烈に難しくて、本当に優秀な生徒しか卒業まで残れないって言われているうちの国のエリート校じゃん。

僕も16歳になったら入るんだよね。卒業出来るか分かんないけど。本当に卒業出来る人って少ないらしいから。噂によると500人入学しても、卒業まで残る生徒は100人いないらしい。やばいね。


『デイビッドはそこで様々な人に会い、絆を深めていきます。今回は、デイビッドが交流を深めていく中で仲良くなり、最終的には恋人となるキャラクターの1人、テオドアについてお話ししましょう』

ん? テオドア? ってウチのテオドアかな?

『デイビッドの出会うテオドアは、常に独りでいる一匹狼。人間不信で捻くれ者。他者との交わりを嫌がり、学院でも授業中にしかその姿を見ることは出来ません。ヤンファンガル国の将来有望な魔法騎士でもあり、いつでも任務に行けるよう常に帯刀しています』

うん! 違うな! ウチのテオドアは、自分から率先して僕に構いに来て、お節介焼く奴だよ。一匹狼？　ウチのテオドアは美少年の姿をしたママンだぞ。別人だな、うん。それにそもそも学院に入ってないし！

『テオドアの過去はとにかく悲しく暗いものです。

彼は、母親に捨てられ、父親に拾われるも異母兄弟に虐められ、食べることもままなりませんでした。

自分の生に絶望していた彼ですが、父親に借金の肩代わりとして公爵家に売られ、公爵家の養子になったことで転機が訪れます。彼には天賦の才能と無尽蔵とも言える魔力があったのです。公爵に見込まれた彼は、騎士としても、魔術師としても、その才能を遺憾なく発揮し、最年少にして歴代随一の天才騎士とまで持て囃されるようになります。

しかし、幸福な生活は送れませんでした。公爵家の義兄に酷く嫉妬され恨まれた彼は、日常的に苛烈な嫌がらせを受けるようになったのです』

うわぁ……このテオドアも紆余曲折あったんだね。ウチのテオドアもなかなかだけど、公爵家の義兄からの嫌がらせってやばいね。権力も実力も金もあるから絶対大変なはず。

『食事に毒は盛らないが、食べられない程、調味料を大量に入れる。

公式試合には不正をでっち上げ、訓練中には幾度も怪我を負わせようとした。

教師だった魔術師に命じて、魔術そのものを学ばせないよう手配。

義兄はとにかくテオドアの全てを壊そうとしていました。自身の第一王子の側近という立場も利用して、彼の成果を揉み消し、もしくは自分の物にして自分の評判を上げ、社交界にはテオドアは敵国の魔族の子だと噂を立てました。また脱税や強姦、不敬罪など、有らぬ事件を様々な人間を使って、でっち上げようとしました』

やべえー……子どもじみたものから、シャレにならんものまで、やらかしてるー。

流石、王子の側近な上に、公爵レベルのボンボンの虐めはスケールが違う。脱税に強姦、不敬罪とか人を雇えばすぐ出来るもん。強姦とか、ハニートラップ仕掛けて、ただ2人きりになったところで女の子が叫べば出来上がりだし。

『テオドアは賢明であった為、それらを全てどうにか回避しましたが、義兄に買われた人間が次々とテオドアを陥れようと近づいてくる為、人間不信になり、ついには誰にも心を開かなくなりました』

当然の結果だぁ……。

『デイビッドはそんなテオドアに寄り添い、疑われ遠ざけられながらも、それでも彼を支えようと懸命に積極的に関わり、やがて、テオドアは彼に心を開きます。彼の孤独の時間が終わるのです』

おぉ、良かったね！

『そして、デイビッドとテオドアは決意します。義兄、アーシェルを糾弾し、彼を断罪しようと』

アーシェル……って僕の名前と同じじゃん!! 不吉ぅ!!

僕、そういうことしない人なのに!? ねえ、僕に風評被害とか起こらない??

いや、確かにマイナスルの嗜みで、ちょっと謀略、権謀術策、策謀に造詣が深いけどぉ……。

てか、2人とも公爵家に太刀打ち出来るんだろうか。このテオドアとデイビッドじゃ地位と金には勝てないよ。

『テオドアとデイビッドは第二王子カルロスを味方につけました』

王族ー!?　確かに使えるー!!

これで一発大逆転か??

『カルロス王子の後ろ盾を得た２人は学院の卒業パーティーでアーシエルを糾弾し、テオドアの名誉回復を成功させ、アーシエルを断罪したのでした』

……ん?　はい?

『その後、２人は幸せに……!』

ちょっと待ったァッ!!

学院の卒業パーティーって国王陛下主催のマジなパーティーじゃん!!　今後の国政を担うエリートになる学生達の門出を祝う……逆にいえば、国王陛下の忠実な部下になったことを祝うパーティーなんだよ。

そんなパーティーを私事且つ私怨で中断させるようなことして潰してみろ。陛下の顔に泥を塗るどころか正面切って石を投げつけるぐらいヤバイ所業だよ!!　絶対断罪されたアーシェルだけじゃなくて、テオドアもデイビッドも、当然、勧めたカルロス王子も極刑だよ!?

ゲームだから違うかもしれないけど、現実でやったら、絶対やばいよ!!

僕の弟じゃないテオドア!　首と胴体が繋がっていて欲しかったら、止めるんだ。

『断罪されたアーシエルは、実は第一王子レオドールを騙し、国家を裏から牛耳ろうとしていたことも発覚。国家転覆罪など様々な罪状により、処刑となりました』

やっぱりアーシェルも首と胴体切り離された!!

同じ名前だから、何か後味悪いなぁ……。

てか、義理の弟を徹底的に虐げ、国家を牛耳ろうとするヤツ、最近、めちゃ近くにいたような……物凄く既視感があるな……誰だろ……。

あっ、幻聴くんだ……。

聞いていると自分の思考だと錯覚してしまいそうな、あの幻聴くん……。

まさか……僕が。


そこで、僕は目を覚ました。

思わず、ベッドから飛び起きる。

やばい、やばい、やばい夢を見た気がするぞ……。

そう……僕は、将来……!

……って、あれ??


「アーシェル、朝だ。起きてるなら朝食を……って、何難しい顔してんだ……」

「夢の内容全部忘れた……」

「はぁ?」


夢のことはすっかり忘れて、僕はパンケーキに舌鼓を打っていた。

忘れたけど、まあ、忘れる程度の大した夢じゃなかったんだろう。うんうん、別に大丈夫!

そんなことより、ああ、パンケーキ、甘さ控えめだけど、これも好き。バターの風味とふわふわの食感がいいんだよね。ここに、濃厚なクロテッドクリームとあまーい果実ジャムをのせたら、もっと最高。バターの香る熱々のパンケーキにクリーム、ジャムをのせると、果実の甘酸っぱい匂いも広がって、超幸せ。口の中に入れたら、ふわふわあまあま、もうこの世の天国。

んー!!　これぞ、真理!!

そんな僕から、向かいに座るテオドアが目を逸らしたのが、視界の隅に見えたけど、僕はパンケーキに夢中で、全然気にしなかった。

　ふと、同じテーブルで朝食を食べていた父上が、あ、そうそうと話を切り出した。

「食事中に話すなんて礼儀がなってないけどねぇ。話さないといけないことがあるんだよ。あと1ヶ月後にレオドール第一王子殿下の成人祝賀パーティーがあるからね。礼儀作法とか諸々練習しててね？　あ、正装はこの私が！　そう!!　この！　私が！　用意するからね!!　期待しててね？」

「はぁーい。練習しまーす。父上！　期待しているからね！」

　成人祝賀パーティーか……早いなぁ。僕より2歳歳上だから、16歳……。もう大人になったのか、あの王子様。

　朝食が終わった後、テオドアが聞いてきた。

「……レオドール第一王子って誰だ？」

「あれ？　知らない？　伯爵以上の爵位の貴族なら、一度は挨拶する人だけど……」

「……知らない」

なに？　知らないだと??

衝撃だ。超有名人なのに！

まあ、いいか。説明しよう!!

「レオドール殿下は、今の国王陛下の子どもの1人で、次の国王になるんじゃないかって言われてる人。3人兄弟の長男だし、文武両道、眉目秀麗、その上、貴族平民問わず、色んな人に慕われているカリスマ。今の王族で、もしかしたら国王陛下以上に大衆の支持を集めているんじゃないかな？

弟である第二王子カルロス殿下と、第三王子ライネル殿下がちょっと可哀想になるくらいの完璧超人だよ」

「……」

テオドアは目を瞬いて、訝しげだ。

まあ、確かに俄には信じられないような人だからなぁ。

「僕、昔、殿下の側近候補として御学友だった頃があるんだけどね。もう何しても、あの方、満点を取る人だったよ。勉強も剣も魔術も、求められているものを完璧にこなす人。その上、穏やかで優しいし、人当たりも良い人なもんだから、友達も恋する人もいっぱい。理想的な王子様だよねぇ」

僕の話にピクッとテオドアの瞼が動いた。

「……御学友って？」

「うん。王太子になる王子の側近候補は皆、小さい頃に一度は御学友として王子と一緒に勉強するんだよ。その中から王子と相性が良い人を選んで、側近にするの。僕は小さい頃に側近候補から外れちゃったから、本当に短い間だけしか御学友でいられなかったけどね」

「何故？　お前なら側近になってそうだが……」

なってそう。そう言われるの初めてだなー。

でも、仕方がなかったんだよ。あれは、うん。

「……僕も小さかったからさ、我慢が出来なかったんだよね」

そう我慢出来なかった。本当は公爵家として王子とお近付きになって、親しい仲になっておくのがベストで、出世に近づくんだけど……。

「王子より、ついつい、ついつい！　スイーツの方を優先しちゃったんだよね!!　だって、仕方がない。いつも勉強の後に、パティシエが毎日めちゃくちゃ美味しいスイーツを作ってくれるんだよ??　あんまり美味しいものだから、王子が華々しい成績を挙げた時も、みんなが王子に媚売ってゴマすりしてる時も、王子放ったらかして、ずっと食べてたんだよね。

そしたら、他の側近候補に詰め寄られて、王子より甘味を優先する奴なんて側近に向かないから辞退しろって言われてね」

「実に、お前らしい……」

　テオドアが呆れたように笑った。

　まあ、そうだよね。

「……でも、きっちり報復はしたよ。舐められたくないからね。あらゆる手段使って、僕に詰め寄った奴らも候補から外したよねー。ついでに、奴らの実家も出世出来ないように根回しもしたよー。今後、50年は表舞台に立てないんじゃないかな？　アイツら」

「…………おぅ」

「こういう報復もマイナスル公爵家では必須教養だからね。いやぁ、あの時、学んでて良かった。まあ、そんなことはどうでもいいか。兎にも角にも、僕は王子よりデザートを優先しちゃって、御学友じゃなくなったの。でも、あの人、付き合いを大切する方だからさ。1年経たずに御学友をやめちゃった僕にも、誕生日には高級お菓子を贈ってくれる良い人さ。本当に凄い人なんだよ。レオドール殿下。かっこいいし」

「……かっこいい、か」

　ふと、テオドアが神妙な顔になった。

　まあ、とはいっても、率直に言うと、テオドア程の容姿も才能も、あの人にはないけどね。他の人より抜きん出てはいるけど、才能全体のバランスがとにかく凄く良い人なだけで、テオドアみたいに全部規格外とか有り得ないタイプじゃない。

　つまり。

「凄い人って言っても、テオドアには負けるよ。テオドアの方がずっと凄いもの」

「俺の方が凄い……そうか」

　僕がそう話すと、テオドアが僅かに、けれども、明らかに上機嫌に微笑んだ。

　……うっ、イケメンの微笑みは決まりすぎて、眩しい……！

「何しているんだ」

「眩しいから、手をかざしてる……」

「……室内だぞ。ここ」

side 3.5　飼い犬のしあわせ（テオドア視点）

この家に来てから6ヶ月。

最初にこの公爵家に来た時は、新しい地獄が始まるかとてっきり思っていたが……。

「ぎゃあああ！」

「お前、また脱走しようとしたな」

「何で分かるんだよ!?」

「あんなん猿でも分かる！　さっきから隣でソワソワしやがって……！」

「もう僕いやなんだもん。外国語嫌い！　僕、この国から一生出ないから学ばなくていいじゃないか！　逃げる！」

「あぁ？　お前それでも国政でブイブイ言わせている公爵家のボンボンかよ。外国語出来ない公爵家の令息なんて恥ずかしいとか、家庭教師も言っていただろうが」

「ぐっ……」

　ばつ悪そうに口をへの字に曲げるアーシェル……何故か、俺はコイツのお守りのようになっていた。

　何がきっかけかと言えば、初日だろう。ティータイムを過ごしていたら、コイツが突然、自分の料理にしこたま砂糖入れてもらう！　とか、あまりにトチ狂ったことを言い出して、止めたのだ。

　それ以来、突飛な行動ばかりするアーシェルから目を離せなくなって、ついついアーシェルの面倒を見るようになってしまった。

　俺らしくない……。

　俺はどちらかと言えば、今まで独りで過ごすのが好きだった。だが、アーシェルに出会ってから、コイツの一挙一動が気になって仕方がない。

　それに。

「分かった。勉強終わらせたら……今日のティータイムの俺のフィナンシェをやるから」

「わーい！　テオドア分かってるー!!」

　菓子一つで幸せになるアーシェルに絆されているのも確かだった。

　俺は公爵の狙い通り、武術も魔術も才能があった。元々喧嘩には強い自信があったが、まさかここまで強くなれるとは思わなかった。あっという間に公爵に付けられた専門の教師よりも極めて、騎士団と実践訓練したり、魔術省に講師として招かれたり、早くも公爵の狙い通りだ。

　貴族としての教養はまだまだだが、この国で俺に敵う奴はいないんじゃないだろうか。

　だが、安心は出来ない。

　成果を出し続けなければ、公爵に簡単に切られる。

「テオドア、君ィはね、物凄くねぇ、やってくれてると思うよぉ？　騎士団からは早速スカウトが来ているし、魔術省の大臣は引き抜きたがっている。おかげで我が公爵家は今、双方にとって重要な存在となった。今まで文官しか輩出したことないマイナスル公爵家にとって、その方面に顔を利かせられるようになったのは物凄くデカい。デカいけどねぇ。

　慢心したらいけないよ？　今は、そうでもなさそうだけどね。……認められるということは、同時に、堕落の始まりであり……謀る連中が出るということだからね。慢心し堕落し、あまりに他人の嫉妬や不興を買い、公爵家にとって不利益な存在に成り下がったら……君ィ、気をつけるといい。病になって儚くなりたくないだろう？」


　公爵は甘い人じゃない。全く、容赦がない。

　恐らく、公爵にとって大切なのは、公爵家そのものと、アーシェルだけなのだろう。

　少し前にアーシェルのことを頼まれた時に、公爵は言っていた。

「アーシェルを頼むよ。何だか君ィに懐いているみたいだし、君ィだって、アーシェルのことを親しく思っているだろう？　別に危害を加えようとは思っていないみたいだし。

　父上としては実に寂しい話さ。ぽっと出の奴に、愛する息子が取られたんだからね」

　そう言って、公爵は自嘲するように笑った。

「……昔はアーシェルも手駒にして、適当に唆して利用して、国政を完全に我が公爵家のものにしようと思っていたんだけど……アーシェルは可愛くってね。途中で手駒にするのやめて、どうやって公爵家に囲い込むかって悩む日々だよ。柄にもなく、最近、アーシェルのデザートの為に牧場と果実園、小麦畑とか買っちゃったよねー。アーシェルが生まれる前は、冷酷非情公爵とか呼ばれていたんだけどねぇ」

　そして、公爵は俺をじっと見つめた。モノクル越しに見つめる公爵の目は言葉に反して、冷たかった。

「だからね、君ィ、頼むよ。君の方が今のアーシェルには良いみたいだから。ああ、だけど、いつかも言ったと思うけど、アーシェルを泣かすことがあれば……地獄を見せるからね」

　そう本気で脅され……いや……頼まれた。


　結局のところ、俺はこの公爵に飼われている犬に過ぎない。

　養子にはなっているが、明らかな線引きがあり、尚且つ、生殺与奪は全て公爵にある。

　その上、公爵が言うように、俺の周りには俺を陥れようとする小賢しい奴らが群がり始めた。中には、俺を利用しようとする奴もいる。そいつらを俺は蹴散らさなければ……明日がない。伯爵家にいた頃より、数十倍マシな生活だが、自由がなく鬱屈としていて、成果を挙げて人に認められても嬉しさはなく、憂鬱だった。


　だが、俺には……アーシェルがいた。

　アイツは、俺を値踏みする目で見ない。俺がどんどん名を上げていっても気にしないし、態度を変えることもない。

　一度、アーシェルが嫉妬して俺を陥れようとしているんじゃないかと不安に思ったことがあるが、アイツは、俺のことが気に入らないんじゃないか？　と聞く俺に、いつもと変わらない笑顔で、

「それはないよ！　むしろ、好き！　僕にお菓子分けてくれるし、僕のティータイムに付き合ってくれるし、話し相手になってくれるし、そして、何より友達でいてくれるじゃん！　いや、僕、お兄ちゃんなんだけどね！」

　と言い切った。

　……好きと言われて、一瞬、心臓が止まるかと思った。だが、その後すぐに、友達と言われて、何故か肩透かしをくらった気分になり、思わず、アーシエルにデコピンしてしまった。あれは何だったのだろうか？

アーシェルは不思議な奴だ。

ついていけないことがとにかく多い。

突然、思案顔で俺の身体に触り始めたり、そんな話もしていないというのに、身体を売るってどういう意味と聞いてきたり、何を考えてるのかと思えば、菓子のことしか考えていなかったり、朝っぱらから難しい顔をしているかと思えば、夢の内容を忘れたというよく分からないことで悩んでいた。

突拍子もなくて、予測がつかなくて、とにかくいつまでも自然体で、そこにいる。

俺がどんなに持て囃されようと、俺が常識外れになろうと、アイツはいつものアーシェルでずっと俺に接してくれる。……単に、甘い物にしか目が行かないアホなのかもしれないが……。

……俺の人生で家族と言えるのは、アーシェルしかいない。

最近、アーシェルといると情緒不安定になる自分がいる。幸せそうに菓子を食べるアーシェルに胸が高鳴ったり、幸せそうに笑うアイツに顔が熱くなったり、触られると変に意識する自分がいる。

しかし、それでも。

……今や、アーシェルは俺にとって重要な人間であることには変わりなかった。


………そう思い始めて、今。


俺は……甘かったことを悟った……。

俺もアーシェルも貴族で、守るべき地位と名誉と家がある。その為には、誰かを利用して、誰かを貶めて、誰かの屍の上に立って、人の姿をした魑魅魍魎が跳梁跋扈している現実から守るべきものを守らないといけない。

アーシェルは生まれた瞬間から貴族だったから、

それが骨身に染みているが、俺は全くそんなことを考えたことがなくて……本当に甘かった……。

「テオドア。私は何としてもアーシェルが欲しいんだ。……最終的にマイナスル公爵家を潰してでもね」

「テオドア。僕ね。詳細は後で話すけど……カルロス殿下の婚約者候補になった……」

第四話　何だか不穏じゃない？　気の所為？

王宮で開かれる第一王子の成人祝賀パーティーは、賑わっていた。

ヤンファンガル王族恒例の成人の儀を終えたら、王宮の大ホールを開放し、国内外から来賓を招いて、一晩中パーティー。それが、この祝賀パーティー。晩餐会みたいな形式的なものではなく、親睦と祝福の為に開かれる、割と宮中行事にしてはライトなものだ。……とはいえ、ヤンファンガルの国力を内外に知らしめるパーティーでもあるので、出す酒も食事も、王族が着る服からその会場に呼ぶ来賓まで金を惜しみなく注ぎ込んで、開催される。

……もちろん……会場に数十種類も並べられるスイーツも、金と手間がかかってる一級品だ……。

うー！　ヨダレが出るー！

「早く食べたいデザート！　スイーツ！」

「……アーシェルは相変わらずだな」

スイーツが楽しみで堪らない僕に、テオドアが呆れた目を向ける。仕方がないじゃん!!　良いスイーツが食べられるんだよ！　甘党大歓喜!!

父上は朗らかに笑っていた。

「本当に好きだねぇ、アーシェルは。あとで、ちゃんとレシピをもらって、ウチでも同じものを食べられるようにしてあげるからね！」

「本当!?　やった!!」

あぁ、家に帰ってからも食べられるなんて最高！

「ありがとう！　父上!!」

「うんうん。だから、まずは国王陛下と王妃殿下、そして、本日の主役であるレオドール第一王子殿下に挨拶しようね？」

「はぁーい」

ちゃんとお仕事してから、スイーツをいただきまーす。あ、でも、絶対、お仕事終わった後だと、女性達が大群でコーナーを埋め尽くしているだろうな……。

ふと、そう思ったその時、僕は周囲の人達のざわつきに気づいた。新顔で、美少年なテオドアを色んな人が珍しそうにじっと見て、ヒソヒソと話をしている。これは……テオドア、いづらいだろうな。

その時、僕は閃いた。よし、これならスイーツもテオドアも……。

とりあえず、まずはお仕事だけどね。

ホールの上座、そこに国王陛下と王妃殿下、そして、第一王子レオドール殿下がいた。他の王族は今回、来賓扱いなようで、御三方の周りに控えていない。

まあ、仕方がないか……。

今、王族は貴族も巻き込んで真っ二つに分かれている。

　それもこれも王太子を一向に国王陛下が決めないからだ。

　国王陛下は何故か知らないが、次代の国王となる王太子を、王子が3人もいるというのに、この10年、決めずに放置している。原因も分からないものだから、やがて、3人の王子は王太子の座を巡って分裂してしまった。

　第一王子レオドール殿下とそれを支持する大勢の貴族達からなる第一王子派と、第二王子カルロス殿下、そしてカルロス殿下を推す第三王子ライネル殿下と王族出身の貴族からなる第二王子派だ。

　第一王子派が今のところ最大派閥だ。レオドール殿下自身、貴族からも平民からも人気がある方だから、とにかく支持者が多い。彼の辣腕っぷりもあって、最も幅を利かせている。あとは、国王陛下が王太子にするだけって感じ。

　その第一王子派に若干劣るが、しかし、負けていないのが第二王子派。

　レオドール殿下に噛み付く形で、第二王子であるカルロス殿下が王太子に名乗り出た派閥だ。とはいえ、大半の貴族が既にレオドール殿下の支持者。カルロス殿下は支持者をゼロから集めねばならなかった。結果、どんな手を使ったかは知らないが、自分の弟や、国王陛下の弟君にあたる王弟殿下、臣籍となった元王族など、血縁関係のある人達を次々と味方につけ、国王陛下の縁者はレオドール殿下以外全員、第二王子派という一大派閥を作った。

　因みに、ウチの公爵家はこの第二王子派だったりする。

　多分、僕がレオドール殿下の側近だったら、第一王子派に属してたんだろうけど、マイナスル公爵家って、跡継ぎがおらず潰れかけた公爵家を2代前の第四王子だったルーファス曽祖父様が養子になって継ぎ再興した家だから、一応、王族とは親戚なんだよね。だから、第二王子派に属してる。と言っても、本当に属してるだけで何もしないし、レオドール殿下とも普通に話すから、周りからは中立派だと思われてるけど。

　兎にも角にも、第一王子と第二王子が分裂して揉(も)めている今、2人を並ばせる訳にはいかないのだろう。

　この場に第二王子カルロス殿下はいなかった。

「……レオドール殿下、御成人おめでとうございます」

「マイナスル公爵。本日は参加して頂きありがとうございます」

　父上の挨拶にレオドール殿下もまた挨拶を返す。

　穏やかな笑みをその甘いマスクに浮かべていた。

　レオドール殿下は金髪碧眼(へきがん)、女子が好きそうな端整な顔、羨(うらや)ましいほどの高身長……そんな恵まれた容姿をしている。さながら、物語に出てくるような王子様だ。

「おや、今日はアーシェルだけではないのですね。彼は？」

「彼はテオドア。養子としてエスパダ伯爵家から引き取った子です。アーシェルの弟になりますな」

「……ほう。君が最近、騎士団でも魔術省でも賑わせているテオドアか。評判は聞いているよ。アーシェルが伯爵家から連れ出し、マイナスル公爵に認められた、この国有史以来の天才だとか。騎士団で敵う者は既におらず、塗り替えた歴史は数知れず、多大な成果を日々挙げていると聞いている。このような素晴らしい存在が我が国にいることを心から喜ばしく思っているよ」

　そう賞賛するレオドール殿下。

　そうだった。忘れそうになるけど、公的にはテオドアは僕が我儘(わがまま)で伯爵家から連れ出したことになってるんだった。話を合わせないと。

　……ただなぁ、めちゃくちゃ殿下の口調に棘(とげ)がある気がするのはなんでだろう。

テオドアは礼儀に則(のっと)って、謝意を述べる。社交辞令、社交辞令。

「殿下に賞賛して頂き、恐悦至極、感謝致します」

しかし、テオドアがそう告げると、レオドール殿下は返礼もせずに僕の方を向いた。

「それでアーシェルは相変わらずかな?」

おっとー? 作法だと社交辞令で謝意を述べたら、社交辞令で「まあ、今後も期待するよ」的なことを言うんだけど、まるっと、わざと無視したぞー?

なんか、テオドア、殿下の不興を買ったかなー?

でも、まあ、僕にはいつも通りだから、僕がテオドアのフォローしておけばいいか?

「そうでもないですよ? テオドアを公爵家に入れてから、僕も毎日刺激を受けてますからね。武術も魔術も彼に学んでばかりですし。一応、僕が兄なんですけど、いつも助けてもらってばかりです。ティータイムにも付き合ってくれるし、良い奴です」

「……………………へぇ」

意味深すぎる長い沈黙!! あれ? 心做(こころな)しか殿下の目が笑ってないような? えぇ、僕、もしかして不興を買った??

そんな殿下とは反対に、父上は満面の笑みだ。うわぁ、久しぶりに社交の場で営業スマイルじゃない父上を見た。

でも、なんでー??

「はははっ。テオドアは素晴らしい子ですよ。何を隠そう、アーシェルが伯爵家から引き抜き、この私の眼鏡(めがね)にかなった希少な子ですからね。えぇ、我が家に入れても良いと! この私が! 認めた唯一の子です。そうそう、殿下ならお分かりでしょうが、この2人、大変仲がよろしいんですよ。アーシェル自身が選んだ子でもありますし。素晴らしいことですよねぇ、血が繋(つな)がってなくとも仲良いなんて。このまま我が家で2人仲良く過ごしてもらいたいものですよ。はははっ」

そんな父上に僕とテオドアは思わず目を合わせる。

何故だろう。父上の言い回しに何か邪なものを感じる。大体、テオドアに対して、いつも放任な父上があからさまに褒め称えるなんて絶対何かあるって。

その上、何故か、全く表情も変わっていないのに、レオドール殿下の周りの空気が氷点下まで下がってるような気がする。心做しか寒気がする。

「マイナスル公爵……？」

「おっと！　次の挨拶の方が待っておりますので、我が公爵家はここでお暇しますよ」

まだ何か言いたげなレオドール殿下を突き放すように父上はそう言うと、戸惑う僕らを置いて、歩き出した。

ちょっと！　置いていかないでよ！

「では、レオドール殿下、僕らはここで。改めて、御成人おめでとうございます」

「……あ、あぁ」

「テオドア、父上を追いかけるよ」

「あぁ」

慌ててレオドール殿下に挨拶して、その場から離れる。父上の上機嫌な高笑いが、会場中に響いているような気がした。

「もうなんだったの、あれは！」

「分からない」

僕とテオドアは行動を共にしながら、ため息を吐いた。

父上は結局、さっきの殿下との会話がなんだったのか教えてくれないまま、第二王子派……つまり、とてもレオドール殿下の話なんて出来ない元王族の方々のところに行ってしまい、僕達はもやもやしたまま、聞けずじまいだ。

「はぁ。もう仕方がない。父上なんてほっとこ！　僕、スイーツのコーナー行く」

「は？　お前、飯も食わずに真っ先にデザートか？」

「おかず食べていたら、出されてるスイーツ全制覇出来ないよ。一体どれだけの種類出されてるのかテオドアは知らないからそんな至極真っ当なことを言えるんだよ。テオドア、甘党はね、出されたスイーツを全種類制覇するのが常識なんだ」

「……はぁ」

あぁ！　絶対分かってないぞ！

まあ、いいか。そして、僕は先程閃いた作戦の為に、テオドアの腕を掴んだ。

「テオドア、一緒に行こ？」

「……何故？　俺はそんなに甘い物は……」

「僕はテオドアと一緒にいたいの。離れるのはちょっと困るの」

「……!?」

僕がそう言うと、テオドアは驚いたように固まった。

「……俺が必要なのか？」

「必要、必要」

そう言うと、「そ、そうか……」と満更でもない様子。よし、こういう時、テオドアが本当に素直で良かった。

「いえーい、スイーツ取り放題!!　あ、テオドア、僕、そっちの取るから、あっちのピスタチオのグリーンタルト取って！」

「分かった……。……なぁ、アーシェル」

「……ん？　どうした？　あっ！　そのガトーショコラもらったぁ!!　んで、どうしたのテオドア？」

「……さっきからヤケに視線が痛いんだが……」

デザートコーナーは流石、祝賀パーティーとあって、膨大な種類のケーキやスイーツが並んでいた。

うう―ん幸せ！

そこには当然、スイーツ好きの女性達が挙ってやってきている訳だけど……。

僕達を中心に半径１・５ｍ、空間が出来ていて、少し離れた場所から着飾った女性達が僕達を……正確にはテオドアを凝視して頬を染めている。

改めて言うけど、テオドアは超美少年だ。だから、テオドアに釘付けになっちゃって、みんな手を止めて、テオドアに見入ってスイーツどころじゃなくなっている。その隙に、僕はスイーツを取りまくっていた。いつもだったら、群雄割拠、強者揃いのスイーツガチ勢という名の甘党精鋭軍と戦いながらスイーツの取り合いをしているから、本当に楽だ。

しかも、狙い通り、テオドアに話しかけてくる奴もいない。礼儀として、身分が下の者が上の者に話しかけてはいけない。僕がいれば、テオドアに近づく奴はいないのだ。

僕はもう公爵家の跡取りだって顔が割れているけど、テオドアは新参者でまだまだマイナスル公爵家の人間だと知れ渡っていない。だから、もし僕がテオドアから離れたら、公爵家だと周囲に知られていないテオドアは、美少年ぶりに釣られた未婚の女性陣や、部外者だと難癖つけてくる奴らとか、癖の強い貴族達に絡まれて、多分、物凄く大変だ。

だから、僕はテオドアと行動を共にすることにした。……それでも大勢の視線に晒されているテオドアにはちょっと悪いけど、これがテオドアにとっても、僕にとってもいい、一石二鳥だ。

「テオドア。ありがとう！　おかげで、まずはコーナーの半分は食べられそう!!」

山盛りになったケーキの皿が4つ。それを見て、テオドアが疲れた顔で言った。

「……なぁ、アーシェル。人がいないところに行きたいんだが……」

「いいよー。ずっと見られていたもんね、テオドア。テオドアがカッコいいから、みんな見ちゃうんだよ」

僕達は周囲の喧騒から離れて、会場の隅にあるテーブルに行く。ここは本当に会場の隅の隅で、人気がなさすぎて、控えているメイドもいない。でも、人に見られすぎていたテオドアにはこのくらい誰もいない方が丁度いいはずだ。

というわけで。

きゃああ！　スイーツ！　スイーツ！

「……僕、幸せぇ……」

思わず社交の場では本来見せられないような、ふにゃぁとした笑顔になってしまう。あぁ、僕はこの為に生きてる！

「お前は本当に……甘い物だけで幸せになる奴だな……」

不意に目を逸らしたテオドアが呆れたような、感心しきりのような、そんなため息を吐く。そんなテオドアに僕は話す。

「うん。まあね！　僕、スイーツさえあれば、他に何も要らないんだよね。普通だったら、権力とか地位とかお金が幸せに繋がるんだろうけど、僕は甘い物、スイーツ、ドルチェ！　とにかくそれがあれば、十分!!　将来は砂糖農場作って、毎日、カスタードプディング食べる予定!!」

ふふっ、最強計画。

毎日、カスタードプディング……ふふへへへ。

「……アーシェルは……いや、いいか」

テオドアは僕に思うところがあったのか、口を開いたが、何故かすぐに閉ざした。

む？　一体なんだったんだ？

「アーシェル、飲み物もらってくる」

「すぐ戻ってきてね？　席はちゃんと取っとくねー」

「あぁ、頼む」

テオドアはそそくさと飲み物を取りに行ってしまう。あんまり絡まれないといいなぁ……。

よし、テオドアがいない間に……。

「いっただきます!!」

さあて、最初にマスカルポーネチーズの白いブルーベリータルトから!!

そう僕が、フォークを片手にタルトを食べようとした瞬間だった。

「アーシェル・マイナスル様ですね？」

赤い王宮の侍従服に身を包んだ、髭の立派な紳士が、恭しく頭を下げて、僕に話しかけてきた。

赤い侍従服……つまり、王宮の侍従長じゃないか。

なんで？

「はい、そうですが。僕に何か？」

僕がそう聞くと、頭を下げたまま侍従長は硬い表情で、告げた。

「カルロス殿下が、内密に2人で話したいと、仰せです。今、客室にてお待ちしております」

そう聞いて僕は色々思うところはあったけども、とりあえず、侍従長に聞いた。

「タルト食べてからじゃダメ？」

「駄目です」

「せめて、半分」

「駄目です」

「一口……!!」

「だから、駄目ですって！　カルロス殿下がお待ちなんですよ!?」

結局、僕は引き摺られるように連れてかれた。

ああ!?　僕の至福が!!

……引き摺られながら、泣く泣く山のように確保したデザート達に別れを告げて僕は、侍従長からは見えないところで、こっそり魔術を使った。

第五話　駆け引き、取り引き、騙し合い

渋々ついて行って、連れてこられたのは、王宮が来賓の為に用意している数ある客室の一つだった。
客室というけど、人を泊めるホテルの客室とは違う。どちらかと言えば、来賓用の控え室のようなもので、化粧直しや衣装替えをしたり、体調を悪くした時の休憩場所だったり、恋人同士の逢瀬に使われたり……こうした小さな会合に使われたりする部屋である。

客室には既に椅子に座ってカルロス殿下が待っていた。テーブルの上には濃い茶色をした紅茶が二つ。匂い的に茶葉はルフナと見た。……絶対いるはずの殿下の護衛も侍従もいない……。どうやら扉の外に控えさせたらしい。

完全に2人きりだ。

あっ、やっぱり謀ったな、この人。

「突然、呼び出してすまないな。アーシェル」

カルロス殿下はバリバリの営業スマイルで、そう言った。けっ、見た目だけ紳士め。

「いえいえ。殿下の呼び出しなどマナー的に無下には出来ませんからね。んで、呼び出しに応じたんだから、もう帰っていい？　呼び出しに応じた後、会話をしなきゃいけないルールはないでしょ？　帰るー。僕、今、スイーツタイム中なんだよ」

「アーシェル⁇」

営業スマイルのまま、カルロス殿下の眉間に皺が寄る。器用だな。

カルロス殿下がため息を吐いた。

「アーシェル、君は本当に兄上の御学友だった頃からミリ単位も変わらないな」

そう。僕とカルロス殿下は旧知の仲だ。僕がレオドール殿下の御学友だった頃、カルロス殿下も交えて、勉強する機会が何度かあった。

当時、カルロス殿下と同い歳だったこともあって、

殿下の隣の席が僕の席だった。

だが、僕らは致命的なまでに……仲良くなかったのだ。

レオドール殿下に劣等感を抱くカルロス殿下は当時、とにかく荒んでいた。

「誰も俺を褒めない!! 誰も俺を見ない!! 誰も俺に興味ないんだぁ!!」

当時、カルロス殿下は孤独だった。王太子にはなっていないものの周りはレオドール殿下を支持する連中ばかり。レオドール殿下に人が集まる分、カルロス殿下に近づく人間は無きに等しかった。

それでも、どうにかカルロス殿下は認められようと足掻いていた。だけど、完璧超人レオドール殿下に、秀才でしかないカルロス殿下は到底及ばない。

ますますカルロス殿下は荒み、荒れに荒れた。勉強とか王子教育は投げ出さなかったけど、侍従や侍女に八つ当たりするとか、気に入らない人間に喧嘩をふっかけるなんて日常茶飯事。レオドール殿下へ暴言を吐くことも多かった。

それではいけないと、レオドール殿下との和解も狙って、大人達はカルロス殿下をレオドール殿下や僕達と一緒に勉強させたのだ。

んで、たまたま同い歳だった僕とカルロス殿下が隣同士になったわけだけど……。

勉強に真面目だけど劣等感で捻くれて荒んでいる殿下、そもそもスイーツにしか興味が抱けない僕はとにかく相性が悪かった。

「アーシェル!! お前はなんなんだ! 真面目に勉強しろよ! 授業にも集中していない! テストも満点取らない! お前、舐めているのか!」

僕は当時、勉強に関して不真面目だった。授業は話半分で聞いていたし、テストは八割正解したら、もうそれで満足してしまうし、予習復習なんてしなかった。

なんでかって？

……授業は真面目に聞いて、テストは満点取らなきゃいけないなんて、そんなルールないじゃないか。

今でこそ、僕は真面目に勉強しているけど、当時は本気でそう思っていた。まあ、単純に言えば、当時の僕は、屁理屈こいて勉強しない、とっても嫌なお子様だったのだ。黒歴史だよね。

レオドール殿下への劣等感で焦りがあったカルロス殿下からすれば、同い歳でレオドール殿下の御学友の僕がそんな半端な態度で勉強するものだから、許せなかったのだろう。

僕もまた、自分の持論を押し付けてくるカルロス殿下が超嫌いだった。

「お黙りやがれください。殿下。真面目に勉強して満点を取らなきゃいけないなんて、そんな心底面倒くさい法律ないですよね？　ルールだったら僕は頑張りますけど、ルールじゃないならしません。その為の労力が勿体ない」

「は？　勿体ないだと!?」

「僕は勉強しないんじゃない！　スイーツの探求で忙しいんです……!!」

僕は甘党だったけど、まだその頃、カスタードプディングに出会っていなかった。ありとあらゆるスイーツを食べるけど、自分が最も満足できるスイーツに出会えていなくて、それを探すのに忙しかった。

「最も美味しくて、尚且つ、最も僕を震わせるスイーツを見つける方が僕には重要なんです！　カルロス殿下！　貴方のやり方を押し付けないでいただきたい。及第点は取っているんですから！」

「だからって、認められるかあ!!　スイーツより大事なものがあるだろう!?」

「ねぇよ、んなもん!!」

「あ、貴様……敬語!!」

「知るかあ！　僕のことなんてほっといて!!　カルロス殿下。貴方がレオドール殿下より認められる為に、毎日努力して、毎日必死に勉強しているのを僕は知ってる！　そんな殿下と同じくらい僕はスイーツに全てを賭けているんだ！　殿下の意見を押し付けないでくれないかな!?」

「……っ！」

……というわけで、僕とカルロス殿下は不仲だ。

結局、僕が御学友をやめるその時まで仲良くなることはなかった。とにかく馬が合わない。話せばすぐに喧嘩になるし。

とはいえ、僕がやめてからは、こうしたパーティーでもなければ会うこともなく、社交辞令的な挨拶しか交わしていなかった。

……こうして話すのは実に数年ぶりだ。……でも、確信した。僕達の関係は数年前から全く変わってない……嫌いだ。

「帰りマース！　帰りマース!!」

「話がまだだ。用件すら聞かずに帰るな」

「用件は後日、書面でお願いしマース。スイーツタイムに帰りマース！」

「書面じゃダメなんだ。だから、帰るな」

扉に向かおうとすると、カルロス殿下が闇魔術をかけて、椅子と僕の影を縫い付けやがった。これは動けなくなるやつ……。

けっ、やられた。けど、想定内だ。

カルロス殿下はため息をまた吐いた。

「……用件は聞け。俺だって、お前と好き好んで2人きりになっていない」

「……へぇ。好き好んではない、ですか？　じゃあ、なんでこんな場所に呼び出すんです……？　客室って、護衛も入れずに2人で入ると、情事の意味になるんですがね……!?」

社交界の隠語のようなものだ。

客室は来賓の控え室。その用途は様々で、色んな人が使う。だから、使う時は前もって特定の状態にすることで、部屋の外にいる貴族達に今、部屋の中で何が行われているのか知らせるのがマナー。

衣装替え、もしくは化粧直しで使う時は扉のドアノブにハンカチを結び、体調不良で使う時は、靴を外に置く。会合ならば、扉の外に何も置かない。

……そして、恋人同士の逢瀬、並びに……情事ならば、護衛や侍従を扉の外に控えさせる。

この部屋に僕とカルロス殿下以外いない。部屋の外に護衛も侍従も出ている。

完全にアウト!! 帰りたい!! なんでよりによって、カルロス殿下と致していることになってるの!?

僕と殿下が部屋に入るところを絶対誰か見ているはずだ。客室周辺は結構人通りが多い。明日には絶対社交界に話が回って、僕がカルロス殿下とそういう仲だと思われる。絶対、嫌だぁ!!

「僕のスイーツタイムを潰された挙句、大して好きでもない男と噂になるなんて嫌だ!! あんまりだぁぁぁぁぁ!!」

「よく本人の前で、それをのたまえるな」

カルロス殿下は営業スマイルのまま、額に青筋を浮かべている。器用だな、マジで。

「で？ 僕に屈辱と一生の恥を与えて、なんなんですか？ カルロス殿下」

「王族に面と向かって、そう言えるのは、お前だけだ。本当にお前は相変わらず腹立つな」

カルロス殿下は僕を見て、疲れきったような深いため息を吐いて、テーブルで腕を組んだ。

そして、僕に提案した。

「……俺の婚約者候補になって欲しい」

「はぁ？ はあああ!?」

思わず、目の前の殿下を二度見した。んで、何度も首を横に振る。殿下は僕の反応が予想通りだったのか、やっぱりという表情で、小さく舌打ちした。

すみません。嫌なものは嫌だと訴える主義なんで。

「他に相応しい人達いるでしょ？ それに一人息子の僕はあのマイナスル公爵家の跡取りで、入婿か入嫁じゃないと公爵家の存続に支障が出るんですが」

「分かっている。マイナスル公爵家の特殊性も必要性も重々承知している。お前の家がなければ、国が回らんこともな。分かっているから、話を聞け」

　カルロス殿下は僕相手に営業スマイルを浮かべるのに疲れたのか、ふっといつもの表情に戻る。劣等感に捻くれた性根の悪そうな、だけども、どこか憔悴している顔……僕が昔から見てきた顔だ。営業スマイルしている時は端整な王子らしい爽やかな顔なのに、素に戻ると今までの苦労した人生のせいか、もう痩せた馬みたいな陰鬱な人にしか見えない。

「兄上、つまり、レオドール殿下に婚約者がいないのは知っているな？」

「ええ？　それがどうしました？」

　レオドール殿下は男女ともに超人気の王子様だ。だが、意外にも婚約者がいない。隣国の王族か、第一王子派の貴族の中で婚約者を作られるのでは、と貴族界隈では言われているが、結局、決まらないまま数年が経っている。

「風の噂だが……」

　カルロス殿下は、そう断って話した。

「アーシェル、お前を婚約者にしたいが為に、まだ婚約者の席を空けているらしい」

　は？？？？？？？

　思わず、ポカンとしてしまう。

「寝耳に水なんですが。カルロス殿下、僕とレオドール殿下の接点のなさはよくご存知でしょう？」

　そう僕が聞くと、カルロス殿下は頷いた。

「分かってる。お前が御学友だったあの9ヶ月間、兄上と会話するのは必要最小限のみで、兄上を放って、いつも勉強の後に出る菓子に夢中になっていた……。周りが兄上を熱心に称えている間、お前は菓子を作った王宮のパティシエを熱心に称えて口説いていたし、兄上と茶会もしないし、兄上に媚を売ろうと積極的に話すこともなかった。全く何の為に御学友してんのか、さっぱり分からんヤツだったよな、お前は」

そう僕はレオドール殿下とその程度の付き合いだ。テオドアに話した通り、僕は毎年誕生日にあの人から高級菓子をもらってはいるが、2人で茶会をしたこともなければ、そもそも話したこともあまりない。

完全に知人以上友達未満な関係だ。

それが、何故に婚約者なんて話に？

カルロス殿下は「本当に調べても分からない」と言いつつ。

「そんな噂が何故立ったかまでは不明だが、噂なんてそう思わせる何かがないと起こらないだろ？　それに噂をしているのは、よりによって王宮内の兄上に近い連中、つまり、お前と御学友仲間でもあった兄上の側近ども。あいつらだ。信憑性も確証もないが、それだけで噂に賭けるに足る理由になる。そして、兄上がわざわざ婚約者の席を空けたままにしているのも真実だ。何度か婚約話があったらしいが、内偵曰く、どれだけ条件の良い相手だろうが、即、断っているらしい。件数にして158件。その全て、兄上は自ら断っているんだ。恋愛に興味のない人ではないから、内密に添い遂げたい相手がいると考えた方が自然だ。その相手が信じられないが、お前かもしれない、と俺は思っている」

「だからって、何で僕が殿下の婚約者候補なんて」

「……止むを得ない犠牲だ。俺だってやりたくない」

「はぁ!?　僕を率先して犠牲にしようとしているのは何処のどなたでしょうか??　被害者面しないで頂きたいですね！」

「だが……今は、これくらいしか、兄上に対抗する手段がない」

カルロス殿下と目が合う。彼は焦っているようだった。

「俺は詰んだんだ。アーシェル。ここ数年で更に兄上の支持者が急増していてな。特にこの8ヶ月は顕著だった。成人を控え、兄上は地位を磐石にしようと支持を広げ、支持者を周辺各国まで増やした。俺もどうにか後れを取るまいと動いたが、全て後手後手になり、気づけば、兄上は周辺各国の王族や諸侯からの支持を得ていて、俺の手ではどうしようもないところまで拡大していた。弟やウチの派閥の大人達は、やれるだけはしたのだからと俺を称えてくれたが……。そんな時に内偵から報告があった。近々周辺各国の王族が共同で兄上を王太子に推すよう嘆願書を父上に出すらしい。つまり……俺の立場は、ただの風の噂にも頼らざるを得ないほど、窮していると言っても過言じゃなくなったというわけだ」

「……うわぁ……」

レオドール殿下は完璧超人とは思っていたけど、周辺各国まで味方につけたか……ここまで来るともう、カリスマって言葉で片付けられないよ。嘆願書が本当に出されたら、国王陛下は国交関係を優先して嘆願書を受理するしかなくなる。そうなれば、確実に王太子はレオドール殿下だ。

となると、カルロス殿下にはレオドール殿下が前代未聞レベルの不祥事を起こすか、レオドール殿下の身に不幸が起きない限り、王太子の座は回ってこなくなる。そして、レオドール殿下が御成婚して子どもを生すようなことがあれば……継承権の優先順位的に、カルロス殿下は王太子になれずに、臣籍降下するしかなくなる。殿下は王になれない。

この状況で、カルロス殿下が出来ることは、せいぜいレオドール殿下の結婚を妨害することだけだ。たとえ、一時の気休めだとしても。

で、噂になっている僕を婚約者候補にする話に繋がるわけだ。

「噂の真偽がどうあれ、僕を婚約者候補にすることで、レオドール殿下は望み通りの結婚を出来ずに、一から婚約者を探さなくてはなくなる。その分、レオドール殿下の御成婚並びに世継ぎの誕生は延期され、たとえ、王太子にレオドール殿下が選ばれたとしても、延期されている分、カルロス殿下が王になる可能性は僅かとはいえ残り続ける」

「そうだ。理解が早くて助かる」

「でも、本当に僕なんですか？　噂に信憑性がないんですが」

「……この際、信憑性がなくとも構わない。元より藁にもすがる思いだ。それに、だからこそ、婚約者ではなく、婚約者候補にしている。兄上がお前に関心がないと分かれば、直ぐに解消するさ」

「でないと困ります。めっちゃくちゃ困ります。本当に解消してくださいよ？　マイナスル公爵家の今後に関わるんで」

僕がそう言うと、カルロス殿下は目を見開いた。

「お前……その言い方だと了承したように聞こえるのだが……」

そんなカルロス殿下に僕はわざと思いっきり良い笑顔を向ける。

最初は、何が何でも断ろうと思ったけどねぇ……。

カルロス殿下のことは嫌いだ。でも、実は、ちょっとそこに注釈が付く。

嫌いだけど、放っておけない。これが僕の中の彼だ。

御学友だった頃、秀才でありながら誰にも認められずに荒れていた殿下も、どうやったか知らないけど、元王族だった貴族を束ねて、どうにか兄に対抗している殿下も、僕は知っている。

……嫌いだけど、そんな殿下にちょっと絆されているのだ。

「元々こんな状況にされて、断るなんて出来ませんけどね。まあ、それは一旦おきましょう。婚約者候補に僕の名前を載せるのみ、尚且つ、婚約者としての責務を僕に課さずに、将来的に解消してくれるなら、構いません。……噂が噂でしかないんで、もしかしたら、殿下は大損するだけかもしれません。でも、カルロス殿下がこの数年、立太子に向けて骨身を削って尽力し努力して積み重ねたものを、僕が婚約者候補になることで少しは守れる可能性があるなら、名前くらいは貸しますよ」

「……」

カルロス殿下は僕がそう言うと驚いて、やがて、どこかほっとしたように息を吐いた。

「……お前は相変わらずだ。本当にそう。嘘偽りなく、俺にそう言う奴だ……」

「なんか言いました？」

「いや、何も」

カルロス殿下は急に居直ると、咳払いして、僕を見た。

「本当に良いんだな？　候補でしかないから、解消しても傷はつかないが、これからお前は、候補とはいえ、俺の婚約者として見られることはほぼ確実だ。不人気な俺の婚約者なんて羨ましがる奴はいないが、近づく奴は出てくるし、うちの派閥ながら中立派に近いマイナスル公爵家には負担をかけることになる」

「御心配なく。カルロス殿下の婚約者候補になったところで、ウチの公爵家は磐石なんで大丈夫です」

父上もいるし、今のウチには、なんてたってテオドアがいるからね。

「……婚約者候補になることは、父上には僕から通しておきます。解消前提の婚約であれば、余程のことがない限り、父上は了承するでしょう」

「助かる……。実を言うと、お前の父親、俺は苦手なんだ……。本来ならこうした話はマイナスル公爵を通してから、お前に話した方が適切だが……公爵はな……。とにかく、お前と直接話した方が、話が早い」

「……まあ、分かります……」

うちの父上は、生粋の狸だからね。狸。腹の中、真っ黒。漆黒。しかも、タールよりもドロドロしてる。

僕は息子だから甘やかされてるだけで、あの人は公爵家以外、全部駒って考えてる節があるもん。今回の話も、カルロス殿下が僕を挟まずにもし直接父上に通したら……絶対やばいね。

だけど、これでも僕も、そんな父上の子なんだよねぇ。

「あ、でも、カルロス殿下。タダでは、僕の名前は貸しません」

「…………やはりか」

カルロス殿下が諦めたようにため息を吐いた。取引はしないとねー？　殿下。

「カルロス殿下、貴方のせいで僕は明日からレオドール殿下の成人パーティーで別の王子と愛を交したなんていう醜聞が社交界に流れるんですよ。嫌なことにそんな事実無根、不名誉、且つ、最悪な噂と一緒に婚約者候補になるんですよ？　ねぇ？」

「……悪かった。そうでもしなきゃ、お前は話に乗らないだろ。このスイーツ脳」

「ですね！　ええ、認めます。だからこそ、それなりの代償はきっちり欲しいですね……。例えば……カルロス殿下、港と船を個人的に持ってましたよね？」

僕がニコニコといい笑顔でそう言うと、カルロス殿下は片眉を上げ、苦い顔をする。頭を抱え、渋々といった様子で口を開いた。

「……分かった。商船三隻と、貿易許可証をやる。俺名義で関税優遇措置もする。他国から輸入する場合、関税が3割安くなるだろうよ」

「やったぁ!!　分かってるぅ!!」

カルロス殿下は個人的な趣味で商売をやっている。商売が趣味って何だ？　となるけど、そこは王子様クオリティ。突っ込んではいけない。最初は王子教育の一環で始めたらしいけど、今はもう立派な趣味。最近、割と大きい商会も立ち上げ、他国の商会とも繋がって、なかなか良い黒字経営をしている。

で、僕は今、その一部の船と権利をもらったわけだ。

やりぃ！　関税が3割安くなるということは！　砂糖が今の3割安く手に入るということだ！

「わーい！　砂糖♪　砂糖♪」

「……お前は、本当に相変わらずだな……」

呆れたように僕を見て、カルロス殿下は頭を抱えている。だが、それでも、真面目な彼は紙とペンを取り出して、簡単な契約書を書いた。

「後日、正式な書面は送らせてもらう。とりあえず、仮だが今回の契約書だ……。俺のサインは済ませてある」

そして、僕に渡した。

ふふふっ、これでカルロス殿下は後戻りも出来ない……僕もだけど。

しーかーしー！

もちろん、何も考えず、のこのこやってきたわけじゃない。僕だってマイナスル公爵家の子なのだ。

部屋の外が俄に騒がしくなる。

侍従長の慌てた声と、護衛が戸惑う声が聞こえる。

「……なんだ？」

訝しむカルロス殿下に、僕はにっこりと笑った。

「でーは、殿下。僕はお暇しますね？　僕がこの部屋に入ってから、30分きっかり。話もまとまったし、良い頃合でしょう。……そうそう。例えばですけど、今、この部屋に第三者がやってきて、それが僕の弟で、たった30分で僕を彼が連れ出したら……周りからはどう見られると思います？」

「……お前、まさか……」

「やっぱりマイナスル公爵家に醜聞がつくのちょっと問題があるので……すみません、カルロス殿下」

その途端、扉が蹴破られるような勢いで開かれる。

「アーシェル!!」

計画通り。

テオドアが来た。

side 5.5　たかが二度、されど二度（テオドア視点）

　レオドール殿下の成人祝賀パーティー。

　スイーツに夢中のアーシェルと別れて、早くも後悔した。

「あらぁ、可愛いわね！　我が侯爵家の男妾にならない？」

「貴方、お名前は？　私、カージィ男爵のミレイナ！　ねぇ、名前ー！」

「今から一緒にお茶しませんこと？」

「誰だ？　お前、さっきからご婦人方に囲まれているが」

「衛兵、知らない奴がいる。つまみ出せ」

「君、新参者だね？　どこの人？　伯爵家である僕の前に出ていいと思っているの」

　たかだか飲み物を取りに行くだけで、この有り様だ……。

　アーシェルといる時は、視線を感じても、こんなに話しかけられることはなかった。……アイツが一緒にいて欲しいと言っていたのは、もしかしなくても、こんな連中に絡まれないように気遣ってくれた為なんだろう。

　実際、名前を出せば、彼らは蜘蛛の子を散らすように逃げていく。

「マイナスル!?　……あのマイナスル公爵家……ヒィッ！　私の発言は虚言です！　申し訳ございませんでした」

「マイナスル公爵家……も、申し訳ありません!!　ですから、実家だけは御容赦を！」

「ふ、不勉強でございました。どうかお目こぼしを……！」

「マイナスル公爵家だと!?　ふ、不敬でございました！」

「ヒィ！　ま、ま、ま、マイナスル？　お、お許し

ください ませ！」

「マイナスル公爵家……お前、え、マイナスル公爵家？　な、な、な……わ、詫びます。お詫び申し上げますから！　どうか命だけは……！」

……ただ名前を告げるだけで、皆、恐怖に震え上がって、必死になって謝罪する。何故かほぼ命乞いに近い……。十中八九、公爵が原因だろう。

俺はため息を吐きたい気持ちになりながら、近くにいた侍従からドリンクをもらう。

早く……アーシェルのもとに戻ろう。

衆目の的になりすぎて食欲は失せた。何故、そこまで、注目されるかも分からない。どうにか人の目をくぐり抜けて行こうとしたその時だった。

「やぁ。テオドア」

声をかけられて、顔を上げると、そこには……驚いた、レオドール殿下がいた。優雅な彼は人好きのする微笑みを浮かべて、俺に近づいてきた。殿下の一歩引いたところには側近らしき若い貴族もいる。

「少し、時間いいかな？」

そう聞かれる。

待っているアーシェルのことが頭にあったが、王族の願いを無下にして断ることは出来ない。

「ええ、構いません」

「そう良かった。ベン。少し2人にさせてね」

「はい、承知しました」

側近らしき彼が一礼して立ち去り、レオドール殿下に人気のない庭の方に案内された。

……パーティーの主役が俺に一体、何の用があるのだろうか？

レオドール殿下と関わったのは、今日が初めてだ。それまで知らなかったぐらいだ。だというのに、挨拶した時といい、今といい、一体何故……。

内心は分からないが、表面上レオドール殿下は穏やかだ。尚のこと、俺は戸惑った。

「テオドア。君に色々聞きたいことがあるのだが、いいか?」

「ええ、構いませんが……」

そして、レオドール殿下の告げた言葉に思わず、眉をひそめた。


「単刀直入に聞こう。……君はアーシェルの婚約者として公爵家に迎えられたのかい?」

…………………………は?


思わず、絶句してしまう。

俺は……マイナスル公爵家の体のいい駒でしかないはずだ。レオドール殿下だろうと、駒であるなんて言えないが、アーシェルの婚約者……アーシェルの婚約者だと??

もちろん、そんなことはない。

公爵は一度もそんな話をしたことがない。

しかし、ない話ではないのは知ってる。

ここ最近の勉強で、貴族の中には養子と実子で結婚させ、家を存続させることもあるとは学んでいる。

自分のこととして考えたことはないが……。

レオドール殿下の懸念はそれであるらしい。

しかし、公爵の思惑の3割も知らない俺が、ただの養子だと答えるのは早計だ。もしかしたら、公爵に一応、考えがあるのかもしれない。

ふと、その瞬間、自分の頭の中に自分じゃない声が響いた。


公爵にとって、アーシェル以外の全ての人間が手駒だ。手駒が勝手に思考し行動しては後で何を言われるか分かったものじゃない。下手なことは言えない。あの公爵に人生を掌握されている今、このレオドール殿下に言えるのはこれだけだ。

「……その疑問は、我が義父上に問うてください。俺に、言えることはありません」

そう俺が言うと、レオドール殿下の微笑みに陰りが出来た。

「アーシェルの婚約者か否かだけで、そう言われるとはね。本当に匂わせが上手いよね、マイナスル公爵家は」

匂わせ？

その意味は俺にはさっぱり分からない。もしかしたら、アーシェルは知っているかもしれないが……。

レオドール殿下は微笑みを崩さないまま、俺を見た。

「君になら打ち明けても問題がないだろう。君は表向きには継承権のないただの養子であり、才能はあるが、まだそれなりの地位があるわけではないのだから」

随分、トゲのある言葉だった。

そして、次の瞬間、告げられた言葉に俺は瞠目した。

「私はね、アーシェルを婚約者にしたいと思っている。将来的には彼には私の妃になってもらいたい」

息が止まった。

絶句など生温い。呼吸が確かに止まった。

何故、そうなったか、自分でも分からない。ただ、息が詰まって、言葉が出ない。

そんな俺に構わず、レオドール殿下は話し続けた。

「だが……君の養父、マイナスル公爵には手酷く断られてね。アーシェルとの接触もままならないまま、彼と出会ってから、数年が経ってしまった。テオドア。私は何としてもアーシェルが欲しいんだ。……最終的にマイナスル公爵家を潰してでもね」

レオドール殿下と目が合う。

彼は本気だった。

本気でアーシェルを手に入れようとしていた。その為に如何なる障害も如何なる敵も潰すつもりだった。何がそうさせているのか、俺にはさっぱり分からない。

だが。

……だが、俺はこの時、初めて、燃え上がるような激情を感じた。

この男にアーシェルを渡すわけにはいかない……！

直感だった。

直感で感じた。レオドール殿下にアーシェルを渡せば、二度とアーシェルには会えなくなる……！

思わず、レオドール殿下に向かって、足を踏み出そうとした瞬間だった。


「……っ!?」

突然、俺の頭の中に通信魔術が届いた。

「……は？」

あまりに突然すぎて、湧き出た激情が霧散する。

動揺する俺に、レオドール殿下が目の前で訝しげに目を細めているが、俺はもうレオドール殿下どころではなかった。

……届いた通信魔術は危機感に満ちて……同時にあんまりなぐらい脱力感を覚えるものだったからだ。

〝救命求ム！ スイーツカラ引キ離サレテ、拉致ラレ中！ 30分経ッテタラ、社会的ニ死ヌ可能性大！ 急イデキテ！ タルトガ溶ケル!!〟

………………突っ込みたいところは山ほどあるが、それはまた今度でいい。

俺は即座に探知魔術をかけた。目の前でレオドール殿下が驚いているが知らない振りをする。アーシェルの社会的な死とアーシェルのタルトが今、危急らしいからな。……こう改めて考えると、助けなくてもいいような気がしてくるが……ドロドロに溶けたタルトの前で膝から崩れ落ちているアーシェルを思い浮かべたら助けに行かない訳にはいかなかった。

……それに、放っておいて、アーシェルに何か起こったらと思うと正直酷く不安だ。

探知魔術で直ぐにアーシェルの場所を割り出す。会場の西側、幾つも部屋が並ぶその一角にアーシェルの気配がある。俺が知らない人間と2人で部屋に入っているらしい。部屋の前に4、5人、何かを監視するように護衛らしき影がある。

……ゾッとすることに、部屋の中にいるアーシェルは闇魔術で椅子に縫い付けられ拘束されているようだった……。

これは急いで行くしかない。悠長なことは言っていられなかった。

「レオドール殿下。貴方のお気持ちは分かりました。……今、急用が出来てしまいましたので、これで失礼させていただきます」

「急用？　私は君にまだまだ告げたいことがあるのだけど？」

「申し訳ないのですが、急いで行かなければなりません。……アーシェルに呼ばれてますので」

アーシェルに呼ばれているの一言で、王子が一瞬、俺からアーシェルに意識が向いたその隙に、俺は転移魔術を構築して、すぐさまアーシェルのもとへ飛んだ。

殿下への礼儀がなっていないから後々公爵に怒られそうだが、アイツはアーシェルを奪う敵だ、俺個人としては礼儀なんてかなぐり捨てたい。それに、今は、もっと重要なことがある。

アーシェル！

状況だけ見れば、相当悪い。何が起こっているかまでは全く分からないが、アーシェルは部屋に閉じ込められ拘束されている。……社会的な死で終わるようにはどうしても見えなかった。

転移魔術で突然現れた俺に、侍従や護衛らしき奴らが慌てる。そんな奴らを無視して、俺は扉を蹴り飛ばして開けた。

そこには、ぐったりと心底参ったように頭を抱えるアーシェル……ではなく、同じくらいの年齢の男と、場違いな程に俺を見て嬉しそうに目を輝かせているアーシェルがいた……。

……？

……想像していた光景ではない。

部屋には男の方からどんよりと疲れきったような空気が漂っているが……拘束されて憔悴しているはずのアーシェルはピンピンしている……。

全く状況が読めない。

「テオドア！　拘束解いて！」

「あ、あぁ……」

とりあえず言われるままにアーシェルにかけられた闇魔術を解く。アーシェルは立ち上がって大きく伸びをした。そして、俺の手を掴むと、見知らぬ男にべー、と舌を出した。

「じゃ、さよなら！　醜聞は殿下だけで十分ですよーだ」

そんなアーシェルに殿下と呼ばれた……多分、王子の1人らしいその男はため息を吐いた。

「……言いたいことは死ぬほどあるが、まあ、いい。予想の範囲内だ。不名誉を被るが、小さいし……はぁ……。さっさと帰れ」

アーシェルは出していた舌をしまい、俺の手を引いて、部屋の外に出た。

部屋の外に控えていた侍従や護衛もすんなりと俺達を通し、俺は1人全く状況が読み取れず、内心、戸惑った。

やがて、彼らが見えなくなり、人気がなくなったところで、アーシェルが俺の手を放した。

そして、アーシェルは胸を押さえて、ホッと息を吐いた。

「ふぅ、助かった……。テオドアがいなかったら、社会的に本当に死んでた……。本当にテオドアありがとう！　テオドア様様だよ!!」

「何があったんだ？」

「……んー？　どこからどう説明したらいいか分からないけど……。さっき部屋にいた人、カルロス殿下っていうレオドール殿下の弟君で……。……ちょっとその人の罠に引っかかって、ちょっとのっぴきならない状況になって、不名誉な醜聞がつくところで……それから色々あって……誰が聞いてるか分からないここであまり言えることじゃないんだけど……」

そう言いにくそうにアーシェルは俺に告げた。

「テオドア。僕ね。詳細は後で話すけど……カルロス殿下の婚約者候補になった……」

婚約者……候補……？

その言葉を聞いた途端、今日、二度目の衝撃を受けた。

レオドール殿下の想い人が、弟の婚約者になってしまったことなんて、正直、どうでもいい。

ただ、自分の与り知らないところで、アーシェルが知らない誰かのものになりかけているのに、酷くショックを受けた。

……無意識に、思っていた。

今までの日々がずっと続くものだと。

自分の隣にはアーシェルがずっといるものだと。

傲慢にも思っていた。出会いからして偶然で、今までの生活すら奇跡の延長線上にあったものだったのに。

ショックを受ける俺に、アーシェルは不思議そうに首を傾げる。

……それが酷く腹立たしくもあり、同時に、やっるせない気持ちが湧く。当然だ。アーシェルには分からない衝撃だろう。

たかが二度、されど二度。

……このたった短い時間で俺は……。

……自分の中にある、どう考えても家族愛ではすまない、アーシェルへの執着を自覚してしまった……。

第六話　分かんないけど、見てられない

婚約者候補になったと告げたら、テオドアがショックを受けたようだった。テオドアがショックを受けるなんて思わなくて、僕はびっくりしてしまう。

何か、言い方が不味かったかな？　どうしよう、こんなに落ち込むテオドアなんて初めてで、戸惑っちゃう。

とはいえ……この候補っていうのも、解消前提だし……カルロス殿下にはやり返せるだけやり返したからな……。

社交界の隠語であの控え室で情事を始めてから30分ぐらいで、1人、親族か他の人に連れられて退出したら、それは合意なき情事を意味するんだよね。

だから、カルロス殿下は合意なき情事を僕に強いたという話になって……まぁ、うん、結構な醜聞だな……けど、カルロス殿下本人が小さいって言っていたし、大丈夫かな……？

……それらを人気がないとはいえ、近くに誰がいるか分かったもんじゃないこんな人の多いパーティーで言えるもんじゃない。

テオドアを落ち着かせる手段がなくて僕はオロオロしてしまう。けれど、何かしないといけないと思って……。

僕はテオドアを抱きしめた。

腕の中にいるテオドアが驚いているのが分かる。うん、でも、これくらいしか僕出来ないんだよ……。

「大丈夫、大丈夫だよ。テオドア。候補だから、あくまで、こ、う、ほ、だから」

「……」

「それに僕、マイナスル公爵家の一人息子だもの。入嫁か入婿じゃなきゃ、正式な婚約なんてしないし、出来ないの」

テオドアが何にショックを受けているか分かんない。分かんないけど、そう言っておく。

すると、テオドアの低い声が僕の肩から聞こえた。抱きしめているせいで顔は見えないけど、ちょっと怒ってる気がした。

「では、何故、候補になった？」

「んー？　利害の一致？　お互い取引した結果、僕は候補になったの」

「……利害の一致……？」

テオドアは訝しげだ。何故、そんなもので？　と口外に聞かれた気がした。

ああ、そうか。

貴族にそんな詳しくないテオドアには分かんないか……。

「貴族の取引……とりわけ、婚約なんてそんなものだよ。

貴族であるっていうのは、同時に地位だとか身分だとか歴史だとか守んなきゃいけない。だから、どうしても如何なる契約にも利害が関わってくる。家にとって不利な契約を結べば、貴族じゃなくなっちゃうし、家にとって有利な契約であれば、率先して契約する。

だから、利害が一致すれば、どんな話だろうと乗ると言うか、やっちゃうと言うか……。

特に今回は王族が相手だしね。カルロス殿下に限ってないとは思うけど、下手に断って不興を買って後から制裁をくらうより、お互い納得する形で収めた方が建設的だし、普通の取引よりずっと良い結果を得られるもの」

家を守る、家を発展させる。歴史ある貴族なら皆、そうする。僕は小さい頃から父上にそれを叩き込まれてきた。

そこに僕は疑問も抵抗もないけど、きっとテオドアはそうじゃないんだろうな……。

僕の予想通り、テオドアは納得いってなさそうだった。

「……じゃあ、お前は、家の利益の為なら、どんな奴とも婚約し結婚するのか」

「うーん。相手にもよるけど……大体そうなるんじゃない？　僕の両親も家同士の取引による政略結婚だし。父上や国王陛下の駆け引きとか契約とかで、誰か知らない人と婚約したり結婚したり、よっぽど不利益じゃない限り、家の為なら僕は誰とだってそうすると思う」

「……」

　悩み込むテオドアが見てられなくて、彼の背中をポンポンする。

　テオドアが息を呑む気配がする。

「それじゃあ、アーシェルは……お前本人はそれでいいのか。自分の人生さえ、家の取引道具じゃないか……」

　テオドアはきっと僕を憂えている。

　でも、なぁ……。

　下級貴族とか平民とかなら、婚約も結婚も自由にしていいんだろうし、人生の幸せを結婚に見出したりするんだろうけど、僕はマイナスル公爵家、そもそも地位的にも家業的にも無理なんだよね。

　……実は、父上から許可が下りていないから、テオドアに詳しく話せないけど、マイナスル公爵家はただの公爵家じゃない……ちょっと国政に於いて特殊な業務を行う貴族でもある。

　潰れちゃまずいのだ。足を掬われたりでもしたら、この国の根幹から揺らいじゃう。そんな業務を担っている。

　だから、家を守る為に、ひいては国を守る為に、何でも使う。自分の人生すら天秤の上に載せる。

　これがマイナスル公爵家の現実というか、多分シユクメイってやつなんだよね。理解はされないだろうけど。

「それでいいさ。それでマイナスル公爵家を守られればね。それに公爵家を守れば、テオドアだって守れるもの。僕、テオドアが家族じゃない生活なんて、ちょっと考えられないし」

「……っ」

「だから、うん、僕は今の生活の為にも自分の人生が取引に使えるなら使っちゃうよ。あ、でも、カルロス殿下のやつはこ、う、ほ、だからね。こ、う、ほ！　そこは勘違いしないでね。それで、カルロス殿下と将来、絶対結ばれなきゃいけないかって言ったら、そんなことないし、しないし、いつでもなかったことに出来る口約束みたいなものだから。全然、自分の人生を投げ売ったとかではないんだよ？」

僕がそう言うと、しばらくお互いに無言になる。

やがて、肩越しにテオドアが胸をなで下ろしたように息を吐いたのを感じた。

僕は彼を抱きしめる手を放して、テオドアと向かい合った。

テオドアはまだ納得していない顔をしていたけど、さっきよりは全然良い顔だった。良かった。ちょっとはどうにか出来たかな？

テオドアはため息を吐いた。

「悪いな……取り乱して」

「ううん。全然大丈夫。いきなり家族が婚約者だのなんだの言い出したら、そりゃ戸惑うよ。僕もきっとテオドアが前触れもなく婚約者作ってきたら、びっくりすると思うし」

「……」

僕がそう言うとテオドアは眉根をひそめて、視線を逸らした。うーん。何か、言っちゃいけないことをまた言ったかな……？

「おやおや、ここにいたのかい。アーシェルにテオドア」

この声は父上……!!

声の方を見ると、父上が嬉しそうに、本当に嬉しそうに微笑みながら、今にもスキップするような足取りで僕達の方に上機嫌にやってきた。……何か嫌な予感のする微笑みだな……どっかで絶対なんかしたと見た。大体、こういう微笑みをする父上は、どこかの誰かを故意に弄んだ後なのだ。

「スイーツのコーナーにいるかと思えば、こんなところで何をしているのかね？　密会という訳でもないし」

「それはその……」

これってなんて言えばいいのかなぁ……？

あ、そうだ。先に言っておかないと。

「父上、帰ってから報告したいことが……」

「カルロス殿下との婚約でしょ？　うん、大体概要は知ってるよ？　帰ってから話を詰めようねぇ」

耳が早い……！　さっきのことなのに……！

まあ、いっか。父上だもん、耳が早くても当然か。

父上はニコニコと微笑みを崩さない。本当に上機嫌だな……。

「まぁまぁ、アーシェル。詳しくは屋敷に戻ってからと思うけど、僕としては特に不満はないし、それでいいよ」

「良いんですか？」

「うん！　正式な婚約じゃなければ、全然ＯＫ！　アーシェルがマイナスルから引き離される婚約以外はオールＯＫ!!　イエス！　これが常識！　真理！　最高のハッピー！」

上機嫌すぎて変人ぶりがいつもより拍車も磨きもかかっている気がする……僕の父上、頭大丈夫だろうか？

父上はクスクスと笑い、そして、テオドアを見て、ニヤァと口角を上げた。

「だから、君ィにもチャンスはあるのだよ。テオドア」

その言葉にテオドアは目を見開いた。

「はははっ。僕はね、誤解されがちだけど、実は、寛大なのだよ。実利に損得に奸謀もあるが、この際、取っ払おう！　犬にも権利と自由ぐらいやる。さてさて、君ィはどうするかねぇ？　このまま余所のどこぞの坊っちゃんにやるかね？　束縛やばそうな奴か、利害だけで繋がった奴か、なぁなぁ、君ィはそれで良いのかい？」

挑発するように父上はテオドアを嗤う。

僕には話の中身が全く見えない。でも、テオドアは分かるらしく、目を開いたまま、固まって、僕の方を見た。

よく分からなくて首を傾げると、テオドアは目を逸らして、父上の方を見た。

その目は誰がどう見ても、決意に満ちていた。

「時間をください」

そうテオドアが言うと、父上はまたクスクスと笑った。

「まあ、うん、答えとしては及第点だけど合格かな。とはいえ、チャンスしかやらないからね、僕。周りの奴らとかその他諸々は自分でどうにかしなさい」

「はい、ありがとうございます……」

テオドアが頭を下げる。

あわあわ……全然よく分かんない。

一体、2人は何を言っているんだろう。戸惑っていると、父上が僕にニコッと笑いかけた。


「そういえば、アーシェル。スイーツはどうしたんだい？」

スイーツ……。

スイーツ!?

僕がスイーツの山から離れてどれくらい時間が経った?? 絶対、何十分どころじゃない！

「あああぁ！　溶けた！　絶対溶けた!!」

僕のスイーツ……今頃、生クリームの雪崩になってるよ……！

泣く。これは泣く。

スイーツの山に急いで戻ってみれば、やっぱり、生クリームを使ったタルトやケーキは全て溶けてドロドロになっており、パウンドケーキのような生クリームを使わないケーキ達がドロドロ生クリームの池に浮いていた……。

泣いた。

超泣いた。

膝から崩れ落ちた。

僕は差し出されたテオドアの手を取って、立ち上がった。

そんな僕らの後ろで、父上がニヤリと笑みを浮かべていたことに僕は気づかなかった。

「ふふんっ、思い通りには行かせませんよ……レオドール殿下……。……私の地雷を踏んだのだから、それなりの対価は払って頂かねばね……」


うわーん！　僕のスイーツ……！

おのれ！　カルロス殿下ぁ!!　砂糖が3割引で手に入るから直接害さないけど、この恨みは一生忘れない……!!　いつか!!　食べ物の恨みは根深いことを思い知らせてやる……!!　今頃、僕のお腹の中に入っているはずだったあのケーキ達……！　うぅ……よくも……！　めっちゃ恨むぅ……絶対恨むぅ……！　奴がいなければ、今、僕は幸せだったのにぃ……!!

打ちひしがれる僕にテオドアが慰めに来てくれる。

「そう泣くな」

「でもでもだって、スイーツが……！」

「また新しいの取りに行けばいいだろう。ほら、一緒に行くから」

テオドアはすっかりいつもの調子を取り戻したらしく、僕のよく知る頼りになる彼に戻っていた。

「ほんと？　一緒に行ってくれる？」

「あぁ」

小話　母上が来た！

「アーシェル様〜。お手紙ですよ〜」

まだ朝も早い時間。

侍女が未だ寝巻き姿のアーシェルに手紙を渡した。

「てがみ？」

アーシェルは眠たい目を擦って欠伸しながら、その手紙を開けた。

宛名は自分……差出人は……。

「…………母上だ！」

読んでいるうちにアーシェルは笑顔になり、手紙を持って駆け出した。

そして、朝食の匂いに包まれた食堂に入ると、アーシェルは大声で叫んだ。

「母上が今日来るー!!」

その言葉にテオドアは目を瞬き、妻が帰ってくることを察したヒューベルトは紅茶を盛大にふいた。

その日の朝食はテオドアにとって非常に戸惑いを隠せないものだった。

アーシェルが上機嫌に朝食を食べている横で、ヒューベルトはアーシェルをちらちらと見ながら、憂鬱そうな雰囲気で朝食を手に取っている。

やがて、耐えきれなかったのか、あからさまにアーシェルに謙り、焦った様子でヒューベルトがアーシェルを諭し始めた。

「ねぇねぇ、アーシェル。今からでも遅くないよ。ママに断りの手紙を送ろう？　ね？」

それにアーシェルは頬を膨らませた。

「えーやだよ。僕の14歳の誕生日以来、ずっと会っていないんだもの。いつも忙しい母上が僕に会いに来てくれるんだよ？　それにテオドアのことも母上にいっぱい話したいし」

「で、でも、だよ？　ママ来たら、父上、ちょっと、ちょっとヤダなぁ……」

「じゃあ、父上だけ外出したら？　僕だけ母上に会えばいいんじゃない？」

「ダメだよぉ！　そんなの！　そんなことしたら、ママにアーシェル独り占めされるじゃん」

そう言うヒューベルトは、しかし、本当に自分の妻に会いたくないらしい。

「ねぇねぇ、断ろうよ！　ママがいなくても、アーシェルには父上がいるから良いじゃないかぁ！」

「だーめ。ダメって言ったらダメ。父上も必要だけど母上も僕には必要なの！　それに、元々たまにしか母上に会えないんだから良いじゃないか。父上、我儘絶対ダメ」

「うぅ……息子が手厳しいぃ!!」

諦めたのか、ガックリと項垂れるヒューベルト。

その横で、また上機嫌に朝食を頬張り始めるアーシェルの前で、テオドアはどうしていいか分からず、とりあえず、朝食を完食することにした。


朝食が終わると、アーシェルがテオドアに声をかけた。

「テオドア！　母上に紹介したいから、母上が来たら、一緒に会いに行こうよ！」

その後ろではヒューベルトが恨めしそうにアーシェルを見ているが、アーシェルは気づいていないらしい。テオドアは内心、言葉を選びつつ、ずっと気になって黙っていたことを聞いた。

「なぁ、まず、お前に母親……いや、俺に義母上がいたなんて初耳なんだが……」

そのテオドアの言葉に、アーシェルはバッとヒューベルトを見る。すると、ヒューベルトは目を逸らしてわざとらしく口笛を吹き始めた。……その額には明らかに冷や汗が見える。

アーシェルは小さくため息を吐いた。

「テオドア、僕からきちんと説明するね。……父上のいないところで！」

それからアーシェルはテオドアを自室に通して、謝った。

「ごめんね。テオドア！　家族のことなのに、全然説明がなかったなんて」

「いや、別に。複雑なんだろ？　説明がなくても納得する」

あのヒューベルトの態度からして、夫婦仲はあまり宜しくないのだろう。それはテオドアでも察せた。

逆に、アーシェルの方は、両親ともに良好な関係のようだが。

アーシェルは困ったように目を伏せた。

「うーん。まあ、うん、複雑っちゃ複雑かなぁ……。ウチの両親、完全に政略結婚なんだけど、お互いの相性が本当に良くないみたいで……。僕はどっちも好きなんだけどね？　実は……」

アーシェル曰く。

ヒューベルトと母親は新婚当初から、とにかく仲が悪かった。それでも夫婦としてはやっていけたらしいが、やがて、仕事にしか興味がないヒューベルトに母親が愛想を尽かして別宅を作って出て行こうと決心した。しかし、出て行くなら子どもを生してからと今は亡きアーシェルの祖父の一声で、2人は嫌々ながら子どもを作って、生まれたのがアーシェルである。

しかし、ここで夫婦仲を更に悪化させる事件が起こる。

「生まれた僕の養育権で、両親が争ってね。なんでも父上曰く、最初はお互い出来た子どもを相手に押し付けようとしていたらしいんだけど、まさか狸とゴリラの間から可愛いハムスターが生まれるとは思わなかったから、取り合いになっちゃったんだって」

「……はぁ……」

なかなか身勝手な話である。お互いに押し付けようとしていたが、可愛かったから今度はお互いに取り合ったのだから、しかし、テオドアはそれ以上に……ゴリラに例えられる母親が気になった。

そんなテオドアを置いて、アーシェルは淡々と話し続けた。

子どもの養育権で争った2人だったが、結果的にヒューベルトが勝ち、アーシェルはヒューベルトの下で育つことになった。

ここで、夫婦仲は完全に決裂。

離婚こそアーシェルがいた為にしなかったが、母親は完全に別宅に移り、アーシェルに会いに年に何度か訪問する以外は、この屋敷に寄り付かなくなった。

更に、この数年はそもそもこの国にいることが少なく、新しい修行も始めたらしく、母親は多忙になっており、尚のこと、母親とアーシェルが会う機会は減っていた。

修行ってなんだ……？　とテオドアは思ったが、しかし、そんなテオドアに気づかず、アーシェルは話し続けた。

「んで、最後に僕と母上が会ったのは、誕生日会だから、それ以来ずっと会っていないんだよね。きっとテオドアが兄弟になったって教えたら、喜んでくれるはず」

「……そうだろうか？」

「うん、絶対そうだよ。母上、ちょっと見た目は怖いけど、すごく優しい人なんだよ？」

そう言うアーシェルに、テオドアは何故か、不安を覚えた。ゴリラ、修行、見た目が怖い……節々に感じる言葉がヤケに不穏な気配がする。

「なあ、アーシェル、本当に大丈夫か？」

「大丈夫だよー！　むしろ、僕、テオドアを母上に紹介したいんだよね。テオドアに母上のことを言わなかった父上のことだもん、絶対母上にもテオドアのこと話してないって。だから、母上に、テオドアっていうすごーい兄弟が出来たんだって言いたいんだよね」

アーシェルが嬉しそうにはにかみ、そう笑うと、テオドアは何も言えなくなってしまった。


そして、屋敷の呼び鈴が鳴ったのは昼頃のことだった。

「わーい！　来たー！」

玄関へ飛び出すようにアーシェルが出て行く。それをテオドアが追いかけていく。

2人とも一応、外向き用の格好をし、来る来客に備えていた。

侍従がおずおずと玄関を開け、屋敷の中にその人を迎え入れた。

そして、入ってきたその人にアーシェルは目を輝かせ、テオドアは目を見張った。

玄関から、チャームポイントのお下げを風に揺らめかせ、颯爽と入ってくる、アーシェルのような華奢な女性かと思われたその人は。

身長2m30㎝。見上げるほど大きく、3mある玄関の扉のてっぺんに手を置けるほど。

体格はとにかく無骨でガタイが良く、幅もあり、横幅だけでアーシェルの3倍はある。その体は筋肉隆々という言葉では足りない程に立派で輝かしい筋肉がついており、上腕二頭筋だけで人の頭ほどあった。

顔はあのアーシェルの母親と思えない程に彫りが深く濃い。目鼻立ちがはっきりしており、その目は切れ長で人を一目で殺しそうな程に力があった。

そもそも服も女性らしいそれではなく、どこかの世紀末覇者が如く無骨な戦闘服を着ており、見れば身体の至る所に古傷があり、とても貴族には見えない。

テオドアは言葉を失った。もうどう反応したらいいやら、まず色々と疑問がありすぎて言葉が詰まる。この人から、このアーシェルが生まれたなんて全く信じられない……。

　そんなテオドアの隣でアーシェルが飛び上がって、その人に駆け寄った。

「母上！」

　母上と呼ばれたその人はアーシェルに気づくと、口の端をニィと上げて微笑んだ。

「息災であったか、我が息子よ」

「うん、元気だったよ！　母上は？」

「うむ。我も問題はなかったぞ。特に何もなかった。ワイバーン50匹程に背中を襲われたぐらいだな。きっちり拳で討ち果たしたぞ」

「流石、母上。すごーい！」

「アーシェル、土産に最果ての地でしか味わえぬ宝石の実、ダイヤモンド・ストロベリーを苗ごと100株ほど引き抜いてきた。領民を雇い、育てるが良い」

「わぁ！　ありがとう！」

　いや、待て。待て。

　ワイバーン？　最果ての地？　1人だけ世界観が違くないか!?

　テオドアは改めて、この人が新しい母親かと思うと信じられない気持ちになった。

「そうそう。母上、紹介したい人がいてね」

　アーシェルのその一声で、その人がギロリと目を動かし、テオドアを見た。その視線には間違いなく殺気が宿っていた。

「そやつか……」

「うん。母上は初めましてだよね。彼はテオドア」

「テオドア……で、そやつはアーシェルの何なのだ。……まさか、ボーイフレンド、とかではあるまいな？」

「違うよ！　家族だもん！」

「かぞく……」

そこでその人はあらぬ誤解をしたらしい。ニィと口角を上げて、テオドアに近づくと巨躯を屈めて、じっとテオドアを観察するように見つめた。

「ほぅ……ふむ……既に家族……つまりもう交際期間は終わってるのか。うむ、顔良し、器量良し、筋肉量は些か心許ないが、まぁ、伸び代はある。良い人間をアーシェルは家族にしたものだな。これでアーシェルの将来は安泰か。我はイザベラ。これから義母上と呼ぶが良い」

絶対、何か勘違いしている。テオドアはそう直感したが、アーシェルは気づかなかったらしい。家族として認められた、とアーシェルは勘違いしたらしく、ぱあっと表情を輝かせた。

「でしょう。母上！　テオドアすごいんだよ！　かっこいいだけじゃないんだよ！」

「ふむ、惚気か？　我が息子もそういう年齢になったか……。早いものだ。アーシェル、応接間に着くまで、母にその凄さとやらを語れ」

惚気か？　と呟いた部分は当然のようにアーシェルには聞こえなかったらしい。テオドアが内心、焦る隣で、テオドアにとっては公開処刑同然に、アーシェルは自分の義弟の騎士団や魔術省での華々しい成績……ではなく、やれ、お菓子をくれる、優しい、頼りになると語り、剣術とか魔術とかやってる時、超カッコイイなど、私生活のテオドアをこれでもかと褒め称えながら語った。

アーシェルとしては、自分の母親にも、血は繋がらなくとも大切な自分の兄弟を好きになって欲しいという純粋な気持ちからだったが……イザベラは。

「そうか。アーシェルよ、お前はテオドアが好きなのだな」

「うん、好き！」

「……随分と会っていない間に、家族が増えているとは。義理の息子がそれ程までに良い人間で、お前も好きだと言うならば、母は幸せだ。全く……パパめ。アーシェルにこのような男が出来ているなら、文でも出せばいいものを……」

テオドアはもう何も言える気がしなかった。アーシェルに、よりによって、あのアーシェルに私生活での自分をこれでもかと暴露され褒め称えられただけで既にキャパシティがオーバーすると言うのに、明らかにこのイザベラにはアーシェルの旦那的な何かだと勘違いされている。しかも、アーシェルが現在進行形で誤解を膨らませている。訂正出来る気がしない。

「母上、そういうわけで今、凄く楽しいんだよ？」

「だろう。私でもよく分かるぞ。良かったな、アーシェル。これからもお前は幸せだ」

「分かる？　うんうん、本当にそう思う」

……よくすれ違ったまま楽しげに会話出来るなとこの2人を見れば、テオドアでなくとも思うだろうが、悲しいかな、ここに2人を止められる人がいない。

イザベラが廊下を歩く度に屋敷には地響きが響く。

しかし、侍女達は慣れたもので、地響きで盆の上のティーセットが揺れようが、お茶がティーポットから零れそうになろうが、涼しい顔で親子の後ろをついて行く。

客間に着くと、イザベラは2人がけのソファにどんと座る。体格が体格な為、2人がけのソファが1人がけのソファに見え、その横で侍女がカップにお茶を注ぎ、イザベラに渡す。やはり体格が体格な為、よくある普通のカップも彼女が持つと、どう見ても子どもの玩具程に小さく感じた。

イザベラは一息吐くと、自分の目の前に座ったテオドアに視線を動かした。

「改めて、我の名はイザベラ・マイナスル。アーシエルの母であり、普段は、冒険者にして、全国を行脚する総合格闘家をしている者だ。冒険者故、この国にいないことも多く、あまり会うこともないだろうが、よろしく頼む」

冒険者……総合格闘家……？

　色々とツッコミたいことはあるが、納得だ……。

貴族としては異端な人だろうが、この異様な貴族らしからぬ体格……納得してしまう。

「俺はテオドア・マイナスルです。……一応、今、騎士団に見習い扱いで入ってます」

「ほう？　その歳(とし)でか？　将来は騎士になると？」

「いえ、魔法騎士になる予定です」

「魔法騎士。……得心がいった、優秀なのだな。魔法騎士は騎士としても魔術師としても優秀でなくてはならぬ。マイナスルの名を名乗るだけの資格はある」

　イザベラは満足げに口角を上げる。

「我はこのような職業なのでな。強い者が好きなのだ。魔法騎士として大成した暁には、手合わせをして欲しいものだ」

「そうですね」

　死にそうな気がするが、純粋にテオドアは彼女の実力が気になったので、頷(うなず)いた。

強者(つわもの)が好きなのはテオドアもなのだ。

　そんな時、客間にもう1人、人が増えた。

「やぁ、仕事終わらせて、来てやったよ、ママ」

　ヒューベルトである。その顔には会いたくないけど、仕方がないから会いに来たと書いてある。

　イザベラとヒューベルトの目が合う。心做しか、二人の間に火花が飛び散った。

「……久しいのう。パパ。相変わらず、見たくもない性悪顔をしておる」

「また筋肉増量したんじゃない？　ねぇ、もうオーガもびっくりな体格なんだけど？」

「そういうお前は、骨と皮ではないか。性格ばかり性悪になって男としての魅力は塵(ちり)クズもないな」

「あ？　女をドブに捨ててる君には言われたくないねぇ！　もう君、男じゃん、いやもう、漢(おとこ)？　女の要素、お下げだけじゃん。第一、男としての魅力がなくても、アーシェルの父親が出来るから十分なの！」

「ふん、ならば、我もだ。女としては、アーシェルの母親であれば十分だ。それに、貴様より良い親をやれる自信がある」

「残念でしたー。アーシェルを育てたのは僕でーす！　お前が隣の国で拳で100人斬りしている間にアーシェルをあやしていたのは僕だからね！」

「はっ！　見え透いた嘘を。貴様は大概、乳母や侍女に子育てを任せていたのを我は知っているぞ。赤ん坊の機嫌が良い時しか遊ばん親なぞ親ではない」

「はぁ!?」

「……ふ」

「はーい。そこまでだよ。2人とも」

　永遠に続きそうな埒の明かない夫婦喧嘩をアーシェルが呆れたようにため息を吐いて止めた。

「父上も母上も今は喧嘩する時間じゃないでしょ。父上、母上と喧嘩するなら、お外に行って」

「え！　アーシェル！　僕、家長だよ？　当主だよ？　アーシェルのパパだよ？　なんで僕が外!?」

「父上、母上と喧嘩するじゃん。今、この時間は父上が主役の時間じゃなくて、母上と僕とテオドアの時間なの。当主だからって父上の私情に付き合う義務もルールもないんだから。……そりゃあ、喧嘩しないんだったら、父上もいてもいいけど」

「う……!!　アーシェルが正論を……!!　父上、プライドバキバキになったけど、ぐぅの音も出ない……」

　ヒューベルトは一度、チラリとイザベラを見る。イザベラは勝ち誇ったように笑みを浮かべた。思わず、ヒューベルトは歯軋りするが、アーシェルはわざとスルーし、テオドアに話しかける。

「ごめんね。テオドア。いつもコレなんだよ、ウチ」

「…………いや、別に」

　テオドアは考えるのをやめた。

　イザベラがお茶をたった一口で飲み干す。小さなカップではイザベラにとっては一口にしかならない。

　ヒューベルトは客間の隅で拗ねたように膝を抱え

てソファに座っている。不機嫌なのはありありと見て取れた。

　そんなヒューベルトをチラリと見て、イザベラがテオドアに頭を下げた。

「我が家族はアーシェル以外、なかなかに面倒だろう。迷惑をかけることになる。誠に申し訳ない」

「問題ないです。頭を上げてください……は、義母上」

「ふっ、アーシェル以外に我が子が出来、義母上と呼ばれるとはな……」

　イザベラは頭を上げると、アーシェルを見つめつつ、テオドアに、

「この子は、我等（われら）のような両親から生まれた奇跡の子だ。仕事以外興味のないバカと、身体（からだ）を鍛えるしか能のない女の間に生まれた子だからな。これからもアーシェルを頼んだぞ」

　そう頼み込むイザベラを前に、アーシェルが笑顔でテオドアを見る。

「ふふっ、母上ったら変なの。頼み込まなくても、テオドアは元から面倒見の良いめちゃくちゃ良い奴なのに」

「ほう。そうか……。パパとは違って良い旦那になりそうだな」

「母上、今、何か言った？」

　お願いだから、黙って欲しい。テオドアは今、アーシェルに切に願った。

　テオドアは内心でため息を吐いたが、しかし、今更、誤解を否定するのも時すでに遅し。それに、アーシェルの未来の旦那ではない、と否定するのもテオドアにはやや抵抗がある。しかし、嘘をつくのは忍びない。

「……アーシェルは任せてください」

　そう言うのが、テオドアにはやっとだった。

日が暮れ始める夕方。

イザベラは帰り支度をし、玄関に立っていた。

「世話になった」

その見送りにアーシェルとテオドアが立つ。どことなく、アーシェルは寂しそうだ。

「母上、次、いつ会える？」

「さぁな。キマイラの首をこの拳でねじ切った後やも知らぬし、その上、雷神が残したという雷霆のハンマーを手に入れる為、荒ぶる死の北海を越える計画があるからな……」

そう言いながらも、イザベラはアーシェル、ひいてはテオドアの2人を見て、名残惜しげに目を伏せた。しかし、それでも彼女は旅に出る。

イザベラは根っからの冒険者だった。

彼女は貴族の中でもかなり上の地位にある良家に生を享けたが、好奇心が強く狭苦しいルールに塗れた世界が嫌いな質で、また自分の身体を鍛え、強者との果たし合いが好きな少女だった為、貴族にはどうしても馴染めず、幼少の頃から浮いていた。しかし、両親は彼女に貴族であることを強要しようとし、彼女は少女時代の大半を両親への反発と彼らとの喧嘩で過ごした。

やがて、手を焼いた両親は娘をマイナスル公爵家に嫁がせる形で押し付け、彼女は成人したばかりの16歳だった頃、ヒューベルトの妻となった。

しかし、貴族らしい貴族で、尚且つ、公爵家以外興味が持てないヒューベルトとの相性は最悪も最悪。犬猿の仲といっていい。新婚生活は冷たく、無味乾燥としたものになった。なのに、貴族の女主人としての業務はある。夫婦仲は最悪、貴族らしく振る舞わねばならぬ毎日、鬱屈とした日々だった。

イザベラは思った。

外に行きたい、と。

外に行き、自由に歩き、この目で世界を見たいと。

冒険に行きたい。

この屋敷を囲う塀の向こう、そこにある世界を見たい。


結婚してから数年後、イザベラはマイナスル公爵家を出て行くことにした。

誰も止めなかった。ヒューベルトも使用人もイザベラが出て行こうと我関せずで、誰も引き止めなかった。

悲しくはなかった。マイナスル公爵家はイザベラにとって居場所ではなくただ寝床のある住居でしかなかった。早く出て行きたいイザベラにとって好都合だった。しかし、そこで待ったがかかる。

「出て行くのは存分に構わない。しかし、せめて、跡取りは産んでもらわねば困る」

そう、亡き義父は言った。義父はヒューベルトにも早く跡取りを作るよう命じて、イザベラは犬猿の仲であるヒューベルトと子作りをしなければならなくなった……。

正直、嫌だったが、早く出て行きたいイザベラは必要な試練と決心し、ヒューベルトと子どもを作った。


こうして、生まれたのが、アーシェルだった。


アーシェルはイザベラにとって初めて自分という存在をそのままに受け入れてくれる存在だった。

アーシェルは、たとえ、目の前でイザベラが腕立て伏せ１０００回してようが、２５０kgのダンベルを持ち上げていようが、鍛錬相手の格闘家をアッパーカットで空中に放り投げていようが、キャッキャッと笑うばかりでイザベラを怖がることも嫌うこともなかった。むしろ、楽しそうに交ざろうとして乳母に窘められるような子どもだった。

当然、女の癖にと詰ることも、貴族らしくないと鼻つまみにすることもない。……アーシェルはイザベラを絶対に非難することはなかった。

それが子どもだからなのか、アーシェルだからなのか、それまで子どもなんて関わったことがないイザベラには分からない。しかし、自分を認めてくれる初めての存在であるアーシェルを、イザベラが愛するまでに時間はかからなかった。

だが、それはヒューベルトも同じで……。

結局、アーシェルはイザベラから引き離されヒューベルトに取られてしまった……。

しかし。

マイナスル公爵家を出て、アーシェルをヒューベルトに渡して良かったかもしれない、とイザベラは思うようになった。

マイナスル公爵家を出て、イザベラは別宅を拠点に、念願だった世界に出てみた。

イザベラを待っていたのは、生きがいだった。

果てしない自由、何の束縛もなく、何の障害もない人生。世界中を駆け巡り、己を鍛え、世界中の強者（つわもの）と手合わせする。イザベラはこの血湧（わ）き肉躍る日々が幸せだった。

それが……アーシェルにはきっと馴染めない幸せだろう、とイザベラは分かっていた。

アーシェルにはイザベラのような人生ではなく、貴族らしい人生の方が肌に合うだろう。あの子は気が優しく素直で、闘争心が強いタイプでも、強さにこだわるタイプでもない。貴族らしく腹黒く取り繕うことも、マイナスル公爵家のあの仕事をやるのも、嫌だと思わないタイプだ。

もし、連れてきてもアーシェルはきっと馴染めなかった。あの子は貴族の中で生きるのが正解なタイプだろう。

傍（そば）にいたい気持ちもあるが、イザベラは何処までも冒険したい人間。アーシェルの為にも、アーシェルと離れるのが最善のように思えた。

……しかし、本音を言えば、寂しく思う気持ちも、ヒューベルトに預けるのが不安な気持ちもあった。

……だが、今日。

アーシェルが紹介したその人に会った。

「では、アーシェルに……テオドア。また会おうぞ」

「うん、またね。母上！」

「今日はありがとうございました」

手を振るアーシェル、頭を下げるテオドア。その2人に見送られ、イザベラは歩き出す。

その口元には笑みがあった。

イザベラは安心していた。

今、アーシェルには、彼を幸せにしてくれる良い人間が隣にいる。それだけで彼女は安心して、この家を背に旅に行けるというものだ。

イザベラは馬六頭に引かせた巨大な馬車に乗り込むと、颯爽と帰っていった。

その小さくなる背をいつまでも手を振って見送るアーシェルは、満足げに笑っていた。

「ちょっと寂しいけど……良かったぁ、母上、元気そうだし、テオドアのこと認めてくれたし！」

そんなアーシェルとは反対に、テオドアは疲れきった顔をしている。

「……はぁ……これからどうすれば……」

「ん？　どうしたの？　テオドア」

こちらの気も知らないで、満足げにニコニコとしているアーシェルにテオドアは一発入れたくなったが、ぐっと堪え、代わりに息を吐いた。

「……母上に任された以上、期待には応える。……いつかは誤解を解消しないといけないとは思うが……」

「誤解？　なんかあったっけ？」

「……お前のおめでたい頭が今日ばかりは羨ましい……」

「ちょっと！　羨ましいって言いつつ、全然褒めてないでしょ！　それ！」

小話　誕生日がなくてもパーティーは出来る！（アーシェル視点3p.m.）

ふと、僕は気になった。

「そういえば、テオドア」

「なんだ？」

麗らかな午後、15時のティータイムの時間、今日のデザートはショートケーキで、赤いツヤツヤのイチゴがお日様で輝いている。

そこで、僕は気づいたのだ。

「テオドアって誕生日いつ？」

ショートケーキは確か遠い異国では誕生日ケーキの一つで、チョコレートや生クリームとかで飾り立てて食べる習慣があるらしい、と思い出して気づいたのだ。

僕の誕生日は4月11日だけど、テオドアは知らないな、と。

テオドアはその僕の問いに淡々と、それこそ明日の天気でも話すように答えた。

「知らない」

「え？」

「第一、誕生日自体、祝われたこともないしな」

「えぇ!?」

「自分の年齢も実のところ、知らないし、分からない」

「えええぇぇぇぇ!?」

その夜。

テオドア……まじかぁ……まじかぁぁぁ……。

僕は自分の部屋で呆然としていた。

誕生日知らないって、祝われたこともないって、そもそも歳も知らないって……。

いや、エスパダ伯爵家では、あんまり良い生活してこなかったんだろうな、とは思っていたけど……マジか、まーじーかー。

ん？　と、すると、テオドアが僕よりも歳上の可能性もあるのか？　テオドア、僕より体格良いし、面倒見も良いし、お兄ちゃんと言えばお兄ちゃんな気も……あーやめやめっ!!　僕がテオドアのお兄ちゃん！　お兄ちゃんとして全然それらしいこと出来ていないし、矜持（きょうじ）も何も既にないけど……うぅ、言ってて悲しくなってきた。

けどなぁ……誕生日を祝われたことがないっていうのは、ちょっと寂しい話だな……。

楽団を呼んでダンスとかはしないけど、僕は毎年、結構、盛大に誕生日パーティーをする。両親だけでなく、親戚（しんせき）とか友達とか父上の知り合いも呼んで、チョコレートバタークリームのケーキに歳の分だけロウソクを挿して、みんなでお祝いするのだ。これが結構楽しくて、毎年の楽しみ。それに、自分の誕生を色んな人に祝ってもらうと、生まれてきて良かったって思うんだよね。

つまり、テオドアにはそれがなかったってことだ……。多分、テオドアのことだから、別に気にしたりしないし、もともと気にする質でもないだろうけど……。

うーん。やっぱり寂しいな……。

かといって、テオドアに僕と同じような誕生日パーティーを開くっていうのも難しい。テオドアは引き取られたばかりの養子で、親戚も僕の友達も知らないし、まず第一に父上がテオドアに対して割と放任主義で、全然、気にかけている素振りがない。

父上がテオドアに目をかけていたり、パーティーに乗り気になる人だったりしたら良かったのだけど、多分、僕からテオドアの誕生日パーティーを持ちかけても、面倒だの勝手にしなさいだの絶対関わろうとしないはず。その上、テオドアには個人的な友達がいる気配がないし、お世話になってる騎士団とか魔術省の人に親しい人がいる感じもしない。

……うーん。僕がやってるような誕生日パーティーは難しいな。

でも、だからといって、このまま、誰からも生まれてきたことを祝われないなんて悲しすぎるよな……。

せめて、生誕くらいお祝いしたいなぁ……どうすっかなぁ……？

と、ここで、いつものあの気配。

幻聴くんだ。

はっ！　寂しい奴。ボッチってことか、ははっ、いい気味！　誕生日がないなんて、当然だな。親からも誰からも愛されていなかったってことなんだから！　僕には友達や称えてくれる奴が幾らでもいる。その点、アイツより僕は勝っている。ははっ、こりゃ楽しいな。

酷い奴だなぁ、幻聴くん。友達の有無で勝敗なんてつけるもんじゃないだろうに。てか、幻聴くんに友達いるとか初耳……ハッ!!　……もしかして、幻聴なだけに友達も幻なんじゃ……。二重の意味で、真に寂しい奴なのは、幻聴くんかもしれない……。

んーしかし、これはチャンスだぞ。アイツにボッチってことを分からせてやるには良い機会だ。僕の人望を見せつけるだけでは生温い。奴の誕生日パーティーをやると招待状を奴に持たせて、誰もいない会場に1人にしてやろうか。そうして何時間もボッチのまま放置してやるんだ。それともあれか？　その会場に隠れといて不意打ちでもするか？　目潰しに強い照明を直接浴びせて、耳潰すくらいデカい音を鳴らしてやるんだ。ははっ、子どもじみているが、なかなかに面白い。

面白くなーい。全然、面白くなーい。

本当、この幻聴くん、悪巧みしか考えないな……。

テオドア大嫌いにも程があるって、何処にそんな嫌いになる要素あるかなぁ？　テオドア、良い奴なのに。

……でも、待てよ……？

この幻聴くんの案、良いかもしれない。

ちょっと良い感じにアレンジして、もっと手を入れれば、テオドアに良い思い出が出来るかも。参加人数、僕1人になるけど……まぁ、参加人数は今後、増やしていくつもりで。

「よし！　やること決まった！」

後は準備とスケジュールと……予算はポケットマネーから出して。

えへへ、頑張るぞー!!

小話　誕生日がなくてもパーティーは出来る！
（テオドア視点8p.m.）

ある朝。

起きると、俺の部屋の扉の隙間に手紙が挟まっていることに気づいた。

何処にでもある封筒ではなく、割と立派な金刺繍が施された封筒に入った手紙だ。宛名には俺の名前、差し出し人は空欄になっていた。

差し出し人が空欄とはいえ、直ぐに誰が出したのか分かる……こんなことを俺にするのは、アーシェル以外にはいない。

封筒を開けけば、育ちが良い綺麗な字で、さらさらとそれが書かれていた。

〝本日20時、本邸の西館、客間に来るべし。尚、拒否権はないものとする！　本当に来てね！　ガチだよ？　マジで来なかったら落ち込むからね！〟

……どうやら行かないといけないらしい。

しかも、今日の20時というと俺もアーシェルも元々は何も予定がなかった時間……。そこでアーシエルは何をしようと言うのだろうか。

「……だが、アーシェル本人に聞くべきじゃないだろうな……」

わざわざ差し出し人不明で手紙を出しているのだ。聞くのは野暮というやつだろう。やや落ち着かないが、アーシェルには何も聞かないで今日の20時に客間に行くべきだ。

「一体、なんだって言うんだ……」

その当のアーシェルは朝からソワソワと落ち着かない様子だった。

朝食の時から、どこか有らぬ方を見ていたり、突然、満足げに微笑(ほほえ)んだり、かと思えば、不安げにしかめっ面したり頭を悩ましていたり、と忙しい。

勉強中でも上の空な彼に、俺はデコピンした。

「コラッ」

「イテッ！」

額を押さえてアーシェルは口を尖(とが)らせる。しかし、いつもみたいに恨み言は言わず、ばつ悪そうに俺を見て、

「ごめん、集中するー」

と素直なものだ。素直に謝るアーシェルなんて驚きだ。いつもなら、言い訳がましくあーだこーだ言うのに……お前、一体、どうした。

それから武術の授業、魔術の授業もどこか浮ついた雰囲気で、しかし、勉強の時とは違い、集中すると本人が言った通り、きっちりとこなしていた。

……とはいえ、少し目を離すと、1人百面相しているのだが。

本当に一体、どうした。

だが、ティータイムの時間だけはいつも通り、アーシェルは、目を輝かせてスイーツを頬張り、幸せそうに堪能している。……これだけはやはり、通常運転だ。


そして、夜。

とうとう20時になろうかという時、俺は客間の扉を開いた。

しかし、扉を開き、入った先の客間は……何故か真っ暗だった。

「は？」

部屋の明かり一つない。

だが、そこには異様なものが1つあった。

俺の膝丈ほどある巨大な白い箱。

しかも、赤いリボンで丁寧に装飾されている。

なんだこれは……。

思わず、部屋から出ようと思ったが、扉の方に行こうとすると、箱がガタッ、と小さく揺れた。

音がして箱の方を見ると、慌てたように箱が居直った。

……察した。分かり易すぎた。

箱の方に近づく。そして、箱まであと3歩という時だった。


「わぁあ!!」


箱の蓋が開いて飛び出したのは……思った通り、アーシェルだった。

だが。

アーシェルが飛び出た途端、客間中に仕掛けられた魔術で出来たイルミネーションが光り出し、部屋中をオレンジ色の淡い光で照らし出す。天井から看板が飛び出し、アーシェルは手に持っていたクラッカーを鳴らした。

弾けたクラッカーから煌びやかなテープが俺に向かって飛んだ。

「ハッピーバースデー！　テオドア！」

アーシェルがそう笑顔で祝う。

飛び出した天井の看板には〝Happy Birthday!!〟と書かれ、イルミネーションに照らされて色とりどりの風船が舞う。

驚いた……驚きすぎて、声が出ない。

サプライズ……というやつだよな。でも、ハッピーバースデーってなんだ？

アーシェルは固まったまま、動かない俺に首を傾げた。

「あれ？　もしかして驚かなかった？」

「いや、驚いている……。言葉が出ないくらい」

「良かったぁ！　ずっと用意してた甲斐があった!!」

そして、巨大な箱から、ひょいっと一抱え程ある白い箱を取り出した。

「2人で食べよう！」

アーシェルが箱の蓋を開けると、まだ火のついてないロウソクが立てられた、ブラックベリーやブルーベリー、ラズベリーで飾られたチョコレートケーキが入っている。

……まるで、誕生日ケーキのようだ。

輝くイルミネーション、舞う風船、ハッピーバースデーと書かれた看板……。

「なぁ、アーシェル、これは……誕生日パーティーなのか……？」

「うん、テオドアのね」

「俺の？　でも、俺は……」

「誕生日がないって？　うん、知ってる。でも、誕生日パーティーは出来ると思ったんだよね」

「？」

Happy Birthday

アーシェルは俺に向けて満面の笑みを浮かべた。

「テオドアの生誕を祝うなら、誕生日がなくても、いつでも出来るでしょ？　誕生日パーティーは、誕生したその日を祝うだけじゃなくて、誕生したことを祝う日でもあるんだからさ。生まれてきてくれて！　僕の家族になってくれてありがとう！　テオドア！」

……………あぁ。

そんなことを言われる為に生まれてきた訳でも、生きてきた訳でもない。

ただ生きているからこうして毎日過ごしていただけで、別に誰かに認めてもらう為に人生を歩いてきた訳でもない。

でも………。

アーシェルに……自分が生まれてきたことを……家族になったことを感謝されると……。

俺は今までの人生が丸ごと報われるほど、嬉しかった。

小話　誕生日がなくてもパーティーは出来る！
（アーシェル視点8p.m.）

ふっ、とテオドアが小さく微笑んだのを見て、僕は更に嬉しくなった。

ふふっ、準備した甲斐があったぞ。

サプライズパーティーなんて、されたこともしたこともなかったから、正直、ちゃんと成功するのか、ちょっと不安だったけど、テオドアが喜んでくれてよかった。

この日の為に業者も雇って、念入りに準備したからね。因みにイルミネーションも風船もケーキも僕が選んだ。結構、良いものになったんじゃないかな？

ふふん。それにしても、幻聴くんが不意打ち好きだったからスッゴイ参考になったな。今まで五月蝿いなぁとしか思ってこなかった幻聴くんだけど、今回は褒賞を贈りたいくらい役に立った。幻聴くんの好きな不意打ち闇討ち陰湿嫌がらせも改変すれば、見事なサプライズパーティーの出来上がりってね！　僕、幻聴くんを見直しちゃった。幻聴くんにとって悪い意味でね！

どこか嬉しそうに微笑むテオドアに、僕はマッチを手渡した。

「ほらほら、ケーキ食べよ！　ロウソクの火はテオドアがつけてね。あっ、歳が分かんないから、とりあえず、ロウソクは僕の歳と同じ本数だけどいい？」

「別にいいが……火をつけるなんて魔術使えば、一瞬だろう」

「雰囲気雰囲気。それに伝統だしね。自分で1本ずつロウソクに火をつけて、自分の歳を数えつつ、自分の人生を振り返るのが公爵家の伝統なの」

サプライズの為に片付けていた机と椅子を引っ張り出して、ケーキと皿とドリンクを出す。あ、ドリンクはアルコールじゃないよ？　普通にジュースだよ？

テオドアは素直に言われた通り、マッチを擦って、14本のロウソクの1本ずつに火を灯す。その揺らめく小さな灯火で、テオドアの目がキラキラ光って見えた。

ふと、そのテオドアの口が開いた。

「アーシェル、俺は……誕生日どころか、生まれてきたことを誰かに祝われたり感謝されたりしたことなんて一度もなかった。……いや、正確に言うと、名字がエスパダだった頃は、俺は生まれてきたことを疎まれていた方だった。誰も彼も俺に害意は抱いても関心はなかったし、野垂れ死にしても悲しむどころか、せいせいするような連中ばかりが実の家族だった……」

それは僕も初めて聞くテオドアの過去だった。

テオドアはあんまり自分のことを喋りたがらない。むしろ、どこか隠して蓋をしたがるところがあった。

それを今日、僕は初めて聞いた。

そして、14本目のロウソクに火が灯った。

「……だが……。ここに来てから、正直に言えば、戸惑うことばかりだ。アーシェル。俺は……1人の人間として見てもらえるなんて思わなかったんだ。特にお前は……俺を疎むことも嫌うこともしないどころか、こうして家族として認めてくれる……その上、まさか……生まれてきたことを祝ってくれるなんてな……」

そして、テオドアはマッチの火を消して、14本のロウソクに照らされながら、消え入りそうな小さな声で僕に言った。

「生きてて良かった、と初めて、そう思った」

………あぁ、良かった。本当にやって良かった。

「僕も君が生きてて良かったと思ってるよ、テオドア。君に出会えて良かった」

そう言ってテオドアに微笑むと、照れくさくなったのかテオドアが目を逸らした。耳まで赤くなってるのを見て、思わず笑っちゃいそうになったけど、ちょっと今は笑いを堪えて、テオドアと同じように僕も打ち明けた。

「僕はね、本当にテオドアが家族になってくれて嬉しいんだ。……僕、一人息子だからさ。両親しか今まで家族がいなくて、その両親も不仲で、オマケに2人とも多忙でしょ？　家族団欒どころか、そもそも、あんまり一緒に時間を過ごしたことなくて……正直言うと寂しかったんだ。友達は確かにいるけど、頻繁に会えるわけじゃないし、幼馴染みたいな侍従とか侍女が僕にはいないし……テオドアが来るまでこんなに僕に構ってくれる人はいなかったんだ。家族って出来るとこんなに楽しいものなんだね。なんだかんだ言ってテオドアは毎日一緒にいてくれるし、一緒にいて不幸せに思ったこともないし……僕、今が一番、幸せかも！」

運命というものがあるなら、きっとテオドアとの出会いが僕の運命だった……そんな気がする。

目の色も顔立ちも生まれも違うけど、僕達って良い家族じゃない？

目を逸らしていたテオドアが振り返って、僕と目が合った。

テオドアは照れくさそうに頭をかいた。

「アーシェル、俺がいてお前が幸せなら、それで、俺は十分だ……。その……照れるが……俺もアーシェルに会えて良かった……」

えへへ、そうテオドアに言ってもらえて、嬉しいなぁ……。

僕達はジュースをグラスに注いで、軽く乾杯する。ケーキは綺麗に切り分けて、お互いの皿にのせる。今日のチョコレートケーキはテオドアに合わせて、甘さはあまりないビターなケーキだ。僕としては物足りないけど……テオドアに美味しく食べてもらいたかったから、これで良い。

「テオドア、これが終わったら君の誕生日とか年齢とか決めてさ、今年は僕1人だけだったけど、来年は沢山呼んで、テオドアのこと、もっと色んな人に祝ってもらおう？ 絶対、それが良いと思うんだよね」

そう僕が言うと、テオドアはふと思い悩むように考え込んだ。ん？ どうしたんだろう？ そして、少しの間を置いて、テオドアは答えた。

「……アーシェル、もちろん、それでもいい。やってもらって構わない。だが……もし願えるなら、それとは別に、来年もこうして祝ってくれないか？」

「テオドア？」

首を傾げる僕をテオドアは真っ直ぐに見つめてくる。な、何だか、恥ずかしいな……。

テオドアは打ち明けるように僕に話し出す。その言葉には……確かな熱があった。

「アーシェルと過ごす、この時間が続けばいい、と何故か、そう思ったんだ。今日で終わるのは名残惜しい、と。来年も、その先も、出来れば、ずっと……こうしてお前に祝われて2人きりで誕生日を過ごしたい……まるで夢みたいな幸せを感じる、この時間を今日だけにしたくないんだ。どうしても、アーシェルと一緒にまたこの時間を過ごせたら、と願ってしまうんだ……」

な、なんでだろう。

物凄(ものすご)く、僕の頬、熱い気がする。

今……テオドアから超熱烈な告白をされたような気がするのは、気のせい……？

そんな僕にテオドアは我に返ったようにハッとなって、自分の発言を恥ずかしく思ったのか、慌てて僕に言った。

「すまない。浮ついて妙なことを口走った。別に考慮しなくていい」

「……い、いや……」

なんだか頬が熱いけど、そう言われて嫌じゃない。……ちょっと、いや、かなり？　嬉しいなぁ……何でか分からないけど、テオドアにそう言ってもらえて、妙にドキドキして、胸が温かくなった。

「……来年もする。テオドアと2人きりでパーティーするよ。今度も任せて！　またテオドアがビックリするようなパーティーにする。……僕も、この時間、嫌いじゃないからさ。そ、その幸せ？　だし……」

「……」

テオドアとまた目が合う。

だけど、お互い気恥ずかしくなって、すぐさま目を逸らす。でも、2人とも部屋から出ようなんてしない。隣り合ったまま、そこにいた。

僕は妙に火照った気分を変えようとケーキを口にしたけど、何故かケーキの味が全くしなかった。

代わりに……テオドアがこの時間が続いて欲しいと言う気持ちが本当の意味でちょっと分かった気がした。

ケーキよりも、この2人きりの空間は……病みつきになるくらい、甘やかで、心地(ここち)が良かった……。

小話　とある衛兵から見たアーシェル御学友時代の話

私はユジン。この国の王宮で衛兵として働いている。

表情を変えず、瞬きもせず、長時間直立不動で護衛任務を達成することが特技だ。

まあ、それはいい。

私の今の任務は、レオドール殿下の未来を決める重要な場であるこの広間の警備だ。

広間では、レオドール殿下の御学友として15人程の少年が各地の貴族から集められて、レオドール殿下とともに勉学に励んでいる。

御学友といっても、レオドール殿下のただの勉強仲間ではない。

レオドール殿下の将来の側近になるかもしれない、その候補達である。

レオドール殿下は次代の国王になることがほぼ確実視されている方で、実力も才能も末恐ろしい優秀な方である。その方の側近になるということは、殿下の下で未来の国政を担うということだ。

この国の政治は絶対王制ではあるが、基本的には、王とその側近によって、国を運営する。側近になることが出来れば、もう国を手にしたも同然だ。だからこそ、この側近候補として集められた彼等は、親の期待を一身に背負い、日夜鎬を削り、レオドール殿下の側近になろうとしている。

側近になれるのは、レオドール殿下のお眼鏡にかなった方か、御学友同士の蹴落とし合い……ゴホン、競争に勝ったものだけ。

側近候補は最初、25名程いたが、水面下での政争と権力闘争の結果、今残っているのは15名程。

衛兵として、彼らを丁重に扱わねばならないし、敬わないといけないが……この国の貴族の奸謀ぶりを見ていると……どうも好きになれない。

この広間を警備している間、ずっと彼等を見なければならないが、仕事でなければ、見てられない。

レオドール殿下が優秀な成績を挙げれば、皆して、彼を称え崇め、レオドール殿下がいないところでは、どうにか相手を蹴落とせないか、時に暴力も視野に入れて、虎視眈々とお互いを見張っている。

これが貴族の普通なのだろうな……。


ある時。

侯爵家の御子息が御学友をおやめになった。同じ御学友の1人に階段から突き落とされたのだ。幸い、命に別状はなかったが、本人と侯爵家の意向で辞退なされた。

突き落とした側近候補の方の名は、公爵家の御子息、ハウザー・ナイシャガー。

騎士で名を馳せているナイシャガーの嫡男で、本人も騎士を目指していることもあって、子どもにしては大柄であり、力も強い。彼は父親であるナイシャガー公爵の意向で、レオドール殿下の側近且つ国一番の騎士を目指しており、どんな手を使ってでも側近になれ、と父親に命じられているせいか、とにかく他人を蹴落とす為には何でもする。本人も自分こそが相応しいと鼻にかけていて、性格は傲慢かつ粗暴だ。

輪をかけて悪いことに、ハウザー様は公爵家。身分的に側近に選ばれる可能性が非常に高く、ハウザー様を更に調子に乗らせている。

レオドール殿下の前だけは騎士らしい振る舞いをするが……裏では侯爵家の御令息にしたように、時に暴力を使いながら、他の御学友を辞退に追い込んでいる。

しかし、流石に今回、ナイシャガー公爵家以外の貴族達がそんなハウザー様に危機感を抱いたらしい。

このまま、ハウザー様を側近にする訳にはいかないと、いつもは敵対関係にある貴族達が団結して、ハウザー様を蹴落とすべく、合同で新しい御学友を出すことにした。

それが、新しくレオドール殿下の御学友になった公爵家の令息、アーシェル・マイナスル様だ。

アーシェル様はハウザー様と同じく公爵家。レオドール殿下とは一応、親戚にあたり、父親は王宮で現役の文官をしているとの話だった。

レオドール殿下とは2歳違いの歳下で、側近候補になる予定は当初なかったが、ハウザー様の蛮行を止める為に、貴族達がマイナスル公爵を説得して、御学友にしたらしい。

確かに身分も血縁もハウザー様の対抗には相応しい。

……だが。

「はじめましてー！　アーシェル・マイナスルです！　ところで、今日の茶菓子、誰が作ったんですかぁ？　めっちゃくちゃ美味しいんですけど！」

人格までは、考慮されなかったらしい。

アーシェル様は……ちょっと、いや、かなり、いや、想像絶するレベルの変わり者だった。

御勉強の後、王宮では疲れた頭に糖分を、ということで菓子が出る。彼は勉強もそこそこに終わらせると、レオドール殿下ではなく、その菓子の方にすっ飛んでいく。

普通なら勉強の後は、レオドール殿下を囲み、毎度毎度成績優秀なレオドール殿下を称えつつ、会話をし、少しでも殿下と親密になろうとするのだが。

彼はそんなことしない。

真っ先に菓子、そして、その日の菓子を作ったパティシエを称えまくる。

「今日のオランジェット、美味しい！　どうやって作ったの？　ほろ苦くてあまーい！　貴方、天才？　もし職にあぶれることがあったら、マイナスル公爵家に来て。優遇しちゃう！」

おかげで、王宮のパティシエ部門の連中からはアーシェル様は大人気だ。褒めるわ称えるわ美味しく食べてくれるわ。ここ最近の出される菓子のレベルも爆上がりしている。

アーシェル様が食べる姿が愛おしいとファンも出来ているという話も聞く。

因みにアーシェル様が菓子を食べている間、あのレオドール殿下は完全放置だ。

いや……この子、何しに来ているんだろう。

それが私の第一印象だった。

次第に分かったのは、新しい御学友となったアーシェル様は、側近という立場にあまり興味がないのだろうということだった。

まぁ、入った理由もハウザー様が原因であるし、元々側近候補になる予定もなかった方だ。理解は出来る。

しかし、貴族らしくない方だ。

彼は側近の地位に興味がないからか、誰かを陥れようだとか、レオドール殿下に気に入られようだとかしない。レオドール殿下とも、挨拶とか軽い世間話程度の必要最小限の会話しかしない。

ただ菓子を楽しみに勉強しに来て、菓子を堪能して帰る。まるで殿下との勉強は菓子のついで扱いだ。変わった御方である。

しかし、見るに堪えないものしかないこの場に於いて、アーシェル様は癒しのような存在でもあった。

「ふへへ。ちーずけーき!」

お菓子が出る時間、アーシェル様はフォークを片手に笑顔で幸せそうに食べる。子どもらしいあどけない表情で。

この子どもの姿をした魑魅魍魎しかいない空間で、ただ1人、子どもらしい子どもがいるのである。どっちが見たいかなんて、即決だろう。

あっという間に、彼は俺みたいな衛兵や侍女達の間で人気になった。表立って可愛がることは出来ないが、仕事が終われば、話の話題は皆、アーシェル様のことだ。

「今日は勉強中、ずっとパティシエが出入りする扉を見てましたね。もう待ちきれないって感じで」

「うちの子どもを思い出すわー。夕飯が楽しみでチラチラ台所見ている感じだわ、アレ」

「今日のデザートが、パパイヤのパウンドケーキだと分かった瞬間の表情見ました？」

「可愛かったですよねー!!」

　そして、それは御学友の一部の方もそうであったらしい。

　アーシェル様は今の側近候補の中では最年少だ。それもあって、一部の方には可愛がられていた。

「アーシェル。今日の勉強で困ったことないか？」

「ないよー？　えへへ、外国語以外はあんまり苦手がないように頑張っているんだ」

「そうか。偉いなぁ。アーシェルは」

　皆様、毎日のように精神を削って揚げ足取りしているのだ。ストレスは溜（た）まるし、親の期待は重い。そんな中、無害な人間が来たら、そちらに癒しを求めるのも仕方がない。

　しかし、それをよく思わない方が2人いた。

　アーシェル様が御学友となった原因であるハウザー様と……レオドール殿下の弟君で、アーシェル様と同い歳のカルロス殿下だ。

　カルロス殿下はちょっと可哀想（かわいそう）な御方だ。

　レオドール殿下という何しても完璧（かんぺき）な方の弟に生まれ、御本人の資質がレオドール殿下には遠く及ばないと分かるや否や、誰も彼に構わなくなった。

　その為、今は荒れに荒れており、レオドール殿下との仲も最悪らしく、城の者が見かねて、殿下との和解と同年代との触れ合いを兼ねて、よりによって、この魔物しかいないところに放り込んだわけだ。

　性格が更に歪（ゆが）むだけのような気がした。

　更に悪いことに、よりによってこの空間の一番の良心であるアーシェル様とカルロス殿下は不仲だった。

　それが分かった時、私は震えたものである。

マイペースなアーシェル様と真面目なカルロス殿下ではとにかく馬が合わない。

カルロス殿下がアーシェル様に一言言い、それにアーシェル様がキレるのが日常茶飯事だった。ちょっと前までお互いの勉強態度、今は、牛乳を温めて飲むか飲まないか、なんて割とどうでもいい喧嘩をしている。

ただ、見ているこちらはヒヤヒヤだ。相手が王子だろうが、喧嘩するアーシェル様は勇猛だが、いつ不敬でカルロス殿下に訴えられるか分からない。カルロス殿下かレオドール殿下が不敬だと仰った時点で、アーシェル様の首が飛んでしまう。今のところ、不敬で罰せられる予兆はないが……こちらはただただ心臓に悪い。

しかし、性格が歪むと思われたカルロス殿下は何だか、最近、荒んで暴れる姿を見ていない。むしろ、落ち着いてきたように思う。気のせいか？

そんなカルロス殿下以上に厄介に思っているのが、ハウザー様だ。

ハウザー様は、自身が原因で御学友となったアーシェル様が最初から気に食わなかったようだ。

アーシェル様は、レオドール殿下に媚を売らず、他の候補を蹴落とそうともせず、ただ楽しそうに通う。それは、殿下にゴマをすり、他の御学友とは蹴落とし合いしかしないハウザー様とはまるで対極を行く。それだけでハウザー様にとって、アーシェル様は目障りな存在だった。

その上、アーシェル様は、毎日のように喧嘩するのに、カルロス殿下から不敬で訴えられることもなく、他の御学友達とも馴染み、侍従達にも慕われている。アーシェル様は、この場に於いて、レオドール殿下とは違う意味で中心となりつつあった。それもまたハウザー様を苛立たせているようだ。

しかし、同じ公爵家で、レオドール殿下やカルロス殿下とも親戚にあたるアーシェル様を、いつぞやの侯爵家の御令息のように、直接害することは出来ない。

　更に、ハウザー様にとって不服なことに、マイペースに過ごすアーシェル様を、レオドール殿下自らが許したのだ。

「アーシェル・マイナスルはこのままでいい。彼は学友としてやるべきことはやっている。ならば、それで十分ではないか。この場に於いて私が全ての優先順位だという決まりもないし、彼が私よりも甘い物を選んでも、それをとやかく言う権利は誰にもない。私の側近に相応しいかどうかも含め、彼の処遇について口出しするのは私1人だけだ。良いね？」

　その言葉は、ハウザー様にとって、我慢ならない言葉だっただろう。

　レオドール殿下の話を言い変えれば、彼の行いは自分が保証するから、彼を御学友から外すな、と言っている。

　レオドール殿下が、御学友の皆様について、このように言ったことはない。今まで、御学友同士の蹴落とし合いも、どこか我関せずといった風で、誰にも肩入れしなかったのに。ここに来てレオドール殿下がそう直接言及し、御学友の皆様に仰ったのに驚いた。

　レオドール殿下はアーシェル様と殆ど関わっていないというのに……。何故、肩入れなどしたのか？

会話はほぼ最低限、茶会すらしていない。レオドール殿下からアーシェル様に話しかけたこともない。

　しかし、レオドール殿下は思うところがあったらしく、アーシェル様はもちろんカルロス殿下もいないところで、ハウザー様を始め、そこにいた御学友の皆様に、そう言って釘を刺した。

　これにはその場にいた皆様、動揺した。

同時に、危機感を抱いたようだった。

　これは、側近の1人がアーシェルでほぼ確定したんじゃないか、と。

　ハウザー様は特に、そう考えたようだった。

危機感を覚えたハウザー様は同じ御学友内で忽(たちま)ちアーシェルをよく思わない方々や排除したい方々を纏(まと)め上げて、アーシェル様を自ら辞退させようと計画を練り始めた。

……私は衛兵でしかなく、その計画どころか貴族そのものに自ら関われる立場にない為(ため)に、それを歯噛(はが)みして見ていることしか出来なかった。それに私が止めに入ったところで、アーシェル様の御立場が悪くなるだけだ。

そして、表面上は特に変わりない穏やかな日が続いた、ある日のこと。

アーシエル様がレオドール殿下の御学友になって9ケ月が経(た)つ頃(ころ)だった。

「ん〜！」

アーシェル様はパティシエ渾身(こんしん)の力作、パフェを召し上がっていた。

レベルが爆上がりしていたパティシエ達もここまで来た。数日前から、最高級のクリームと、果実、砂糖、チョコレートなどを買い込んでいたのは知っていたが、それが、縦30㎝横幅15㎝の巨大なデザートになるとは思わなかった。季節の果物に、チーズケーキやコーヒーゼリー、チョコレートムース、バニラアイスが芸術品のように盛られている。子どものおやつに出すような代物ではなく、品評会に出すべきだと思うんだが。……王宮のパティシエ達はどこを目指しているのだろうか。

「しあわせ〜」

アーシェル様はすっかり御満悦で、スプーンを片手に、いつもの笑顔だ。

その日は、急な公務の関係でカルロス殿下はもちろん、レオドール殿下も来られず、御学友だけでの勉強の日だった。その勉強も終わり家庭教師も皆、帰ってしまった。

ここにいるのは、私達、衛兵を除けば、御学友の皆様だけ。

　ハウザー様が仕掛けるには絶好の日でもあった。

「アーシェル」

「ん？」

　パフェに夢中だったアーシェル様が、ハウザー様に呼ばれて、顔を上げる。

　そこにはハウザー様を含め、8人程、御学友の皆様がアーシェル様を囲むように立っていた。

　他の御学友の皆様が何事かと気づいた時には、アーシェル様のパフェはハウザー様によって殴り飛ばされてしまった。

　パフェを入れていたガラス容器が床で派手に割れる音がけたたましく鳴り響いた。

「……あっ！」

　アーシェル様が茫然ともう食べられない程に崩れたパフェを見た。それを見たハウザー様は口角を上げ、わざとらしく謝った。

「おっとすまんな。手が滑った」

　アーシェル様がゆっくりとハウザー様の方を見る。

　ハウザー様はアーシェル様を嗤っていた。

「吐き気のするようなもん、よく食えるよな。お前。甘いもんばっか食ってっから、頭の中まで、甘ちゃんなんだろうな」

　その笑みは完全にアーシェル様を嘲笑するそれだった。

「なぁ、学友の意味もお前、分かってないだろう。この数ヶ月、お前がしたことと言えば、菓子ばかり食って、愛嬌を振りまくだけだったもんな。レオドール殿下も蔑ろにしてよ？　お前、殿下の御学友はそんな菓子程度の為にやるもんじゃねえんだよ。クソガキ」

　ハウザー様を中心に、そこにいた8人がどっと笑う。

それを見た他の御学友の皆様が、慌てて止めに入った。

「やめろ。殿下の言葉を忘れたのか！」

それをハウザー様は一蹴した。

「やめさせなければいいんだろ。なら、こいつが自分からやめりゃあいい」

ハウザー様の隣にいた伯爵の御子息、名前は確かマーカス様と言ったか、彼がアーシェル様の机を蹴った。

「はっ、貴族のきの字も知らないんだろうな。お子ちゃま！　これからお兄様達がご丁寧に現実ってやつを教えてやろうか？　泣いてもわめいてもずっとやってやるよ、ハハッ」

それからは一方的だった。

詰り罵って嗤い辱める。アーシェル様の身分が身分な為、暴力は振るわないが、アーシェル様の私物は目の前で壊された。

更に悪いことに、今、アーシェル様を追い詰めている彼等は軒並み公爵や辺境伯など身分が高く、アーシェル様の味方になってくれるような他の御学友の方は身分的な問題で彼等を止めることはかなわなかった。

しかし、悪夢は意外にも早くに終わった。

「言いたいこと、それだけ？」

アーシェル様である。アーシェル様は目の前でアレだけのことをされたというのに、平然と……むしろ、どこかつまらなそうにしていた。

……ここに来られてから、初めて見る表情だった。

「あぁ⁇」

苛立ちを露わに、ハウザー様がアーシェル様に詰め寄る。

「お前なんなんだ。その口の利き方は？　俺の方がお前より立場が上なのが分かんないのか？　確かにお前は公爵家で殿下の御親戚だ。だから、なんだ？　マイナスル公爵家なんて、名ばかりな何処にでもいる文官風情じゃないか。騎士のような華やかさもなく、ただ地味な事務職だ。殿下の側近はな！　お前のような頭もなければ大した実績もねえ家の人間がなるもんじゃねえんだよ。俺のような実力も名誉も家格もある奴がなるんだ！　菓子食ってるだけで、なれるなんて甘いんだよ！」

言ってやった、と確かにハウザー様がそんな顔をした。だが、そんなハウザー様をアーシェル様が笑った。

……その笑顔は、いつものデザートを目の前にした時のあの笑顔ではない……私が見るに堪えないと思っている……貴族の笑い方だった。

「ははは！」

この異常な状況の中、アーシェル様が大笑いした。

その場にいる全員が思わず、ぎょっとして彼を見る。あまりにもいつもの彼ではなかった。別人のようだった。

そして、一頻り笑った彼は……子どもの姿をした何かになっていた。そして、気づけば、広間はすっかり……彼の異様な雰囲気に呑まれ、彼に支配されていた。

アーシェル様は笑顔でハウザー様を見つめた。

「僕、父上から御学友になる前に言われたんですよね。……側近になるもならないも、その時の気分で良いよって」

「気分……!?」

前代未聞である。絶対に気分で決めていいものじゃない。側近になるということは将来、国政を左右する。それを気分だと!?

「……だけど」

アーシェル様は相変わらず笑っている。だが、何故だろう。……私は自分が震えるのを感じる。何故かその笑顔に恐怖を感じた。

見つめられているハウザー様は、真正面からそれを感じているのだろう。血の気が引いている。

アーシェル様は言い含めるように、にこやかに言った。

「……同時に、父上から適当に貴族を間引いてこい、と命令されまして。側近候補如きに15人も要らないから半分以上減らせって無理難題言うんです」

「…………………は？」

全員が絶句した瞬間だった。

息すら止まるような沈黙の中、アーシェル様は淡々と話し出した。

「ナイシャガー公爵家は元々潰してくれ、って各方面の貴族の方々から直接頼まれてはいたんですよ。だけど、父上が御学友の半分以上なんて言い出して……本当に困ってて。きっとその父上の命令の後ろにはもっと偉い人達のご意向もあるだろうし。ただ本当何で僕がするのかなぁ？　って思ってたんです。でも、命じられたからにはしなくちゃなぁって。で、誰を間引くのかって考えた時、僕、1つ、基準を考えたんですよ。……マイナスル公爵家と僕を舐めた奴って」

それはつまり……アーシェル様は側近に興味がなく、ただ推されて御学友になったのではなく、最初から……御学友の人数を減らすために送られてきた工作員……!?　その口振りでは、公爵家より偉い人達……つまり、王族。彼は父親を通して、王族の命令を受けたことになる。

さあっとこの場にいる令息方が顔面蒼白になる。

だが、震えながらもハウザー様は、気丈に振る舞った。

「お、お前に何が出来る……！　ただの弱っちい子どもだろう!?」

アーシェルは背も低く華奢。ハウザー様からすれば、とても人を害せるようには見えない。

ハウザー様の言葉に、不思議そうに瞬きして、アーシェル様はそんなハウザー様に笑みを浮かべた。

「そういえば、さっき僕に側近は頭もなければ大した実績もねえ家の人間がなるもんじゃねえみたいなことを言っていましたよね？　そのままそっくりお返しします。……ハウザー様、八百長とかって知ってます？」

「っ!?」

　ハウザー様はそう聞かれて、息を呑んだ。そんなハウザー様にアーシェル様は朗々と話し出した。

「いやあ、ちょっと漁ったら、ナイシャガー公爵家は実力No.1、常勝記録歴代1位と華々しい成績をお持ちの誇り高き騎士の家系だというのに、ここ十数年、実践訓練や国内の騎士団内での大会などで、どうも裏で金を渡して対戦相手に負けるよう圧力をかけていたみたいなんですよね。

　その上、大会主催者との贈収賄もあったみたいで、つい最近だと、騎士家系の貴族内で剣術大会したそうですね。大会優勝者はハウザー様、貴方ですね。でも、準優勝の侯爵家の御令息は既に戦場での実践経験もある実力ある方ですし、ハウザー様が準々決勝で当たった伯爵家の令息に至っては、隣国の実力主義な武術大会で全種目総合優勝した凄まじい方です。……おかしいですね？

　日頃、御学友として剣を持たずペンを持ち、気に食わない相手を階段から突き落として、こうして大人数で囲むぐらいしか出来ないような、能がない貴方に、そんな実力、本当にあるんでしょうか？」

　空気が張り詰めた気がした。

　殆ど衝動だったのだろう。ハウザー様がアーシェル様に掴みかかる。服を掴み、アーシェル様に殴りかかろうとした。

　だが。

　アーシェル様は、振り下ろされたハウザー様の腕を掴むと、手馴れた動作で、その腕を捻った。

　バキリッ、と誰が聞いても痛い音が部屋に響いた。

「ああああああぁぁぁぁ!!」

　ハウザー様の悲鳴が広間中に響く。

　華奢な身体のどこにそんな力があったのだろう。アーシェル様はたった今、何倍も体格差があるハウザー様の腕を折ったのだ。

「ああ、あ、ああ……!!」

アーシェルから手を放し、プライドの塊のようなハウザー様が痛みに泣き叫んで、膝から崩れ落ちる。

「ごめんなさい。手が滑りました」

微笑みを浮かべ、アーシェルが演技めいた調子でそう言った。……ハウザー様がパフェを殴り飛ばした時と同じように。

ハウザー様は半狂乱になって泣き叫んでいる。騎士なのだから、生傷や骨折なんて訓練中にしょっちゅうあることだ。多少なりとも経験があるだろうに……その様子を見るに、怪我をする程の訓練を積んでおられなかったのだろう。

ハウザー様が涙目でアーシェル様を睨む。しかし、アーシェル様はそんなハウザー様を嘲笑うだけだった。

「何処にでもいる文官風情の貴族に怪我を負わされて名折れじゃないですか？　ナイシャガー公爵家は実力も実績もあるんですよね？　なんで御学友最年少の僕に、泣かされているんです？」

「……っ」

力が入らなくなったのか、ハウザー様が尻もちをつく。アーシェル様を睨みながらも、そのお顔は蒼白のままだ。底知れない恐怖にハウザー様は青い唇を戦慄かせていた。一方、アーシェル様は……恐ろしくなるくらい、笑顔のままだ。

そんなおふたりの様子にアーシェル様を囲っていた御学友の皆様が後退る。

今、アーシェル様に手を出しても反論してもいけない。それをここにいる誰もが感じた。

アーシェル様はただの貴族の子息ではない。まだ子どもだというのに、父親ひいては王族からの密命を受け、ナイシャガー公爵家の汚職とハウザー様の八百長を暴き、ハウザー様に屈辱を与えた……。

今、盾つけば、すぐさま殺される予感があった。

今まで私が見てきた御学友同士の奸謀など子ども

の遊びであった……。

　アーシェル様はハウザー様から目を離し、先程まで散々アーシェル様を詰った彼等を見た。そして、楽しげに。

「階段から突き落としたり、集団で虐め追い込んだりするのが貴族のやり方なんて僕、知らなかったです。御参考になりましたありがとうございます。でも、実践することはないです。父上から僕が習ったのはそんな大してダメージもない底辺のやり方ではなく……皆様の実家ごと潰すやり方なので。

　ザーイル様の御実家は脱税してますよね？　収支報告書がどう計算しても合わないそうです。財政局と裁判局の方々が縄を用意して待ってますよ？

　キルニス様の御実家は労働法をご存知です？　過労死が他の地域より12倍なんですって！　あ、反乱がもうすぐあるそうです。御家族の命があるといいですね！

　ジャッカル様は側近になる為に色々な方々へ賄賂をご自身が自ら贈ってますよね？　御実家が責任を取るそうです。

　ハンサム様、大変です。御実家は財政破綻して夜逃げを決意しました。女遊びで借金とはベタですねー。

　ナンセル様はお疲れ様でした。高位貴族を酔って殴ったのが陛下に露見したそうですね。隠蔽工作に失敗してしまったので、爵位返上になる明日が待ってますよ？

　クレマン様は家族で談合ですか？　国が行っている公共事業の入札価格の漏えいからその工事の便宜まで……。政庁勤めの貴族と地元の有力者が仲良しで良いことですねー？　しかも、牢屋まで一緒に仲良く入るなんて、なんと素晴らしい友情でしょう。思わず、笑い泣きしてしまいます！

　……そして、マーカス様、貴方様からすると僕は貴族のきの字も知らないらしいので教えて欲しいのですが。

殿下の御学友であることを振り翳して、名だたる御令嬢方に関係を迫るというのは貴族らしいことなのでしょうか？

3日前は伯爵家のミリーナ様だけでしたが、先週は侯爵家のハンネ様、男爵家のマルタ様、子爵家のマリー様、侯爵家のミーデリア様、男爵家のサリーニャ様などなど凄まじい数の令嬢に声をおかけしてましたね。ああ、これだけじゃないですよ？　一応、記録は数年分取っていますから、いつ何時に貴方がどこの誰に関係を迫ったのかちゃんと記録しています。マーカス様は側近ではなく側近候補でしかないというのに、随分、傲慢で大胆な方ですね。御学友の名はナンパの材料ですか？　おかげで、並み居る御令嬢方の御実家がカンカンで、マーカス様に去勢手術を受けさせたいそうです。

その上、先日、マーカス様のお父上が、先王の姫君であった現シュバン公爵家の女夫人、マキナ様に暴言を吐いたそうです。発言には国王を揶揄するようなものもあり、マキナ様は重罪を望んでおられます。

噂だと……マキナ様は御令嬢方の実家とも手を組み、マーカス様の御実家の取り潰しを企てているとか……？

貴族って身分を振り翳せば何でも罷り通るどころか、身分を振り翳すほど反感を買うものだと思ってたんですけど、違ったんですかね？　マーカス様のお父上は身分すら分かってなかったみたいですし、まあ、取り潰されても仕方がないですよ、これが現実です。ええ」

そして、アーシェルは最後に、その場にいるだけで精一杯になってしまった死に体の8人に、淡々と告げた。まるで、死刑宣告のように。

「御学友、お望み通り、僕自らやめてあげます。だけど……それなりの代償は払ってもらいますよ、僕、実は物凄く高くつくので」

数日後。

この数日の間に、ハウザー様など8人の御学友が辞退……いや、この場合、事実上クビか。とにかく、御学友の半分以上が御実家やご自身の不祥事でやめられた。取り潰しが既に決まった家もあるらしい。

特にハウザー様のナイシャガー公爵家は悲惨なことになるそうだ。

ナイシャガー公爵は長年の八百長を始めとする汚職で摘発され、それと同時に今までの経歴詐称についても貴族の方々だけでなく国王陛下からも糾弾を受けることになり、更に内部告発によって、騎士団への予算の横領や、一部の騎士に対する不当な扱いなどがあの日発覚し、失脚まで秒読みという話だ。

ハウザー様は回復魔術で骨折を治して、剣を握れるようになったという話だが……もう今後剣を握ることはないかもしれない。公爵家だから、ある程度、酌量されたとしても、あれだけのことをしたのだ。騎士になることは許されない。

この数日で15人いた御学友はたった7人だけに。

……そして、今日はアーシェル様がやめられる。


アーシェル様はやはり不思議な方だった。

あの日、アーシェル様は、ハウザー様達を追い詰め、彼らが逃げるように退室した後、床にひっくり返ったパフェの前で、大泣きした。

ハウザー様達を糾弾していた先程までの雰囲気はなく、私達がよく知る子どもらしいアーシェル様だった。

「パフェが……パフェが……!」

わんわん泣き出したアーシェル様を、日頃アーシェル様を可愛がっていた御学友様方が、戸惑いながらもどうにか慰めたが……甘い物好きのアーシェル様は余程、悲しかったらしく、ずっとぐずついて涙が収まらず。パフェを作ったパティシエに食べられなかったことと守れなかったことを謝りながらも、やはり泣いていた。

……人格が変わったのかと思った。

いつも私達が癒しにしているアーシェル様から、貴族よりもえげつない貴族なアーシェル様に変わり、今は、いつものアーシェル様に戻ったのだと思った。

あのアーシェル様は人格が変わったとしか思えなかった。子どもの演技をしているという素振りは今まで見たことがなかったが……あれは一体なんだったのだろうか？

回想を終え、私は目の前に集中する。

アーシェル様がレオドール殿下に別れの挨拶をしていた。

「9ヶ月ありがとうございました！」

無邪気に笑顔でそう告げる彼に、ハウザー様を追い詰めたあの雰囲気はない。ただそこにいるのは、お菓子が好きな元気な男の子である。

広間の外でパティシエ達が号泣しているのが聞こえる。一体これから何を目標に仕事すれば良いんだ！　と絶望感に満ちた声もする。普通に仕事しろよ。

侍女や私の同僚達も寂しげだ。これはまあ、仕方がないか……仕事中の癒しがなくなったのだから。

残った御学友の方達は、複雑そうではあったが、快く見送ることにしたらしい。ささやかだが、別れの品を用意していた。

他の御学友が去る時には見られなかった光景だ。きっとこれがアーシェル様の力なのだろう。広間は仄かに温かい雰囲気であった。

……ただ、1人、難色を示されている方がいた。

レオドール殿下だ。

「アーシェル。本当にやめるのかい？」

レオドール殿下は明らかに名残惜しみ、引き止めようとしていた。

「ハウザーにやり返しただけだろう……？　何もやめなくても……」

珍しい。

いや、初めて見る。

今までどんな御学友がやめられる時も引き止めもせず、見送ってきたのに、難色を示すなど。レオドール殿下の中で何があったというのだろうか？

そんなレオドール殿下にアーシェル様は首を横に振った。

「御迷惑をおかけしましたし、これでいいんです。それにマイナスル公爵家は僕しか跡を継げる子どもがいないから、そっちの勉強もしないといけないので」

「しかし、あのマイナスルの後継であっても……ああ、いや、聞かなかったことにしてくれ……」

レオドール殿下は仕方がないとばかりにため息を吐いた。

そして、レオドール殿下は、6人だけになってしまった御学友の皆様の方を見た。

「先に告げておこうと思う。僕の側近は君達6人にほぼ決まった」

突然の発表である。御学友の皆様は目を見張り、思わず、固まってしまう方が殆どだった。

レオドール殿下は小さく息を吐いた。

「父上から早急に側近を決めろと先日、命じられた。アーシェルのおかげで問題ある貴族は退けられた今、君らだけしか残っていないというのもあるけど、それ以前に君らにはハウザーのように家や本人の資質に問題がなく、僕自身の信頼もある。このまま君らは僕の側近だ」

その言葉に、未来の側近に内定した彼らは目を見合わせて、やがて、ほっと息を吐いた。

……この6人の御学友の中には、長い者では8年も御学友だった者もいる。最短の者でも3年だ。それだけ長くあの御学友同士の闘争をしてきた者達でもある。

　それが今日、まだ確定ではないが、終わりを告げたのだ。

　レオドール殿下は彼らを労わるように微笑んだ。

「よくここまでやってきた」

　その言葉に彼らは頭を下げた。

　彼らはもう御学友ではなくなり、近いうちに、正式に側近となって、レオドール殿下とともに将来を歩み、この国を引っ張っていく……。

　レオドール殿下がアーシェル様の方に居直る。

「今回の件はアーシェルのおかげだ。おかげで、この国の未来は明るい。出来れば、何か礼がしたいんだが……アーシェル、お前と……」

「レオドール殿下！　礼をなさるというのなら、スイーツが良いです！」

　レオドール殿下が何か言いかけたように思ったが、アーシェル様がやや遮る形で、そう願った。

「スイーツ……」

「はい！　殿下、僕はスイーツさえあればよろしいので」

　ぱぁっとアーシェル様の瞳が輝く。……この方のこの点だけは本当に変わらないな。

　レオドール殿下は別の褒美を考えていたようだが、アーシェルがそう望むなら……とやや躊躇しながらも、了承した。

「後日、我が国が誇る最高級の菓子をやろう。アーシェルが食べたことがあるか分からないが、きっと好きだろうから、カスタードプディングだな」

か、カスタードプディング!?

　他国では死ぬほど美味いらしいが、我が国では死ねる程甘いスイーツとして有名では？　使われている砂糖の量がえげつない為に高級菓子になっているが……本気か？　確かに、我が国では最上級の賛辞を贈る菓子として使われる菓子だから正解ではある。

だが、このカスタードプディングは一口で気絶し、二口食べれば昇天するとか言われているんだぞ。大丈夫か？

しかし、アーシェル様は目に見えて嬉しそうだった。

「カスタードプディング……！　僕、食べたことないです！　ありがとうございます！」

後に風の噂でアーシェル様がカスタードプディングに感激し、かなり夢中になってるらしいというのを聞いた。マジか。

後日。私は異動となった。

当然だ。御学友はいなくなり、あの広間は使われなくなった。側近となった彼らには、私よりも素晴らしい実力者が護衛につく。

私はその後、王宮の裏庭の方の巡回警備に回された。衛兵内では閑職と蔑まれているが、貴族に疲れた私にとって、これ程良い任務はなかった。

王宮の裏庭は広く、よっぽどのことがない限り誰も来ない。毎日、見るのは庭の花、草、木、山、空しかない。……魑魅魍魎は何処にもいない。清々しい。

出来ればこのまま過ごし……。

「頼む！　お願いだ！」

……過ごせなかった。

裏庭の東屋の方から、震え怯え懇願する声がした。声からして、中年くらいの男性だろうか。

私は警備上、見過ごすことは出来ず……仕方がなく、様子を窺いに行った。

東屋に供も連れずに2人の貴族……それも両方とも明らかな高位貴族らしい装いをした男がいた。

遠くから見ているので、顔は窺えない。しかし、どちらもいい歳した中年の男で、片方は大柄で体格もよく脂がのっている。もう片方は文官なのだろうか？　そんな雰囲気がある細身で右目にモノクルをした男だ。

……そして、大柄な男の方が、モノクルをした男に恥もプライドもなく頭を地に付けんばかりに下げていた。

先程の声は。この大柄な男の方だったらしい。男は遠目からでも分かるほど、青白くなっている。

「頼む。これ以上……これ以上は止めてくれ……。爵位どころか命までなくなってしまう。お願いだ……」

そんな男の懇願を、モノクルの男は鼻で笑った。

「おや？　私に言っても仕方がないのでは？　ナイシャガー公爵」

ナイシャガー公爵……ハウザー様のお父上か。では、モノクルの男は誰だ。失脚間近とはいえナイシャガー氏は公爵だ。そんな公爵が恥もプライドもかなぐり捨てて、懇願する相手とは……。

モノクルの男は、特に表情を変えることもなく、世間話でもするように先程から青白い顔のナイシャガー公爵と話している。

「ナイシャガー公爵。貴方を追い詰めているのは、政敵であった貴族方、公爵の御子息がお作りになられた敵、貴方が率いていた騎士団などでしょう？　私は貴方に何もしていませんよ？」

「……っ」

そんなはずはないとナイシャガー公爵は無言で首を横に振り、息を呑む。

「元はと言えば、貴公の息子が……」

そう蚊の鳴くような声が彼の唇から漏れた。

ん？　ではモノクルの男、彼は……。

「おやおや。私の息子が追い詰めたと？　御冗談を。まだあの子も小さいのですよ。大の大人、それも歴史ある公爵家を追い詰めるなんて出来ませんよ。貴方の御子息とも幾つ違うと思っているのです……？」

白々しい。私は確かにそう感じた。

信じられないものを見る目でナイシャガー公爵も彼を見る。モノクルの男……アーシェル様のお父上、マイナスル公爵は表情も変えず、平然と言ってのけた。

「ナイシャガー公爵。子どもの喧嘩を本気で受け取っているのですか？　子ども同士の些細な喧嘩ですよ？　ははっ。たまたま子どもが喧嘩したその晩に、貴方が告発されただけでしょう？　ねぇ？」

マイナスル公爵は、ごく自然に、しかし、背筋が凍るような不気味さで、子どもの喧嘩のせいで公爵家が潰れるはずがないと、ナイシャガー公爵に言ってのける。

「そんなはず……!?」

「ああでも……」

マイナスル公爵はモノクルを外し、ナイシャガー公爵の方に微笑みを浮かべ……だが、全く笑っていない目を向けた。

「そういえば、今、子ども同士の喧嘩で思い出したんですが、貴方の御子息はマイナスル公爵家を何処にでもいる文官風情とのたまい、我が息子に直接言ったらしいですね」

ナイシャガー公爵の顔が蒼白どころか今にも死にそうな土気色になる。

「ナイシャガー公爵、どのような教育をしたのです？　ナイシャガー公爵家は8代前に小国であったナイシャガー王家が我が国に吸収される形で属国になり、やがて一貴族となった歴史ある家。もしや8代前、王家であった感覚が未だ抜けていないのですかね？　我が国では末端の貴族であろうが、マイナスル公爵家がただの文官ではないのを知っていると言うのに。ははは。笑いを禁じ得ない。随分舐められたもので。貴方はご自身の経歴に金をかけるより、御令息の教育に金をかけた方が良かったのでは？　さすれば、出来の悪さも多少解消し、貴方の未来もこうはならなかったでしょうね」

頭を下げたまま、ナイシャガー公爵は打ち上げられた魚のように口をパクパクさせ、今にも死にそうだ。

背を向け、マイナスル公爵は王宮の方に歩き出した。

「……本当に、御子息の教育に失敗しましたなぁ？　まあ、でも、もう良いのです。私としては、我が息子が貴方の御子息のおかげで良き経験をし、我が公爵家の後継者教育が捗りましたので。たまには、乗り気のしない頼みも聞くものですね。おかげで我が公爵家の未来は明るい。あれくらい出来なければ、我が公爵家の仕事は務まりませんからね。実のところ、あの子はまだまだ可愛いあどけない子どもでして、本当に私の後継になれるのか、不安だったのですよ。もし、今回上手く出来なかったら、飼い殺しを決意するところでした。なので、貴方には色々思うところはありますが、結果的に感謝していますよ。はははっ」

そう笑い出して、マイナスル公爵は立ち去っていく。その背後で、ナイシャガー公爵は膝から崩れ落ち、ガタガタと震えながらうずくまってしまう。

私は……。

私は、あまりの恐ろしさに震え上がった。

喉が引き攣って、膝が震え、足が竦む。

私はアーシェル様についてはよく知っているつもりだが、マイナスル公爵家はよく知らない。

自分は一介の衛兵でしかなく、貴族の世界など確かに内情をある程度把握はしてるが詳しくは知らないし、よく分からない。分からないが……もし、この憶測が正しければ……つまり。

ああ！　恐ろしい！

なんなんだ、あの化け物は！

ただの文官ではない。あのアーシェル様の発言、公爵の話、私が見た様々なものがパズルピースのように嵌っていく。もしかして、もしやあの公爵家は……！

腰を抜かし、私はその場にうずくまったまま、動けなくなってしまった。


しばらくして、私は衛兵を辞めた。

理由は、公爵の話を聞いてから数日経ったあたりで、裏庭の警備からの突然の異動を命じられ、その先が、文官職の多い政庁だと分かって、身の危険を感じたからだ。

もう貴族はたくさんだ。巻き込まれたくない。あれから何故か、あのマイナスル公爵の笑い声が頭から離れない。そう思っていた矢先の異動。私は退職届を即座に出し、逃げるように衛兵の宿舎を引き払い、辞めた。

上司からはエリートしか行けない政庁へ異動なんてかなりの栄転なのだから、と引き止められたが、固辞した。マイナスル公爵のことはとてもではないが言えなかった。

私は辞めて、直ぐに市井に降り、故郷の近くまで行く乗り合い馬車を探し、見つけると殆ど駆け込むように乗った。

だが……。


「うん、ジャストタイミング。計算通りだねぇ」

駆け込み、馬車が発車してしまった後、私は……その有り得ない同乗者に、息の根が止まったような気がした。

「やあ、ユジンくん。しばらく振りだねえ。待ってたよ？」

「……ぁぁ……」

「おやおや、言葉が出ないみたいだねぇ。まあ、良いよ。君を落ち着かせるより、私の用件を早く済ます方が先だからねぇ。……まぁ、早速だけど……」

その瞬間、悪魔が嗤ったのを、確かに見た。

「死んでもらえる？」

「運が悪かったねぇ。敵国のスパイだとか、政敵だとか、そんなことなかったのにねぇ。後ろ暗いところなどない勤勉な衛兵。だけど、ただただ運が悪かった。好奇心は猫を殺すとはいったものだ。君がもっとドライに職務を全うしていたら、こんなことにはならなかったんだけどなぁ。

マイナスル公爵家のルールでね。私達の仕事を直属の部下と貴族以外に知られてはいけないのだよ。アーシェルだけならともかく、私の話まで聞いて悟ってしまった君を、野放しには出来ない……とはいっても、もう形ばかりのルールだから、いつもなら多少わざと見逃すのだけど、君は悪手にも逃げ出してしまったからね。万が一億が一、周辺各国に情報が流れるようなことがあっては困る。だから、死なすしかなかったんだよねぇ……。あ、他殺ではなく、事故死ってことにしとくからよろしくね？」

しかし、返事は返ってこない。

「……ああ、死体にそう話しても仕方がなかったね」

そう言って、悪魔は笑みを浮かべた。

第七話　聞いてませんでした！　スイーツが最優先なので！

レオドール殿下の成人祝賀パーティーが終わってしばらくが経った後。

ある日の早朝。

僕は朝っぱらから、やらかした。

落ちていたシーツに足を引っ掛けて、盛大に転んだのだ。

ドォンっと物凄い音が響く。

チーズケーキがふと食べたくなって、レアチーズケーキかな？　ベイクドチーズケーキかな？　スフレチーズケーキ？　バスクチーズケーキ？　それともチーズタルト？　あぁ、全部食べたぁいなんて、考えていたら夢中になりすぎたみたいで、足元不注意だった。

そのまま、後頭部からすってーんと転んでしまう。


客観的に見て、間抜けすぎるものだったと思う……。

その物音に驚いて、部屋の外に控えている侍女達が慌てて部屋に入ってくるところで僕は気を失って……。

すっかり夢の世界に入ってしまった。


ぐぅー……ぐぅ……。

むにゃぁ……あぁ……レアチーズケーキまじ美味……。こういう夢大歓迎……。んぅ……幸せ……。

『お久しぶりです。私は案内役。このBLゲーム、「Dolce/bitter/sugar」を更に深く知りたい貴方の為に説明しに参りました』

あ……ベイクドチーズケーキも捨てがたい……

え？　……スフレチーズケーキもあるの？　……食

べ放題……じゃん……。はぁ……幸せだぁ……。

『では、改めて、キャラクター紹介を。攻略対象者について？　それとも、選択したデイビッドのゆく先々で敵対することとなる、アーシェル・マイナスルを説明致しましょうか？　どちらがよろしいですか？』

うーん……選べない……どれから先に食べようぉ……。レアチーズケーキ……ベイクドチーズケーキ……スフレチーズケーキ……やん……僕のお口は１つしかないよぉ……全部食べたい……。

『全部ですね。はい。了解しました』

『今回は全部ということですので、主なものだけにしましょう。攻略対象者は先日紹介したテオドア以外に４人います。実はこの他にも、もう１人いるのですが、隠し特殊シュガーＥＮＤを迎え、尚且つ、２周目プレイを開始した時のみ解禁になるキャラクターですので今回は説明致しません。

攻略対象者は、デイビッドの親友となる子爵令息エイダン・フォーガス。学園一の好色男で商会の跡取り息子のラファエロ・ダリモア。魔術省大臣の息子で天才魔術師の侯爵令息コンラッド・サックウェル。そして、正義と誠実の第二王子カルロス。この４人とテオドアを入れての５人です』

む……今、僕のスイーツタイムを台無しにした憎き人物の名前を聞いたような聞かなかったような……。いいや……聞かなかったことにしとこ……。

さぁ……僕のチーズケーキ達……僕のお口においで……！

『そして、デイビッドにとって宿敵となるアーシェルは、国を乗っ取ろうと画策する野心家です。デイビッドは絆を結んだ攻略対象者とともに、彼と対峙せねばなりません。攻略対象者には皆、暗い過去があるのですが、アーシェルはそれを弱味として握り、または、その暗い過去の原因として、攻略対象者を苦しめています。デイビッドは彼らを癒し、時に支えられながら、試練を乗り越えていくのです』

弱み……？　……僕が握ってるのフォークだし……。苦しめているのはチーズケーキの方だよ……みんな食べたーい！　でも、全部一緒に食べられないよ……どれだけ僕を悩ませる気？　はぁ!?　ここに来て、バスクチーズケーキの登場は最高すぎる……！

『しかし、デイビッド達が気をつけなければいけないキャラクターは、アーシェルだけではありません。アーシェルの後ろには、彼の後ろ盾とも言うべき第一王子レオドールがいるのです。

アーシェルはレオドールの側近でもありますが、実はレオドールの愛人でもあるのです』

誰が誰の愛人だって？

僕は今、愛人のチーズケーキ達と幸せな時間を過ごしているんだけど……なんだか外野が五月蠅いなぁ……。ま、いっか、ふふっ、チーズケーキ達、みんな大好き……。

『レオドールは完璧超人と例えられる程の優秀な人物ですが、色恋はその限りではなく、アーシェルに籠絡された彼は、アーシェルを盲目的に溺愛するようになります。彼はアーシェルの野心を知りません。まさか自分を利用して国を乗っ取ろうとしているとは知らず、アーシェルを寵愛しています。

それは彼の傍若無人、悪逆非道な行いを許す程……。

デイビッドがアーシェルに騙されている彼の目を

醒させない限り、アーシェルの非道は行われ続けるでしょう』

んーあまーい美味いー……完璧に籠絡されちゃったよ、僕……。チーズケーキ最高。溺愛しちゃう……寵愛しちゃう……もう、虜。なんでも許しちゃう……。

『レオドールは攻略対象者ではありませんが、彼を止めなければ、ルートによっては彼がデイビッドに立ちはだかることになり、更に、彼を放置すれば、アーシェルが処刑された時、彼はアーシェルの後を追い亡くなり、ゲーム的には一部のキャラクターのシュガーENDが強制的にビターENDになります。

特にテオドアをメインに攻略する時は気をつけなければなりません。アーシェルと完全に敵対するストーリーであるテオドアルートは必然的にレオドールとも関わることになります。その為、選択肢を間違うとビターEND一択になります。レオドールのアーシェルへの執着を舐めてはいけません』

まーじー……チーズタルトも出るのー？　レアチーズケーキを食べてたら、チーズタルトが立ちはだかるなんて……あー、フォークが勝手に口の中に……。好きぃ……甘い……。圧倒的シュガー……おいしい……。あ！　ベイクドチーズケーキ！　ビターな君も好きだよ……拗ねないで……食べるからさ……！

『…………』

『……………………』

『主なキャラクターの説明は以上です。これからは攻略対象者が登場するごとに個別に詳しく説明していきます。では、失礼致します』

あースフレチーズケーキとチーズタルト！　君らが二層のチーズケーキになるとか最強すぎる！　いただきまーす!!

あーん！　あむっ！

……あれ？　口の中に何もない……。

「……なんで……？」

「アーシェル！　目を覚ましたか!?」

気がつくと、僕はベッドに横たわっていて、心配そうにテオドアが僕を覗き込んでいた。

よく状況が呑み込めなくて、瞬きする。

「……あ、僕どうして……？」

困惑していると、テオドアがホッとしたようにため息を吐いた。

「侍女の話だと今朝、お前は部屋で転倒したらしい。医者は脳震盪だと言っていたが……アーシェル、お前、半日、目を覚まさなかったんだぞ」

「半日!?」

びっくりして、窓の外を見るとすっかり夕方の風景だ……。空がオレンジ色になってる……。

僕は思わず、自分の口に手を当てた。

「……じゃあ、あのチーズケーキ達は夢だったの……!?　そんなぁ!!」

嘘だって誰か言って！　わーん！　絶望だぁー!!

「僕のチーズケーキ達……あんなに愛し合ったのに……夢だなんて……うぅ、やだぁ！　認めない！」

泣ける。めっちゃ泣ける。信じられない。そんな僕にテオドアは呆れた目を僕に向けた。

「……元気そうで何よりだ。心配して損した」

「元気じゃないよぉ！　失望だよ！　僕さっきまでレアチーズケーキにベイクドチーズケーキ、スフレチーズケーキ、バスクチーズケーキにチーズタルト！　愛らしい美味しい甘いケーキ達に囲まれていたのに！　起きたら、ないんだよ！　あんなに美味しかったのに！」

「……はぁ」

めっちゃ深いため息吐かれた！　けど、仕方がないじゃん！　本当に幸せだったんだって！

心配してくれたテオドアには悪いけど、あんなに最高だったのに……目覚めたら、幻だったなんて……。

ん？　でも、そういや、なんか変な話も聞いた気がするな……。

「ねえねえ、テオドア」

「……なんだ？」

「僕の枕元で変なこと喋（しゃべ）っている人いなかった？」

「はぁ？」

「攻略どうたら？　とか、シュガーが〜ビターが〜とか、選択肢がどうたら〜みたいな？」

「なんだその意味不明な言葉。頭打ってとうとうおかしくなったか？　いや……元からそうだったな」

「ひどーい！　テオドア、ひどーい！」

思わず、ムッとなって目を背けると、フッ、と視界の隅でテオドアが小さく笑った。明らかに小馬鹿にするような笑みじゃない。ん？　どうして笑ったんだろ？　そう思っていると、テオドアが僕の頭を撫（な）でた。

「わ、なんだよ！」

「……ま、お前が元気なら、それでいいか」

「？」

「もう今日は休んでろ。お前の代わりに料理長に、明日のティータイムはチーズケーキを全種類用意するよう、俺が言うから」

おぉ！　テオドア分かってるぅ！

「ありがとう！　やったぁ！」

テオドア優しい!!　明日、チーズケーキ！　めちゃくちゃ嬉（うれ）しい！　最近、テオドアがちょっと優しい。なんでか知らないけど。とりあえず、それはおいておこう！　チーズケーキが現実で食べられる！

によによ、うっとりとした笑顔になってしまう。

あーもう待ちきれない！

そんな僕の頭をテオドアはちょっとだけ赤くなりながら、わしわしと撫で続けた。

＊＊＊

同時刻。

王宮の外れ、外廊下。

護衛を後ろに2人連れ、カルロスは自室への帰路をゆっくりと歩いていた。

とはいえ、その両手には今日中に片付けられなかった書類の束が握られており、カルロスは帰路につきながら、手慣れた様子で書類の最終確認をしていた。中には近日中に、使いに持たせてマイナスル公爵家に渡さなければならない書類もある。もちろん、宛先（あてさき）はマイナスル公爵、そして、アーシェルである。

ふと、一陣の風が吹き、カルロスが握る書類の一枚が風に吹かれ舞い上がった。

「あっ……」

舞い上がった書類はカルロスの3ｍ手前まで飛び、地面に落ちる。

それをカルロスとは反対方向から来たその人が、拾い上げた。

拾い上げたその人物を見て、カルロスの目は険しく細められ、剣呑（けんのん）に光った。

「やぁ、落ちたよ。カルロス」

「えぇ……どうも」

拾い上げた書類をその人はカルロスに渡す。そこには親切心からの善意しかなく、悪意はない。それも、まるで、出来の悪い子供をフォローするような、カルロスにとっては実に嫌な善意である。

カルロスは書類を受け取り、その人と目を合わせた。

第一王子レオドール。

カルロスと同じく護衛を2人連れ、その人が柔和な笑みを浮かべて、そこにいた。レオドールの手には何もない。職務はもう既に終えたらしい。

「書類はきちんと持ってないと、すぐ落とすだろ。気をつけなさい」

「……そうですね」

「しかも、そんなに持って……。抱えすぎではないかい？　昼間のうちに仕事は片付かなかったのか……。なら、せめて、私に回せる仕事くらいは回せば良かったのに……」

そう話を聞きながら、内心、カルロスは苛立った。レオドールに悪意はない。悪意はないが、いつまでも子ども扱いどころか、出来ない子扱いだ。

まぁ、当然ではある。

100の問題を一瞬で解決出来る頭を持つ優秀すぎるレオドールからすれば、100の問題を1日かけてやっと解決出来る頭しかないカルロスは、正しく出来ない子だ。

だからか、王太子という地位をめぐって、2人は対立しているのだが、どうもレオドールはカルロスに対して、敵対心というものがない。いつまでも出来ない弟をフォローしようとする兄のままである。

その事実が、更にカルロスの神経を逆撫でしているのだが、レオドールは知ってか知らずか、いつまでも変わらない接し方だ。

しかし。

「あぁ、そうそう……」

今回は少し違った。

「カルロス。アーシェル・マイナスルを婚約者候補にしたんだってね」

「!?」

まさか、レオドール本人からその話をふられるとは思わず、カルロスは驚く。そう話をふったレオドールは相変わらず、人好きのする微笑(ほほえ)みを浮かべていて、全く真意が読めない。

「カルロスが婚約者を作ろうなんて、知らないうちに随分成長していたんだね。僕の成人パーティーの時に、色々あったみたいだけど……候補とはいえ、よくあのマイナスル公爵が許したね」

「えぇ……まぁ……」

「数年前に、僕が頼み込んだ時は、すげなく断られたものだよ。余程、カルロスには信頼があるらしい。我が弟にこういうところで抜かれるとはね」

そう言って、微笑むレオドールの心など、カルロスには全く分からない。すげなく断られた、という点がどうも気になるが……。

「じゃあね。カルロス。あまり書類仕事で根詰めて身体(からだ)を壊してはいけないよ」

「……」

レオドールは去り際に、労わるようにカルロスの肩を軽く叩(たた)くと、颯爽(さっそう)と去っていく。

なんだったのだろうか？

カルロスは思わず、レオドールが去っていった方向を見る。

そこには既に兄の背中はなかった。


レオドールは外廊下を歩き、王宮内に入り、そのまま慣れた足取りで来賓室に入る。

そこにはレオドールを待っていた1人の人間がいた。

「やぁ、ベン」

「お疲れ様です。レオドール殿下」

ガタイのいい大柄な体つき、きっちりと着こなした礼服、刈り上げた赤茶色の髪に、茶色の瞳(ひとみ)。生真面目(きまじめ)という言葉をそのまま人間にしたような青年がレオドールに頭を下げた。

レオドールの側近の1人、ベネディクト・グランチア。レオドールからは愛称のベンの名で呼ばれるその人だった。

「レオドール殿下、御休息中のところを、わざわざお越しいただき、大変申し訳ありません」

「別に構わないさ。側近以前に君は友人だからね」

そう微笑むレオドールに、頭を上げ、ベネディクトは小さく笑みを作る。そして、ベネディクトは早速とばかりにレオドールに願った。

「単刀直入に申し上げます。……とても個人的なお願いなのですが、レオドール殿下、是非とも……」

「是非とも……私を使っていただけませんか？　貴方のアーシェルを手に入れる計画に」

　そうベネディクトが告げると、レオドールは笑みを浮かべた。

　先程の弟を思いやるそれではなく、全(すべ)てを壊してでも欲しいものがある、ただ1人の男の笑みだった。

第八話　スイーツがない暇すぎる日曜日

日曜日！

安息の休日！

月曜日という悪魔の曜日の前にある天国の日！

そして！

…………特に、予定がなければ、ただ、ただ、暇な日……。

あーもうー暇だー!!

今日は本当に暇だった。

父上はお友達の伯爵が事故に遭ったからってことでお見舞いに行って帰ってこないし、テオドアは騎士団の実践演習で一昨日(おととい)から明後日(あさって)まで不在、僕の友達は最近忙しいみたいで連絡つかない。

……つまり。

ひーまーだー!!

僕は、暇潰(ひまつぶ)しが苦手だ。元々、予定がバリバリないと毎日過ごせないの。そこの予定の中に仕事があると尚良い。そんなタイプだ。いきなり予定がなくなると過ごし方が分かんなくて困っちゃう。

僕の趣味はスイーツを食べること以外にないし、読書も狩猟もあんまり好きじゃない。馬で遠乗りは結構好きだけど……気分じゃない。

気分的には、ウチの料理長に頼んで、自家製スイーツで食べ放題！ したいなって……感じなんだけど、最近、ウチのスイーツに使う材料を仕入れてくれる取引先にちょっとした不幸があって、僕が直接取引している砂糖以外にまともな材料ないんだよね……つまり、食べ放題が出来ないってことで……やっぱり暇だな……。

あーあ、せめて、テオドアがいてくれたら、この暇に付き合ってくれるのにー。こういう時に限って、騎士団の演習だよ……。

最近、テオドアは騎士団とか魔術省の用事がとにかく増えた。ちょっと前みたいによく一緒にいるなんて、あんまりなくなった。ま、それだけ期待されているってことだし、テオドアが天才ってことなんだけど……。

はぁ……。

でも……。

暇だな……。

何かないかなー。楽しいこと……。テオドアがいると何でも楽しいんだけどねー……。家で過ごすのも、外出するのも……。

折角だから、テオドアがいない今だから出来ることするかな……なんだろう。何が出来るっけ？

ふと、そこで思いついた。

そうだ、街に行こう！

ヤンファンガルの首都、王都は南側が海に、東側が大きな川に面している。

国王陛下が住む王宮は川の中流域にある山の上にあり、山の下には上位貴族のタウンハウスが並び、そこから川の下流と海岸に沿って商人街が並ぶ。平民や下位の貴族は王都の西側に居を構えており、更に西の王都郊外には農地が広がっている。

僕はマイナスル公爵家のタウンハウスから出て、下流域にある商人街と貴族の居住区の間にある場所、商店が並ぶ王都最大の繁華街、ナチェイルに向かった。

ナチェイルには色んな店が並び、平民向けの商店から貴族でもなかなか手が届かないような高級志向の商店もある。ヤンファンガルの首都でも最大の繁華街ということもあって、人の数も運ばれる品物の量も尋常じゃない。

そして……なんてたって、スイーツ店の宝庫でもある！

で、僕はこの暇で暇でしょうがない日曜日。

この街で過ごすことにしたのだ。

わーい‼　スイーツ店巡りだぁ‼

甘いものがそこまで得意じゃないテオドアを連れてじゃ絶対に出来ない！　とりあえず、よく行く5店舗と、後は気になった店をぶらぶら歩きながら見つけて、幸せで満腹になるくらいまで食道楽といこうじゃないか！

まずはタルトタタンの名店、アップルピーから‼

いざ、初陣！

「あら！　アーシェル様！　ごめんなさい‼　ついさっき買い占められちゃって……」

「えぇ⁉　嘘(うそ)でしょ……！」

「今日はもうタルトタタンを焼かないから補充もなくて売り切れなんです、また、別の日に来てください」

「そんなぁ……」

うぅ、出鼻をくじかれた！　けど、まだ店はあるんだ。次はクレームブリュレ！

「ああんずみまぜん！　アーシェル様！　たった今、

売り切れぢゃいまじでぇぇぇ!! アーシェル様がいらっしゃるなら、取り置きすれば良かっだァァァ!!」

「仕方がないことだから。ほら、ハンカチ貸すから泣き止んで。また今度来るね」

マジでクレームブリュレも? う、うーん。た、たまたまだよね? とりあえず次!

「……アーシェル様、誠に、誠に……申し訳ないのですが……」

「売り切れちゃった?」

「はい……。デラックススーパートルネードスパークルシャイニーフルーツケーキは全て、先程来店したお客様が食べてしまいまして……」

「そっか、デラックススーパートルネードスパークルシャイニーフルーツケーキ楽しみだったけど、また来るね……」

「申し訳ございません。次は極上のデラックススーパートルネードスパークルシャイニーフルーツケーキをご用意してお待ちしています」

泣きそう。でも! でも次はあるハズ! だよね!? なかったら泣く自信あるよ!

「……」

「……」

なかったぁ……泣く……。

「グラブジャムンも売り切れちゃったなんて……」

「アーシェル様、ゴメンナサイ。男の子が凄まじい勢いで食べていきまして……。あの子、ヤンファンガルで2番目に甘いお菓子をまるで主食のように食べていきましたよ」

グラブジャムンはシロップ漬けしたドーナツみたいなスイーツだ。脳天を突く甘さが特徴で、1つ食べただけで胸焼けすると言われている。ヤンファンガルでは2番目に甘いスイーツ。1番はカスタードプディングね。それを主食のように食べていた……だと。売れきれていたことにはショックを隠せないけど、その人と話が合いそう……!

とはいえだ！

僕も甘いもの食べたい！

次だー！

「アーシェル様！　聞いてください！　酷い客が来たんですぅ!!」

「もしかして、食べ尽くされて売り切れちゃった？」

「そうなんですぅ！　あの客、僕の、僕のゴールデンボールを綺麗に食べ尽くしまして！　もう僕どうしたら……すっかり空っぽですよ！　最後の一滴まで飲み干されましたぁ！」

「……ゴールデンキングキウイのボールカット盛り合わせをゴールデンボールって略すの止めよ？　変な誤解を生んじゃう」

うーココもダメ！　まさかいつも行く店、全部ダメだなんてある？　ないよね？

もう半泣きだよ！　どうしよ！

スイーツの為にここまで来たのに！

僕はどうしてもスイーツが食べたくて、ありとあらゆる店を回る。ところが、常連の店だけでなく、目につくスイーツ店、みんな完食されたか、買い占められていた。

「な、なんで……」

こんな不運あって良いんだろうか。僕のスイーツ……僕の幸せがないなんて……!!

しかも、どうもそれらは同一人物によって行われたらしい。

男の子で、甘い物が好きで、尚且つ、とてつもなく大食漢。しかも、かなりの早食いらしく、秒でデザートを食べ切る人……いや、どんな人だろう。甘い物好きな点で、話は合いそうだけど、今はちょっとその人が恨めしい。なんで完食しちゃうんだよ……ちょっとくらい残していて欲しかった……。

はぁ。そう僕がため息を吐いた瞬間だった。

「や、やだ……！」

「黙ってついてきやがれっ！」

「大人しくしねえと困るんだよォ、坊ちゃん」

そんなどう聞いても物騒で不穏な声がした。

　繁華街の大通りから1本入ると広がっているナチエイルの迷宮と言われる裏路地だ。区画整理もされておらず、ヤンファンガル有史以来、歴代の地主が利便性だとか合理性だとか考えず作った裏路地はかなり複雑な作りになっている。細い道が幾つも重なり曲がりくねっていて、更に罠（わな）のように袋小路もあるから、初見の人間がここに入ると二度と出ることは出来ないとまで言われている場所だ。

　ま、とは言っても、魔術がある程度使える人間であれば、探知魔術を地図のように使って迷うことなく歩けるんだけどね。

　争う声はこの裏路地の方からした。


「やだ……！　やだ……！」

「恨むなら、お前を見捨てたお前のお友達を恨むんだな」

「全く人望がねえ話で。借金の連帯保証人にさせられてる時点で、最初から便利な奴扱いされていたんだろうが」

「でぃ、ディディはそんな奴じゃ……」

「ははは、根っからのお人好し（ひとよし）か！　お前！　膨らんだ借金、1億5000万ちょい。君がその涙ぐましい友情で払うかね？」

「いちおく!?　は、払えないよ……！」

「払うんだ！　泥水啜（すす）って這（は）いつくばってでも一生かけてな！」

「そんなぁ……。ディディ……どうして僕を……」

「とりあえず、その小綺麗（こぎれい）な顔が使えそうだ。客が取れそう」

「だな。売春させるか？」

「や、やめてよ！　僕は貴族なんだ！　そんなことしたら……！」

「はぁ？　じゃあ、可愛（かわい）い坊や、実家に頼るのかい？ 良いんだぜ？ 実家に、貴方のお子さんの借金肩代わりしてくださいって言っても？」

「……ッ！ だ、ダメだ……こんな借金、バレたら、勘当されちゃう……」

「じゃ、黙って俺らに使われるこったな！」

近くの物陰に隠れて聞き耳を立て始めて数分。

ふむふむ。なかなか可哀想な話だ。

今、2人の借金取りのお兄さんに囲まれたその人。借金を背負わされた人はどうやら友達に裏切られたかなんかで、売春させられそうになってるらしい。犯罪だ。てか、借金1億5000万って凄い額だな……。

物陰からチラッとその可哀想な被害者を見た。

……あっ、あの子知ってる。

華奢な体つき。青い髪に水色の瞳……そして、なんたって中性的で、美少女と見紛うくらいの超可愛い美少年がそこで涙目になっていた。

子爵家の子どもで確か……エイダン・フォーガスって名前の子だ。

と、ここで、あの気配。幻聴くんタイムだ。

エイダン・フォーガス……。子爵家の華と呼ばれる美男子か。ははっ、面白い。家庭環境最悪とは知っていたが、友人関係も最悪とはな。これは、もう少し時間を置いて、売春している姿を映像に収めて、今後の脅しに使おう。なんなら、家のことも含めて、奴に関係を……。

ストップ!!

NONO！ 幻聴くん、腐れ外道すぎるよ！ なんてこと言うんだ。僕絶対しない！

はぁ……本当にそういうの聞きたくない。耳が汚れる。やめて欲しい。幻聴くんめ。

とりあえず、このまま見てられない。

借金取りのお兄さんには悪いけど、その借金、踏み倒させてもらおうか！

「さ、大人しくついてこい」

「夜中には家に返してやるからよ?」

「ひっ……いやだ！　誰か助けて……！」

僕は彼の声を合図に物陰から出る。借金取りのお兄さん達に気づかれないよう、ささっとそれを済ませた。

「グッ！」

まずは鉄板技、手刀で1人目のお兄さんの意識を刈り取って。

「あっぅ……！」

もう1人のお兄さんはちょっと失神するくらいの脳震盪を起こしてもらおうと思って、魔術でそこら辺の石を高速で飛ばした。よし、脳天にクリーンヒット！

2人のお兄さんはほぼ同時に倒れ込んだ。

かかった時間は2・65秒！　ふふっ、ちょっと新記録かも。日頃、暗殺術習ってる身としてはこのくらいは出来なくちゃね。

エイダンから見れば、一瞬でお兄さん達が倒れ、気がつけば代わりに僕が立っている状態だったたから か、エイダンは突然現れた僕を見て、目を見開いてびっくりしてた。

「だ、誰!?」

まあ、そうなるよね。でも、自己紹介はちょっと待って欲しいな。

気を失っているとはいえ、いつ目覚めるか分からないこの人達を放って話すのは無警戒にも程があるから。この人達を片付けてから、こんな場所じゃなくてもっと綺麗な別の場所でお話ししたいよね。

「とりあえず待ってて。自己紹介も後。この人達の関節外して、縄で縛るから。あ、私怨があるなら、今のうちどうぞ?　川に放り込むなり、焼くなり、マッドサイエンティストの解剖用死体の売人に売り捌くなり、何でもどうぞ?」

「えぐい」

縛りながら、お兄さん達の服の中から、エイダンが連帯保証人になった借金の契約書を取り出す。計5枚。全部、かなりの額が記されている。うん。この薄っぺらい紙切れ一枚、なくなれば、ヤンファンガルの法律上は借金の取り立ては出来なくなる。良い法律だよねー。契約書さえなければ簡単に借金踏み倒せるんだから……他国じゃなかなか見られないくらいの緩さ。

ま、今の状況的には、めちゃくちゃ良いことだけどね。

僕は取り出した契約書のサイン欄を見て……直ぐに懐に入れた。うん、ちょっと見たらいけなかったかも。

僕はエイダンに言った。

「ねぇ、ちょっとここで話すっていうのもなんだからさ。一緒にお茶しない？」

side 8.5　エイダンは裏切られた（エイダン視点）

……なんで、ディディ。

どうして、僕を……裏切った？

エイダン・フォーガス。それが僕の名前。

僕は自分で言うのも何だけど綺麗な顔で生まれた。母上には昔、絶世の美女とも言われる美貌があったから、それが遺伝したんだろう。

そう、昔、昔なんだ。

母上が美しかったのは……。

それがいけなかったんだ。

「エイダン！　エイダン！　その顔を返しなさい!!　何度言えば分かるの！」

母上のそんな金切り声を毎日、何度聞いただろう。

母上は昔、社交界でも1、2を争う程の美貌を持っていた。それは時の王や上位貴族にも求婚される程で、隣国にもその美しさは噂になっていたらしい。けれど、ある時、流行病で顔の一部が腫れ上がり、それっきり治らなくなってしまった。

腫れ上がった母上の顔にかつての美貌はなく、醜く、醜悪で、もう美人とは言えず、醜女にしか見えなかった。その腫れはどんな回復魔術でも治らず、腫れ上がったままの顔を、社交界の人達は呪われた女と蔑んで、あれだけ母上の美貌に虜になっていた人達は手のひらを返したように、母上を遠ざけた。

やがて、母上は実家の人達からも腫れ物扱いされ、追い出されるようにフォーガス子爵家に嫁ぎ、その醜い顔がこれ以上世間に知れ渡らないよう軟禁同然の生活を強いられた。

だが、父上だけは母上を愛した。醜い母上をその醜い容姿ごと愛していた。何故かは子どもの僕には分からない。けれど、父上は母上を愛し、そして、2人の間に僕が生まれた。

絶世の美女だった母に似た僕が。

……母上は狂ってしまわれた。母上は、僕が自分の美貌を奪ったんだと信じるようになり、会う度に僕を詰り、夜中に僕のベッドに顔を剥ぎ取りに来たこともある。

父上は助けてくれなかった。むしろ、父上は僕を恨んでいた。愛する人が僕のせいで狂ってしまったのだから、恨まないはずがなかった。一応、僕が跡取りだから、生かしてはくれるけど、何か僕が失態を犯せば、すぐにでも勘当する気でいた。

狂った母上、憎む父上……僕の居場所は子爵家にはなかった。

そんな時、僕の救いとなったのは、ディディだった。

ディディが何者かは知らない。

ある時、突然、僕の屋敷の庭に迷い込んできた男の子だ。遊び相手を探していたら、たまたま僕の家に迷い込んだらしい。

「遊ぼ。エイダン」

それから僕らは友達になった。

ディディの本名すら僕は知らない。でも、居場所もない僕にとって、ディディがいる時間こそが幸せだった。

ディディと僕は子爵家の近くの林で集まって、決まってナチェイルに遊びに行った。そこで八百屋のおじさんのものを借りてチェスしたり、建物がひしめく裏路地で追いかけっこしたり、ちょっと可愛いお姉さんにいたずらしたり、安い大衆向けの食堂で2人してずっとお喋りしたりした。

僕の顔に魅了されて声をかけてくる連中もいたけど、全部、ディディが追い払ってくれた。友達のエイダンを知らない人間に渡すもんか、と言ってくれた。

ディディは僕のヒーローだった。

ヒーローで、メシアで、全てだった。

家が地獄なら、ディディの傍は天国だった。

なのに……。


「ディディは僕を裏切ったんだ。そして、僕は裏切られたんだ……」

ナチェイルの喫茶店。そこの個室で僕は泣き崩れてしまった。目の前には、何故か僕を救ってくれた、知らない男の子がいる。見ず知らずの名前も知らないその子に、僕は今までの経緯と胸の内をいつの間にか全部明かしていた。

「何日か前、思い詰めた顔をしたディディが僕のとこに来て、何も言わずにサインしてくれって言われて、あんまりディディが死にそうな顔をしているから、僕、サインしたんだ。……そしたら、昨日、今日の昼にナチェイルに来るようにディディから手紙が来て……。来てみたら……あの男達が待っていたんだ。男達が言うには、ディディが、自分が借金を払えないから僕が代わりに払うと男達に言っていたらしくて……」

ディディ、なぜ……。なんで僕を生贄(いけにえ)に突き出すようなことをしたの。僕が何かした？　だって、ついこの間まで僕らは友達で……。
しかも、あの借金なに？　あんな大金、一体どうして……。

　ぐるぐると思考が回る。

　目の前が真っ暗になったような心地(ここち)になって、手足がガクガク震える。

　そんな僕に声がかけられる。……それはまるで、真っ暗な世界に光が一筋差したようだった。

「事情は大体分かったよ、エイダン。君は悪くない。君は被害者だ。悪いのは君を嵌(は)めた人達だ。だから、そう泣かないで」

「う……」

　この人は天使か何かなんだろうか？　こんな優しい言葉かけられたことなくて、思わず縋(すが)りそうになる。こんな見ず知らずの僕に優しくしてくれるなんて、本当に天使かもしれない。

　感激している僕に、彼は微笑(ほほえ)んだ。

「だけど、ちょっと見て欲しいものがあるんだ」

「……ぅ……なに……」

　彼は懐から男達が持っていた契約書を取り出した。

「……部外者の僕が見るといけないだろうから、エイダン、君１人だけで中身見て」

「……」

　そう言われて、僕はしぶしぶ契約書の中身を見て……愕然(がくぜん)とした。

　息が止まるような感覚。絶句。頭が一瞬で真っ白になった。

「ねえねえ、エイダン」

　あまりの事実に青ざめる僕に、彼は微笑んだ。

「エイダンが良ければだけど、僕の儲(もう)け話に乗らない？　代わりにさ……」

　それはどう聞いても……悪魔の囁(ささや)きだった……。

「ねえ、今なら、僕が君に力を貸してあげる。……そいつ、見返したいでしょ？」

第九話　美醜ａｎｄ愛憎

エイダンと出会った日曜日から1週間経って、また同じ日曜日。

僕は朝から古びた分厚い辞典と睨めっこしていた。

「何してんだ？」

紅茶を飲みながらテオドアが不思議そうに聞いてくる。今日は騎士団の実技が午後からだから、比較的、今日のテオドアはのんびりしている。

真剣に辞典に目を通す僕が珍しいのか、テオドアが横から覗き込んだ。

「……詳説禁止植物一覧？」

「うん、ヤンファンガルの禁止植物。植物って書いてあるけど、実質、過去、重大な事故や死亡例を出した薬物の一覧でもあるんだよね。一応、今日の為に復習しておこうと思って」

「今日？」

「うん、今日、約束している話があるから。そのためにね」

因みに今日も父上は見舞いで不在だ。……もっとも……今回の見舞いに関しては、ちょっと頼み事もあるから、僕が説得して行かせたのだけど。

荷物をまとめると、僕は玄関に向かっていった。

「じゃ！　行ってきマース！」

テオドアにウインクしてそう言うと、さぁ！　出発！

……そんな僕の背を見ながら、テオドアが目を細めて。

「嫌な予感がする……」

とか言っていたけど、無視無視！

そして、マイナスルの家紋付きの馬車に乗って、僕が直行したのは、フォーガス子爵家だった。今回は護衛も侍従も連れて、割と上等な服を着た。うん、わざわざ、今日の為に完全な上位貴族の訪問って感じの装いにしたんだよね。

正解だったかも。

フォーガス子爵邸に着くと、フォーガス子爵邸の入口を守る門番が一斉に僕を見て、驚く。

「あ、あのどなた様でしょうか？」

「マイナスル公爵家のアーシェルです。先触れの手紙は送ったと思ったんだけど、連絡来てない？」

「こ、公爵家……!?　今、確認させていただきます」

それにしても子爵位しか持っていない家にしては、結構いい屋敷にフォーガスは暮らしていた。

大体、ヤンファンガルの子爵のタウンハウスというと、2階建ての屋敷に小さな庭があるくらいなのだけど、このフォーガス子爵家は、3階建ての屋敷で、しかも西棟と東棟もある。庭は大体屋敷と同じくらいあるし、子爵程度の貴族でありながら、門番を雇えるというのもなかなか珍しい。

「アーシェル・マイナスル様、確認が出来ました。お待たせして申し訳ございません」

そして、僕はフォーガス子爵邸に足を踏み入れた。

玄関に入ると、エイダンが屋敷の奥から走ってきた。

「アーシェル様！」

「やぁ、エイダン。1週間ぶり」

「よくいらっしゃいました。あの……えっと……本当に良かったんですか？」

エイダンが小声でそう聞いてくる。良いから来たんでしょ！

「大丈夫。……それにこれは、そういう取引だもの。エイダンは僕に任せておけばいーの。それより、ちゃんと出来た？　あれ」

「……はい、一応……」

エイダンが不安そうにしていると、部屋の奥から、でっぷりと太った体つきの中年の男が青ざめた顔でやってきた。

「あ、挨拶が遅れました……。アーシェル、ま、マイナスル様！　は、はじめまして、わ、私はエイダンの父、フォーガス子爵のフェリペでございます」

　フェリペ卿……いつ見てもエイダンとは全く似ていないな。エイダンが奇跡の美少年なら、フェリペ卿は奇跡の醜男だ。目は小さく鼻は平べったく肌には大量の吹き出物があり赤黒くなっている。身体から異様な臭いが漂い、喋る度に覗く歯は黒い。何かに呪われているんじゃないかと思うくらい醜い。

「うん、はじめまして。貴方のことはよく知ってるよ。フェリペ卿」

　……その醜さの原因も含めてね……。

　そう僕が微笑むと、ひぃっとフェリペ卿は小さく悲鳴をあげた。

　そんな父親の反応が予想外だったのか、エイダンが戸惑ったように僕と父親を見比べていた。まあ、僕のこと何も知らなかったら、そうなるよね……。

「立ち話もなんだからさ。座らない？」

「は、はい。アーシェル様！　直ぐに案内しますので！」

　フェリペ卿は終始頭を下げてぺこぺこしながら、僕を応接間に案内した。

　応接間もまた子爵家にしては豪華なものだった。

　高価な猫足のソファには全面色付きの絹糸で刺繍されたクッションが置かれ、照明はシャンデリア、机は黒檀と大理石を使ったものだった。それに加え、壁にかけられた絵画も、カーテンもどう見てもいいものだった。

　僕は勧められてソファに座る。

　僕の向かいにフェリペ卿が座り、その隣にエイダンが座ろうとする。それを僕は止めた。

「エイダンはこっちね。僕の隣」

「え？」

「ね？　フェリペ卿、いいでしょ？」

「は、はい。……よ、よろしいです」

　エイダンは戸惑いながらも、僕の隣に座った。

　うん。これで場は出来たかな？

　冷や汗を滝のように流すフェリペ卿が恐る恐る僕

に問うてきた。

「あ、あのう……あのマイナスル公爵家の貴方が何故、我が家に？」

「そんなに怯えなくてもいいのに。そうだね……じゃあ、本題から言うね」

僕は隣に座るエイダンの肩に手を回して、自分に引き寄せて、抱きしめた。

「エイダンをもらっていい？」

「!?」

フェリペ卿が目を見開いて、口をポカンと開ける。

因みにエイダンは、先にもう話し合っているから、全然驚いていない。

フェリペ卿は明らかに慌て始めた。

「え、エイダンを!?　何故!?」

「うーん。経緯を話すとねー？　実を言うと、1週間前、エイダンの借金を肩代わりしたの」

借金の言葉に、フェリペ卿が小さく息を呑んだのを僕は見逃さなかった。

「エイダンは可哀想に、身に覚えのない借金、1億5000万も背負わされて……。たまたま僕、エイダンが参っているところに出くわしちゃったんだよね。可哀想で可哀想で。だから、肩代わりしてあげたってわけ。でも、見返りのない肩代わりなんて流石に御免なんだよね。だけど、エイダンは見返りになるようなもの持ってないって言うからさ。じゃあ、エイダン本人をもらおうと思って。エイダン、顔は可愛いし、将来性もあるからさ」

もちろん、この話は口から出任せ嘘八百。だけど、フェリペ卿は信じ込んだようだった。

「そ、そんな……！　借金の肩代わりをし、エイダンを救ってくださったことには感謝しますが……だからと言って、エイダンを我が家からもらうなど横暴が過ぎます！」

「横暴が過ぎるってことはないんじゃないかな？　だって、肩代わりした金はきっちり1億5000万だよ？　この子爵家にその値段に相当するようなものあるの？」

「…………っ」

フェリペ卿は言葉に詰まったようだった。まるで、迷うように視線を彷徨わせている。

そして、僕はエイダンから手を放して、フェリペ卿と向き合った。

「ああ、違った。あるけど出せないんだよね？　僕がマイナスル公爵家だから。……魔法の粉はさぞや儲かったでしょ？　1億5000万くらいポンと出せるくらいに」

そう僕が告げるとフェリペ卿は冷や汗をだらりと流して、唇を戦慄かせた。

「な、何の話でしょうか？」

「あぁ、しらを切らなくても大丈夫だよ。マイナスル公爵家では割と前から知られていたから。売買の証拠も密輸ルートも全部知ってるよ。それをナチェイルの闇市場で売り出していたこともね」

フェリペ卿の表情から面白いくらい血の気が引いていく。違法な商売だったのは自覚があったみたいだな。

ナチェイルには、王都繁栄の影とも言うべき側面がある。それが地下に広がる闇市場。国では絶対に許されない非合法な商売を中心に扱う業者が集う市場だ。盗品や違法ドラッグ、奴隷……とにかく売られているものはブラックな品ばかり。ヤンファンガルの病巣とも言われる場所だ。

……そこで、フォーガス子爵は商売をしていた。

通称、魔法の粉……。またの名を……イミテーション・イリュージョン。

ヤンファンガルが禁止する薬物の1つで、その効能は……自分、もしくは他人の容姿を模造し偽る薬。

おとぎ話でありそうな代物だ。飲んだり粉を振りかけたりすれば、忽ち自分が思い描く容姿に早変わり。美少女にも美青年にもなれる超便利な魔法の薬。

しかも、自分からも他人からもその思い描いた容姿にしか見えなくなる。

そして……。

と、そこで外から慌ただしく、応接間に向かって駆け込んでくる足音がした。そして、応接間の扉が勢い良く開かれた。

「私の顔を元に戻せるという方は貴方!?」

……エイダンの母親、ネルミー様だ。

ネルミー様は……醜女だと言われるだけある……。頭に髪はなく、可哀想な程に顔が腫れ上がって元の姿は全く想像できない。目は腫れぼったい瞼で潰れ、右頬は異常な程に膨らんでいる、唇は上下ともに赤く腫れて口を開けることすら難しいようだった。

うん、良かった来た来た。エイダンに頼んで、ネルミー様に手紙を出したんだよね。

貴方の顔を戻すお薬を用意しましたって。

そんなネルミー様に僕は思いっきり愛想良い笑みを浮かべる。

「良かったです！ ネルミー様、さぁ、どうぞ。貴方の為に特注した薬ですからね」

隠し持っていたコップに入っていた水と薬をネルミー様に渡す。薬はカプセルで中には大量の粉薬が仕込んである。

フェリペ卿が驚いて、ネルミー様を止めようと手を伸ばした。

「やめろ、ネルミー!! それを飲んではいけない！ やめてくれ！」

それをネルミー様はフェリペ卿を蹴り飛ばし制止を振り切った。フェリペ卿は床に倒れ込んだ。

「うっさいわね！ 私は……美しい、美しい自分に戻りたいのよ!! こんな顔になったばかりに誰からも愛されなくなった!! 外にも出られない！ 未来に幸せを描けない!! この絶望から逃れられるなら、なんだってするわよ！ 私の顔、私の顔を……！

元に……！」

　ネルミー様は一気に水と薬を飲み干した。その姿を見て、フェリペ卿が絶望した顔になる。

「ネルミー……。嘘だ……嘘だ……！」

　変化は直ぐに訪れた。

　ネルミー様の顔が淡く光り始め、やがて、眩しい程の光が応接間に降り注いだ。思わず、そこにいる誰もがあまりの眩しさに目を閉じた。

　光が収まる頃、ゆっくり目を開けると……劇的にネルミー様は変化していた。

　ネルミー様は恐る恐る自分の顔に触れる。腫れ上がったところもなく、痛々しいところもない、自分の顔を何度も触る。

　僕はネルミー様に手鏡を手渡した。

「美しいですよ？　ネルミー様」

　ネルミー様は震える手で手鏡を持ち、ゆっくりと手鏡を覗いた。

　そこには、豊かで美しい黒髪に、ぱっちりとした艶やかな金色の瞳、高い鼻筋、淡い桃色の頬、色気のあるぷっくりとした唇をした……絶世の美女。この世で最も美しい女性がいた。

「あぁ……あぁ……！」

　ぽたぽたとネルミー様の目から涙が落ちる。ネルミー様は頬を押さえ、微笑みを浮かべた。

「私の、私の顔！　私が愛している、この世でたった1つのもの！　あぁ、私の顔！　私の顔が戻ったわ!!」

　何度も幾度もネルミー様は手鏡を覗き込む。その姿を見て、フェリペ卿が俯いて身体を震わせている。

　種明かしをするように、僕はネルミー様が飲んだ薬について説明した。

「ネルミー様に渡した薬は、ちょっと一般ではあまり出回らない、とても強ーい解毒剤でね。飲んだら忽ち身体を適切な状態に戻してくれる代物なの。……だからさ、慢性的に魔法の粉を服用されていたとしても、直ぐに治るってわけ」

「……っ」

「魔法の粉は便利だよねー。魔術によるものではなく、魔法の粉の元となる植物の強い幻覚作用によって容姿を偽装するから、回復魔術じゃ容姿を治すことは出来ない。そもそも身体が傷ついているわけじゃないからね。しかも、無味無臭だから食事に混ぜても食べている当人も気づかない。効能の持続時間も25時間と長いから、毎日欠かさず使用すれば、ずっと任意の容姿に出来るよね。……それが赤の他人による者の手であっても」

「……っ」

フェリペ卿が俯いたまま、息を呑んだのが分かった。

「フェリペ卿。貴方ですよね？　ネルミー様の容姿を醜い姿に変え続けたのは。その理由は僕には分かりませんが。でも、取り扱っている貴方は知っていたはずなんです。……魔法の粉が何故、我が国では禁止されているのか」

魔法の粉の原材料となる植物はヤンファンガルでは栽培も売買も禁止されている特一級の植物。粉にすれば、忽ち、容姿を変える魔法の粉の出来上がり。

でも、当然、その奇跡のような効能に見合った副作用も存在する。

「魔法の粉は……常用し続けると精神が著しく崩壊していく怖い薬。やがて、判断能力がなくなって……自我が崩壊する。自分の家族、息子すら分からなくなる程にね」

「…………え？」

声を漏らしたのは、エイダンだった。そんなエイダンに僕は言わなくてはいけない。

「エイダン。多分、もう、ネルミー様は君が誰か分からない。自分の顔を奪った人間だと認識してはいても、自分が産んだ子だとはもう分からないよ。常用しただろう年数とその量をどう計算しても、記憶も思考もぶっ壊れている。……解毒剤を服用しても精神は治せないからね」

「……」

　呆然とするエイダン。そんなエイダンの前で、手鏡を片手にネルミー様が咽び泣いている。

「私の顔！　私の顔、素晴らしい顔！　ああ、私のたった1つだけの宝物！」

　エイダンの目がフェリペ卿に向けられる。

　もしかしたら、エイダンは心のどこかで母親の顔さえ治れば、母親から愛されるのだと思っていたのかもしれない。

　でも、もう無理だ……。

　全部、フェリペ卿が壊した。

　フェリペ卿は青白い顔で震えていた先程とは打って変わって、怒りで顔を赤くし震えていた。

　そして、絞り出すように発した言葉は予想外の言葉だった。

「やっと！　やっと！　復讐出来たと思ったのに!!」

side 9.5　見せかけより大事なもの（エイダン視点）

　父上が話し始めたのは……僕が生まれるより前の母上がまだ社交界の華と呼ばれていた頃の話だった。

「彼女は美しかった。それはもう……全ての人間が息を呑むほどに。けれど、美しすぎた。彼女は名だたる人間に愛されていた。次第にその事実を鼻にかけて傲慢な振る舞いをするようになった。この世で最も素晴らしく尊い人間だと思い込み、自分以外の全ての人間を足蹴にするような女になってしまった。私は……彼女を愛していた。ずっとだ。どんな男よりも女よりも……！

　婚約者になった時は嬉しかった。金目的の婚約だったとしても!!

　しかし、彼女は……アイツは言ったのだ！　結婚したとしても、私に釣り合う容姿でもないお前と共にいることはない。むしろ、お前如き何処にでもいる奴と婚約した私に感謝して欲しいとな！　その上、アイツは私を至る場所で笑い者にしやがった。社交界の宝石を金で買った身の程知らずと！

　私の恋を踏みにじり辱めた彼女を、私は許せなかった……。どうしても……！

　ならば、最も彼女が望まぬ未来を見せてやろうと思った。醜く恥ずかしい容姿の花嫁にしてやろうと……！

　魔法の粉を手に入れるのは容易ではなかったが、入手販売ルートを確立させれば、湯水のように手に入った。後は、私が思い描く顔に彼女の顔を変えるだけ。

　水に混ぜると美しくなる薬に変わる粉だと彼女に言えば、簡単に引っかかったよ。直ぐに自ら紅茶に混ぜて愛飲するようになった。

　最初顔が変わった時は流行病だと嘯いて誤魔化した。それからずっと変わらないと知るや彼女の絶望ぶりは爽快だった！

　誰もが化け物だと逃げ惑い怯えて震えるものだから、愛されたがりの彼女は直ぐに心が折れて、壊れた。

　だが、壊れたところで私の憎しみはまだ終わらない。まだ、まだ……終わらせない……そのはずだった！」

　キッ、と父上が僕を睨みつけた。

「お前は……偶然出来た子だった。子どもを作る気はなかったんだ……。魔法の粉は本当にその人間の容姿を変える訳じゃない。ただ幻覚によって自分も他人も騙すだけのものだ。生まれてくる子どもは、まやかしではない本当の容姿で生まれる。生まれるとしたら、彼女に似た……美しい子どもが生まれるのは分かっていた。私が憎んでやまない容姿で！　産まれてくると！　分かっていた！」

　……僕は……。

　今まで、父上が僕を恨んでいるのは、生まれてきたことで愛する母上の心を壊したからだと思っていた。

違ったんだ……。

母上はとっくの昔に壊れていて、父上は僕が生まれてくる前から僕を憎んでいた。

僕が美しいから……。

だから。

「だから、父上は……僕に借金なんて背負わせて……売春なんてさせようとしたの？」

僕は胸ポケットから借金の契約書を取り出す。広げたそこの借主の名前はディディじゃない……父上だった。

父上は僕を嘲笑うように一笑した。

「バレていたか……まぁ、いいさ。……彼女を完全に貶めるには、容貌を変えるだけじゃ生温かったと反省していてな。せめて、娼婦に落とすぐらいはしておけば……そう思っていた。……だから、お前はそうしようと決めていたんだ。ディディ？　だったか？　あの子は役に立ったよ。お前を絶望させてから辱めるつもりだったからな。多少の希望くらい持たせてやらねば、復讐にならないと、用意したのさ。お前は簡単に騙されてくれた。あの子も何でもやってくれたよ。借金は確かに私が作ったものだ。とは言っても、本当は借りていない偽の借金だがな。全てはお前を貶める為の自作自演！　だが、保証人のサインも、あの借金取りも用意したのは、あの子さ。おかげで全て順調に進んだ」

…………あぁ、ディディ……。

最初から父上側の人だったのか……。

僕は……最初から裏切られていたんだ。一緒にいて、あんなに幸せだったのに。

落ち込む僕に父上は舌打ちした。

「……だが、まさか、お前がその美貌で、よりによってマイナスル公爵家を味方につけるとは思わなかった……。これで私の復讐は潰えた!! もう二度と魔法は使えない!! マイナスル公爵家に目をつけられて無事だった貴族はヤンファンガルに存在しない!! 良かったなぁ! エイダン! お前は父親を売って、フォーガス子爵家も潰した! これで本望か!?」

父上は怒り叫んだ。そこにわざとらしい呑気な声が響いた。

「あ、手が滑ったー!」

小さなカプセルがアーシェル様の手から放たれる。それは怒鳴り散らす父上の口の中に、綺麗な弧を描いて吸い込まれるように入っていった。

ゴクリッ。

確かにハッキリとカプセルを父上が呑み込む音がした。

場の空気が凍った気がした。

「嘘だ……」

そう父上が零した瞬間、ぱあっと父上の顔が光り輝く。それは先程の母上に起きたことと一緒だった。

もしや、父上も……!!

光が収まると……そこには。

引き締まった体に、輝かしい青い髪、澄んだ水色の瞳をした色男がそこにいた。

……信じられない。いつも見ている父上じゃない。有り得ないほど、綺麗な人がいた。本当に自分の父上なのか分からない。

父上は自分の顔が変わった……いや、元に戻ったことを悟ると、膝から崩れ落ち、顔を両手で塞いで絶叫した。

「やめろ!! 見るなぁ!! 私を見るなあぁぁぁ!!」

半狂乱になって、父上は叫ぶ。見るな、見るなとその顔を隠そうとする。

アーシェル様がそんな父上を見ながら、言った。

「フェリペ卿も、昔語られていた容姿と今の容姿が違うから、もしやと思っていたけど、やっぱり服用していたね。フェリペ卿の場合は、大方、ネルミー様のせいで笑い者にされたショックで、自分の容姿がコンプレックスになったんだね。それで最初から醜男であれば、貶されてもどうってことはない……そういう理由で容姿を変えるために粉を服用していたみたい。……こんなに綺麗な人なのに、ネルミー様は見る目がなかったんだなぁ……」

そんなアーシェル様の言葉を聞いて、僕は、俯いた。

結局、僕は父上の私怨で……元を辿れば、母上の傲慢さのせいで、人生を壊されそうになったんだ。

もし、もし。

あの時、アーシェル様が助けてくれなかったら、僕は見知らぬ誰かに身体を開かないといけなかった。どんなに屈辱的でも惨めでも、本当は存在しない借金の為に、働かされ、酷使され……人生は暗いものになっていた。

母上も父上も最初から……僕を愛していなかった。

それは……ディディもなのかな……。

アーシェル様の話に乗ったのは、確かに、僕を嵌めた父上を見返したい気持ちがあるにはあったけど、確認したかったんだ。

少しくらい、僕を愛しているんじゃないかと。

本当は何かもっと深い事情があって、僕を差し出すしかない状態だったからやっただけで、本当はやりたくなかったんじゃないかと、彼らがそう思っていると願っていたんだ。都合のいい話だけど。

でも、そんなことなくて。最初から……僕は……。

「そうそう。エイダン。紹介したい人がいるのだけど、今良い？」

突然、アーシェル様がそんなことを言い出した。

は？　紹介したい人？　しかも、今？　この母上と父上が泣き叫んでいる今？

僕は全然理解が出来なかった。

「い、今じゃないといけないんですか？」

「うん、今じゃないといけない。だって、エイダン、君の問題が終わってないじゃないか」

「？」

よく分からなくて疑問に思っていると、アーシェル様は応接間の扉に向かって、声を出した。

「入っていいよー」

そして、入ってきたのは……。

「ごめん！　エイダン！」

ディディだった。

部屋に入ってくるなり、ディディは僕に向かって頭を下げる。

でも、僕の知るディディはいつも小綺麗な格好をしていたけど……今の彼はどう見ても……。

奴隷の姿をしていた。

ディディは泣いていた。

きっとずっと毎日のように泣いていたんだと思う。その顔は赤くなっていて、泣き腫らした跡が痛々しく残っていた。

「エイダン……。僕は君を騙していたんだ……僕は本当は君の友達じゃないんだ。子爵にそう命令されてなっていただけ。いや、元々なれる存在じゃない。……僕は見ての通り奴隷で……元から、ちっともエイダンの隣にいられるような存在じゃないんだ……。容姿だって声だって何だって何一つ取り柄もなかったから、売れ残っていたところを子爵に拾われて、君を懐柔するよう命令されて、身分を偽って近づいた悪い奴なんだ。ごめん……ごめん……エイダン。命令に背いたら、直ぐに僕を市場に戻すって、子爵に言われて……怖くなって、エイダンを……。エイダンが不幸になるのが分かっていたのに……僕は……!!」

ディディの目から涙が止まらない。

その目の下は酷い隈になっていて、頬も痩けている。きっと何日も何日も悩んでいたんだろう。

「エイダン、僕は君を騙し、奴隷なのを隠して友達になっていた……。ずっと君と友達であれたら、なんで思いながら、自分可愛さに君を不幸にしようとしていた……。何度、謝ったって許されることじゃない……。僕は、僕は……君の容姿なんて関係なく本当に君が好きだったのに、君と一緒にいて救われていたのに、君を……傷つけようとしていたんだ」

　身体が震えて止まらないみたいだった。

　ディディの体は折れそうなくらい細くなっていて、服越しでも骨が浮いて見えた。きっと何日も何日も苦しんで、食べてなくて……ずっと、後悔してた。

　アーシェル様が僕に語りかけてきた。

「彼はね。衣食住は保障されていたみたいだけど、子爵家の地下にずっと閉じ込められていたの。牢屋というより犬小屋と言った方が適切な程、小さな牢にね」

「え?」

　さあっと僕から血の気が引いた。

　アーシェル様は続ける。

「君と会う時だけ牢から出されて、その間だけは自由に過ごすことが出来た。でも、それ以外は、牢に四六時中ずっと閉じ込められて、明かりもなければ、寒さをしのぐものもない、そんな場所で過ごしていたの。この家の誰も彼を可哀想に思わないし、助けようとしなかった。ただ必要な時だけ使われる道具みたいな生活……。けど、ナチェイルの闇市場にいた頃より、その生活はだいぶマシな生活なんだって。容姿も何もかも取り柄がないからって嗤う人もいない……売れ残りだからと自分を傷つける人も嬲る人も犯す人もいない。……今の生活は恵まれた生活なんだと彼は言っていたよ」

　その話に、衝撃の事実に、僕はあまりのことに頭が真っ白になった。言葉にできないくらい色んな感情が溢れかえって、泣きたくなってくる。

「ねぇ、エイダン。ディディの処遇は君に任せるよ。ディディをどう扱うのか、どうするのか、君が考えるといい」

　ぐちゃぐちゃな感情を一言で表現するなら、僕は後悔していた。

　友達のことを、何一つ、知らないまま、僕は彼を恨んでいた。本当はもっと、きちんと、父上のように盲目的に憎むのではなくて……見せかけに騙されずに、もっと、もっと……。

……もっと、話して、理解して。

　友達として、一緒に泣いて悩んで苦しんで、２人で父上を打倒して、乗り越えたら良かったんだ……。

……だって、僕は……ディディが好きなのだから。

第十話　幸せなら良かった

あれから1ヶ月ちょい、経った。

　僕は訪問着に着替えて、とある伯爵の家に遊びに来ていた。

　護衛を連れて玄関をノックすると、その子は出てきた。

「やぁ、こんにちは」

「待ってましたよ。アーシェル様」

　僕を出迎えたのは、エイダン・フォーガス……ではなく、エイダン・ハートレスとなった彼だった。

　屋敷の中の廊下を歩きながら、２人で話す。

「どう？　伯爵家の生活は」

「良くしてもらっています。慣れないことばかりですが、伯爵様……あ、えーと、義父上には可愛がってもらってますし。後継者教育も順調で……とはいえ、まだまだなんですけど」

「いやいや、これからだよ。エイダンなら大丈夫さ。……彼も一緒なんだしさ」

僕がそう言うと、エイダンは頬を赤らめた。それがちょっと誇らしそうにも、ちょっと照れたようにも見えた。


どうしてエイダンがハートトレス伯爵の養子になったのか。

それは1ヶ月ちょい前のこと、それはエイダンと出会う、ほんの一日前の話。

父上がため息を吐いた。

「あーあ。やっぱり予想通りだったねぇ」

「どうしたの？　父上」

「アーシェル、君のデザートの材料って、どうやって手に入れてるか知ってるよね？」

「うん、ハートトレス伯爵に頼んでるよね？」

ハートトレス伯爵は父上の友人で、社交界きってのグルメとして有名な方だ。そのハートトレス伯爵は伯爵としての業務の傍ら、食品貿易を専門とする商会を運営している。自分で品定めした特一級の材料で料理を作り、堪能しようというわけだ。

で、僕のティータイムに出されるスイーツの材料は、その伯爵に依頼して取り寄せてもらっている。

素晴らしい審美眼がある伯爵に任せれば、自然と良いスイーツの材料が手に入るというわけ。その上、材料の調達だけじゃなくて、商会や公爵家が持っている果樹園とか牧場からの材料の運搬も伯爵の商会に任せているから、だいぶマイナスル公爵家のスイーツ事情は伯爵に依存している。

父上はまたため息を吐いた。

「それがね。最悪の事態が起こっちゃったの。あの馬鹿、過労で倒れちゃった」

「へ？」

「んで、あいつ、跡継ぎいないんだよ。だから、代わりに商会を回す奴がいなくて、今、商会の運営がストップしてる。だから、アーシェルのスイーツの材料の調達も運搬も出来なくなっちゃった……」

「え、えええぇぇぇ!?」

嘘でしょ！　そんなぁ困るよぉ!!

「あぁ、アーシェル。そう落ち込まなくていい。商会自体は2日くらいあれば、どうにかなるらしいから。デザートがないのも2日くらいさ。ただ、どうするかなぁ……こんなことが何回も起こってもらうと困るなぁ。跡継ぎくらい養子でも何でも用意すればいいのに」

愚痴るようにそう言った父上。

ハートレス伯爵は元々食べることしか興味のない方。自身の結婚より料理を優先した結果、婚期を逃しまくって、未だに跡継ぎがいない。だから、伯爵が倒れられると、伯爵がやっている事業は全てストップしてしまうのだ。

困る、物凄く、困る。

僕のスイーツタイムが完全になくなってしまうなんてことはないだろうけど、伯爵に何度も倒れられたら……やだ、考えたくない。

跡継ぎにもなれて、尚且つ、伯爵が過労でぶっ倒れないよう仕事をサポート出来るような人材が必要だ。

そう思っていた次の日、僕はエイダンに出会った。

チャンスだと思った。

どうせフォーガス子爵家は近い内にマイナスル公爵家の仕事で消さないといけなかったし、本人は美少年で顔が良い。これは物凄く営業向きだ。ニッコリ微笑むだけで契約をゲット出来る力がある。しかも、子爵家の次期当主として、ある程度、後継者教育も受けている。伯爵家の跡継ぎになれるくらい、基礎は既に学んで出来ているのだ。

だから、僕はエイダンに持ちかけた。

伯爵家の養子にならないかって。

そして、エイダンはそれに頷いた。

僕は急いで父上に説得に行かせ、伯爵の了承を得た。

伯爵は突然降って湧いた養子の話に驚いていたけど、エイダンの事情も分かった上で、引き取り、そして、跡継ぎにすることを決断してくれた。……絶対、了承してくれるとは思っていたけど、エイダンの事情まで考慮してくれて、本当に嬉しかったな。

そうして、エイダンは伯爵家の養子になったのだ。

エイダンは随分、明るい顔をしていた。

出会った時の何もかもに絶望していたあの雰囲気はもうない。

そこへ、1人の少年がやってきた。

「遅れてすみません！」

騎士の格好をした彼は、ピンッと背筋を伸ばして礼儀正しく一礼した。

うん、彼も元気そう。

「やぁ、ディディ……あ、間違えた！　ドミニク！　久しぶり」

ドミニクと呼ぶと、彼……かつてディディと呼ばれていたその少年は、嬉しそうに笑った。

「ドミニク、騎士見習いになったんだって？」

「えぇ……その……。……エイダンに見合う人間になりたいので」

ドミニクがちらりとエイダンを見る。そして、目が合うと、2人とも揃って頬を染めた。

ひゅー！　初々しいなー！

ドミニクは子爵家から解放された後、エイダンたっての希望で、一緒に伯爵家に行くことになった。

それをドミニクは最初、騙した自分が一緒に行くのは駄目だなんて固辞していたけど、その時、エイダンがドミニクに言ったのだ。

「もし僕に罪悪感を抱いているなら、一緒に生きて。僕はもう君を許しているけど、君がどうしても納得いかないのなら、僕の傍で僕と生きて。それが君への罰。それで……その……僕、一緒に君と幸せになりたいんだ。確かに身分も生まれも違うけど……僕にはディディが必要だよ。確かに裏切られて悲しかったけど……それ以上に僕は君が好きなままなんだ」

エイダンのその言葉に、ディディは目を見開いて驚いて……大粒の涙を流しながら、誓ったのだ。

「僕、エイダンの傍にいる。エイダンと一緒に生きる……。エイダンに見合う人間になる。奴隷の僕が君を好きでいることを君が赦してくれるなら……」

そんなディディをエイダンは抱きしめた。

「赦す、赦すよ。それに君はもう奴隷じゃないものね……」

奴隷じゃないと言われて戸惑うディディに、エイダンは耳打ちする。

「たった今から君は……僕の……」

ディディだけに聞こえたその言葉にディディは息を呑んだ。やがて、ディディは真っ赤になりながら、小さく了承するように頷いた。

…………僕、エイダンとディディを和解させるつもりで、2人を合わせたんだけど……。…………もしかして、僕、思いがけず、恋のキューピットになっちゃった感じ？

……わお……。

兎にも角にも、その一件以来、ディディはドミニクと名前を変えて、伯爵になるエイダンに釣り合う身分になる為に、騎士団に入った。因みに、彼が騎士団に入る為にドミニクの偽戸籍を作ったのは僕だ。犯罪？　いやいや、良いんです！

騎士団でそれなりの地位になれば、ドミニクは伯爵になるエイダンと堂々と肩を並べることが出来る。そうなれば、堂々と結婚することだって可能になる。

ついでに話すと、この2人の将来については既に伯爵の了承を得ているそうだ。わぉ……はやい……。

「アーシェル様には感謝しかありません」

エイダンが微笑む。

「僕、こんなに幸せになれるとは思ってませんでした。子爵家にいた頃では考えられなくて……本当に、信じられなくて……。だから、アーシェル様には感謝しかないです」

「良かった。でも、それはエイダンが僕の話に乗ってくれたからだよ」

僕はエイダンに言った。

「エイダン、君は、どんな形であれ、自分の力で幸せになったんだよ。また、何かあったら、協力させてね？」

「はい。……僕も、アーシェル様に何かあれば、協力させてください。恩返しをさせてください」

僕達はお互いに笑い合った。

楽しい時間はあっという間に終わって、もう夕方。

僕は幸せになった2人に見送られて、伯爵家から帰路につく。

……それにしても、2人とも仲良かったなぁ……。

楽しそうだったし……。

……幸せそうだったし……。

…………何か、良いなぁ…………。


そんな2人に対して、僕なんて……。

考え事をしていると、いつの間にか、マイナスル公爵家に着いていた。

馬車から出ると、偶然、丁度帰ってきたばかりのテオドアが馬車から降りてくるところだった。今日は確か、魔術省で研究会だったはず。……何だか、こうやって会うのも物凄く久しぶりな気がする……。

テオドアも僕もずっと忙しかったもの。特にこの1ヶ月はエイダンの件があったから。

「おかえり、テオドア」

「お前も今か」

「うん。友達に会いにね。テオドアは魔術省だったんでしょ」

「あぁ、魔法陣の実用性と応用性についてレポート書いて、実演してた。もう少し理論と簡略式魔法陣が完成すれば、人間がいなくても半自動的に魔術が発動するようになるはずだからな。その協力も頼んだんだ」

凄いなぁ……テオドアは。

僕には何やってるか全然分からない。

何かその内、遠い人になりそう……こんなに天才なんだもの。

でも。

……何か、それ、寂しいな……。

そう思って、殆ど無意識だったと思う。

先に玄関に入ろうとするテオドアを後ろから僕は抱きしめた。

「……っ！」

「……!?」

テオドアが息を呑む音で、僕はハッと我に返った。

な、なんで、僕、テオドアにこんなことを……！

でも、い、今更、手を放すのも何だか嫌だ。絶対、テオドアのことだ。手を放したら、「何やってんだ」って呆れた目を向けるだけだもん。

何か、何か、言わなきゃ……こんなことした理由！

あぁ、もう何でこんなことしたんだ。……顔が熱い。

「……ぼ、僕……今、寂しんボーイなんですよ」

「……は？」

……焦って、変なことを言ってしまった。しかも、敬語だし。

ええい、こうなったら！　開き直ってやる！　今までの鬱憤、全部聞いてよね。……ちょっと恥ずかしいけど。

「最近、テオドアくんは僕と一緒にいないじゃないですか」

「……！」

「騎士団でも魔術省でも認められるテオドアくんはとても誇らしいのですが、僕、君がいないせいでボッチライフで毎日寂しくお過ごし中なんです。なので、絶賛、寂しんボーイなわけです。テオドアくん」

「……アーシェル……お前……」

「で、ですよ。テオドアくん。近日中に、僕に構ってくださいませんかね。でないと、限界なんですけど……」

そこまで言うと、テオドアがくるりと振り返る。テオドアが振り返るのに合わせて、抱きしめていた手を放して、テオドアを見ると、彼は何故か耳まで真っ赤になっていた。

「……明日……」

「！」

「明日、絶対、丸一日空けるから……」

そして、テオドアが赤くなった顔を手で押さえながら。

「……アーシェル、俺にも構ってくれないか……」

僕にそう恥ずかしそうに告げた。ふふっ、可愛いなぁ……。えへへ、なんだ。寂しんボーイはお互い様かぁ！

「もちろん！　テオドア、明日、楽しもうね！」

「……あぁ……」

「僕、ナチェイルに行きたいなぁ！　テオドアと行ったら、絶対楽しいもの」

「分かった。……あぁ、そうだ。アーシェル」

嬉しくてニヤけてた僕をテオドアがすっと抱き寄せて、耳打ちしてきた。

「……これからは絶対、寂しい思いをアーシェルにさせないから。覚悟して欲しい」

今度は僕が耳まで真っ赤になる番だった。

幕間　ゲームのエイダン

うー……あれ？　また夢見てる？

夢を夢だと認識できるのって珍しいんだよね？　明晰夢って言うんだっけ？

『お久しぶりです。私は案内役。このBLゲーム、「Dolce/bitter/sugar」を更に深く知りたい貴方の為に説明しに参りました』

わぁ！　びっくりした！

誰だよ！　君!?

突然来られると困るんだけど!?　しかも何か意味不明なこと言ってるし！

『今日はデイビッドの親友であり、攻略対象者でもあるエイダンについて、説明します！』

僕の話、無視した!?

って、エイダン??

『エイダンは子爵家の華と呼ばれる絶世の美少年。儚げで大人しい、とても可憐な少年です。デイビッドは彼と学院の入学式で出会い、意気投合します。それから、２人は親友となります』

子爵家の華……。儚げで大人しい……可憐……。

うん、このエイダンは僕の知ってるエイダンじゃないな。

可憐で美少年だけど、彼自身は割と普通の子だよ。うん、儚げで大人しいはないね。それにもうエイダンは子爵家じゃないし。

『しかし、学園生活を送るうち、デイビッドはある噂を耳にします。エイダンが売春をやっているというものです。デイビッドは信じてませんでしたが、ある時、ただならぬ雰囲気で公爵家の令息と放課後、空き教室に入っていくのを見てしまいました。そこから聞こえてきたのは、悲鳴混じりの喘(あえぎ)』

ストップ!! ストップストップ!! スト――――ップ!!

NONO! ノォォ!!

そういう残酷な話を何で淡々と話し出すかな!? やだー! いやだー!! 僕、強姦(ごうかん)もの、合意なし、無理矢理とか嫌いなのー!! そういう、せ、せ、性的なやつって、やっぱり、仲良い人とすべきだし! そういうていうか、僕、まだ14歳なんですけど! そういう話は大人にしてくださーい!

『エイダンの売春を目撃してしまったデイビッドですが、デイビッドはエイダンの友達のままでいることを決意します』

またも、無視!!

『自分が売春していることを知っていながら、友達のままでいるデイビッドに、エイダンは泣き崩れます。そして、デイビッドに打ち明けたのです。自分に借金があること、その借金は親友に裏切られて背負わされたものであること、借金取りに売春させられていること……』

あれ? 何か、既視感のある事情だな……。

『そして、売春していることをネタに、公爵家の令息に脅されて、身体(からだ)を開いていること……』

うん、僕の知ってるエイダンの件とは違うや……。はぁ……なんで、夢の中でこんな胸糞悪(むなくそわる)い話を聞かなきゃいけないの……。

『エイダンの事情を知ったデイビッドは、エイダンの為に立ち上がることを決意します』

お！　僕みたいにエイダンの借金を踏み倒すのかな！

『エイダンを脅している公爵家の令息、アーシェルを倒すと！　アーシェルさえどうにかすれば、エイダンを助けられるとデイビッドは考えたのです』

バ――カ――――!!

なんでだよ!?　こういう時は先に借金どうにかしようよ。確かに脅しているソイツも悪いけど、まず借金どうにもなんないと売春の問題、片付かないでしょ。本当にそれで助けられるって思ってる？

てか、アーシェルって僕と同名!?　何か、嫌……

あれ？　前にも似たようなことあった気が……。

『デイビッドはエイダンの為に、アーシェルと対立します。エイダンはそんなデイビッドに段々と惹かれていき……デイビッドに告白します。

エイダンがデイビッドと友達になろうとしたのは、自分に借金を背負わせた親友に名前と雰囲気が似ていた為でした。エイダンはその友人に裏切られていても尚、その友人に未練があったのです。しかし、デイビッドを見て目が覚め、未練を捨て、デイビッドを愛するようになりました。

エイダンの告白にデイビッドは応え、２人は結ばれます』

……色々言いたいことあるけど、言っていい？

エイダン、デイビッドは君の問題の何も解決してないよ……？　どこに惚れる要素あった？

『そして、２人はとうとうヤンファンガル最高学院の卒業パーティーで、アーシェルを追い詰め、断罪します。２人は打ち勝っ』

ちょっと待ったー!!

学院の卒業パーティーって国王陛下主催のマジなパーティーじゃん!!　今後の国政を担うエリートになる学生達の門出を祝う……逆にいえば、国王陛下の忠実な部下になったことを祝うパーティー……ってあれ？　これも何か前に、誰かに言ったような気がする……。なんでだろう……。

『その後、２人は結婚し、幸せになりました』

『因みに、２人の学院卒業後に、エイダンの実家が違法薬物を取り扱っていたこと、エイダンの借金はエイダンの父親の借金だったこと、エイダンの親友は実は奴隷で、子爵家の地下で亡くなっていたことが発覚しましたが、エイダンは見事乗り越え、デイビッドと末長く幸せに暮らしました』

……因みに、でまとめちゃいけなくない？　それ？　そっちの方が重要じゃない？　エイダンを売春から救う話じゃなかったの、この話。結局、学園のクズを懲らしめて、両想いになりましたみたいな話になってるけど……。

てか、親友死んでるの!?　ダメじゃん！　エイダン、デイビッドに親友の面影を重ねるくらい未練タラタラだったんでしょ？　なにも思わなかったのかなぁ……。

てか、ここまで来ると本当に似ているな……僕の知ってるエイダンの件と。

似てないのはこの話のエイダンは学院の生徒で、売春してて、僕と同じ名前の人に脅されていて、親友が子爵家の地下で亡くなっていることくらいじゃない？

一体、どういうことだろう？

ここまで似ていると、関連性があるような気がしてならないなぁ……。

そういや……この前、幻聴くんが……この話のアーシェルと似たようなことをやろうとしてたような……。

まさか……！


その事実に気づいた僕は飛び起きた。

でも。

「ん……？」

あれ？　まさか？　なに？　うん？

僕は夢をさっきまで確かに見ていた。でも……夢を見ていたことは確かなのに、全然中身が思い出せない。

……これは、忘れたな!!

忘れたってことは大したことないはず!!

あれ？　前にも同じことを思ったことがあったような……。気のせいかな？　気のせいだよね？

「何か、夢を見たせいか、あんまり寝られた気がしないけど、まあ、いいや。今日の朝食、確か、スコーンだったよね！　やっふー！」

僕は意気揚々とベッドから出て、スコーンのもとへ颯爽（さっそう）と向かっていった。

本当に忘れて良かったのか、ちょっと不安だったけど。

小話　アーシェルに酒は厳禁です

少し前、その話は偶然たまたま聞いた話だった。

いつものアーシェルの突拍子もない質問が始まりだったと思う。

「テオドアってさ、苦手なものあるの？」

「……ないと思うが」

「すごーい。僕、実は1つだけあるんだよね」

ティータイムのただただ穏やかな時間、俺はアーシェルの雑談に付き合っていた。

アーシェルの雑談は本当に雑談だ。高尚な話はなく、真面目に聞いてると基本的に肩透かしをくらうような話しかしない。それが嫌かというと嫌ではないのだが……。ついつい真面目に聞かずに、彼の話を流してしまう時がある。

この時もそうだった。

「僕ね、お酒が苦手ー。年齢的にまだ飲んじゃ駄目なんだけどさ。御学友だった頃にね、普通のゼリーだと思って、ほぼお酒みたいなカクテルゼリー食べちゃって、やらかしちゃってさ。どういうやらかしをしたのか、全然、覚えていないんだけど、御学友の仲良かったお兄様方に本気でめちゃくちゃ怒られたことがあったんだよね。その後もしばらく事あるごとに、口酸っぱく、アーシェルは一生酒を飲むなって言われてさ。何だか、そう言われすぎて、苦手になっちゃったんだよね」

「……へぇ」

俺は……この時、きちんとアーシェルの話を聞くべきだった。詳しくその当時の話も含めて……。

偶然たまたま聞いたのだったとしても、今の俺の状況的に……あの時、聞かねばならなかった。

アーシェルの酒癖の悪さを。

アーシェルの部屋の机に置かれた、最近誰かから贈られたらしいチョコレートの箱はほぼ空。

箱の外には、チョコレートの説明が書かれた紙が1枚。

そこには、ウイスキーボンボンの文字。

そして、俺の目の前には……完全に出来上がったアーシェルが……俺に抱きついていた。

「うーん……ておどあのにおいが、いっぱい……！」

甘える猫のように顔をすりすりと俺の胸にすりつけて、抱きしめてくるアーシェルに俺は理性が飛びそうになる。それをぎりぎりなんとか抑えつつ、俺は気を逸らす為にため息を吐いた。

……誰だ！　アーシェルにウイスキーボンボン贈った奴!!

たまたま用があって、部屋を訪れてみればこれだ。何故か、未成年のアーシェルが酒の入った菓子を食って完全に酔っ払っている。

一体、どうしてこうなった。


「ておどあ、ぎゅーして……ぎゅー」

「あ、アーシェル。一旦、離れてくれ」

「やーだ。ておどあがぎゅーするまで、てっていてきに、ぎゅーする……」

風呂上がりの清潔な匂いを纏わせて、頬を赤く染め、熱っぽい息を漏らしながら、舌足らずに甘えてくるアーシェルを直視出来ない。直視したら、自分の何かが壊れそうだ。

アーシェルは普段、あまり甘えない。

公爵家の跡継ぎという自覚もある上に、俺の兄だからと気負っているところもあるものだから、俺の前では特に、頼りにすることはあっても、我儘も言わないし、甘えたりもしない。

時折、突然照れからか寂しんボーイだとか訳分からん造語を作って甘えてきて、こちらを悶絶させてくるが……。それは本当に珍しいことで、滅多に甘えない。

だが、今。

「ておどあ……ぎゅーがいい。ねえ、ぎゅーして……？」

酒のせいとはいえ、アーシェルが俺に全力で甘えている……！

理性の危機だった。ギャップというやつだ。普段甘えないアーシェルの甘えっぷりは、破壊力が凄まじい。

やっとの思いで抱きしめ返すと、幸せそうに笑った。

「ふへへ、ておどあにつつまれてるー！　あったかーい……！」

「も、もういいだろ……！」

「やーだー。ずっとぎゅーするの。はなしたら、ぼく、すねるからね！」

こちらの気も知らないで、アーシェルは俺の服に顔を埋めてご満悦だ。俺は視線を背けて、平静を取り繕うのに必死なのに。

ふと、アーシェルの目が俺の顔に向けられた。

「アーシェル？」

「むぅ！　さっきからどこみてるの、ぼく、こっち！」

アーシェルの両手が伸びて、俺の頬に手を添えられ、強制的にアーシェルの方を向かされた。

……上気した頬を膨らませ、潤んだアーシェルの目と俺の目が合う。

「……っ！」

「よそみげんきんでーす。ぼくだけ、みてくださーい」

……拷問だ。

「ふふふ、ておどあのめ、きらきらしてて、きれー」

「う……」

「ぼく、すきー」

「!?」

「ておどあのめー」

「ん……！」

耐えきれず、アーシェルから離れようとするが、アーシェルは不服だったのか、きつく俺を抱きしめて……近くにあったアーシェルのベッドに俺を押し倒した。

「どこにいくのー？　ておどあ」

いつもならこんな簡単に押し倒されるような失態はしないのだが、いつもと違うアーシェルに、俺はかなり混乱している。あっという間に、アーシェルに組み伏せられて、アーシェルは俺の首に抱きつき、顔を埋めた。

俺の身体にアーシェルの体重が乗る。間近で感じるアーシェルの息遣い、僅かに香るチョコレートとウイスキーの匂いに、俺まで酔いそうになった。

「ふふふっ、ておどあ、つーかまえたっ」

「……っ」

「ぼくを、あまやかしてくれるまで、かえしませーん。おかくごー……！　とことん、ぎゅーして、なでて？」

アーシェルはベッドに放り出された俺の手を取ると、手のひらに頬擦りし始めた。手に柔らかいアーシェルの頬の感触を感じる。心做しか、頬擦りするアーシェルはうっとりしているように見えた。

「あつくて、おっきいね。ておどあ」

……っ。

………………！

「かたいし、ふとーい」

「これで、めちゃくちゃにしてほしいなー？　ておどあ、ねぇ、ぼく、ておどあがほしいなぁ？」

くそっ……！　煽りやがって……!!

俺はアーシェルを掴み、逆に押し倒し、アーシェルを組み敷く。キョトンとするアーシェルの服を脱がせようとして……俺は我に返った。

……俺は、酔っ払いに何をしようとした……？

眼下でアーシェルが首を傾げた。

「なでてくれないのー？」

「……っ」

「ぎゅーは？」

「……アーシェル、本当に、お前……！」

のぼせ上がったように自分の身体が熱い。しかも、取り繕えないくらい興奮を覚えている。

シェルはただ本当に俺に甘えたいだけだ。だが、アーことをぶつけることもやってはいけない。生殺しにも程がある。

かといって、今のアーシェルを放置していれば、本気で拗ねそうだ。

深く息を吸って、吐いて……俺はアーシェルを抱き寄せて、頭を撫でて、髪を梳いた。

腕の中のアーシェルは御満悦だ。

「ておどあ、きもちいい……。もっと……」

「……っ」

しばらく黙って欲しい……。誰のせいでこんなに耐えていると思っているんだ。

「ひゃぁん！」

突然、アーシェルが甘い声を出す。

見れば、アーシェルはびっくりしたまま固まっている横で、俺の指がアーシェルの耳に当たっていた。

……あ、もしかして、コイツ。

試しに、指でアーシェルの耳の輪郭をなぞるように触ると、アーシェルはいやいやするように首を振りながら、俺から離れようとした。

「へんなかんじするぅ……やだぁ……」

「ここが弱点か……」

……あぁ、ここまで俺を振り回したんだ。お返しの1つ、許されるんじゃないだろうか……？

両手を使って、アーシェルの耳に指を這わす。輪郭をなぞり、耳の穴を指で触り、耳朶を軽くもむだけで、アーシェルは涙目になって、小さく悲鳴をあげた。

「あぁっ、ひ、うぅ……ひゃんっ、あぁ、そこダメぇ……！」

「……っ」

「ておどあ、みみ、やだぁ……ひゃぁ、ぁ！」

アーシェルに先程までの余裕はなくなり、目を潤ませて、苦しそうに息を吐いた。その息遣いは熱っぽく艶めいて、小さな悲鳴には、悲鳴だけじゃない何かが混じっていた。そんなアーシェルはとても扇情的で、組み敷いているのもあって、俺は思わず息を呑んだ。

……いけない。これ以上は俺まで、理性が本当に飛んでしまう。

アーシェルを解放するように手を放すと、アーシェルがホッとするように熱い息を吐いた。

そして、怒ったように俺を涙目で睨んできた。

……煽ってるようにしか見えない。

「もう……ておどあ、の、ばかぁ……！」

「馬鹿なのはお前だ。あぁ……くっそっ……！」

「ん？　ておどあ、おこなの……？」

「誰のせいだと思っている……！」

酔っ払いの相手なんてするもんじゃない！

俺はアーシェルから離れようと上半身だけ自分の身体を起こす。それにつられてか、アーシェルも上半身だけ起こした。お互い、向かい合うように座る。

その時、アーシェルがポツリと言った。

「……あつい……」

「は？」

「ぬぐ……」

「はあぁ!?」

おもむろにアーシェルは自分の服のボタンに指をかけ、脱ごうとする。ボタンが1つ取れるごとにアーシェルの白い健康的な肌が覗く。

俺は慌てて、止めた。

「止めろ、脱ぐな」

「なんで？　あつい……」

「脱ぐとしても、俺のいないところで……！」

「やーだぁ！　ておどあから、はなれたくない！」

「……っ。なら、脱ぐな」

「ぬーぐー！　べつに、ておどあだから、いいじゃないかぁ……！」

そう言って、また服に手をかけるアーシェルをどうにか止める。

酔っ払ったコイツ、本当にろくなことしない！

「むぅ。じゃあ、ぬぐの、したのズボンにする」

「何がじゃあ、だ！」

もっと酷くなってるだろうが！

アーシェルは俺が止めるのも聞かず、ズボンのジッパーに手を伸ばす。しかし、酔いが回って上手くいかないのか、なかなか開けないようだった。

はぁ……どうか、諦めてくれ。

そう俺が思っていると、この心臓に悪い酔っ払いはタチの悪い世迷言をのたまいやがった。

「ぬがせて」

「…………は？」

「ておどあ、ぬがせて？」

首を傾げて、上目遣いで、そうアーシェルが頼み込んでくる。

「からだがあつくて、ほてっちゃって、へんなの……ぬぎたい、ておどあ」

「っ」

「うえも、したも、ぬがせて？　ねぇ、ておどあ？　それで、ぎゅーして？」

「……くっ……」

「それか、ちゅーする？」

「!?」

言われたことが一瞬、理解出来なかった。

コイツ何言って……!?

アーシェルがふわふわと笑う。

「ておどあ、かおあかーい！　ちゅーが、おすき？　ふふっ、ちゅーくらいするよ？　はい、ちゅー」

呆然とする俺の頬に、アーシェルが一瞬、触れるだけのキスを落とす。

……コイツのキスって頬にキスすることなのかよ……！　お子様か！　期待した俺が……ハッ、いやいや、違う！　酔っ払いのアーシェルに付き合っていると、俺まで思考がおかしくなる……！

「ん？　もっとする？」

「気軽にもっとするとか言うな」

「じゃあ、いっぱいする？」

「しない」

「じゃあ、ぬがせて？」

「脱がさない……！」

「……じゃあ、ておどあが、ぬぐ？」

なんでそうなる!?

そうこう言ってるうちに、アーシェルの手が俺の服に伸びる。そして、止める暇もなく、俺の服を脱がした。

「アーシェル!?」

「ふふっ、ておどあのじょーはんしーん！」

アーシェルが俺の胸に飛びつくように抱きしめ、離さなくなる。

アーシェルの吐息や体温が直に伝わり、あまりの生々しい感触に、心臓が止まるような心地(ここち)がした。

「きんにくむきむき……はだざわりさいこう……あったかーい……」

「アーシェル、いい加減にしろ!!」

引き剥(は)がそうとすると、アーシェルは抱きしめる力を強くして、首を横に振った。

「いーやーだー。ここは、ぼくせんようの、ておどあのむねでーす！　はなれませーん！」

「意味不明なことを言うな……！」

「むぅー」

不満そうにまた頬を膨らませて、アーシェルが俺の胸から顔を覗かせた。

「さっきから、だめだめばっか。ておどあは、ぼくが、きらーい？」

「っ」

「ぼく、きらいじゃないのに、ておどあは、ぼくが、いや？」

「……ぅ……」

「ておどあー、ぼく、いっぱい、ておどあにさわってほしいんだけど、きらーい？」

「嫌いじゃない……」

やっとの思いで絞り出した言葉に、アーシェルは幸せそうに微笑(ほほえ)んだ。

「ておどあ、ぎゅーして！」

「………………はぁ……分かった」

観念した俺は……結局、アーシェルが寝付くまで、酔っ払いの甘えたな我儘に付き合うことになり、アーシェルの傍から離れることはかなわなかった……。


翌日。

「いいか！　アーシェル！　金輪際、酒関連を口に入れるな！」

「ごめんなさい！　本当にごめんなさい！」

僕、アーシェル・マイナスルは朝っぱらから、テオドアにしこたま説教されていた。

何でも、僕は昨日(きのう)、テオドア相手に相当やらかしたらしい。詳しいことは全く教えてくれないけど、何か本当にやばいこと、やっちゃったみたい。

僕、何したの？

僕の記憶だと昨日、仕事関連でもらったチョコレートを食べて……それからどうしたっけ？　寝たような気がするんだけど？　全然覚えてないや。

ただ、昨日のチョコレート、ウイスキーボンボンだったらしい。知らずに食べちゃった。しかも、アルコール40％のウイスキーが入ったやつ……美味(おい)しかったのになぁ、酒が入ってたのか……。

……だとすると、あのウイスキーボンボン、もう食べられないのか……。それはショック！　あんなに美味しいのに！　甘いチョコレートに辛口のウイスキーが口の中でトロトロに溶けあって、虜になったのに！　苦手なお酒だけど、あの味に罪はない！

「もうあれが食べられないのやだぁ……！」

「はぁ？　お前、何言って……！」

「これが禁断の果実ってやつなの？　あのウイスキーボンボン、美味しかったのに。食べたら、やらかすなんて！　でも、食べられないの嫌だ」

「お前は記憶がないからそう言えるんだ。昨日、俺がどれだけ堪え……いや、苦労したと思っている！」

「……うぅ、でも、でも、テオドア……本当に美味しかったんだよ……あのチョコレート……！」

思わず、半泣きになる。

そんな僕にテオドアは観念したようにため息を吐いた。

「分かった。そう落ち込むな。……はぁ…………俺の前だけだったら、許す……」

「ほんと!?　やらかしてもフォローしてくれる？」

「……あぁ」

「わーい！　テオドアありがとう!!」

テオドア良い奴!!　酒関連でやらかしそうな時はこれからテオドアに頼っちゃお！

どんなことをやらかしたか分からないけど、テオドアがいるなら、絶対大丈夫だよね！

期待と尊敬と感謝を込めた目で、目の前にいるテオドアを見る。

何故か、テオドアは顔を赤くして、咳払いした。

「……忍耐力の勝負になるな、これは……」

「にんたい？」

「こっちの話だ。はぁ……お前、俺を頼るとしても、酒癖の悪さを自覚して自重しろよ……。あと、次食べる時は成人してからな」

「自重するする！　成人してから食べる食べる！

……ていうか、何かテオドア、疲れてるね？」

「……」

誰のせいだ、この生殺し野郎！　……そう小声で呟かれたテオドアの恨み言は僕には全然聞こえなかった。

第十一話　まさかの再会だ！

時は戻って、まだエイダンと出会う前のこと。

僕のもとにカルロス殿下からの手紙が届いた。

「契約の確認か……」

婚約者候補の件は既に合意している。手紙には婚約者候補にする正式な書状の他に契約の詳細な内容まで書かれている紙が5枚も入っている。しかも、全部手書き。真面目なカルロス殿下らしいまとめ方だ。

書状1枚で婚約することもよくあるのに、あの人は真面目だから、几帳面に書いたらしい。

手紙を読んでいると、テオドアがやってきた。

「手紙？」

「そー。婚約者候補の件でね。正式に決まったって」

僕がそう言うと、あからさまにテオドアが嫌そうに眉をひそめた。

そんなテオドアに僕は慌てて言い足した。

「婚約者候補っていっても、僕だけじゃなくて他にも5人くらい適当に見繕……ごほん、いるんだよ！　だから、僕だけの話じゃないからね！」

「5人も？」

「あくまで、候補だから。婚約者は1人じゃないとダメだけど、候補は何人いてもいいの。ま、僕みたいな解消前提の候補は他にいないだろうけど」

「………」

一応、テオドアにはあのレオドール殿下の成人祝賀パーティーで起こった一通りのことは話している。だから、この婚約者候補の件も解消前提なのは、知ってはいるんだけどね。

テオドア、あのパーティーの時からずっと婚約者候補の話をすると、嫌そうに顔を歪めるんだよね。

ただ、ちょっと思うのが、この嫌そうな顔もこの美少年テオドアだと絵になる。絵画にしたら、絶対売れるくらいはある。……くっ、これが美少年という存在か。

「とりあえず、書面上は契約成立出来たし、後は解消時期の見定めかなー？」

「いつ、解消になるんだ？」

「カルロス殿下次第。短くて半年、長くても僕が成人する時までには判断を出すって言っているから、そのぐらいじゃない？　……ただ」

「ただ？」

「ヤンファンガルの貴族って……16歳までには婚約者を作って、20歳までには結婚するのが通例なんだよ……。僕も、その時までには相手を見つけないとな……」

つまり、解消前提の婚約者候補だったとしてもだ。20歳までには本当に夫婦になる人を見つけないといけない。もし候補から外れた時、僕が16歳だったとしよう。すると、同年代はみんな結婚前提の婚約者がいて、婚約者のいないフリーの人なんていなくなるのだ。

カルロス殿下の判断を待っていたら……行き遅れになってしまう。

候補だけれども、僕は婚約者を探さないといけない。しかも、この複雑な状況を許容してくれて、16歳まではフリーの振りをしてくれて、マイナスル公爵家の為に働いてくれて、ある程度何かしらの資質がある人が良いんだけど……あれ、高望み？　結構、条件が厳しいな……。

因みに、僕の婚約者選びは、父上から自分でやりなさいと言われている。

「アーシェルの判断に委ねるさ。父上あまりに悪条件で、我がマイナスル公爵家に非協力的で、アーシェルをマイナスル公爵家から出すような奴以外だったら、なんだっていいから！　全力でアーシェルを応援するよォ！　あ、さっきの条件に一個でも当てはまる奴を連れてきたら……父上！　全力でその婚約者を社会的に抹殺するからね☆」

……というわけで、自分で選んでいいとは言われたけど、生半可な婚約者は選べない。僕は真剣に婚約者を探さないといけない。

ふと、テオドアが、先程から、何故か、難しい顔をしていることに気づいた。おっと、ここは違う話題にしなくちゃね。何故か僕の婚約関連の話になると、テオドアが悩み出すんだよね。お兄ちゃんとして、友達として、気を遣わないと。

そこで、ちょっと気になっていたことを聞いた。

「テオドア！」

「なんだ」

「テオドアはさ、結婚前提の婚約者を作るってなったら、どういう人にするー？　てか、理想の人とかいるのー？」

そう気軽に聞いたら、紅茶を飲んでいたテオドアは思いっきりむせた。

「……結局、聞けなかったや。テオドアの理想の人」

僕は今、外出していた。

父上の手伝いで頼まれ事があって、馬車で移動中だ。

あの質問の後、テオドアはむせたせいか真っ赤(まっか)になった顔で、不満げに僕をじっと見ると、ため息を吐いて。

「…………………いる」

長い沈黙の後、そう疲れたように答えた。

「え？　いるの？　誰!?」

「……そのうちな……」

そう答えた。ビックリ!!　いるの!?　けど、教えてくれず、結局、無視されて誤魔化(ごまか)された。でも、その答え方だと、テオドアにはもう心に決めた人がいるみたい。

マジか。

テオドアって実は超おませさんだったのか。もうそういう人見つけちゃっているんだ……弟に僕、先越された感じ？

しかし、待て、誰だ。

騎士団の人？　魔術省の人かもしんない。けど、いるんだよね……。

「何か、寂しいなぁ、うん」

いっつも一緒にいるテオドアに、意中の人がいて結婚前提の婚約者にしたい人がいる……その人を僕は知らない。なんで教えてくれないんだろ……。今まで結構仲良くやってきたと思ってたのに、僕に教えてくれないなんて……。

そう1人、悶々と考えていると、馬車が止まった。

ん？　目的地まで、まだあるよね。

馬車の中から、御者に聞く。

「どうしたの？」

「すみません。アーシェル様、渋滞のようです」

渋滞？　はて？

馬車の窓を開けて、外を見る。すると何故か、僕の馬車の前の道が、無数の馬車でごった返していた。

馬車達は縦一列に並んで、前が進むのを待っている。

「何があったのかな？　馬車の渋滞なんて殆ど起こらないはずだけど……」

そう思っていると、ふと、僕の馬車の隣にやってくる馬車が1台。

………その馬車に僕は見覚えがあった。

数年前まで、毎日のように見ていた馬車……。つまり、乗っているのは、記憶が正しければ……。

やがて、僕が開いている窓と、隣の馬車の窓が向かい合う。向かいの窓がゆっくりと開いて、懐かしいその人が笑みを浮かべた。

「やぁ、アーシェル、偶然だね。何年ぶりかな？」

「ベン兄様!?」

ベン兄様……！

ベネディクト・グランチア!!

僕の母方の従兄弟でもある、7歳歳上、外交官を輩出する名家グランチアの当主、今はレオドール殿下の側近の1人でもあり、そして、僕と同じレオドール殿下の御学友だった人。

　その御学友時代には僕をしこたま可愛がってくれた人でもあり……。

　……ベン兄様は、僕のちょっとした淡い初恋の人でもあった。

side 11.5　忘れさせてやる（テオドア視点）

　アーシェルにカルロス殿下から手紙が届いた。

　正式にカルロス殿下の婚約者候補になったというその内容に眉をひそめてしまう。

　解消前提だとアーシェルは気楽に言うが……俺は知っている。

　レオドール殿下は本気でアーシェルを妃にと考えている。

　カルロス殿下がそれを知っているかは知らないが、このまま行けば、カルロス殿下の婚約者候補のままか、もしくは……レオドール殿下が奪いに来るか……。

　……はぁ。嫌だ。

　アーシェルが誰かのものになるなんて想像もしたくない。

　そんな俺の前で、何も知らない顔で、アーシェルが考え込む。

「とりあえず、書面上は契約成立出来たし、後は解消時期の見定めかなー？」

「いつ、解消になるんだ？」

「カルロス殿下次第。短くて半年、長くても僕が成人する時までには判断を出すって言っているから、そのぐらいじゃない？　……ただ」

「ただ？」

「ヤンファンガルの貴族って……16歳までには婚約者を作って、20歳までには結婚するのが通例なんだよ……。僕も、その時までには相手を見つけないとな……」

そう悩み出すアーシェルに、俺はアーシェルに気づかれないように小さくため息を吐いた
何も知らないアーシェルを責めることは出来ないが、それでもアーシェルが通例だからと、俺ではない誰かとの婚約を考えるのは心に来るものがある。かといって、今、その感情をアーシェルに打ち明けられる状況でもない。

俺は、あのレオドール殿下の成人祝賀パーティーの後、公爵と話したことを思い出した。

「さて、テオドア、先に言っておくけど、レオドール殿下のことはアーシェルに言ってはいけないよ」

「なぜ……？」

「あの子はガッチガチの貴族らしい合理主義だからね。多分、レオドール殿下がアーシェルを求めてると知れば、マイナスルにとって得か否か考えて、自分の気持ちを後回しにして、レオドール殿下との婚約に最終的には、絶対、頷く（うなず）だろうね。王家と自分が繋（つな）がれば、後継問題は出てきたとしても、マイナスル公爵家は確実に発展する、とか考えて。だから、アーシェルには言わないのさ。あの子は跡継ぎとしての意識が強いし、貴族の義務も熟知している。だから、僕が望んでないとしても家の為（ため）なら、どんな婚約にも頷くさ。困ったことだよ、本当に。入婿か入嫁じゃなきゃダメって口酸っぱく言い聞かせてい

るけど、結局、利益重視なんだよねーあの子。貴族としては大正解ではあるけど……。……あともう1つの理由があって、ちょっとしたレオドール殿下への嫌がらせさ。想い人にミリ単位も想いが伝わらないなんて、嫌がらせとしては最高じゃない？」

………嫌がらせ云々はともかく、アーシェルが貴族としての意識が強すぎるのは確かに大問題だった。

アーシェルは貴族らしい貴族すぎる。

今、俺が本心を話して、アーシェルに迫ったところで、きっと、悩ませるだけだろう。……アーシェルには俺が抱いているような感情はない。もしかすると、マイナスル公爵家には利益がなさすぎると、申し訳なさそうに断るかもしれない。

時間が必要だった。

きっと、アーシェルの目を俺に向けるには、アーシェルの貴族意識を俺が変えなくてはいけない。利益なんてどうでもよくなるくらい欲しいとアーシェルが思う存在に俺はならないといけない。

それと並行して、カルロス殿下……は、ともかくとして、レオドール殿下の手からアーシェルを守らなくては……。

そう考えていると、アーシェルが気軽にとんでもないことを聞いてきた。

「テオドア！」

「なんだ」

「テオドアはさ、結婚前提の婚約者を作るってなったら、どういう人にするー？　てか、理想の人とかいるのー？」

むせた。

コイツ、俺の気も知らないで……!!

しかし、アーシェルは元からこういう奴だ。きょとんとするアーシェルの顔が本当に腹立たしいが、俺は諦めて答えることにした。

ほんの僅かだが、アーシェルが動揺してくれないか、なんて願って。

「……………………いる」

「え？　いるの？　誰!?」

「……そのうちな……」

アーシェルは聞きたそうにしていたが、無視して誤魔化した。

本心を語るにはまだ早い。

語るとしたら……もっと先だ。

全ては俺とアーシェル次第。

その時までは胸に秘めて……。


その日の夕方。

アーシェルは鼻歌交じりに上機嫌に帰ってきた。表情も明るく笑顔だ。

とてもいいことがあったらしい。

「どうした？　アーシェル」

「ふふふっ、聞いちゃう？　聞いちゃう？」

アーシェルは俺の隣に来ると、ひそひそと小声で話し出した。

「父上には、ちょっと内緒にしててね？　あのね、今日偶然ね。母上の方の親戚で、ベネディクト・グランチア……ベン兄様っていう超優しいお兄様に会ったの」

「ベン兄様？」

初めて聞く人間の名前だった。でも、どこかで聞いたような気も……。アーシェルは興奮したように話し続ける。

「僕が御学友だった頃、すっごく可愛がってくれて優しくしてくれたお兄様でね。久しぶりに会ったの！　ベン兄様は、レオドール殿下の側近の1人だし、最近グランチア家の当主になって、忙しくされてて滅多に会えないんだぁ」

思わず、目を細める。レオドール殿下の側近……あぁ、どうりで、聞いたことがあるはずだ。

あのパーティーの時、レオドール殿下の傍に控えていた彼だ。

レオドール殿下も彼をベンと呼んでいた。アーシェルが言っているのは確実にあの時の彼だろう……。アーシェルは余程、ベンというソイツに会えて嬉(うれ)しいらしい。によによとした笑みをずっと浮かべていた。

そして、そっと俺に耳打ちした。

「今度……といっても、2ヶ月くらい先だけど、一緒にお茶する約束したの！　父上に内緒でね！　ふへへ、楽しみ！」

……こんなに嬉しがるアーシェルを初めて見た。

しかし、公爵には内緒ってどういうことだろうか……。

「何故(なぜ)、義父上には内緒なんだ？」

そう聞くと、アーシェルはばつ悪そうに眉根(まゆね)を寄せた。

「……あーうん、実はね。ベン兄様は、僕の初恋の人なの」

……心臓が止まるかと思った。初恋……アーシェルの初恋……？

しかし、俺が内心、嫉妬(しっと)に狂いそうになる前に、アーシェルが慌てて弁明した。

「ご、誤解しないでね。初恋って言っても、まだ僕の歳が一桁(ひとけた)だった頃の話だよ？　初恋って言うにも物凄(ものすご)く子どもじみた淡いやつで、今考えると……ちょっと葬り去りたい過去でもあるんだよね……」

「……」

それでも納得はいかない。葬り去りたい過去と言っていようが、今のアーシェルがそれを初恋だと言うなら、淡いものだったとしても確かな初恋だろう。……アーシェルの恋心を目覚めさせた奴がいるという事実に、俺は舌打ちしたくなった。

不満が顔に出ていたのか、アーシェルは慌てた。

「テオドア、と、とにかく！　誤解しないで！　あの頃は色々と子どもだったの！　ベン兄様は、７歳上で優しくてかっこいいお兄様だったからさ。ついそんな兄様への憧れを恋だと履き違えちゃったの！　ちょっとした勘違いだったの！　第一、ベン兄様には、生まれる前から決まっていた婚約者がいるからね！　最初から恋したところで無意味な人だったんだけどね！　それでね。まだ恋も婚約者もよく分かってない子どもだった僕が、それを父上に話しちゃって、父上、ベン兄様を毛嫌いするようになっちゃったの！　息子を誑かした奴って。そんなことないどころか、恋をよく分かってなかった僕が悪いのに」

今日ばかりは公爵の気持ちが痛い程分かる。どこぞのよく分からん人間にアーシェルが恋したなんて、許せる気がしない。

「それは、アーシェルが悪いな……」

「うん、だよね!?」

「………だからといって、ベンって奴と仲良くなろうなんて思わないが」

「なんで!?」

めっちゃくちゃ良い人なんだよ!?　優しいお兄ちゃんの鑑なんだよ!?　アーシェルはそう必死に言い募るが、俺はベンという奴がアーシェルの初恋の人という時点で仲良くなれそうにない。

……ま。

……そんな初恋、近々忘れさせてやるさ。

「……覚悟しとけよ。アーシェル」

「何を!?」

兎にも角にも……まずは時間が必要だ。

……ベンとかいう奴とアーシェルがお茶をするのは……２ヶ月先……。

それまでに計画を立てなくては。

とりあえずスケジュールをアーシェルに合わせる為に、１ヶ月はかかるだろうが、騎士団と魔術省での訓練と研究をある程度、目処がつくところまで終わらせよう。

……そして、時間を作る。

……俺がアーシェルを堕とす時間を。

第十二話　ベン兄様とは

ベン兄様は御学友だった頃、何かと浮いていた僕に初めて優しくしてくれた人だった。

御学友時代。

僕は一番歳下でカルロス殿下以外に同い歳の子どもはいなかった。御学友の人達は全員僕よりも歳上で10歳くらい離れている人もいる。

だから、すんなりと仲良くなんて出来なくて……入って最初の方はかなり浮いていた。といっても、僕には王宮のパティシエさん達による超美味しいスイーツがあったから、あんまり気にしていなかったんだけど……。

そんな時、話しかけてきたのが、ベン兄様だった。

「やぁ、アーシェル。私はベネディクト・グランチア。君の従兄弟でもあるのだけど、こうして話すのは初めてだね。よろしくね」

ベン兄様は気遣い上手で優しい人だった。

「アーシェル。今日の勉強で困ったことないか？」

「ないよー？　えへへ、外国語以外はあんまり苦手がないように頑張っているんだ」

「そうか。偉いなぁ。アーシェルは」

ベン兄様は、僕をすぐに助けようとくれるし、褒めてくれるし。それに。

「でね、それでキャラメルナッツタルトが凄く美味しくて……」

「そうかそうか。アーシェルは本当に甘い物が好きなんだね」

興味のある話じゃないだろうに僕の話もずっと聞いてくれる。

「アーシェル。今度の休日、一緒に遊ばないか？」

「良いの!?　行く行く！」

休日の時には外に連れ出してくれた……。ベン兄様は友達で、僕の優しい兄のような人だった。

ベン兄様をきっかけに同じ御学友のクリス兄様やダニー兄様とも仲良くなったし、ベン兄様がいなかったら、御学友時代はずっと独りだったと思う。

そんな兄様だったから、僕が好きになるのも仕方がない話だったと思う。

兄様はとにかく頼もしくて優しくて僕の憧れだったのだ。

「ベン兄様、ベン兄様！」

僕はもうそりゃ懐いた。スイーツがない間はずっとベン兄様の後ろをついて行ってたくらいだ。

そのうち、ベン兄様に恋みたいな気持ちを抱くようになった。本当にベン兄様が好きだった。だから、初恋、これが初恋なんだと真剣にそう思った。

……と言っても、今思えば、憧れを初恋と履き違えた、子どもじみたものだったけど。

でも、その淡い初恋は想い出して直ぐに、失恋した。

ベン兄様には生まれる前から決まっていた婚約者がいた。

レニー様というベン兄様とは同い歳の男の人。レニー様とベン兄様は政略結婚というやつで、様々な利権が絡んだ婚約だった。2人はあまり仲良くないと噂されているけど、とはいえ、ベン兄様には、レニー様がいるわけで……。

僕の初恋はベン兄様に伝える前に打ち砕かれた。貴族同士の婚約に水を差すようなことはヤンファンガルではご法度だし、ベン兄様を困らせるだけだ。

……僕の初恋は早々に諦めざるを得なかった。まあ、本当に子どもらしい誤解みたいな初恋だったから、別に引きずらずに、直ぐに思い出になったけどね。

しかも、そのすぐ後くらいに、僕は御学友をやめて、ベン兄様はレオドール殿下の側近になった。

他の友達だった兄様方もそうだけど、そうなると以前のように仲良く出来ない。

ベン兄様には、グランチアの後継者教育もあるし、それ以上にレオドール殿下の側近としての教育も仕事もある。特に最近、グランチア家の当主が急逝されて、ベン兄様が当主を継いだ。

ベン兄様は多忙すぎるし、接点もないし……父上が目の敵にしてるし……なかなか会えない人になった。

父上がベン兄様を目の敵にしているのは、完全に僕が悪い。初めての恋らしき気持ちに舞い上がって、思わず、父上に話したのだ。

ベン兄様が好きみたい！

と言ったら、父上はキーッとハンカチを噛んで、地団駄を踏んだ。

「可愛い可愛いアーシェルたんを誑かす奴が出ただと!?」

「父上？」

「父上、そのベンとかいう何処ぞの馬の骨野郎きらーい！」

それ以来、父上はベン兄様を目の敵にした。おかげで、マイナスル公爵家にはベン兄様を招けない。

父上が断固拒否するからね。何回かベン兄様が僕に会いに公爵家に来ようとしたことがあったけど、全て父上が独断で断った。……ベン兄様からすれば、身に覚えもなく突然父上に嫌われてしまって困惑ものだろう。

……はぁ、でも。

街の中で偶然、再会して嬉しかったなぁ。

やっぱりお兄ちゃんで良い人だしさ。ずっと仲良くしていきたいんだよね。

ふへへ、また会えるの楽しみ！

……けど、それよりも。まず……。

ベン兄様と再会して、早1ヶ月半。エイダンの件も終わって一息吐いた今。

「いえーい!!　テオドアとお出かけー!!」

昨日テオドアに近日中に構ってと言ったら、今日丸一日予定を空けてもらった。嬉しい！

本当に久しぶり。最近、めちゃくちゃ忙しかったもん。楽しみ！

ナチェイルに行く予定だけど、ナチェイルの何処に行くかは、テオドアが全部考えてくれるんだって！　でも、秘密らしい。

「テオドア、何処に行くのか、教えてくれないの？」

「秘密」

そう言って、御者だけに行き先を伝えて、僕には内緒。楽しみにしとけってことかな……？

でも、久しぶりにテオドアと一緒だもん。どこに行ったって楽しいよね。

「行くぞ。アーシェル」

「うん！　行こう！」

そう言って、僕らは馬車に乗り込んだ。

＊＊＊

同時刻。

ナチェイルに向かう馬車が一台、とある貴族の屋敷から出た。

馬車は黒塗りだったが、実に簡素な馬車で使い込まれ何度も修理された跡が残っている。まるで、その持ち主である貴族の身分を示しているようだった。

その馬車を操る御者はどこか疲れた様子で、馬車の中にいるその人に聞こえないことを良いことに、ブツブツと小声で不満垂れていた。

「全く、なんて方だ。人使いが荒い。一体、週に何度、ナチェイルにお出かけになるんだ。しかも、ナチェイルに着いてからが、これまた長く待たされる。こちとら御者だけじゃなくて馬の世話も屋敷でやんないといけないっていうのによ……長時間、拘束しやがって……。しかも、ナチェイルに行って、この人のすることっつったら、ひたすら店の甘いもん食い尽くすばっかだ。甘いもん好きってのもあれだが、イナゴもびっくりな食欲だよ。文字通り、食い尽くすんだからな」

御者は地面に唾を吐くと、今、馬車の中で、ナチェイルのスイーツ店の間ですっかり有名になったその人をチラリと見た。

「今日は早く切り上げて欲しいもんだぜ……。デイビッドの坊ちゃんよぉ……」

第十三話　テオドアとお出かけ！

久しぶりにやってきたナチェイルは、相変わらず賑わっている。

大勢の人が行き交い、品々が運ばれていく。ナチェイル最大の道路であるカルチェ大通りには様々な露店が並び、雑貨やアクセサリー、食材や調味料など様々なものが売られている。大衆向けの屋台も並んでいて、美味しそうな匂いが漂う。

そんな中を僕とテオドアは歩いていた……手を繋いで。

「はぐれると面倒だからな。手を出せ」

そう言われて、手を繋いでいるのだけど、人と手を繋ぐの、あんまり経験がなくて、ちょっとそわそわしちゃう。顔赤くなってないかな？

「アーシェル、こっちだ」

「う、うん」

人ごみを掻き分けるように2人で歩く。このナチェイルに身分は関係ない。公爵家だからといって道を空けてくれたり優先されたりはしない。買う人と売る人、そんな区別しか存在しない。

僕ははぐれないように、ぎゅっとテオドアの手を握って、一緒に進む。

「ねぇねぇ、何処に行くか聞かないからさ。どっちの方向に行くかだけでも教えてよ」

「西」

「それじゃ分かんないよ。この人混みで東西南北もよく分かんないのに」

思わず笑っちゃう。

とにかく、テオドアがギリギリまで僕に内緒にしておきたいのは分かった。

テオドアは大通りから左に曲がって小道に入る。

……あ、ここ来たことないや。

その場所は大衆食堂や洗濯屋、八百屋、靴磨きなど平民向けの店が並ぶ。貴族がひょっこり来るところじゃない。平民の生活の拠点のような場所だった。

実は僕、平民の生活とか見たことなくて、ついつい周りを見回しちゃう。

でも、こんなところにテオドアは何で来たんだろう。

大衆向けの店がひしめく中をテオドアはずっと先導して歩く。

僕よりも背の高いテオドアが前を歩くと、いつもより、その背中がずっと大きく見えた。

……あれ、テオドアってこんなに大きかったっけ？

そして、テオドアと僕は手を繋いだまま、街の中のどこにでもあるような酒屋に着いた。本当に何処にでもある酒屋だ。平民向けの酒蔵の中に入って……。

けど、そこは酒屋じゃなかった。

扉を開けるとそこは……。

外は立派な晴天で青空だったのに……大きな夜空が広がり、ランタンが空に浮かぶ不思議な空間だった。

「いらっしゃいませ。テオドア様」

従業員らしき高級な服を着込んだ男が、僕達が入ってきた瞬間、一礼する。

その男にテオドアは平然と告げた。

「3番、端（はし）の霰（あられ）、八分の九里、水面（みなも）の春山」

一見、意味不明な言葉だけど、従業員の人は意味が分かるらしく、了承した。

「はい。確認しました。今すぐ用意します。御席にご案内致します」

テオドアとは手を繋いだまま、従業員さんに案内される。

夜空が煌めく中、魔術で光りだしたランタンが道を照らし、歩き出すと床は感触は硬いのに、一歩ごとに水面に白く波が立つような模様が現れ、光る。

うわぁ、なんだこれ……!?

やがて、空の彼方（かなた）から銀色の鱗粉（りんぷん）を散らしながら淡く光る白い蝶が何匹も舞う。こんなの見たことない！　なんだこれ！

驚きっぱなしの僕にテオドアが微笑んだ。

「ここは、名のある魔術師が現役引退後に作った、マジックレストランだ」

「ま、マジックレストラン？」

「このレストランは全部、魔術で構築した幻覚で出来ている」

「なにそれすごーい!!　そんな店があるなんて初めて知った！　よく知ってたね」

このマジックレストランは最近開店したばかりらしい。

この近辺は平民向けの店が固まっているけれど、こうしたアミューズメントレストランが普通の商店の振りをして隠れて営業している穴場で、結構、こういう店があるらしい。

でも、大概、一見さんお断りで知り合いからの伝手か、オーナーか店長の知り合いしか入れない。その上、完全予約制。本人確認も含めて入店する際には合言葉を言わないと入れないそうだ。

ガチな店だ……！

「テオドアはどうやって知ったの？」

「たまたま。……オーナーが講義に来てて、知り合いになって、この前、席を取ってくれたんだ」

料理も凄まじかった。

前菜は、躍る野菜のスノーサラダで、雪状になったドレッシングが舞う中、温野菜がとにかく躍り続ける。で、それをフォークで追いかけ回して食べるのだけど、まぁ、足が速い。野菜に馬並みに筋肉がついた足があって、皿の中から出ることはないのだけど、速すぎて捕まえられない。

「あ、また逃げられた」

「ほら」

「わぁ！　ありがとうテオドア！」

水菜もコーンもハーブもめっちゃくちゃ逃げ足が速いけど、テオドアの手にかかれば、一瞬だ。フォークでサクッと串刺しにして、僕に渡してくれる。

その次に出たのは、人魚のスープ……といっても人魚がスープの中に入っているわけじゃない。

テーブルの近くに人魚がやってきて、歌を歌うと、スープが次々と7色に色が変わり、味も変わるのだ。凝ってる〜。思わず、興奮気味にテオドアに味の感想を言う。

「ほうれん草！　コーン！　にんじん！　目まぐるしく味が変わってすごいね！　口の中が楽しいね！　テオドア！」

「あぁ、アーシェル。スープ、あと一口だぞ」

「あっ、夢中で食べちゃった！　ゆっくり食べよ！」

メイン料理はよくある牛のステーキだったのだけど……目の前でドラゴンが焼いた。

おもむろに従業員が鉄板をテーブルの上に出したと思ったら、ゴーグルと上半身だけの防火服を着るよう言われて、なんだろうと待っていたら、３ｍ超あるドラゴンがテーブルにやってきて、目の前でドラゴンブレスで肉を焼いた。

でかーい！　やばーい！　すごーい！

ドラゴンなんて母上の話でしか聞いたことないから、いい感じに焼けたステーキを食べる前に、許可をもらってドラゴンに触らせてもらった。

「テオドア！　テオドア！　鱗やばい！　艶々してるし、ひんやりしてるし、おっきい」

「そうか……あぁ、喉の下は触るなよ」

「なんで？」

「そこには逆鱗があって……触ると消し炭にされるからな」

「うっそー!?」

僕は思わずドラゴンから手を放した。逆鱗やばーい！

このレストラン楽しすぎる！　すごい！　さっきからびっくりしっぱなし！　楽しいし、物珍しいし、何だかワクワクしちゃう!!

メイン料理を美味しく食べると、いよいよデザートだと思ったら……。

「アーシェル。はいこれ」

テオドアが大きな箱をどこからか出して、机の上に載せる。それは人が入れそうな白い箱で、蓋の部分に大きなリボンが付いていた……あ、これ。

「テオドアの誕生日パーティーの時に使ったやつ？」

「正確には似せたやつだがな」

「懐かしいねぇ。何だか昨日のことみたいに思い出せるよ」

あの時、不慣れだったけど、物凄く思い出になるサプライズパーティーが出来たんだよね。

あ、もしかして、今日のレストラン内緒だったの……。

「この前のお返し？」

そう言うと、テオドアは目を逸らした。その表情は、ちょっと照れてるように見えた。

「まあ、そんなとこだ」

テオドアはそう言いつつ、箱を開けると、中から光が飛び出してきて、夜空だった店内が突然、バラの庭園に早変わり。空には青空、テーブルを囲むバラの垣根からは甘いバラの香りがする。浮かんでいたランタンは、東屋の柱になり、僕達はいつの間にかバラ園の真ん中でお茶していた。

周りに驚いていると、机に置かれた目の前の箱がみるみる小さくなり始め、すると、銀の食器や、ティーポット、カップ、小さなクッキーが重ねられたティースタンドが箱の中から飛び出してきて……小さくなった箱は、10種類のケーキがホール状に並べられたケーキボックスに早変わりした。

「すごーい！」

僕は思わず、拍手する。

これ魔術だとしても、超スゴい！　バラ園も綺麗だし、ケーキも美味しそう！　これが幻とか信じらんない!!

テオドアが満足げに微笑んだ。

「お前が喜んでくれたなら、良かった」

「喜ばない筈がないでしょ？　ねぇ、食べていい？」

「あぁ」

では、いただきまーす！

美味っ!!

「しあわせ〜」

ケーキも美味しいなんてこの店最高じゃん。常連になろ。あーあ、美味しい、スイーツ最高〜。

「アーシェル」

「なーに」

「ついてる」

ん？　何が？　思わず、キョトンとしてしまうと、テオドアの指が僕の唇についていた生クリームを取って……テオドアはその指についた生クリームを舐めとった。

「て、テオドア!?」

「なんだ？」

「いや、なんだじゃなくて……」

僕の食べこぼしをペロッと食べたテオドアに……ちょっと色気混じりのそれに顔が熱くなった。

テオドアは、美少年なんだよな……。

基本的に何でも絵になって様になって……かっこいい。だから、舐めとるだけでも、テオドアの赤い舌が見えて、ちょっとドキッとしちゃった。

僕は顔が赤くなるのを抑える為に、ケーキを食べた。

甘くて美味しいけど、今、ちょっとだけテオドアが見られなかった。


マジックレストランを堪能して店から出ると、テオドアがまだ行くところがあると言った。

「土産を予約してるんだ」

「お土産？」

「お前が喜びそうなもの」

なんだろう？　めっちゃくちゃ気になるー!!

「中身聞いちゃダメかな？」

「どうせ、お前なら分かる」

「そうなの？　楽しみー！」

ふふっ、楽しいなぁ。

久しぶりすぎて、再確認する。テオドアと一緒にいるのやっぱり楽しい。こうして街を歩きながら、雑談をしつつ、気ままに過ごすだけでもいいよね。

「でさぁ、ひと月前、ナチェイルに来た時は、何処もスイーツが売れ切れでさ」

「ひと月前って言ったら、確かハートレス伯爵が……」

「そうなの！　だからその日、超アンラッキーで……はぁ、泣きたかったなぁ。でも、今日は超ラッキー！　テオドアもいるし、レストラン楽しかったし、スイーツも食べられたし、本当にしあわせ！」

「……そうか」

僕がそう言うとテオドアは満足そうに笑った。

やがて、テオドアの案内で、繁華街から少し外れた港の傍の街に着く。ここは、商会の本店や支店がひしめき合うように建っていて、あまり食事するような店はないのだけど……。

むむっ、また隠れた名店だな？

「テオドア、よくこんなところ知ってるね」

「まぁな。よく誘われるんだ。その度、断っているが、誘われた店だけは覚えたんだ。……顔が良くて得したことはこれだけだな」

テオドアはどこか疲れたように、ため息を吐（つ）いた。

そうだよね……。テオドア、顔が良いから、色んな人に好かれるんだよね……もちろん、テオドアの容姿だけを見て気に入った人ばかりなんだろうけど……ちょっと面白くないな。何でそう思うのか、分からないけど……。

僕が微妙な顔をしていることに気づいたのか、テオドアが僕の頭を撫（な）でた。

「ほら、そんな顔すんな。行くぞ。……店とかお前としか行かないから」

「ぼ、僕だけ？」

「あぁ、アーシェルとしか行かない」

　そう僕に言ってくれるテオドアに微笑まれると、僕ちょっと顔が赤くなっちゃうんだけど！　なんか僕だけテオドアを独占してる気分で嬉しくなっちゃう自分がいて、戸惑う。

　うぅ、何だか今日、テオドアに翻弄されてばっかりだ。

「着いたぞ」

　着いたのは、商会が入っている2階建ての建物の1階にある、赤煉瓦の壁のこぢんまりとした小さなスイーツショップだった。

「僕、こんな場所にスイーツがあるなんて知らなかった！」

「なら、良かった」

　入ると、すごく洒落た店だった。カフェも併設しているようで、外観と同じ赤煉瓦の壁に、モダンなシャンデリア、椅子と机は焦げ茶色の木を磨いた良い品が並べられている。インテリアは観葉植物で統一されている……僕好みだ。

　内装に僕が感動している合間に、テオドアが店の奥にある厨房に行き、頼んでいたものを従業員から箱で受け取る。箱はクリスマスのプレゼントボックス並に大きい。あぁ、開封が待ち遠しい……！　中身なんだろ……！

　ふと、そんな時、店に1人、客が入ってきた。

「この店のスイーツありったけ買わせて」

　そんな言葉と共に。

　店先の方が俄に騒がしくなる。

　会計で支払いをしているテオドアは興味なさそうだけど、僕はちょっと気になって、チラッと窺った。

　すると、厨房の奥から出てきた従業員が慌てている様子でその客……僕達と同じくらいの少年を、早々に帰らせようとしていた。

「今日はケーキ5個だけです！　これだけですから！」

そんな店員に、少年は眉根を寄せた。

「ケーキ5個だけ？　でも、ショーケースにはまだまだケーキがあるじゃん。ほら、お金はあるから全部買わせてよ」

「これは貴方以外のお客様の分です！　貴方の為だけに作ったものではありません！　お金があっても、渡せません」

「困るよ！　お代、2割増でも3割増でもいいから！」

「いえ、ダメです。このひと月、貴方のせいで売上が伸びても、店の評判は落ちるばかりなのですよ。常に商品のないスイーツ店なんて、スイーツ店じゃないって！」

揉めてるみたいだ。

確かに、全部買い占められたら、売上的にはいいかもしれないけど、店の評判は上がらないし、買いに来る人は減るから、客がいなくなる一方だもんね……。しかも、ひと月も買い占められたら、困った話だ。評判だって落ちる。

それにしても買い占め……ひと月前……商品がない……あれ？　まさか、この子……。

その時、揉めていた少年がため息を吐いた。

「……分かった。ケーキ5個で……」

その言葉に従業員がほっと一息吐く。

「分かりました。5個ですね」

そんなやり取りをして、少年が僕らの方に来る。

ヘーゼルナッツみたいな色をしたふわふわの髪に、茶色い瞳、全体的にミルクティーみたいな色合いのその子は、可愛い男の子だった。

男の子は僕には目をくれないで、真っ直ぐ、会計に向かう。その時、丁度、支払いが終わったテオドアが僕の方に戻ろうとして……。

ふとした瞬間。

2人の、目が合った。

その途端、男の子は……これ以上ないくらい赤面して、ぱあっと目を輝かせ、あまりにビックリしたのか、あんぐりと口を開けた。そして、彼は衝動的にテオドアのお土産を持ってない方の手を掴んで、言った。

「あ、あの、あの、あの……！　えっ、ああ、僕、デイビッド・クライナといって、そ、そのその……えっとえーと！　好きです……!!」

僕は人生初めて……人が一目惚れする瞬間を見た。

……しかも、よりによって、彼が一目惚れしたのは……。

………テオドアだ。

その事実に、確かに……僕は……言い訳出来ない程のどうしようもないショックを感じた。

何だか遠くで、幻聴くんが、コイツら後々付き合うんだよ、と嫌なことを言っていた気がした。

side 13.5　振り払ったのは（テオドア視点）

「あ、あの、あの、あの……！　えっ、ああ、僕、デイビッド・クライナといって、そ、そのその……えっとえーと！　好きです……!!」

また、いつものだ。その言葉を聞いた時、俺はそう思って、ため息が出た。

俺はよく一目惚れされる。正直に言えば、うざったいくらいだ。どいつもこいつも顔だけ見て、俺を判断して、惚れる。全く迷惑な話だ。時折、俺の実力に惚れる奴もいるが、そんな奴らより、厄介すぎる。顔だけ見て惚れて、その人間の何が分かる。出会い頭に告白してきた奴を見る。

っ！

俺はそいつを一目見て……。

特に、何も思わなかった。

今、衝撃を受けたような気がしたが、気の所為だったらしい。

はぁ……結局、いつものと変わらない。……正直に言えば、俺は一目惚れするような奴が地雷だ。特に今は邪魔されたくないんだが。

俺は掴まれた手を振り払った。

それに告白してきたソイツ……デイビーだったか、デビットだったか、とりあえずそんな名前の、特に印象もない奴は目を見開いた。

「あ、あの……？」

「すまないが、お前の気持ちは受け取れない。生憎、俺にはもう相手がいるんだ」

そう言って、俺は何故かショックを受けているらしいアーシェルの方を向いた。

あぁ……そうか、アーシェルはこうやって告白される俺を見たの初めてか……。チッ、嫌なもん見せた……。

「行くぞ」

「え？」

まだ呆然としているらしいアーシェルの手を取って、店の外に歩き出す。

すると、告白してきた奴が、俺達の前に出て、引き止めようとした。

「あ、あの名前、名前だけでも！　友達からでもいいですから！」

あぁ、諦めが悪いタイプかコイツ。このタイプはいつも面倒だ。……ハッキリ言わないといつまでも粘着される。

「執拗い。興味のない奴に名乗る名前なんてないだろう」

「っ!?」

「そこをどいてくれないか？」

「じゃ、じゃ、ほんの一時でいいですから！　今から何処か一緒に……！」

「行かない。行くわけがないだろう。見て分からないか。俺にはツレがいる」

ソイツはアーシェルの方をまるで睨みつけるように見る。アーシェルは驚いて、思わずといった風に俺の腕に掴まる。

……はぁ……本当に面倒な奴に絡まれた。

これ以上はアーシェルを害されかねない。

「もう話は終わりだ。これ以上……俺を不快にするな」

「…………っ」

ソイツは悔しそうに目を伏せると、直ぐに顔を上げて、わざとらしく涙を瞳に溜めて悲しげに俺を見上げ何か訴えかけてくるが、見かけだけで釣れる奴に優しくする道理はない。

……それに、こんなよく知らない奴より、今、大切なのはアーシェルの方だ。

ソイツを無視して、アーシェルと店を出る。無視したことに、ソイツは驚愕したようだが知らん。

後ろも振り返らず、さっさと店から出る。

……幸い、奴はついてこなかった。

しばらく店から離れる為に歩く。だいぶ離れたところに着いて、俺はアーシェルに謝った。

「すまない。絡まれた」

「……いや、別に……」

アーシェルは瞬きをして、不安そうに俺に聞いてきた。

「その、あのさ……変なこと聞くけど……」

「なに？」

「さっきの人、何とも思わなかったの？」

……それはどういうことだろうか。

いや、まさか……アーシェル、俺がアレに惹かれたとか思ったんじゃないだろうか。

……いや、アレに惹かれるなんて絶対にない。

確かに、何故か一瞬、衝撃を受けた気がするが、そんな気がしただけで気の所為だったたし、それだけだ。

それに……この俺が、アーシェル以外に靡(なび)くことがあるか？

「お前がいるのに、何か思うことがあるかよ」

「ぼ、ぼく!?」

「何を勘違いしたか知らないが、見かけだけで告白してくる奴なんて、最初から御免だ。お前とは違うし、お前より何であの野郎を思うことがあるか」

全く、なんて誤解をされたものだ。

しかし、ま、誤解を招いたのは俺にも原因があるか。

はぁ……。あの野郎のせいで……疲れた。今日、上手(うま)くいっていたのに色々狂わされた。

ふと、アーシェルを見れば、仄(ほの)かに赤くなっていた。

「アーシェル？　顔が赤いが？」

「あ、いや、うん。大丈夫……。ただ、ちょっと……テオドアが僕を取ってくれて嬉しかっただけ」

そう言って、アーシェルがほっとしたように笑った。

……あぁ、コイツは……まさか……。

いや、でも、そんな都合の良い話……。

何となく……まだ確信はないが……アーシェルも俺を……。

「アーシェル……お前」

だが、俺が言いかけた言葉をアーシェルが遮る。

そして、わざと空気を変えるように話を変えた。

「あ、あのさ！　お土産なに？　もう教えてくれても良いでしょ？」

「……そうだな」

話を遮られたが、気にしない。確かに気になることだが、確信に変えるのは後でも構わない。とにかく、今は、アーシェルだ。

アーシェルに箱を渡す。

「……本当はもっとスマートに渡したかったんだが……」

「大丈夫だよ」

アーシェルの手で丁寧に箱が開かれる。

中身を見て、アーシェルの瞳がぱあっと輝いた。

「カスタードプディングだ!!」


アーシェルが箱を持って喜び出した。

「やったー！　なかなかないんだよ。ナチェイルでカスタードプディングが売っているの～。売っててても舶来品の美味(うま)いけど甘くないカスタードプディングばっかりでさ。凄(すご)く嬉しい！　しかも、最近全然、食べてなかったから、テンション上がる!!　やったー!!」

かなり嬉しかったのか、アーシェルが箱を持って小躍りしていた。

良かった。さっきまでの落ち込みようはすっかり復活したらしい。

「ありがとうテオドア！」

アーシェルが俺に抱きついてくる。その顔はすっかり笑顔だ。

「あぁ」

思わず、目を逸(そ)らす。

……どうも……俺はアーシェルの笑顔に弱い……。

「テオドア、夕飯のデザートこれにしよう。ね、良いでしょ？」

「そうだな」

箱を大事そうに両手に抱えてアーシェルは歩き出す。箱には冷却魔術がかかっていて冷たいはずだが、それも気にならないくらい、嬉しかったらしい。

「ねぇ、夕飯までまだ時間あるしさ、馬車のところまで、遠回りしてゆっくり歩いて帰ろうよ」

「賛成だ。折角、ナチェイルに来ているからな」

水を差されたが、結果的に今日は成功しそうだ。

何よりアーシェルが笑顔なら幸いだ。

「テオドア、大通りの方に行こう。そっちなら店もあるし」

「あぁ、折角なら何か買っていきたいしな」

2人揃って、商会が並ぶ通りから、繁華街である大通りの方へ行く。

……俺達2人とも、既に、先程の奴のことはすっかり忘れていた。

第十四話　お揃いが欲しいです

正直、ほっとした。

テオドアはさっきの子に本当に興味がなかったみたい。

むしろ、その顔には邪魔されたと書いてあって、不快だったみたいだ。

……あ、うん、本当にほっとした。

テオドアを取られたんじゃないかと……思って……。

……僕、実は意外と独占欲強いのかなぁ……。きっとテオドアのことだから、何があっても僕の家族でいてくれると思うんだけど……。

なんかさっきの子には渡したくないと思っちゃったんだよね。なんなんだろう……。

……色々あったけど、切り替えよ！

テオドアも気にしてないし、カスタードプディングがお土産だし、満足満足!!
テオドアと一緒に大通りに向かう。
大通りは相変わらず、いっぱい人が行き交ってい
る。それをふと、眺めていて、気づいた。
ペアでアクセサリーつけている人凄く多いな……
って。
ヤンファンガルではカップルに限らず、仲良い印
的な意味合いで、ペアでお揃いのアクセサリーをつ
けている人が多い。友達だったり家族だったり、揃
いで買って日頃から身につけるのだ。
平民の文化で、貴族はあまりしないのだけど……
今、物凄くいいかもしれない。
「テオドア、今日の記念にさ。何か買わない？　リ
ングとかが良いと思うんだけど」
「リング？」
「そっ！　チェーンを通してネックレスにしてさ。
お揃いで買わない？」
そう提案する。
僕達、家族だけど血の繋がりないし、最近は全然、
会えない日々ばかりだし、繋がりの証みたいなもの
が欲しいと思ったんだ。
今、丁度いい。
テオドアは僕の提案にびっくりしていたけど、頷
いて。
「揃える。ほら、行くぞ」
提案した僕よりもやる気になって、僕の手を取り
歩き出した。元々アクセサリー屋を知っていたのか、
真っ直ぐ繁華街のある場所に向かい、街角にあるそ
の店に入った。
テオドアが入ったのは雰囲気の良い……高級感溢
れるシルバーアクセサリー専門店だった。
銀はヤンファンガルでは物凄く高価な貴金属の1
つだ。金も高いけど銀の方がヤンファンガルでは高

価だ。その理由は……銀は魔道具として使われるからだ。

銀は装飾品や生活道具にも使われるけど、魔力の伝導率が他の金属とは比較にならない為、専ら魔道具の材料になる。銀を使った道具は、魔力を一度通すと魔力を帯びた魔道具になり、尋常じゃない切れ味のナイフが出来たり、魔法の鏡が出来たりする。

魔力だけじゃなく、キチンと構築した魔術を銀に付与すれば、防護魔術を施したお守りになったり、自動で敵を攻撃する盾にもなったりする。

だから、銀はヤンファンガルでは需要が高く、高価なのだ。

そんな銀を材料にしたアクセサリーは当然、目を見張る値段だ。僕はテオドアと2人で入ったシルバーアクセサリーの店で、1人、値段に震え上がっていた。

「ヤバいって！ ピアスだけで500gの砂糖が余裕で10袋買えるよ！ テオドア！」

「逆に言えば、5kgの砂糖でシルバーアクセサリーが買えるというわけか……」

この値段の高さ、ビビっちゃう。

僕、公爵家だからお金には困らないし、買い物も欲しいと思ったらポンポン買うタイプだけど、明らかに高価だと尻込みして買えなくなるタイプなんだよね。

テオドアは僕とは反対に平然としたもので、店員からカタログをもらって、淡々と選んで、ピックアップしたものを僕に見せてきた。

「今、在庫があって、男でもつけられるのは、ここら辺のページのやつ。追加料金払えば、デザインをオリジナルに出来るのがこれ。魔術的な加工は俺がやるから、付与魔術の料金は無視していい。とりあえず、アーシェルの好みで選べ」

「え、加工!? テオドアがするの？ 出来るの？」

「出来る。理論が分かっていれば簡単だ。魔術操作で金属内を加工して、機構の枠組を組み立て、その中に記録領域と回路の基礎、擬似的な永久機関の構築とエネルギー増幅を……」

「わ、分かった！　分からないけど分かったから！　テオドアにお任せする！」

魔術関連、本当に分かんないの。

でも、テオドアは天才……なんでも出来るとは思っていたけど、まさか魔術によるシルバー加工まで出来るとは思わなかった……。

ていうか……。

テオドアが勧めたリング、尽く、カタログの中でもトップクラスに高いのばかりなんだけど!?　1000万単位なんだけど!?　公爵家のポケットマネーから余裕で買えるけど、こんなの身につけて歩けないよ！　僕！

「高くない!?　高すぎない!?」

「アーシェル。俺が付与しようとしている魔術は、良質な銀ではないと良い効果が期待できない」

「待って、何を付与するつもりか分かんないけど！　僕、お揃いだったら、何でも……」

正直に言うと、アクセサリー、出店の1000とかそれくらいの単位の値段で恥ずかしくないくらいの安価なものを僕は考えていた。それが銀！　それだけでもやばいのに！

でも、テオドアは違うらしい。

「揃いだからこそだ。それに、何年も何十年も持つんだ。それなりのやつじゃないと困る。アーシェルに生半可なものを持たせるわけがないだろう」

何年も何十年もって……それって一生、肌身離さず持ってろ、ってことかなぁ……。それで、テオドアも何年も何十年も持つつもりなのかな……。

「た、確かにそれだと生半可なもの買えないね……。2人でずっと持っとくものだもんね」

何か頬が熱い気がする……。

カタログに書かれた値段を見ないようにリングのデザインを見る。

シンプルなシルバーリングに、ちょいアレンジしたクロスやラインのデザインに交じって、無骨なリングや羽根モチーフの奇抜なデザインのリングもある。

……そんな中、僕が見つけたのは……。

「テオドア、これにしない？」

鳥を模した曲線が綺麗なシルバーリング。二つ重ねると、鳥のくちばしが向かい合うように見えるリングだ。あまり華美なものではないし、お揃いだし、こういうのが良いと思う。値段は……見なかったことにしよう。それに、向かい合ってる鳥に身長差があって、大体、僕らの身長差と同じくらいに見える。それが何だか僕ららしい感じで、気に入った。

テオドアも気に入ったみたいで、僕からカタログをもらうと、店員に指示した。早い！　スマート!!

「チェーンも頼んだから」

「え!?　チェーンも買ったの？」

「リングがシルバーで、チェーンが安物のメッキ加工したやつなんてちぐはぐすぎるだろ」

「そりゃそうだけど……僕、これから毎日めちゃくちゃ高価なもの身につけて過ごすのか……」

「アーシェルって変なところで庶民だな……」

そんな会話をしていると、店員が代金の支払いを催促した。今日頼んだリングは、サイズの調整をしてから、数日後にマイナスル公爵家に配達するそうだ。

テオドアが言った。

「配達されてから俺が加工するから、その分、アーシェルの手に渡るのはまだ先になるが大丈夫か」

「もちろん！　大丈夫。お揃いで何か持ちたかったから、嬉しい」

めっちゃくちゃ高価だけど、高価な分、値段以上に使わないとな……。何せ、超天才でもあるテオドアが魔術を銀に付与してくれるしね！

「何だかワクワクするね、テオドア。きっとテオドアのことだから、想像もつかないような凄いものが出来るよね！」

そう僕が言うと、テオドアは気恥ずかしいのか、目を逸らした。

「あまり期待されてもプレッシャーなんだが？」

「期待じゃなくて、確定だよ！　僕、楽しみにしてるからね。出来たら、一番に見せてね！」

「あぁ……」

どちらからともなく、目を合わせる。

思わず、2人で笑い合った。

うーん！　幸せ！

そんな様子を見ていた店員さんが瞬きして、ずっと疑問に思っていたのか、質問した。

「あの……おふたりは、付き合っていらっしゃるんですか？」

「え？」

「あんまり仲がよろしいので……恋人同士なのではと思っていたのですが……？」

こ、恋人同士に見えるくらい仲が良いって……!!

その質問に、僕は何故か恥ずかしくなって、答えられなかった。

第十五話　満更でもない僕がいて

「いっただきまーす！」

あむ！　美味ーい!!

ナチェイルから帰ってきて、数日後。

僕はすっかり、あの時、テオドアと行ったカスタードプディングのスイーツ店の常連になり、数日に1回は使いを出してカスタードプディングを買ってくるよう頼むぐらいになった。

マイナスル公爵家の料理長のカスタードプディングも美味しいんだけど、このお店は甘いカスタードプディングに更に秘伝の甘いソースをかけていて、甘々ドロ甘ゲロ甘で最強に甘い。

「あまーい！　うまーい！」

胸焼けする程甘い！　好き！　この甘さが最高!!

ティータイムの昼下がりの日差しの中、僕はテーブルについて、幸せと書いてカスタードプディングと読むそれに舌鼓を打っていた。

そこへ、テオドアが来た。手には小さな箱が2つある。

もしかしなくても、これは！

「リングが出来たの？」

「あぁ」

やったー！　とうとう出来たんだ！

テオドアは僕の向かいに座ると、持っていた箱の1つを僕に渡した。

箱を開ければ、この前買ったシルバーリングがキラキラと光っている。

「きれー」

これを毎日、身につけるのかと思うと、ちょっとワクワクする……値段は気にしないことにしよう、うん。

リングは買った時、カタログ越しに見たのと相違ない。これに既にテオドアの手による魔術がかけられているようには、一見、見えない。

手に取って、僕が見回していると、テオドアが口を開いた。

「付与した魔術は色々ある。汚れ完全防止や錆防止は基本として、他の大体は、アーシェルの身を守るような魔術だ。もし、何かあれば、リングに魔力を少量流すだけで発動する。恐らく大概の危機には対応出来るし、自動回復も付与したから、もし、リングが壊されても、欠片さえ残っていれば、完全に直る。アーシェルの身は守れるというわけだ」

「…………え……」

あの……思わず、言葉を失っちゃったのだけど、それってかなりヤバい代物になってない？　大概の危機に対応出来るとか、自動回復するリングとか、前代未聞なんだけど⁉　そんな魔道具聞いたことないよ？　僕が知ってる魔道具ってそんなに高性能じゃないよ⁉

「テオドア、本気出した？」

「まぁな。加工自体は初めてだったが、出来うる限り、ありったけのことはした。結果的に魔術省に協力してもらったが……」

「魔術省⁉」

本気出しすぎだよ……！　魔術省って！　たかが義理の兄弟に贈るものなのに！

「テオドア、そんなに頑張って作ってくれたものを僕がもらってもいいの⁇」

テオドアの実力だったら、国王陛下とか魔術省のお偉いさんとかに渡すべきなんじゃない？

そう僕が聞くと、テオドアは僕を真っ直ぐ見つめた。

「お前だから良いんだ。アーシェル。他でもないお前だから」

僕だから……。

そう言われると照れるし、何だか面映ゆいし、むず痒い……。それに……。

「何だか勘違いしそうだよ。それ」

「どんな風に？」

テオドアはいつもの眩しいくらいの美貌で、まるで僕を見定めるみたいに真っ直ぐに見つめてきた。

……あんまり見つめられると、恥ずかしい。

照れ隠しもあって、わざとちょっと冗談めかして僕は聞いた。

「……その、えっと……テオドアは、実は、僕が好きなのかな？　って……」

ちょっとこの数日、考えていたんだ。

テオドアにドキドキさせられることが多かったあのナチェイルに行った日、あの時のテオドアの発言の数々を改めて考えたら、その、実は……そういうことなのかな？　と思って、でも、考えすぎな気もするようなしないような……僕の意識しすぎかな??

言ってて、ちょっと平静じゃなくなってきた。思わず、目の前にあるカスタードプディングに手を伸ばす。

そして、それを口にした時だった。

「そうだと言ったら、どうする……？」

「!?」

テオドアは相変わらず、凛とした美人ぶりでそこにいて、そして、驚いて固まった僕に……ずっと思っていたことを打ち明けるように……僕に話し始めた。

「ずっと前、アーシェルが聞いたな。結婚前提の婚約者にしたい奴がいるかどうか、理想の人はいるか、と。覚えているか」

「う、うん……」

お、覚えている。テオドアは確か、いると答えて、僕がちょっとショックを受けたやつ……。

「あれがお前だとしたら？」

「え？」

「利害抜きで、お前と一緒にいたいと言ったら？」

「ええ??」

一瞬、時が止まった気がした。

いつものティータイムで、いつもの場所で、晴れた日の幸せな日常がさっきまでそこにあったのに、変わり始めた気がした……。

テオドアの話をまとめるとつまり。

「テオドアが僕を好きってこと……？」

「そうだ」

「本当に？」

「あぁ」

口の中のカスタードプディングの甘さが分からなくなるくらい、僕は混乱していた。

テオドアだよ？　あの超天才美男子が僕を好き？　全然全然、信じらんない。ちょっと落ち着かせて欲しい。

そして、何より、自分でもびっくりしているのが。テオドアに好きと言われて満更でもない、むしろ、何処かほっとして喜んでいる自分がいる。

自分の全身が沸騰しそうなくらい熱くなるのが分かる。紅潮して人に見せられない顔しているのが、分かる。この前からちょいちょいテオドアにドキドキさせられる度に出てきた独占欲強めの僕が、テオドアが好いているのが僕だと知って嬉しくなってる。

でも、脳内の理性的な僕が、訴えかけた。

婚約者どうするよって。

僕、婚約者探さないといけないわけで。しかも、カルロス殿下絡みの複雑な状況を許容してくれて、16歳まではフリーの振りをしてくれて、マイナスル公爵家の為に働いてくれて、ある程度何かしらの資質がある人じゃなきゃダメなんだよ。

でも、……あれ？　よくよく考えたら、テオドアでも大丈夫だ……これ……。テオドアはカルロス殿下のこと分かってくれてるし、義弟だからフリーの振りどころか振りをしなくてもいいくらいだ。アイツとの婚約解消をしたら直ぐに婚儀出来る。しかも、現在進行形でテオドアは公爵家に貢献してくれてる凄い奴なわけで……。

つまり、僕……テオドアを素直に好きになっても……何も問題がないってこと？

貴族だとか利害だとかそんなこと気にせず、テオドアと婚約……って言うと気恥ずかしいけど……一緒になっても問題ないんだ……。

……好きな人と一緒に生きてもいいのか……。

その事実に僕の目の前がフッと開けた気がした。

「テオドア、良いの？　僕、スイーツしか興味ないし、色々平凡で特出して凄いところなんてないけど……」

「お前が良い。アーシェルじゃなきゃダメだ」

「本当に？　テオドア、後悔しない？」

「そういうお前はどうなんだ？　俺といて、後悔しないか？」

「しないよ。するんだったら、多分、一緒に今、いないと思う……」

テオドアと目が合う。

……僕、ちょっと今、胸の鼓動が激しくて、照れちゃって、テオドアを見てられないんだけど、テオドアも何だか赤くなってて、どうやらお互い様みたい。

思わず、テオドアもちょっとは照れてるのかなぁ、と思ったら、笑っちゃった。

「なんだよ、アーシェル」

「いや、今、幸せかもって思って。めっちゃくちゃドキドキしてて、恥ずかしいんだけどさ」

とりあえず、僕は恥ずかしくて言えなくなる前に、言えるうちに言おうと思ったことを言った。

「好きだよ、テオドア。これからよろしくね」

そう言った途端、僕の向かいに座っていたテオドアが立ち上がって、僕を抱きしめた。……もしかして、テオドアは僕よりもずっと長く僕のこと想っていたのかなぁ。そんな気がして、僕はテオドアを抱きしめ返した。

机の上で一組のリングが隣り合わせに並んで、キラキラと輝いていた。

side 15.5　やっと手に入った（テオドア視点）

まさか、こうなるとは思わなかった。

でも、後悔はなかった。

最初はリングを渡すだけだと思った。

いつも通りの日常、いつも通りの時間、場所……。

ただの雑談から、告白になるなんて誰が思ったか。

……しかし、俺達らしいと言えば、俺達らしいとも言えた。

雰囲気から場所までこだわって、キザったらしくカッコつけて告白するのは、お互いキャラじゃない。

多分、お互いを察しやすい俺達のことだ。お互い恥ずかしくなって赤面して一歩も進まなくなる。

それに、流星の下、夜景を背景に告白しようが、アーシェルがカスタードプディングを食べながら俺の告白を聞こうが、同じ結果になったろうし、思い出になった。


抱きしめた、その胸の中で、アーシェルが困ったように言葉を紡いだ。

「ねえ、心臓が破裂しそうになるから、離れてくれない……？」

「すまない」

俺が離れると耳まで真っ赤にしたアーシェルがいた。

「僕、自分から抱きしめに行くことはあっても、誰かからされたことないから、変にドキドキしちゃった……」

その言葉に確かにそうだと気づく。

アーシェルは自分からするばかりで、基本的に、誰もアーシェルにはしないからな……。

俺はアーシェルの頭を撫でる。すると、アーシェルが不満げに言った……恥ずかしそうに頬を染めながら。

「子ども扱いダメ……。一応……一応……とはいえ、僕の方がお兄ちゃんなんだけど……」

「そうだな」

「そうだなって言いながら、やり続けるの禁止ー」

手を放すと、アーシェルと目が合う。

……2人して、思わず、笑い合った。

両想いというのは、これ程までに心が満たされるものらしい。

俺はテーブルの上に置き去りになっていたリングとチェーンを手に取る。

「アーシェル、後ろ向け。俺がつける」

「うん……何か、シルバーリング……婚約指輪みたいになっちゃったね」

「そうだな。……だが、俺は元々買う時、そうなればいいと思っていた」

「え、そうなの?」

アーシェルが揃いのアクセサリーが欲しいと言った時、これ程、チャンスだと思ったことはない。

狙ってる奴と同じ装飾品をつけられる。その上、加工は俺がするのだから……想いの丈を代わりにぶつけるには丁度良かった。

それに俺が手を加えたものをアーシェルが身につけると考えるだけで気分が上がる自分もいた……もし、幸運があって、アーシェルと両想いになれたら、指輪の代わりになるんじゃないかと思ったのだ。そう考えたら、アクセサリーを買わないという選択肢はなかった。

チェーンをアーシェルの首に回して、留め具でアーシェルの首にかける。

細めのシルバーのチェーンは、アーシェルの白い肌にもよく映えた。アーシェルの胸元でリングが左右に揺れる。

アーシェルがリングを手に取って、息を呑んだ。

「……何か、すっごく嬉しいんだけど、ドキドキしちゃって変な気分。なんでテオドア平気そうなの」

「全然平気じゃない」

想いが通じた……それだけでどれだけ俺の心が浮き立っているか知らないだろう。今だって色々我慢していると、そうアーシェルに耳打ちすれば、アーシェルは真っ赤になった。

そんなアーシェルにわざと俺は追い討ちをかけた。

「アーシェル、お前が俺の分をつけるか？」

そう聞くと、アーシェルが小さく「頑張る……」と俺から視線を逸らしながら、言った。

いつも俺ばかりアーシェルに振り回されるのは、不公平だからな。

俺とアーシェルが向かい合う姿勢になるとアーシエルは、俺を前から抱きしめるように手を伸ばし、チェーンをつけた。

「……テオドア、近い」

「そうだな。キスするには丁度良いかもしれないぞ」

「ごふっ!?」

アーシェルがさらに真っ赤になって両手で顔を覆った。

「そういうこと言わないでよ！　もう！　顔が熱い!!　何か、テオドア、キャラ違くない!?」

「いつものお返しだ」

「いつものお返し!?　僕なんかしたっけ!?」

アーシェルは知らないだろうが、アーシェルは無自覚で人を振り回し、人を惚れさせ、人を悶えさせる、ある意味で天才だ。

その点、アーシェルとスイーツは似ている。どちらも甘くて、どちらも虜にする。

だからこそ俺は、アーシェルを手に入れたものの、無自覚のアーシェルに惑わされた外敵が気になる……。特にあの王子らは。横からかっさらわれたらたまったもんじゃない。

アーシェルにつけたリングを見る。俺が持っているリングには最低限の機能しかないが、アーシェルの方にはアーシェルを守る為だけではなく、俺が考えられるだけ、ありったけの機能をリングが耐久できるギリギリまで入れている。

……使う時が来ないといいが。

ま、そんなことは良いとしてだ。

「アーシェル」

「な、何……？」

「好きだ」

隙だらけなアーシェルの唇を奪う。

アーシェルにとって不意打ちだっただろうそれに、視界の隅でアーシェルが驚いたように目を見開いて、やがて、意を決したように目を閉じて、俺の首に手を回すのが見えた。

あぁ、アーシェル……好きだ。

side 15.5　三者三様（デイビッドの御者視点）

俺は最近、ため息を吐きたくなることが増えに増えた。もう辞職を頭に思い描くくらいには。

今日も今日とて、デイビッド坊ちゃんをナチェイルに連れてきているが、まぁ、坊ちゃんのドカ食い……いや、ヤケ食いが止まらない。

目につくスイーツ店に入っては、目についたデザートを食い尽くして出てくる。スイーツ店側が泣こうがわめこうがお構いなしだ。

なんでそうなったか？

屋敷の侍従に聞いた話だから、定かではないが。

坊ちゃんがこうしてヤケ食いをしているのは、最近、失恋したかららしい。

正に運命、この人以外との未来なんて考えられない、どうしてもこの人の傍にいたい——と想った人には既に恋人がいて、坊ちゃんは結果的に横恋慕してしまったらしい。

当然、手酷く振られるだけじゃなく、初対面でかなり嫌われて、ぱっきりぽっきり恋心を折られたとか。

てか、ね。その話によると坊ちゃんは一目惚れして、出会った次の瞬間には告白したらしい。その人の恋人もそこにいたのに。

そりゃ絶対振られますね、ええ。どう考えても振られます。恋人が横にいてOKする奴いないし、坊ちゃんは恋人がいることに気づかなかったんですかねぇ。自分から嫌われに行くようなもんですよ。

大体、初対面で告白なんて、今日初めて会った人に今ここでズボン脱いで見せてください！ って言ってるようなもんだよ。無理な話だよ、マジで。

というわけで、坊ちゃんは今、絶賛、傷心中。

元々、スイーツというものを心の拠り所にしている節がある人だから、ドカ食いヤケ食いに走り、かなりの量を毎日食べている。

それでは太るのではないかと思うが、坊ちゃんは魔法体質なのか、どれだけ食べても体型に変化がない。むしろ、肌ツヤが増している。

兎にも角にも、傷心中の坊ちゃんは、スイーツを食べて、どうにか気を紛らせているらしい。

しかし。

しかしだ。

ドカ食いヤケ食いに走るのは分かる。まぁ、分かるとも。それだけ一目惚れとはいえ、告白するくらい人を好きになったのだから。

でもね？

坊ちゃんが尽く食べ尽くすから、ナチェイル中のスイーツ店から、苦情が来ているんですよ!! しかも、それを何故か御者でしかない俺に言う！ 何故か俺！ そう俺！ 俺に言う!!

毎日毎日10件20件30件、苦情言われてみろよ。誰だって気が滅入るわ！ 俺だって人間なんだよ？

なんで毎日自分のせいじゃない悪事を謝罪して、お叱りを粛々と受け入れなきゃいけないのかな??　なんで坊ちゃんじゃなくて俺に言うかな??　しかも、食い尽くしているの坊ちゃんだよ??　一体全体、なんで俺が怒られるんだよ。

これはあれか、坊ちゃんが貴族だから、俺に苦情を言っているの?　身分差別反対!!

あぁーやめたーい!!

俺は誰もいない馬車で項垂れた。もうやだ、疲れたよ、俺……。あー故郷に帰りたいママの手料理が恋しい……。

と、そこへ、ヤケ食いして今日もナチェイルのスイーツというスイーツを食べ尽くしたらしい坊ちゃんが帰ってきた。

坊ちゃんは憂鬱そうに俯いて、馬車の席に座る。

まーだ、失恋の痛みに苛まれているみたいですね。

あーあ、これだと明日も坊ちゃんはスイーツ店巡り、俺は謝罪参りが確定ですねー嫌ですねー。

もう我慢が限界だ!　クビになるかもだが一言言ってやろう。もちろん、クビになったらラッキー!

「坊ちゃん」

「なに?」

「失恋の痛みは新しい恋でしか治りませんぜ。いっくらヤケ食いしても腹が満ちるだけ、新しい恋でキュンっとラブってハピハピですよ。そうすりゃ昔の振り向かなかった奴なんてどうでも良くなるっすよ」

因みに適当に言った。新しい恋でしか治りませんとか言いながら、俺は童貞。恋人無し=年齢。夜の相手は専ら自分の右手だ。うん、つまり、デタラメを坊ちゃんに言ったわけだ。

けれど、そんな俺の言葉は何故か坊ちゃんに響いたらしい。

「……」

坊ちゃんは悩むように黙り込むと、突如として立ち上がった。

「もう落ち込まない!　原作と違うし強制力は使え

ないけど、何が何でも！　僕は新しい恋をするんだ!!」

お、おぅ……。

決意表明のように坊ちゃんはそう叫ぶと、俺に言った。

「景気づけに今からグラブジャムン食べる」

結局、食い尽くすのは止めないいんかい!!

……ところで、ゲームとか強制力ってなんだ？

まあ、いいか。坊ちゃんが妙なことを言うのは今に始まったことじゃないし。

side 15.5　三者三様（とある貴族令息視点）

「ベン！　ベンってば、聞いてる？」

「あぁ」

俺の問いに生返事が返ってくる。

目の前にいる俺の婚約者は、どうも心ここに在らずといった風で、数ヶ月ぶりに開いたこの俺とのお茶会をぼうっとして過ごしている。

さっきから彼はこんな感じだ。目の前に来年には結婚を予定している婚約者がいるというのに、この体たらく。少しは円満演出に協力してはくれないだろうか。

「ベン。最低限の義務は果たさなくちゃ。たとえ、お互い気持ちがなくてもね」

「……分かってる」

「せめて、俺の話に相槌を打つくらいはしても良いじゃない？　何があったか知らないけど、君らしくないね」

俺達は所謂（いわゆる）、政略結婚というやつだ。

しかも、お互いまだ親の腹の中にいた頃（ころ）に決まった。俺達本人の意思は全く考慮されていない婚約。

別にそれについて異を唱えるとかはない。貴族同士の結婚なんてそんなものだ。家同士の結びつきによって、手に入れられるものがあるなら、どんなことでもする。俺だってきっと親の立場なら本人達がまだ生まれてなかろうが婚約させたと思うし。

ただ、仕方がない話だけど、本人達の相性は考慮されていないから、どうしてもそりの合わない奴と結婚しないといけなくなる場合がある。

それが俺とベンだ。

昔からベンとは性格が合わなかった。

遊び人で賭博（とばく）が好きでドンチャン騒ぎが好きな俺と、あの完璧（かんぺき）超人の側近で仕事人間なベンではどうしても仲良くなることは出来ない。

それでも、お互い貴族の義務はきちんと理解しているから、結婚となっても抵抗感はないし、2人ともこの付き合いを仕事と割り切っている。多分、このままなら、子作りも義務的にやるんじゃないかな？　そんな気がするだけだけど。

そして、今日は俺の親の意向で行われる数ヶ月に1回の婚約者同士の茶会だ。

俺の親は、俺達が不仲だと世間様に思われたくないらしい。むしろ、良好も良好だと思わせたいみたいだ。

そりゃあね。ベンは未来の国王陛下の側近様で将来はきっと立派な外交官様だ。そんな人と仲がいいと世間様が思えば、群がる人も美味（おい）しい話もやってくるだろう。

でもね。

目の前にいる、やはり俺に興味なさそうなソイツを見る。一応、気遣いは人一倍できる奴だが……今日は元々お茶会なんて嫌いな俺を気遣えないくらい、何か思い悩んでいるらしい。

はぁ、神様は理不尽だ。

「ベン、もう今日帰る？」

「……ん？　あぁ、何か言ったかい？」

「今日はもう帰るか？　って言ったんだよ。お前、お茶会どころじゃないだろ。俺を眼中にも入れずに悩みやがって」

「すまない。お茶会に集中すれば良かった。……最近、妙に浮ついていて……考え事ばかりしてしまう。決して、君を軽んじているわけじゃないんだが」

「あ、そう」

ただ、帰るか帰らないか聞きたかったんだけどな。

神様は理不尽だ。

俺は明るいノリのいい奴が好きだ。話し上手なら尚いい。しかし、コイツは真面目一辺倒で、仕事人間でしかない。浮ついた話も遊んだ話もしない、俺にとってはつまんない人間だった。はっきり言って、俺の好みとは正反対だ。

どうして、こんな奴と俺を神様は一緒にしたんだろうか。ベンにはベンの、俺には俺の、相応しい人が他にいなかったんだろうか。

「レニー。改めて謝罪するよ。今度、懐かしい子と会う約束をしていてね。あんまり懐かしいものだから、昔を色々思い出してしまって……婚約者を大切にする義務を怠った」

「いいよ。謝罪とかさ。けど、ふーん、懐かしい子ね。目の前の婚約者を適当にしていいくらいな子なんだね、へぇ。どんな子なの」

「昔、レオドール殿下の御学友の1人だった子さ」

俺の嫌味は無視かよ。良い性格してんね。まぁ、気にしないけど。

ベンはどこか上機嫌に話し始めた。……もしかしたら、その子に会うのが楽しみなのかもしれない。

「歳下で、素直で可愛い子だよ。弟みたいな。レオドール殿下も酷く気に入っておられた。……だが、色々あって……側近にはならなかった。多分、彼ならレオドール殿下の信頼も厚いし、優秀な側近になったと思うんだが……」

「……はぁ……」

興味がない。だが、ベンはどうしても誰かに彼のことを話したかったらしい。ベンの口は止まらない。付き合うしかないか……。

「レオドール殿下は素晴らしい方だ。しかし、どこか危ういところがある。あの子なら、そんな殿下をサポート出来たのではと思わずにはいられない。……私では……殿下を支えることは出来なかった。殿下は素晴らしい方だが、私如きでは、殿下の支えどころか慰めにもならない……。もし、あの子ならきっと……」

ふわぁ……おっと欠伸。

欠伸をした俺に気づいたのか、ベンが話をやめた。

「すまない。私の話を聞いてもらって。この茶会は君の話を聞く場だというのに」

「……はぁ、まぁ、分かってくれてるなら良いよ。お互い、婚約者として最低限の仕事をすればいいんだし。ベンはこの茶会に応じて俺の話を聞く。俺はお前に応じてもらう代わりに、お前の仕事をちょいちょい手伝う。そういう取引だろう」

「…………」

「ちょっと、ベン。突然、無言にならないでくれる？」

「あぁ……すまない」

「とりあえず、対外的に仲良いアピール出来りゃあ、うちの実家は黙るから。今日はこれで終わろう。お互い会話したし、お茶は飲んだ。俺、今日の夜、カジノ行く予定だから、もう失礼するよ」

「そうか。……気を遣わせてすまないな」

「……。まぁいいや。とりあえず、ベンはその弟みたいな可愛い子と楽しんだら？」

どんな子かさっぱり分からないけど。

そんなことを適当に言って、俺はお茶をしていたカフェから出る。

ベンとは長い付き合いだけど、やっぱ馬が合わないな。

一緒にいて、あんまり楽しくない。

向こうだって実はそう思ってるはず。

でも……。

「……あの子の話をするベンは笑っていたな……」

笑うベンを俺は久しぶりに、いや、一緒にいる時は見たことないから、殆ど初めて見た。

そっかアイツ笑うのか……。


婚約に不満はない。

結んだ契約に異論はない。

結婚することに抵抗はない。

でも、お互い気の合う好きな相手と一緒になれたら……笑顔の絶えない人生を歩めて、きっと幸せになれたろうな。

「でも、生まれた時には決まってしまっていたんだ。もう覆せない仕方のない話なんだよ、ベン」

俺の呟きは誰にも聞かれず、空気に溶けた。

side 15.5　三者三様（とある公爵家の父親視点）

アーシェルとテオドアが結ばれた頃。

同じマイナスル公爵家。執務室。

そこで大量の書類を前に愛用のモノクルをメガネ拭きで磨く男が1人。

男はどこか楽しげで上機嫌だった。いつも億劫な仕事もつい先程まで鼻歌混じりでしていたくらいだ。

磨かれたモノクルを確認するように手を上げると、彼は呟いた。

「ま、大方、計算通りかな？　しっかし、もうちょい早いと思ってたんだけどねぇ。まあ、大体ＯＫか。1年以内には結論が出たわけだし、まぁまぁ良しとしよう。ふむふむ、計画的には順調、順調」

男はある計画が上手くいった為、非常に上機嫌だった。

いやはや、仕込みに時間はかからなかったけど、後の展開は全て当人達次第で、男は周りから発破をかけるくらいしか出来なかったものだから、なかなかなヒヤヒヤ体験をしたものである。

計算上では、アーシェルが15歳になる前には望んだ結論が出ることは分かっていたけども、それでもね、惚れた腫れた恋したなんてのは、操作出来ないもので、実に運任せに近かった。

「おかげで、ちょっと寝られない日々だったよ、アーシェル。父上、あんまり寝られなくて夜9時に寝て朝6時に起きる生活だったからねぇ」

因みに、ここに男に「ガッツリ寝てるじゃん！　あんまり寝られないとか嘘じゃん！」なんて突っ込む人はいない。

男は、この部屋に独りでいる。独りでいるが、男は誰かに聞かせるように独り言を呟いていた。

「ま、今んとこ、予定通りで良かった良かった。反省点と是正しないといけないところもなくはないけど、さておき……テオドアくんにも、ちょっとくらい見返りをやるかねぇ？　いやいや、うちの可愛い可愛いアーシェルたんをやったんだから、十分すぎるか？　しかし、元からそういう予定だったしなー。何かしら特典ボーナスくらいはやるかねぇ？　なんせ彼は期待以上の仕事をしたわけだし？　引き取った時の見込み以上ではあるし？　あとは、多少お任せで良いところまで来たしねぇ？　何より、彼をアーシェルが選んだことで、アーシェルはこのマイナスル公爵家から余所に行く可能性はなくなったんだからねぇ。これはもう御褒美案件では？　おや僕が他人に御褒美なんて初めてかも！　でも、彼のおかげで計画通りになったんだから、良いよねぇ！」

男はある計画の為に随分前から準備していた。

遡れば、アーシェルが生まれるずっと前から布石を打っていた。

本格的に実行し始めたのは、アーシェルが生まれてから。

具体策を講じたのは、テオドアを引き取ったあの日も含めたこの1年。

1つ、望んだ結論が出たのは、今日。

でも、課題はまだまだある。

全ては……既に4年後にあるだろうそれの為に、計算高い男は策を講じるのだった。

「さてさて、次はどうしようかな。私の望みは最終的に本当に1つだけだからねぇ……とりあえず、まずは、我がマイナスル公爵家の周りをうろちょろしている育ちだけがいいネズミ共かなぁ……？」

第十六話　了承してもらった！

テオドアを婚約者にしたいと、テオドアと2人で父上に言ったら、父上は、割とすんなりと了承した。

「イイヨー！　モチロンイイヨー!!」

「父上、ありがとう！」

「ウン！　チチウエ、カンゲイスルー！」

…………何となく口調が棒読みっぽいけど、無視だ。

心做しか父上の瞳に悔し涙が見える。……いや、本当に悔し涙流してる。父上は耐えきれなくなったのか駄々をこねた。

「うぅ、他の男にやっぱりアーシェルたんをあげたくないー!!　何か幸せそうなアーシェルを見たら嫌になった！　僕たんの息子を余所の馬の骨にやるよりマシだけど、やっぱりやーだ！　うわあん！」

「もう了承したんだから。遅いよ。父上。ほら、仕事に戻って」

「うわーん！　息子が冷たいよー！　親離れが呆気ないよ！」

「これを機に子離れしてね」

「しないー！　父上したくなーい！」

とりあえず、絶対嘘泣きだけど泣いている父上にハンカチを渡して、僕はテオドアと一緒に父上の執務室から出た。

部屋から出ると、テオドアが不安げに聞いてくる。

「なぁ、アーシェル、あれは良かったのか？　本当に了承してくれたのか？」

「うん。父上はちゃんと了承したよ。もし、本当に反対だったら、父上のことだもん。今頃、テオドアは公爵家にいないよ」

「……確かに……」

苦虫を噛み潰したようにテオドアの顔が歪む。うん、だよねー。

わあわあ言っていた父上だけど、本気で嫌だったら、父上はありとあらゆる方法で妨害する人間だからなー。本当にありとあらゆる方法で……容赦なく。

多分、本気で反対するんだったら、最悪テオドアは社会的に抹殺されてる。

でも。

「テオドア、もし父上が妨害していたら、絶対僕、阻止したから！　父上の数ある黒歴史の1個2個社交界にばらまいて社会的に死んでもらってでも、何だったらオクスリでちょっと正気を失ってもらって耄碌したとかでっち上げて隠居させてでもどうにかした！」

「…………それは有難いが、お前もえげつないよな……」

まぁ、それは一応、僕も父上の子だからね。

「それだけ妨害されたら、嫌だったんだ。それにマイナスルの家訓は、欲望に素直であれ、だからね。僕も素直にやる」

「なんだその家訓」

そんな会話をしているとテオドアが一息吐いた。

「まぁ、いい。結果的に了承はもらったんだ。あとは……」

「あとは？」

「…………いや、いい。こっちの話だから」

こっちの話ってなんだろ？　騎士団とか魔術省の話かな？？　…………それか若しくは、もしかして、かっこいいテオドアのことだから、求婚されてたとか？？

……それ、あんまり考えたくないいな。

ムッとなって、ぐぬぬッとなって、嫉妬心がムクッと出そう。

「テオドア、父上から了承ももらっているんだし、テオドアには僕がいることを忘れないでね。他の人から粉をかけられても振り払ってね！」

「それは当然だ。それを言うなら、お前だろう」

「へ？」

なんで僕……？？

「僕はないよー。だって、魅力ないし」

自分を客観的に見ても、惹かれるようなところないんだよねー。容姿も平凡だし、何か特別凄いところもないし……。

首を傾げる僕に、テオドアは悩ましげにため息を吐いた。

「お前は、お前が思っている以上に人たらしだ。お前が気づいていないだけで、一体、どれだけ惚れさせているか……」

「それ、あんまり信じられないいんだけど」

だって僕、モテたこともないし……。

いや、待てよ。僕が気づく前に、父上が僕を好きになった人を排除していたり遠ざけたりしている可能性もなきにしも非ずなのか？？

父上ならやりそう……。

その疑惑は一先ずおいといて、兎にも角にもだ。

「テオドア、とにかく僕は大丈夫だよ。それに今はテオドアがいるんだもの。目移りもしないよ！」

「……まぁ、お前がそう言うなら……」

そう言いつつテオドアは目を逸らした。うーむ、テオドアは心配症だな。

テオドアを安心させるべく、僕はテオドアに抱きつく。胸にあるリングがテオドアと僕の間に挟まれて、ちょっと痛い。

突然、僕に抱きつかれて、テオドアがびっくりしてる。

「!? アーシェル?」

「目の前に婚約者いるのに、放ってどこ見てるのー? ねぇ、テオドア?」

「……っ」

「僕の視界にはテオドアしかいないんだけどー? テオドアは余所が気になるのかなー?」

テオドアは舌打ちして、抱きついている僕を見て
……ん? 顔が近っ……!

チュッ
「!! ……!?」

唇にキスされた……しかも、不意打ち……!

顔を真っ赤にする僕に、テオドアがしたり顔で笑った。

「俺もお前しかいないから」

僕の顔がブワッと熱くなる。

あぁもう美少年の笑顔は眩しくてドキドキするよ……! しかも、僕まだテオドアのキスに慣れてない。僕、キスとか頬にするやつしか知らなかったんだけど、テオドアがする唇にするキス、すっごく甘くて、変に癖になりそうなやつで、される度に真っ赤になっちゃう。

「ふ、不意打ちはズルい……」

「なら、今から、改めて、もう1回やるか?」

「し、しない!」

テオドア最近、こうやって僕をからかうことが多い。意地悪になった。イタズラするみたいに僕をドキドキさせるの、本当にタチが悪い。嫌じゃないけど……。

「しないからね！　しない！」

「あぁ、じゃあ、今日からキスは二度と止めるか……」

「そ、そこまで言ってない！　キス止めないで！」

テオドアのキスがなくなるのは困る！

僕が慌てて誤解したテオドアを止めると、僕にまた……テオドアがキスした。

「!?」

「キス止めないで、なんだろう？　そんなにして欲しいなら、そう最初から言えばいい。幾らでもやるが？」

「……そういう意味じゃない……!!」

今はしないで！　って言いたかっただけなのに、
1本取られた……!!

僕、耳まで真っ赤な気がする……!!

「テオドア、ほんと、いじわるだ……！」

「からかいがいがあるアーシェルが悪い。……何があっても、俺がお前を守るから……」


「ん？　テオドア何か言った？」

「いや、なんでもない」

第十七話　ベン兄様からの手紙

翌日。

今日のスケジュールが終わって、もうすぐティータイムという時。

侍女の1人が僕を呼び止めた。

「アーシェル様、お手紙ですよ」

「先程、使いが来て、アーシェル様にと」

そう言って1通の手紙を僕に渡す。

その差出人に僕は思わず、目を輝かせた。

「来た……！」

手紙を受け取って、早速、返事を書く為に部屋に入る。

手紙を開く。

そこにはベン兄様の字が並んでいた。

先週くらいからベン兄様とは手紙のやり取りをしている。

もちろん、父上には内緒。

父上にバレたら、妨害されて、ベン兄様と会えなくなるからね。だから、わざわざベン兄様は偽名で僕に手紙を送ってくれる。本当……面倒な親がいて、ごめんなさい。

手紙にはお茶をする具体的な日時と場所が書いてある。

日時はえーっとこの日で。

場所は、ナチェイルにある上位貴族向けのカフェ、アバラナという店が指定されていた。

アバラナは所謂、サロンみたいな場所で、お茶を片手に政治だとか文学だとかそういう教養を語る場所でもあり、単に僕とベン兄様みたいにお茶する為だけに利用する人もいる。

しかも、この店はある程度、家格がないと入店出来ないし、店で起こったことは余程のことがない限り、秘匿される。

父上に僕とベン兄様が会ったことは伝わらないは

ずだ。

「はぁ、楽しみ～！」

久しぶりにベン兄様に会うと思うと、すっごい楽しみ！

何を話そうかなぁ!! テオドアのことはカルロス殿下のこともあって、まだベン兄様には言えないけど、仕事とか近況とか色々話したいなぁ。

僕は手紙にきちんと返事を書いて、その辺にいた侍女に手紙を渡した。


そして、僕は、今日のティータイムの場所である、庭のテラスに直行した。

テオドアがそこにいるからだ。

ベン兄様のことは父上には内緒だけど、テオドアには話している。

なんでかって？

……………その……誤解されたくないし？

ベン兄様は確かに初恋の人だけど、今は、テオドアがいるんだもの。テオドアに嫌な誤解をさせたくないんだよね。

浮気したとか思われたらヤダ。テオドアにそんなこと思って、傷ついて欲しくないし、そんな風に思われたら絶対、僕も傷つくもの。

「テオドア！ あのね！ 手紙が来てね」

「……………へぇ」

……………でも、この話をすると、テオドアが嫌な顔をするんだよね。一応、なんで僕がベン兄様とのお茶をテオドアだけには話すのか理由は教えているけど……。

「もう、そんなあからさまに嫌な顔しないでよ。僕にはテオドアだけなんだから」

「……それとこれとは別だ。そう言われて納得出来ても、俺はやっぱりソイツが気に食わない。……お前だって、俺が別の奴とデートなんてしたら、嫌だろう」

「確かに」

気に食わないし、嫌だし、父上直伝のテクニックを駆使して全力で阻止するかも……。

「……うぅ、分かったよ」

「分かったならいい。それで手紙には何が書かれていたんだ？」

「それね。えーっと日時と場所ね」

僕はテオドアに日時と場所を話す。あと、帰宅時間もきちんと伝えた。そこで、ふと僕は閃いた。

「ちゃんとこの時間にはベン兄様と別れるから！あ、因みに、この日、テオドアは何するのー？」

「魔術省でレポート書いてると思うが……？」

「それいつまで？」

「大体、夕方くらいだ……」

「じゃあさ、終わったら、どこかで集合して、外食でも行こうよ!!　父上抜きで！」

「あぁ、それは良いな」

2人で何処に食べに行くかで、その日のティータイムは盛り上がった。

いえい!!　ベン兄様に会う日はマジでハッピーな日になりそう！


そして、それから数日後。

ベン兄様と再会して約2ヶ月。

「久しぶり！　ベン兄様！」

「アーシェル、久しぶりだね……」

待ちに待ったその日、ベン兄様と僕は会った。

第十八話　不変と変化

アバラナは落ち着いた雰囲気の大人な店だった。

黒く磨かれた大理石の壁に、シャンデリアから、椅子から机から全て高級家具で揃えられて、出てくるメニューは王宮で出されているものと遜色ない。

うわぁ、絶対子どもが来るところじゃないよ……。

でも、密会にはいい。この店には個室が十室あって、完全防音で尚且つ、窓も外からは見えないようになっている特殊なもの、当然扉も普通の扉じゃない。

そう、このカフェは最初から、密会場所として作られている。

その一室で、僕達はお茶をしている。

「アーシェルは……紅茶だったか。コーヒーは苦手だったもんな」

物珍しい風景にキョロキョロ見回していると、ベン兄様が苦笑しながら、そう聞いてきた。

コーヒー苦手だったの、ベン兄様、覚えていてくれたんだ……。

「よく覚えてるね。ベン兄様。僕がコーヒー苦手だったの」

「まぁね。コーヒーが出る度に苦い顔していたアーシェルが未だに記憶に残っているよ」

「だって、あれ、苦いんだもん。でも、今は飲めるよ！　ミルクと砂糖があればね！」

「……そっか。ミルクと砂糖があればとはいえ、アーシェルは飲めるようになったか」

感慨深そうにベン兄様は微笑む。

そして、僕を見て、目を細めた。

「コーヒーを飲めるようになったこともそうだが……あんなに小さく感じていたアーシェルがこんなに大きくなるなんてな」

そういえば、僕が御学友だった頃は、ベン兄様の身長の半分くらいしか、僕の身長、なかったんだよね。元々ベン兄様は発育が良くて、身長が伸びるのが早かったっていうのも、あるんだろうけど、身長差が凄くて、親子みたいとか言われたっけ？

今はもう、ベン兄様の3分の2くらいの身長になってる。

ベン兄様が感慨深くなるのも分かる気がする。

「昔はよくベン兄様には、肩車してもらったり、膝(ひざ)に座らせてもらったりしてたけど、もう無理だねー。僕、おっきくなっちゃったし」

「……そうだな」

ベン兄様は店員を呼んで、紅茶を2つ頼むと、懐かしそうに話し始めた。

「あの頃は……確かに大変だったが、アーシエルと共にいた時は、楽しかったよ。まぁ、といっても、アーシェルがお菓子に夢中になってる記憶が殆(ほとん)どだが……。アーシェルはお菓子ばかりだった。勉強など二の次で、毎日、笑顔でお菓子を頬張っていたのを今でも思い出すよ。話す内容もお菓子ばかりで、本当にアーシェルはお菓子が好きだった」

「……そこは、あんまり今も変わらないけどね」

勉強は御学友だった頃に比べたら、頑張っているとはいえ、今もスイーツの為(ため)に生きているもん。

ベン兄様が苦笑した。

「今も変わらないのかい？」

「うん。毎日、スイーツ三昧(ざんまい)だもの。あっ、でも、いっぱいは食べてないよ！　太るからね！」

「えらいな、それは……」

ふと、ベン兄様の手が僕に伸ばされる。でも、ベン兄様は途中でハッとして止めた。

「ベン兄様？」

「ああ、いや……ごめん」

多分、昔、僕を褒める時、僕の頭をよく撫(な)でていたから、その癖がついつい出ちゃったのかな？

ベン兄様は取り繕うように微笑んだ。

「すまないな。もうアーシェルもそんな歳(とし)じゃないだろうに……」

「ふふ、そうだね。僕、あと1ヶ月くらいで15歳になるんだ。来年はもう16歳になって、成人だからね」

「……早いな……」

数年ぶりに会ったベン兄様からすれば、びっくりする話だろう。だって、あの頃、ガキンチョだった僕はもうあと1年で、大人なんだもん。

「あんなに小さかったアーシェルが、もう大人なのか……。パフェを倒されて、あんなに泣いていたアーシェルがもう……」

「あー！　それは思い出さないで！　ちょっと自分でも引くぐらい泣いて、恥ずかしい思い出なんだから」

「そうかい？　私にとっては良い思い出なんだがね」

「良い思い出？」

「アーシェルは覚えていないかもしれないが……」

ベン兄様はそう言って、あの日の話を始めた。


あの日は、ちょっと色々イザコザがあって、僕が御学友をやめると決めた日だった。

だけど、そのイザコザの中で、王宮のパティシエさん達に作ってもらった僕のパフェを倒されてしまった。

「パフェ……パフェ……！」

あまりのショックに僕は大号泣した。今考えてもドン引きするくらい泣いた。多分、目の前でスイーツをダメにされるのが、人生で初めてだったからだと思う。とにかく、僕は悲しすぎて泣いて泣き止まなかった。そんな僕に手を差し伸べたのがベン兄様だった。

「ほら、アーシェル、そんなに泣くと目が腫れてしまうよ」

わんわん泣く僕をベン兄様は抱き上げて、慰めてくれた。思わず、僕はベン兄様に縋りついて、ベン兄様の服を濡らしたんだよね。ベン兄様の優しさが嬉しかった記憶がある。

ベン兄様がそんな当時の話をしながら、笑みを零した。

「あの日は確かにとんでもない日だった。色々とね。でも、弟みたいに思っているアーシェルを誰よりも先に慰めることが出来た……それが私にとっては良い思い出だったんだよ。アーシェル、君に会うまで私は、誰よりも早く率先して何かをするのが実は苦手だったんだ」

「ベン兄様？」

　とてもそんな風には見えなかった。誰よりも率先して僕と友達になってくれたし、誰よりも優しくしてくれた。でも、実は苦手だったなんて。

　ベン兄様は懐かしむように話した。

「私は小さい頃から親とその部下の期待ばかり背負わされてね。彼らの言われるままに生きていた。ベネディクトならこれくらい出来ると言われて、それが出来なかったから落胆されて。そのうち、落胆されるのが怖くて、彼らの命令だけを忠実にこなす人形のようになってしまった。今はもう親も当時の部下もいないし、自分も多少は変わったから、そうではないのだけど。学友になったのも親の命令で、側近にならなければ廃嫡するとまで脅されてなったんだ。他の貴族はあらゆる方法で叩き潰せ、とも言われてね。殿下以外に心を許すことも出来なかった。でも、アーシェルだけは……自分から友人になりたいと思ったんだ」

「僕と？」

　スイーツにしか興味がない、7歳も離れた僕と？　友達？　よく分からなくて僕が首を傾げると、ベン兄様は笑みを深めた。あの頃の、優しいベン兄様の顔がそこにあった。

「アーシェルが来た時、すぐに君が側近になるつもりがないのが分かった。……あのマイナスル公爵家だったからというのもあるけれど、何より君自身にその気がなかったからね。アーシェルはただ勉強ついでにお菓子の為に来て家に帰る子だった……。それが私にはとても新鮮でね。衝撃でもあった。……出会った時、世界が変わった気がしたんだ。貴族でもこんなに自由に生きる子がいるのかと思って。だから、仲良くなりたいと思ったんだ。君と友人になれたら、自分の何かが変わりそうな気がしたんだ。実際、私はアーシェルと友人になって随分変われた気がするよ。私はあの場で誰よりもアーシェルを可愛がった自信がある。それまでの自分じゃ考えられなかったことだ。誰かの指示待ち人間だった私が、こんなに自分から人を愛するとはね」

そこまで話して、ベン兄様はハッ、として口を閉じた。

「すまない。長々と話してしまったね」

それに僕は微笑み返した。

「大丈夫だよ。ベン兄様……ちょっと気恥ずかしかったけど……」

「そ、そうだよな。アーシェル本人に話すことじゃないし……」

「ううん。僕は聞かせてくれて嬉しかったよ。僕、あの頃、ベン兄様が声をかけてくれなきゃ、お菓子はあったけど独りだったんだ。ベン兄様が友達になってくれたから、色々あったけど、御学友だった頃は凄く楽しかったし、ベン兄様に会えて良かったよ」

「……！」

僕の言葉にベン兄様は参ったとばかりに微笑んだ。

「アーシェルは本当に言って欲しいことを言う良い子だね……。そこは、あの頃と変わらない」

その時、部屋に紅茶が2つと、小さなクレームブリュレ2人分が運ばれてきた。

部屋に紅茶の匂いが漂う。どこか苦くて香ばしい……紅茶らしい香りが充満している。

　ふと、ベン兄様が謝った。

「私の話ばかりして申し訳ないね。ついつい……。……アーシェル、今はどうだい？　何か困ったことはないかい？　毎日楽しくやってる？」

「んー？　僕？」

　ベン兄様の質問にどう答えるか悩みながら、僕は運ばれたクレームブリュレのパリパリのカラメルをスプーンの背で割った。

「毎日、楽しいよ。父上は……相変わらずだけど、今は頼れる弟もいるし。困ったこともないし、順調だよ」

「弟……あぁ、今、注目されている時代の革命児君か……。確か、テオドアって名前の子だっけ……？」

　時代の革命児？　え？　テオドアってそんな風に今、呼ばれているの？　まぁ、分かるけど。

「そう！　テオドア、すっごく良い奴なんだよ！　僕にお菓子くれるし、気配り上手いし、頼りになるんだ」

「そ、そうか……アーシェルはテオドアと仲良しなのか？　確か、テオドアはマイナスル公爵家の養子だったと思うけど……」

「うん。仲良しだよ。血の繋がりがなくたって家族だと僕は思ってる」

「なるほど、家族か……」

　ふと、ベン兄様は気づいたようだった。

「何だか幸せそうに笑ってるね。アーシェル」

「そ、そう？」

「あぁ。……そんな顔をするのは、お菓子の前だけだと思っていたよ」

　ベン兄様は苦笑気味にそう語る。

　そっか。僕、そんな風に笑ってたのか。何だか指摘されると照れるなぁ。

　何か恥ずかしくなってきた。話を変えよう。

「べ、ベン兄様はどうなの、今！」

　質問すると、ベン兄様は困ったように笑った。

「私は相変わらずだよ。側近と当主、どちらもまだまだ未熟でね。御学友の頃と勉強内容は確かに違うけど、今も毎日勉強さ。それ以外は仕事ばかりしている」

「へ、へぇ、頑張ってるんだね」

「……いや、私はまだまだだよ。殿下の側近でありながら、殿下をお支えすることも、ままならない……。どうしても力不足でね」

そう言って、ベン兄様は目を伏せた。とても思い悩んでいる、そんな感じに見えた。

ベン兄様はとても優秀な人だ。レオドール殿下からの信頼も厚かったはず。そんな人が悩むなんてよっぽどのことがあったに違いない。

「ベン兄様、何かあったの？」

「…………アーシェル？」

「僕で良ければ、聞くよ？　ベン兄様。ベン兄様がそんなに悩むなんてきっと何かあったんでしょ？」

「…………」

はぁ、と思い悩むようにベン兄様はため息を吐いて、頬杖をついた。何だか泣きそうに見えるのは気のせいだろうか？

「君だけだ。私の話を聞いてくれるのは……」

「ベン兄様？」

「皆、私の悩みなど興味を示さない。婚約者でさえも、聞いている振りをしながら欠伸してしまうくらいだ。それだけ、私がつまらない人間だからなんだろうが……」

「そんなことないよ、ベン兄様……？」

ベン兄様は憧れの人だ。僕の中でそれは変わらない。つまらない人間だなんて、そんなの僕からしたら絶対違うのだけど……。

ベン兄様は、僕に質問した。

「アーシェル、君から見た、レオドール殿下はどんな方だい」

「レオドール殿下ですか？」

「あぁ」

「あ、あの……失礼なことを言っても怒らない？」

「構わないよ。ここには私とアーシェルしかいないからね」

僕は正直に答えた。

「完璧超人と評されるけど……その実、他の人より抜きん出ているとはいえ、才能全体のバランスが凄く良いだけな人……かな」

僕の目の前でベン兄様が瞠目するのが分かる。僕はそんなベン兄様にきちんと説明した。

「レオドール殿下は簡単にいえば、オールラウンダー。何でもできる万能型。その上、優秀だから、100の問題も一瞬で片付けられる頭の回転の良さもある。人心掌握も上手いし、カリスマ性もある。確かに凄い人だけど……規格外な人じゃない」

確かに天才だと思う。

でも、新たな歴史を作る天才ではなく、全てをそつなくこなすという意味での天才でしかない。100の問題を一瞬で片付けられても、一瞬で100の問題が起こらないように新しいシステムを考えることは出来ない。それが出来るのはテオドアみたいな規格外の天才だけだ。

「レオドール殿下は勘違いされやすい人なんじゃないかなぁ。何でも出来るから色んな人が勘違いして、レオドール殿下に期待するでしょう？　この人なら何でも叶えてくれるって。いつも憂鬱そうって、御学友だった頃、僕は思ってたなぁ。色んな人の期待だとか信頼だとか……あと、信奉だとか……そういうの全部、あの時からレオドール殿下は背負っていたでしょう？　本人の資質より遥かに超えたものを常に要求されて、辛かったんじゃないかな？　だけど、僕はマイナスル公爵家を継がないといけなかったから、側近になるつもりなかったし、あの人の周りにはいつも、あのパフェを倒した憎き豚鼻クソやろ……ゴホンッ、他の御学友のお兄様方がいたし、結局、会話することなかったんだよね」

あと、スイーツが！　スイーツが！　どうしても食べたかった！　子どもの僕には我慢出来なかったんだよ。スイーツとレオドール殿下を天秤にかけたら、圧倒的にスイーツだったんだもの!!

　ベン兄様には言えないけど!!

　僕がそう話すと、ベン兄様は目からウロコだったみたいで、瞠目したまま、呆然としていた。

「そうか……やはり……間違っていたのは私達の方か……」

　明らかにベン兄様は動揺していた。

「あぁ。私は……。……アーシェル、やはり君が殿下の側近ではないことを悔やむ。君がマイナスル公爵家にこだわっていなければ、あるいはそういう未来もあったかもしれないが……。君がいれば……殿下は……」

「ベン兄様？」

　あまりに動揺するベン兄様に、思わず戸惑う。

　そんな時、幻聴くんの声がした。

ハッ、僕がいなきゃ回らなかったって？　そりゃそうだ。アレに気づいていたのは最初も今も僕だけだった！　だから、僕はあの王子様を利用しようと思ったんだ。周りの奴らは馬鹿ばっかりだ！　誰も気づかなかったんだからな！　そう！　あの王子様はな……！

　それから告げられた幻聴くんの話に僕も思わず、瞠目する。

　そんな僕の前で、ベン兄様が突然、立席した。

　ベン兄様の目の前には、カラメルが割られることなく放置されたクレームブリュレがある。

　そして、ベン兄様は勢い良く、頭を下げた。

「アーシェル、すまない……！　私は、最初からアーシェルを頼れば良かったんだ……」

「ベン兄様……？」

　どうしたの？　と僕が聞く寸前。……僕の意識は、誰かに刈り取られた。

Side 18.5　謀られた（テオドア視点）

二時間後。

俺は思わず、声を漏らした。

「遅い」

俺は今、アーシェルと約束していた場所で1人、待ちぼうけをくらっていた。

あの真面目なアーシェルのことだ。約束を違えるなんて有り得ない。だが、約束の時間から、既に一時間が経とうとしている。

……嫌な予感がする……。

「アーシェルに何かあったのか……？」

その時だった。

「テオドア様でございますね？」

カラスを思わせるような真っ黒な服、生気のない無機質な雰囲気の人間が3人、俺に近づいてきた。

3人とも能面のように無表情だ。

ソイツらを俺は知ってる。

警吏だ。

警吏……あまり馴染みはないがこの国の人間なら大体知っている存在だ。警吏とは言うが、その実は王家の親衛隊。治安維持や国境防衛を職務とする騎士団とは違い、主に王家に対し害をなす者を処罰する部隊で、王家の治世の維持を職務とする。

……そんな彼らに呼び止められるということは……。

「俺に何か？」

「単刀直入に言いましょう。マイナスル公爵家に国家反逆の計画を企てた疑いがあります。貴方にも当然、その計画に加担した疑いがある。一緒に来てもらえますね？」

「……」

やはり……か。

この親衛隊に呼び止められるということは、そういうことだ。

国家反逆……そんなことを企てたら、それは警吏案件だろう。だが、無実だ。マイナスル公爵家がそんな大層な計画を立てるはずがない。

しかし、たとえ、無実でも、疑われれば、最後……。

「身に覚えがありません。が、尋問には協力します。いつまでには解放してくださいますか」

そう俺が聞くと、気味悪いほど無表情のソイツらは即答し断言した。

「死してから解放してあげますよ」

……親衛隊に疑われれば、二度と尋問室からは出られない。死んで屍になるまで、日の目を浴びることは出来ない。

国家に害をなすと疑われた時点で、被疑者には終身刑が下されるようなものだ。

疑われたら、最後、死ぬしかない。無実であってもだ。

あぁ、即座に理解した。

俺は、いや、マイナスル公爵家は嵌められたんだ。

……これは……レオドール殿下の手によるものだ。

警吏を動かせるのは、王族でもごく一部の人間だけだ。国王陛下と王子だけ。レオドール殿下にも当然、その権限がある。

あの人はあのパーティーで俺に言ったじゃないか。

アーシェルを手に入れる、と。

マイナスル公爵家を潰してでも、と。

これか。

謀られた。いくらマイナスル公爵家といえど、親衛隊に目をつけられたら、終わりだ。親衛隊にはその職務から、並の貴族よりも権力を国王陛下から保証されている。公爵家ではひとたまりもない。レオドール殿下は本気でマイナスル公爵家を潰そうとしている。

そして、それは……つまり……。

俺の中で確かな怒りが湧き上がった。

……悪いが、警吏の奴らにはついてはいけない。

コイツらなど最早どうでもいい。俺には……取り戻さなければならないものがある。

警吏の2人にすかさず両側を囲まれ、腕を掴まれる。だが、俺は即座に魔術を構築した。魔術師である俺を警戒してか、魔術無効の自動稼働式魔法陣を3人とも携帯しているようだが、旧式だ。未熟な魔術師を止めるしか出来ない欠陥品の旧式如きで俺を止められると思っているのか。随分舐められたものだ。

だから、俺は余裕で魔術行使出来る……！

警吏の2人は俺を連れて、護送車である鋼鉄で出来た牢のような格子扉のついた馬車に向かう。しかし、2人が連れて行くのは俺自身ではない。

俺の幻覚だ。

実体のある幻覚を創り出し、俺自身には透明化の魔術を張る。2人の拘束から俺が離れても、警吏の3人は気づかない。

ハッ、アイツらあのまま、何も言わない人形で人形遊びしていればいい。体温も脈もあるが脳味噌は作っていない。さぞかし馬鹿げた拷問ごっこになるだろうよ。

馬車の扉が閉まるのを待って、俺はその場を後にする。

アーシェルを探さねば。

探知魔術はおそらく使えない。

あのヤバい野郎のことだ。パーティーで俺が探知魔術を使った所を見たんだ。きっと何かしら対策をしているはず。

望みはアーシェルの首にあるリングだが……俺が感知出来ていないのを鑑みるに、まだ発動していないんだろう。ある意味、アーシェルの身はまだ無事だということではあるが。

直で王宮に行くには危険すぎる。もしかすると、王宮ではないところにアーシェルが連れて行かれている可能性だってある。

アーシェルから今日の予定は事細かく聞いている。

アーシェル自身はもう連れて行かれた後かもしれないが……手がかりがあるとすれば、そこだ。

アバラナ。

あの野郎の側近のベンとアーシェルが会った場所。

俺はそこに急いで向かった。

Side 18.5　一方、その頃

同時刻。マイナスル公爵家。

「ふーんふんふん♪」

ヒューベルトは鼻歌混じりに書類を広げ、執務室で仕事をしていた。

外からは眩しく暖かい陽光が差し、執務室にはのんびりとした空気が流れている。

窓の外では小鳥がさえずり、花が舞い、風が吹く。

何とも気持ちいい……。


「御同行願いましょうか。マイナスル公爵」


……日ではなくなった。

ヒューベルトが徐に書類から顔を上げると……音もなく入ってきた無表情の警吏達が黒服に身を包んで、ヒューベルトを囲むように6人立っていた。

警吏達の手には魔術の杖。抵抗すれば、攻撃するつもりなのは見て取れた。

ヒューベルトは仕方がないとばかりに肩を竦めると、手の内に何もないことを釈明するように両手を挙げた。

「…………先触れもなく物騒な来客が来たもので。それで？　何の用です？」

「貴方には、国家反逆を計画しているという疑いがある。故に、同行願いたい」

「まぁ！　いたいけなごく普通の何処にでもいる文官に、とんでもない疑いをかけたもので！　元王子であった私の祖父ルーファス・マイナスルもお嘆きですよ！　ここまで王家に尽くしてきたのに、その忠義を疑うなどと！」

わざとらしくヒューベルトは大袈裟な素振りで嘆く。しかし、警吏達は相変わらず、無表情でヒューベルトに杖を向けている。……その目には殺意が確かにあった。

しかし、ヒューベルトは飄々とその殺意を躱し、仰々しく嘆息した。

「嘆かわしいね。我がマイナスル公爵家はこの3代に亘って、国王陛下、ひいてはこの国全ての為に、粉骨砕身、誠心誠意の心積もりで馬車馬の如く働いたというのに、この始末。やれやれ、恩を仇で返されちゃったよ。ルーファス祖父様がこの状況を見たら、きっと涙を流すでしょうね」

「……」

「あーあ。仕方がない。疑われちゃったら釈明出来ずに死んじゃうの確定だしね。文句も言えないよ。でも、確かに国家反逆を疑われるだけのことはした自覚はありますよー？」

「！」

「だってぇ……。息子の為なら、多少の越権行為をしても仕方がないでしょう？　ねえ？　君達の飼い主もそうでしょう？」

「……」

「やだねぇ、無言になられると。これだから」

ヒューベルトは笑みを浮かべた。

「……あぁ、そういや、1つ聞きたいのだけど……うちの可愛い息子と可愛くない養子は何処に？」

その問いに警吏達は無言を貫いた。それは知らないから黙秘しているのではなく、明らかに今何処にいるのか分かっていて黙秘していた。

それにヒューベルトは目を細めた。

第十九話　騙し、利用し、止まれない

その頃、王宮では。

カルロスは王宮内を足早に移動していた。表情に出さないものの、内心は、激しく狼狽していた。

先程、内偵から突然、報告があったのだ。

親衛隊である警吏が、レオドールの命令で、マイナスル公爵家を国家反逆の計画を企てたとして摘発すると。

急いで、状況確認の為に自分が仕事部屋にしている書斎に向かう。

警吏が動く前兆なんてなかった。

内偵には王宮内の怪しい動きを全て見張らせているが、全くそんな気配はなく、今日になって突然、事が動いたのだ。

しかし、それは確実に前々から用意周到に準備されていた計画だった。警吏は既にマイナスル公爵家

を包囲し、公爵は既に捕らえられたという情報もある。アーシェルと養子のテオドアの話は出てこないが、この迅速すぎる対応を思えば、既にレオドールの手により、捕らえられたと見て、間違いない。

そして、3人の身柄が確保された後……マイナスル公爵家には捜査の手が入るだろう。たとえ本当に国家反逆を企てていたとしても、そうじゃなくても、あの警吏のことだ。……マイナスル公爵家は、潰される。

カルロスは息を呑（の）んだ。

そして、公爵家が疑われている今、やがてカルロスまで疑いの目は行くだろう。そうなれば、次は……自分。

……兄は、自分諸共（もろとも）、潰すつもりだ。

「やぁ、カルロス。元気かい？」

その時、この状況で、一番聞きたくなかった声がカルロスにかけられた。思わず、カルロスの顔が顰（しか）められる。

レオドールは珍しく護衛も連れず、どこかに出かけるのか、外出着を着ている。外に向かおうとして、たまたまカルロスに出くわしたようだった。

しかし、事の元凶であるレオドールはいつもの人好きのするにこやかな表情でそこにいた。

「どうしたんだい？　そんなに慌てて」

「……」

いつもの兄の顔だ。弟に向けるそれ。

カルロスが訝（いぶか）しむと、ふと、レオドールは気づいたようだった。

「あぁ、もしかして、マイナスル公爵家のことかい？」

「……っ」

正しくその通りである。しかし、カルロスは違和感を覚えた。

自分で引き起こしたことだというのに、レオドールは他人事（ひとごと）のように話すのだ。

　レオドールがカルロスに一歩ずつ近づく。

「仕方がないことさ。そういう兆候があったのなら、王家として看過は出来ないからね。マイナスル公爵家には潰れてもらうしかない。カルロスにとっても良かったんじゃないか？　候補とはいえ、婚約者に造反の疑いのある者がいて、それが婚約前に分かったんだから。経歴に傷もつかず、未然に利用されるのを防いだということだからね」

「兄上……何を言って……！」

　カルロスは本当に何を言われているか、分からなかった。

　カルロスはアーシェルを婚約者候補にしていただけとはいえ、マイナスル公爵家と繋（つな）がっていたとレオドールから糾弾され、王太子候補から失脚させられるものだと思っていた。

　しかし、このレオドールの言動だと……まるで、レオドールは自分を糾弾する気はなく、今まで通り、カルロスを生かす気でいるようだった。

　レオドールは首を傾（かし）げた。

「どうしたんだい。カルロス。そんなに戸惑って。別にマイナスル公爵家がどうなろうと、君に実害はないだろう。周りは何かしら言うかもしれないが、僕はむしろ弟に悪い縁が出来なくて良かったと思っているよ？」

　その言葉にカルロスは息を呑む。同時に、酷（ひど）く屈辱を感じた。

　……マイナスル公爵家はともかく、レオドールはカルロスを潰す気はない。……そもそも、眼中にないのだ。

　結局、レオドールは変わらない。カルロスは内心、舌打ちした。

　だが。

　レオドールがカルロスの目の前で歩を止め、そして……ゾッとする程、冷ややかにカルロスに告げた。

　その顔は1人の男の顔だった。

「……アーシェル・マイナスルを婚約者候補にしたのは、確かに正解だったよ。カルロス。君の読みも行動も、間違いなんて1つもなかった」

「……！」

「でも、1つ勘違いしてしまったね。私は確かにアーシェルが欲しかった。その為に、色々と努力したし、僕の隣を狙う者は排除した。けれど……誤解されがちだけど、私はアーシェル・マイナスルにはまるで興味がないんだ。むしろ、マイナスル公爵家そのものが邪魔でね。……それがどういう意味か。カルロスは分かるよね？」

冷や汗が流れるのを、カルロスは感じる。

自分は甘く見ていたのだ。レオドールのアーシェルへの執着を。

婚約者候補なんて生温かった。レオドールにとって、アーシェルがカルロスの婚約者候補になったなんて、どうでもよかったのだ。レオドールが欲しいのは……アーシェル本人であって、マイナスル公爵家のアーシェルではない。

カルロスが婚約者候補にした時点で、既に、レオドールは、マイナスル公爵家を潰して、アーシェルを手に入れる気だったのだ。

「カルロス。君がアーシェルを婚約者候補にしなければ、警吏なんて使うつもりはなかったんだよ。マイナスル公爵本人さえ、どうにか出来れば、アーシェルは手に入れられたからね。でも……君が婚約者候補にしてしまったから、少々横暴な手段でないと手に入れられなくなってしまった。弟の婚約者を兄が花嫁にするなんて、王家にとって後の歴史まで響く出来事になってしまうからね。なら、マイナスル公爵家を潰してしまった方が、王家に問題はないだろう？　仕方がなかったんだよ」

つまり、アーシェルを、マイナスル公爵家を潰すことになった原因は……。その真実に、思わず、呆然と立ち尽くすカルロスに、レオドールはいつもの兄の顔に戻って、微笑んだ。

「カルロス、酷い顔色だ。あまりこの件は悩むことはないよ。ただ読み間違えたっていう、よくある失敗をした。それだけなのだから」

「兄上……！」

どの口がそれを言う！　とカルロスが思わず、怒鳴り散らす寸前。

そこに人が現れた。

「……レオドール殿下。今、宜しいですか」

そこには、ベネディクト……先程までアーシェルと共にいたベンがそこにいた。

ベンの姿を確認するとレオドールはカルロスに手を振った。

「じゃ、僕はこれで」

「……兄上、お待ちを……！」

カルロスは引き止めようとするが、先程のレオドールを思い出して思わず怯(ひる)み、思い止(とど)まる。

そんなカルロスに背を向け、レオドールはベンの方へ歩き出した。


レオドールとベンは2人ともどちらが言うまでもなく、人気(ひとけ)のない場所に行く。

誰(だれ)もいないのを確認して、口を開いたのはベンの方だった。

「殿下、アーシェルの件ですが、話が違います……！」

ベンの表情には焦燥……そして、罪悪感があった。

「私はアーシェルと殿下を引き合わせる為(ため)に、彼と会いました。けれど、まさか……アーシェルを誘拐して、マイナスル公爵家を無実の罪で拘束するなんて……」

ベンは確かに自分からレオドール殿下に協力を申し出た。しかし、今回の件は何も聞いていなかったに等しい。

ベンが命じられていたのは、レオドール殿下とアーシェルを引き合わせる為に、マイナスル公爵の目をかいくぐる工作と、そして、アーシェルには内密に……具体的には気を失わせてから……あのアバラナから連れ出すことだった。

何故、そんなことをしなければならないのか、ベンは知らなかった。だが、自分自身はレオドール殿下の忠実な側近、命じられたことは叶えなければならない。どのような内容だろうと聞かなければならないと思っていた。どんなに心苦しくても。ベンはアーシェルに会うまでは盲目的にそう確かに思っていた。

しかし、アーシェルと話して気づいた。間違っていたのは自分だと。そして、命じられたからとはいえ、アーシェルを嵌めるようなことをした自分を恥じた。

だが、ベンがアーシェルに謝った時。

アーシェルの背後に突然、転移魔術で警吏の人間が現れ、アーシェルを昏倒させた。

ベンには訳が分からなかった。

何故警吏が、アーシェルを？

そう疑問に思った時、警吏が言ったのだ。

「ベネディクト・グランチア様。アーシェル様は私達が預からせていただきます」

「何……！」

「貴方が躊躇した場合、私達が動くこととなっていました。申し訳ございません」

「待て、アーシェルを何処に連れて行く!?」

「……我が殿下の御心のままに」

そして、ベンの目の前でアーシェルは警吏の転移魔術でどこかへ連れて行かれた。

聞かされていなかった。

殿下に利用されたようなものだ。

ベンはいても立ってもいられず、こうしてレオドールのもとに来たのだ。

聞けば、警吏にマイナスル公爵が捕まったという。

警吏に目をつけられた時点で、マイナスル公爵家は取り潰しが決まったようなもの。そして、アーシェルは……。

「レオドール殿下、アーシェルをどうなさるおつもりですか!?」

ベンが聞いたのは、それだけだった。確かに他にも色々聞きたいことはある。しかし、自分にとって弟のような大切な存在であるアーシェル、彼の方が重要だった。ただ彼は巻き込まれただけだ。彼に何の罪もない。だからこそ、アーシェルがどうしようもなく心配で不安でたまらなかった。

そう聞くベンに、レオドールは……予想外なことに、疲れきった、今にも過労で倒れそうな人間がやっと笑みを作るような、そんな微笑みを浮かべた。

思わず、ベンは目を見開く。

レオドールは言う。

「ベン。私はね……もう止まれないんだ。愛という言葉じゃ片付けられないような感情を、アーシェルに抱いているんだ。君やアーシェルや他人からすれば、理解不能だろうね。まともに話したこともない人間に、どうしてそんな思いを抱いているのか。でもね。……何もかも利用して踏み潰して……アーシエルの人生を変えてしまっても、私は……いや、僕はどうしても手に入れたいんだよ」

そして、自嘲するように笑みを浮かべた。

「ベン。僕だって我儘の1つくらい叶えたい……愛したい……そして、救われたいんだよ」

第二十話　その愛執は重い

ん？　夢を見ているみたい……。

でも、何だか……変だ。

妙にリアルだった。

匂いも視界も指先の感覚も、夢だと分かるのに、かなり現実的で、僕は戸惑った。

ただ、おかしなことに、夢の中の僕は、随分、大人になっていて……雰囲気が僕とは全然違っていた。


チッ……腹立つ……。


僕の口が勝手にそう呟いて、顔を顰める。

夢の中の僕だけど僕じゃないその人は苛立っているみたいだった。

最近、鬱憤ばかり溜まる。家に帰れば腹立つ義弟に、僕に無関心な父上。城に行けば、馬鹿ばかり……。吐き気がする。……みんな、僕の価値を分かっていない。


その人がいる部屋は、凄く豪華な部屋だった。誰かの私室のようで、白い大理石の壁と床、金の装飾が施された照明や家具、赤い絨毯が敷かれたそこに何よりも目を惹く天蓋付きの大きなベッドが置かれている。

その人は窓辺に寄りかかって外を見ていた。

外は真っ暗で夜みたいだ。しかも、しとしとと雨が降っていて、妙に肌寒かった。

誰も僕の価値なんて気づかない。認めない。存在すら望まれてない。どこまでも平凡だと思われていることに嫌悪感が湧き上がる。

はぁ、この国を僕が乗っ取れば、誰も彼もきっと僕を認めてくれるはずなんだ。そのはずなんだ。

その人はまるで自分を抱きしめるように腕を組んで、目を伏せた。

……使えるものは全て使わないと。


そう小さく呟くと、苛立ちを抑えて黙り込んだ。

部屋は静寂に包まれる。

やがて、しばらくして、部屋の扉が開いた。部屋に入ってきたのは……。

「待たせてしまってごめんね」


え、うそ。

この人は……いや、僕が知ってるあの人より、かなり大人だけど……。

レオドール殿下だ。

でも、僕の知らない殿下だ。

レオドール殿下は僕を視界に入れると、笑顔になる……社交界でよく見る貼り付けた笑顔じゃない。やっと居場所に帰ってこられた、そんな嬉しさを滲ませた満面の笑みだった。

……レオドール殿下がそんな風に笑うところなんて初めて見た。僕の知ってる人じゃない。

殿下を見て、その人の身体が強張ったのが分かる。でも、その人はごく自然に殿下を歓迎するような、そんな微笑みを浮かべた。内心を悟らせない微笑みだった。

『お疲れ様です。レオ。この雨の中、公務で出張とは大変でしたね』

「うん……。でも、今日はアーシェルが待っていたからね。苦ではなかったよ」

殿下はその人に歩み寄ると、まるで、その人の胸に飛び込むように抱きついた。その人はそんな殿下を振り払わず、義務的な動作で抱きしめ返した。

「はぁ……アーシェル、会いたかった……」

その人の胸に顔を埋めた殿下から恍惚とした吐息が漏れる。それにその人は目を細めた。満足したのか、殿下は顔を上げると、その人の手を引いて、部屋にあったベッドに腰かけさせた。

「今日はいつまで、ここにいてくれるんだい？」

『明日の朝には帰ります』

「……そう」

殿下は寂しそうに小さく嘆息した。

そして、その人を労わるように慈しむようにゆっくりとベッドに押し倒した。殿下はその人に馬乗りになって、愛でるようにその頬に手を添えた。

「ねぇ……アーシェル。……やはり、愛人ではなく僕と夫婦にならないか？　数日に1回、それもたった一晩しか会えないのは……僕には足りないよ」

その言葉に、その人の表情が僅かに陰り、困ったように唇を歪めた。

『……このままでお願いします。レオ……貴方とそんな関係になったら、貴方は僕を閉じ込めるでしょう？』

その答えに、殿下は口角を上げた。

「うん、そうだね……。誰も君に近づけさせないように……君が僕以外見ないように、閉じ込めるだろうね」

殿下の手が、その人の服をゆっくりと丁寧に脱がし始める。神聖な物に触れるような恭しい手つきで、ボタンを外し、ベルトに手をかける。

「アーシェルは僕の唯一なんだよ。アーシェルには自覚がないかもしれないけど……。僕が僕でいられるのは……君の傍だけ……」

『……』

「でも、君は僕の傍から直ぐに何処かへ行ってしまうし、今は誰にも気づかれていないけど、君という存在を僕じゃない誰かに知られたらと思うとね……。それに……」

殿下は言いかけて、手を止めた。殿下の眼下には、痩せた平たくて細い男の身体がある。とても魅力があるようには見えないその身体を愛おしいとばかりに撫でた。

「……僕は……君以外と生きていくつもりはないんだ。正直に言えば、僕の人生だって、アーシェルがいなければ、どうでもいい。多くの人間から望まれていても、僕自身は君がいなければ取るに足りないものなんだよ。

　アーシェル、結婚しようよ。……僕が王太子だから大変だろうけど、子どもは作らないといけないし、王宮に閉じ込めてしまうから不自由な生活に感じるかもしれないけど、僕は、僕の全てをかけてでも、絶対にアーシェルを幸せにするよ」

　どこか悦に入ったように殿下はその人を甘く口説く。

　きっと殿下と結婚すれば、多少の義務と不自由さえ目をつぶれば、ちょっと重すぎてドロドロしてるけど絶え間ない愛がもらえる、贅沢だって出来るし……権力だって手に入る。

……それはある意味、幸せな将来かもしれない。

けれど、その人は首を横に振った。

『レオ、僕はこのままでいいです。だって、貴方は……』

僕の妙にリアルな夢はそこで……途切れた。

幕間　殿下の過去

第一印象は、とても不思議な子。

僕のことなんて見向きもしない、僕のことに興味がない、今までにいない、不思議な子。

アーシェルと初めて会った時、そんな印象を持った。

そして、同時に強く、僕に見向きもしない彼に……興味を持った。

そのアーシェルに出会うまでの僕は……あまり良い人生を送っていたとは言えなかった。

家族関係もあまり良くなくて、日常生活は思うようにいかなかった。

その最たるものが、この憂鬱な勉強の時間だった。

この時間は、御学友という形で同年代の貴族子息が僕と一緒になって勉強する。しかし、ただ一緒に勉強するという訳ではなく、僕はこの中から未来の自分の側近を選ばなくてはならなかった。

……でも……。

絶対に誰にも話せないが……。

僕は最初に彼ら全員を見た瞬間、全員、自分の側近に向かないと気づいた。

ベンとか数人だけはまだ見込みがあったが、他の御学友達に目を惹くような優秀さはなく、ただ傲慢で乱暴で欲深い愚鈍な人間ばかりだった。

彼らは僕の優秀さを称え敬い持ち上げるしか能がなく、人を貶めることに快楽を感じ、良好な人間関係もまともに構築できない。その癖、野心だけは人一倍あり、僕に気に入られようと媚びへつらう腕だけは天才的であった。

だから、僕は3歳の頃からずっとある勉強の時間が苦手だった。

彼らは僕に何を期待しているのか、酷く卑しい笑みで迫ってくる。側近になりたいだけではないその笑みに僕は吐き気がし、同時に怖くもあった。早く勉強の時間が終わればいいと思っていた。

　そもそも彼らと僕には、実力の違いがありすぎる。可哀想（かわいそう）なくらい僕以外の御学友の彼らは勉強が出来なかった。きっと甘やかされて育てられているせいだろうけど……。そんな実力のない彼らに称えられたって、嬉しいなんて思えなかった。

　だから、それもあって、この時間は酷く憂鬱だった。王子としてそれらしく振る舞わなければならないのに、付き合わないといけない人間が人間として出来てなさすぎる。

　この時間さえなくなれば、きっと自分の人生は幸福だろうと思っていた。きっと自分が知らないだけで、他の人間にこうした人間はいないだろうと思っていた。

　だけど、こうした人間が御学友の彼らだけではないことをこの後すぐに知った。

　御学友が出来たことで、僕は自分の周りの人間全（すべ）てから王太子として見られるようになった。すると、僕の周りは……卑しい意味で、僕に近づく人間で溢（あふ）れかえった。

「レオドール殿下」
「レオドール殿下」
「レオドール殿下」

「「「どうか私達を覚えてくださいませ。そして、私達にお恵みを!!」」」

　気持ちが悪い。酷く嫌になる。僕の地位がそんなに良いものだと言うのか。まだ王太子ですらないのに、僕と仲良くすれば、利益を得、もしくは、おこぼれに与（あずか）れると思っている。

　僕の幼少期はそんな人間達に囲まれて過ごす日々だった。

　だが、そんな彼らもアーシェルが来る頃には変わった……。

自分の知らないうちに、自分のせいで変わってしまった。

僕は……人よりほんの少しだけ優秀すぎた。

出来ないということがない。

勉強も魔術も剣も全てよく出来た。重要な和平交渉も、要人が絡む公務も、王族としての仕事も……。

自分に出来ないことはなかった。

すると、周りの人間はやがて、僕を認め、尊敬し……崇(あが)めるようになっていった。


「この御方は、ただの王子ではない！」

「天才だわ」

「素晴らしい。僅か十代で為(な)せることではない」

「殿下、殿下には天賦の才があります！」

「この方の言うことは正しい。従いましょう」

「いや、最早人の所業ではない。神だ、神のようだ」


彼らはまるで僕を神のように崇めた。僕がしているのは、ただ誰かが数日かかって片付けていることを、一瞬で片付けているだけ。たったそれだけのことなのだけど、彼らにはそれが神の御業(みわざ)に見えるらしかった。御学友も周りの人間も、目の色を変えた。僕よりも素晴らしい人間はいるのに、僕が王子だから、皆、諸手(もろて)を挙げて素晴らしい御方だと賞賛した。

やがて、この方の国ならば、幸せになれると皆、思うようになっていった。


「この方こそ、私を幸せにしてくださる」

「殿下のお力ならば、世界を変えられる」

「貴方の隣に並び立ちたい。貴方に好かれたい」

「認められたい。この御方に！」

「大丈夫だ。殿下に任せれば、万事上手(うま)くいく」


僕は彼らの中で利用価値のある者から畏敬(いけい)の存在

に変わり、期待は信頼に、信頼は信奉に。そんな大勢の感情が僕にのしかかってくるようになった。

完璧超人。王家の宝。比類なき天才。

いつしかそんな風に僕は呼ばれるようになった。

御学友の彼らは今まで通りに媚びへつらいながらも、僕を崇拝するような目で見てくるようになった。中には盲目的に僕を信じるような人も出てきて困った。

……期待が、信頼が、その崇拝が、重い。

僕は確かに彼らより実力があるけど、結局のところ、それだけでしかない。それに気づいてくれる人がいない。勝手に僕を神話のように語って、神聖視する。

だけど、僕は王子。今後、王になるのなら……その勘違いは必要なものだった。あらゆる人間からの支持があれば、僕の王政は磐石になる。

だから……仕方がない。

重くのしかかるそれが辛くて憂鬱で苦しくても……僕は背負って、その信頼に応えていくしかない。

それが王になるのには、必要なものだ。

でも、それは同時に自分の弱さを隠さないといけないということだった。

完璧超人とされる僕が弱音を吐いたり、失敗やミスをしたりすれば、彼らはきっと失望し、僕に背を向ける。

僕は重圧の中で生きていかなくてはいけなかった。

そんな時に新しい御学友として、やってきたのが、アーシェルだった。

「はじめましてー！　アーシェル・マイナスルです！　ところで、今日の茶菓子、誰が作ったんですかぁ？　めっちゃくちゃ美味しいんですけど！」

アーシェルは、変わった子だ。

他の御学友の貴族達とは全く違う。彼は僕との挨拶もそこそこにお菓子に夢中になり、パティシエを口説きに行った。

全く僕に興味がない。

というか、眼中にない。

それから毎日、アーシェルは勉強の時間にやってくるが、最早、僕との勉強はお菓子を食べる口実だ。

毎日、幸せそうにお菓子を食べて帰る。

僕と話すこともあまりない。挨拶はしてくれるが、会話は3日に1度出来たら良い方で、大体、彼は口の中にお菓子を詰めるのに忙しくて、まともな会話なんて出来ない。

不思議な子だった。

僕に見向きもしないで、お菓子に飛びついて、こんな貴族社会の縮図みたいな空間で1人、幸せに過ごしている。

僕はそんな彼に興味を抱いた。

今まで見たことがない、これまでの価値観では推し量れない……初めて僕に期待しない人間だった。

でも、この頃はまだ興味はあったけど、アーシェルと関わろうとは思っていなかった。彼は珍しい子ではあったけど、まだ、それだけだったから。

……僕が彼に執着するようになったのは……。

きっとアーシェルは覚えていない、あの日がきっかけだった……。


その日は、ちょっと面倒なことになった日だった。

父である国王陛下の代わりに公務をしなくてはならず、それも他国から国賓として、王女がやってくる日でもあった。来賓をもてなすだけなら、経験もあるし、滞りなく事を済ませられた。

だが、その王女が問題だった。

僕より6歳も歳上の彼女は僕がたいそう気に入ったらしい。僕と結婚したいと言い始めた。

「私、この方が良いの!!　ねえ、貴方だって可愛(かわい)い私のことが好きでしょ?　運命の王子様!」

我儘(わがまま)に甘やかされて育てられたらしい王女は、世界は自分中心で動いていると思っているらしい。子どものように駄々をこねて、わめいた。

「私と結婚!!」

それだけでも大変なのだが、更に困ったことに、誰も僕を助けてくれない。

「この程度、私達が手を出せば、殿下の邪魔になる」

「殿下ならば、簡単にこれくらい解決出来る」

皆、僕が自分で解決出来ると思っている。僕が今、王女の扱いに困っているというのに、誰も助けない。僕が完璧な人間だから、どうにでも出来ると思っているらしかった。

だけど。

「ねえ、何か言ったらどうなの?　私との結婚は嬉(うれ)しいでしょう!?」

この常人の思考じゃない彼女を落ち着かせるなんて、僕には無理だ。しかも、国賓だ。……顰蹙(ひんしゅく)を買うようなことは出来ない。もちろん、怒らせるなんてダメだ。

なら、どうしろというんだ。このまま僕は失望されて……。

「お困りですか?」

そんな時……やってきたのが、アーシェルだった。

僕が王女を連れて、王宮内の案内をしているところに、たまたまアーシェルは通りかかり、出くわしたようだった。

　王女は突然現れたアーシェルを詰った。

「まぁ、貴方、何よ!?　邪魔しないでくれる！　不敬よ！」

　そんな王女にアーシェルは目を瞬いて、得心がいったように、ポンと両手を打ったかと思えば、すぐに王女に一礼した。

「失礼しました。ネイサージュ大公国のハウウェル大公の王女リーナール様でございますね！」

「えぇ！　そうよ。どこの人間か知らないけれど、私を知っているのね。華のない見た目をしているけど許してあげるわ！」

「ありがとうございます。……そうそう！　ネイサージュ大公国の美しい姫君であられますリーナール様に是非お聞きしたいのですが……。リーナール様に、あの世界一の美男子と呼び声の高いカランザラ帝国の皇子ラフェエル様が片想いをされていらっしゃるというのは本当なのですか？」

「え？」

　王女は頬を赤らめ、あまりの驚きからかパクパクと口を開閉させる。王女の反応からして、満更でもないのだろう。

　……当然、そんな噂はない。恐らくアーシェルがこの場ででっち上げた話だ。ラフェエルは知り合いだが、本人は大の女嫌い。この世の中では珍しい男性しか愛さないことで有名な方だ。

　しかし、簡単に王女は騙され……。

「わ、私、今すぐ母国に帰りますわ!!　か、片想いは両想いにしなくてはなりませんものね！」

　私を置いて、帰宅の準備の為、尋常ではない速度で客室に戻っていった。王女付きの護衛や侍女達が急いで追いかけるが……あれは追いつけないだろうな……。

　王女の背が小さくなるのを見届けながら、アーシェルはホッと一息吐いた。

「良かった。お花畑な人で。絶対に有り得ない嘘でこうも騙される王女様なんて、なかなかいないけど」

そう呟いて、何事もなかったかのようにアーシェルは僕に微笑んだ。

「では、失礼します。レオドール殿下」

その場から去ろうとするアーシェルを僕は思わず、引き止めた。

「な、何故、あんなことしたんだい？」

誰も助けないと思っていた。

あのまま王女に振り回されるだけかと思っていた。上手く対処出来ずに失望されるかと思っていた。

アーシェルがいなければ、どうしようもなかったかもしれない。

僕がそう聞くと、アーシェルは首を傾げた。

「殿下が、困っていらしたので助けようかと……あいうの殿下の手には負えないでしょう？」

そして、アーシェルは僕を労わるように。

「背負うものが多い殿下は大変ですね。あまり無理はなさらないように。顔、疲れてますよ」

そう言って、僕に小さな袋を渡した。

「さっき、王宮のパティシエからもらったものですけど、あげます。甘いものを食べると気分が変わりますから」

アーシェルは僕にそう告げて、微笑んで、背を向けた。

「では、これで」

アーシェルの背が見えなくなると、僕は思わず深い吐息を吐いた。アーシェルが渡してくれた袋の中にはマドレーヌが入っていた。

彼は……僕なら出来ると手を出さない他の人間とは違う……。

アーシェルは、僕を助けて、労わってくれた。同情してくれた。心配してくれた。

それだけで、僕は………。

……救われた気がした。

今までいなかったのだ。

そんな存在は。

1人も。

僕のことを勘違いする人はいても。

……僕は孤独のまま玉座に座るのだと思っていた。

でも、彼なら、きっと……。


それ以来、僕は彼のことが気になるようになっていた。

勉強の時間に、誰にも気づかれないように彼を観察した。

観察し始めると彼のことが段々と分かってくる。

勉強はわざと手を抜いているみたいで、成績は芳しくないが、頭の回転はかなり早いこと、お菓子しか興味がないように見えるが、意外と周りをよく見ていること、ベンのことを慕っているようであること、カルロスとは喧嘩する程の不仲だが決してアーシェルはカルロスの存在を否定するようなことは言わないこと……。彼にはお人好しなところがあり、困っている人はついつい助けがちなこと……。

観察していて分かったのは、アーシェルがあの時、僕を助けたのは、別に僕が王子だったからじゃないということだ。ただ困っている人をいつもそうしているように助けただけだ。

良い子だ。貴族らしくないところもあるけど、基本的には真面目だし賢い、気遣いもコミュニケーションも出来る。……何より僕をたった一度だけとはいえ救ってくれた。誰も助けない僕をただ1人だけ……。

……側近に向いている。

いや、彼を側近にしたい。彼を側近にすれば……これからも、この息苦しい立場を乗り越えられる気がした。

だから、僕は僕の側近の立場を巡って、毎日、無駄に醜く争う彼らに言った。彼らはお菓子に夢中なアーシェルをやめさせたがっていたから、それを止めたのだ。

「アーシェル・マイナスルはこのままでいい。彼は学友としてやるべきことはやっている。ならば、それで十分ではないか。この場に於いて私が全ての優先順位だという決まりもないし、彼が私よりも甘い物を選んでも、それをとやかく言う権利は誰にもない。私の側近に相応しいかどうかも含め、彼の処遇について口出しするのは私1人だけだ。良いね？」

でも、そう言って、僕はアーシェルを彼らから守っていた気でいたが……結局、私はそこで対応を間違ったのだろう。

何を勘違いしたか、彼らはアーシェルをやめさせようと更に躍起になり……。

そして、マイナスル公爵家の罠にかかり……。

アーシェルは……騒ぎを起こした責任を取って御学友をやめることとなった……。

それを聞いて、僕は絶望した……。

御学友をやめ、王宮から去るアーシェルを引き止めることはかなわなかった。

彼は最初から側近になる気はなかったし、マイナスル公爵家のただ1人の後継としての意識が強すぎた。

あのマイナスル公爵家の後継でも、側近にはなれるが……本人にその意思がなければ、どうしようもない。

呆気なく、彼は僕のもとから去っていった。

それからの日々は苦痛しかなかった。

歳を取って大人になるにつれ、周りの人間の期待はどんどん膨らんでいく。僕が何でも出来ると信じて疑わない目で……。

「殿下、お願いします……頼めるのは殿下だけなのです」
「殿下でしたら、此度（こたび）の問題もどうにか出来るでしょう？」
「殿下！　北方で異民族が国境を侵し、対話を望んでいます！」
「「殿下！　貴方の命令ならば何でも聞きます。なぜなら！　貴方が行う全てが正しいからです」」

まだ成人もしていない子どもに彼らは何を言っているんだろうか。まるで、信仰だった。しかも、彼らは自分自身でも出来ることを、僕に任せた方が早く出来るからと、僕に丸投げしてくる。僕に任せるのが最善だと信じて疑わない。

僕はそんな彼らの重い期待を背負って、ただただ闇雲（やみくも）に頑張るしかなかった。

頼れる人間はいなかった。僕の補佐として動くはずの側近達でさえ、僕の能力を過信して、命じない限り、僕の仕事を手伝うことはない。餌を待つ鯉（こい）のように彼らはじっとこちらを見るばかり。仕事を回せば、役に立ってくれるが、どうも彼らは自分達が僕の仕事に口を出せば、邪魔になると思っているらしかった……。

「殿下は有能ですから……。私達が入っては……」
「私達は殿下の足元にも及びませんし」

ベンは良い部類だ。彼は自分なりに考えて、僕の傍に控え、黙々と自分で仕事を見つけて、率先して仕事をしてくれる。そういう生真面目（きまじめ）さに助けられる。だが……それだけだ。僕にのしかかる期待も、僕に任された無茶な仕事も、相変わらず、僕が独りでどうにかするしかない。誰かが防波堤になってくれるわけでも、サポートしてくれるわけでもない。

更に、憎いことに、この少しだけ優秀な頭は的確に事柄を処理して片付けていく。僕はこれだけ苛まれていながらも、誰かの手がなくとも、淡々とこなしていく。

でも、心が限界だった。

逃げ場がない。頼れる人間もいない。ただ周りの人間が望む自分を演じるしかない現状。完璧超人、カリスマにして天才。そして、人を大切にする慈悲深い王子様……。演じる内に心が悲鳴をあげても……。

そんな時、思うのが、アーシェルのことだった。アーシェルがいれば……変わった気がするのだ。彼がいたなら、もっと僕は良い日々を送れたはず。

……だが、ふと思う。アーシェルがいない方が不自然なような気がする。

心にぽっかりとした空白の穴がある。そこに本来、アーシェルがいた気がするのだ。

アーシェルが自分の側近ではない。ただそれだけなのだが、不自然に思う。

アーシェルがいない、それに強い違和感を覚えた。

やがて、その違和感は酷く強い不安になり、喪失感になり、飢餓感になった。あるべきものがない。あるべき姿じゃない。そんな確信があった。でも、彼は側近候補から降りた身だ。どう足掻いても、僕の傍に彼を置けなかった。絶望するしかなかった。

そんな時、あるきっかけがあった。

ある式典の時だった。

国賓を招いての正式な式典で、僕はずっと側近を連れて、挨拶回りをしていた。

かなり忙しい日だった。

様々な人から声をかけられ、その対応に追われていた。

そんな時だった。

「ねえ、殿下。貴方、婚約者はいらっしゃいませんの？」

「え？」

皇妃たるその人の言葉に僕は答えを得た気がした。

婚約者……。将来、夫婦となる人……。生涯ずっと連れ添う人……。

僕の傍にいてくれる人……。


僕は……アーシェルを婚約者にしようと考えた。すると、何故だろう。ぽっかりと空いた心の空白が埋まった気がした。……重圧に不安に苛まれていた心が軽くなった気がした。

そうか……僕にはアーシェルが必要なんだ。

その答えがすんなりと胸に落ちた。


だが……。

思わぬ障害が待っていた。


「レオドール殿下……そうですか……私の可愛い可愛い息子を欲しいと仰いますか……ふーん、我がマイナスル公爵家からアーシェルを連れ出すという訳ですね。婚約者にするということはそういうことですもんねぇー！　へぇ？　ふーんそーですかー。

よし、ならば、戦争だ……!!」


アーシェルと婚約したい旨をアーシェルの父親でマイナスル公爵であるその人に伝えると、彼は微笑んだ。全く笑っていない目をして。

マイナスル公爵家にとって悪くない条件で婚約を申し込んだはずだった。しかし、マイナスル公爵にとって、婚約の条件など、どうでも良く……僕は知らずに、彼の地雷を踏んだらしかった。

「全く！　殿下を魅了してしまうとは、アーシェルにも困ったものですよ。私の計画を当の本人が壊すとは……」

「計画……？」

「レオドール殿下には関係のない話です。今日この時より、殿下は私を敵に回しました……。我がマイナスル公爵家は依然王家に忠義を誓いますが、殿下、貴方だけは違う。私の地雷をまさか真正面から踏みに来る人間が貴方とは！　貴方も運がない……！」

そして、公爵は敵意と殺意を露わに壮絶な笑みを浮かべた。

「その恋路、徹底的に妨害しちゃうぞ☆」


それから、僕はマイナスル公爵に裏から手を回され、嫌がらせのようにアーシェルとの接触を妨害された。

御学友をやめて以来、元から殆ど会えないというのに、式典やパーティー、舞踏会、ありとあらゆる接点をマイナスル公爵は人や事故など様々なものを使って、僕とアーシェルが会えないようにした。

僕が何をしたんだ……。

ただアーシェルにいて欲しいだけだった。婚約という手段に頼ろうとしたのが間違いだったのか。マイナスル公爵を敵に回すようなことをしたのがいけなかったのか。

アーシェルに手が届かないと分かると、制御が利かなくなった水道管のように、不安が溢れかえって僕の心が不安定になっていく。

いつまで、こんな救われない、誰も助けてはくれない人生を送らなくてはいけないのだろうか。


人の期待は大きくなっていくばかり。

僕の才能は誤解されていくばかり。

それはもう訂正出来ないところまで来てしまっていた。

辛い、苦しい……。そう心が叫んでも、僕は誰かが望む王子様でいるしかなく、八方塞がりだった。

…………やがて、僕はアーシェルに救いを求めるようになっていた。

おかしな話ではある。たった一度、僕を助けただけのその人に救いを求めるなんて。……こんなに愛というには重すぎる想いを抱いているなんて。

でも、アーシェルしか僕を救ってくれる人はいない……。

……会いたい。

傍にいて欲しい。

……それには、マイナスル公爵家が邪魔だ……。

僕はマイナスル公爵家を潰してでも……アーシェルを手に入れることを決めた……。

第二十一話　確実に彼は来る（レオドール視点）

マイナスル公爵家を潰すと決めてからの僕は、何かが変わったような気がした。

遠慮がなくなった。

アーシェルを手に入れる為に、なりふり構っていられない。

邪魔する者全て消す覚悟だった。

僕はマイナスル公爵……いや、マイナスル公爵家を潰すつもりで動いた。アーシェルを手に入れるには、あれは邪魔だ。どのような理由があるかは知らないが、かの人は僕を敵だと言った。ならば、潰すしかない。しかし、マイナスル公爵家はその特殊な業務内容から我が国を裏で牛耳っている。潰すにはそれ以上の権力を持つしかなかった。

それまで以上に努力する必要があった。

生半可な力ではマイナスル公爵に逆に潰されてしまう。……幸い、それが出来るだけの素地はあった。後は……邁進するだけだった。


「殿下？」

「どうしたの、ベン」

「あの……最近、過剰にスケジュールを詰め込みすぎではないですか？」

「そんなことないよ」

「しかし……」

　ベンがそんなことを聞くなんて珍しい。彼は黙々と仕事をするイメージがあるのに……。ベンは何か言いたげに、でも、口を噤んで飲み込んだ。


　自分が多少無理をすれば、事は思ったより順調に進んだ。

　僕は僕に群がる人間を手当たり次第に使った。彼らは突然、積極的に権力拡大を図りに行く僕の変わりように驚いたけど、僕の指示に驚くほど従順に、何も疑わずに従った。僕の真意など誰も聞かなかった。

　……簡単に騙されてくれた。

　……今まで僕を散々使ってきたんだ。たった1つ我儘を叶える、その為に、利用させてもらっても構わないだろう。


　そして、今日、実行に移した。

　警吏を使うことになったのは仕方がない。カルロスがアーシェルを婚約者候補にしてしまったから……。


　かなり横暴なことをしてしまった自覚はある。

　しかし……。


　止められない。

僕はそう確信しながらも、歩き出す。そして、アーシェルのもとへ急いだ。


もう止まらない。

僕がアーシェルを求めるのは運命だ。


王宮から僕は出ると、今日この日の為に用意していた場所に行く。

そこに、アーシェルを囲っていた。

そう、僕はアーシェルを手に入れた。

……だが、安心してはいけない。きっとアーシェルを取り戻そうとする奴（やつ）は出てくる。

特に……あのテオドアは……。

初めて会った時、彼と僕は似ていると思った。

アーシェルのこととなると……瞳（ひとみ）に執着の炎が灯（とも）るところが特に。

警吏に拘束して捕らえるよう伝えているが、油断ならない。きっと彼は何らかの方法で拘束を抜け出してこちらに来るはず。策は打てるだけ打っているが……。

それでも、来るだろうな。

side 21.5　探索（テオドア視点）

アバラナに着いた。

店の前に、アーシェルが乗ってきただろうマイナスル公爵家の馬車がない。既に警吏に回収されていたか……。

この分だと予想通り、この店にアーシェルは既にいないだろう。そして、アーシェルと会っていたベンも、もうここを去っているはずだ。だが、手がかりは残っている。

俺はアバラナの店の裏口に回る。店の裏口には、恐らく魔術による騒動を避ける為だろう魔術妨害の魔法陣が描かれていたが、それをかき消す。かき消して、完全になくなったのを確認すると、魔術で変装し店員に成りすまし、店内に侵入した。だが、変装しているとはいえ、確実に怪しまれるだろう。だから。

「あれ、お前いたっけ？」

「店長、新しい方ですか」

「お前、新人？　見ない顔……っ!?」

俺を怪しむだろう店員達に軽く催眠をかけた。

新しく入ってきた新人ということにして、店員達を納得させる。暴力で物を言わせてもいいが、アーシェルが待っている今、時間が惜しい。

「……新人くん、君は清掃を頼むね」

店長だというその人が、虚ろな表情で掃除道具を渡してくるのを受け取る。ま、掃除なんてしないんだが。

店内は、丁度、客が閑散としている時間帯で、数人の貴族しか客はいない。人気は少なく、店員もバックヤードに殆ど引っ込んでいる。……人目を気にせず調査するにはうってつけのタイミングだ。

清掃スタッフの振りをして、アーシェルがいた部屋を探す。店員がみんな怪しまないから、新顔の俺が歩き回っていても、客は全員、新人と思って怪しまない。簡単に騙されるものだ。

ホールに痕跡はない。

となると……個室か……。

並ぶ個室を1つずつ探る。中に人が入っている場所は後回しだ。どうしても探らないといけなくなったら、多少乱暴な手段になるが……まあ、使わないことを祈ろう。

そして、俺は当たりを見つけた。

僅かに残る魔力の残滓。

転移魔術が使用された痕跡がある部屋……。確実にここだ。アーシェルはここから何処かに連れ出された。俺は部屋の壁に手を当てて、そこに魔力を流す。

それは、2時間前の光景を目の前に再現する為。

情報が足りない今、少しでも経緯が知りたい。その為にも、先程警吏を騙した幻覚を応用し、魔術を構築して、この場で起こった全てを再現し見るのだ。

壁に這わせた魔力は、やがて壁から離れて、2人の人間の形を取る。アーシェルと……そして、ベンだ。……コイツとアーシェルが個室で2人きりであったという状況に、舌打ちしそうになるが堪える。

話していた2人だが、ふと、幻のアーシェルの背後に魔力が集まり、人形を取る。その姿は警吏の人間だ。警吏はアーシェルを背後から襲い、気絶させると、どこかに連れて行こうとする。ベンは驚愕している。……どうやら、ベンというコイツはアーシェルを捕らえる為のダシにされたらしい。

そして、警吏はアーシェルを連れて、転移魔術で何処かに消えた。だが、その時、床に落ちたものがあった。

……小さい葉だ。

観葉植物の葉のようだ。きっと何かの拍子に千切れて、警吏の身体にくっついていたんだろう……。

部屋に這わせていた魔術を解く。幻覚は消え、俺の手元には葉が1枚残る。

「こいつに案内してもらうか……」

俺はその葉に魔力を通す。

「元の場所に戻れ」

そう告げると、葉は窓を割って南南西の方向に一直線に飛んでいく。

これで、あれを追えば、この葉を落としていった警吏の場所まで一直線だ。運が良ければアーシェルのところか、最悪でも、それに近い場所に辿り着ける。

……どちらにせよ。警吏の連中と一戦交える必要があるか……。

葉は時速200キロで元あった場所に飛んでいく。その行く方向と経路を頭の中に記憶していく。

「行こう……」

俺はアバラナから出て、真っ直ぐ、そちらへ向かった。

胸にあるリングを握りしめて……。

第二十二話　それは紛れもない……（レオドール視点）

警吏からの報告で、テオドアを確保したと通信が入る。沈黙を貫いているとのことだが……僕はそれを聞いて直ぐに囮だと気づいた。

「幻覚だろうから、今すぐ確認して」

報告した相手は有り得ないと狼狽しているが、十中八九、沈黙を貫いている時点で彼本人ではないだろう。多分、彼のようなタイプは即座に行動して、事を打開しようとする。大人しく従うタイプではない。

では、彼が今、何処にいるかだが……。

間違いなく、こちらに向かっていると考えるべきだろう。どのような手段で来るかは分からないが、テオドアは、紛れもなく優秀な騎士であり最高の魔術師でもある。

常識は通じない、と考えた方が得策だ。

ならば、使える手は先に打とうか。

「……今から、指示する通りに動いてくれる?」

一通り、指示を出すと、僕は通信を切って、目的の部屋に向かって歩いた。

王族にも1つや2つ負の遺産はある。

特にこのヤンファンガル王家には400年の歴史がある。光り輝く賞賛されるべき歴史もあるが……その裏には、葬られた負の歴史もある。

僕がいるここもそうした負の遺産の1つであり……必要悪として何度も改築されながら、何百年もここに建っている建物だ。

夜の離宮、通称、監獄宮殿。

…………何かしらの理由で軟禁する必要性のある人間が入る離宮。

暴政を敷いた王の失脚先や、止むを得ない理由から任意で病死させることとなった王子や王女の終の住処としても使われてきた……。だが、何百年にわたって使われてきたここは、専ら……愛する人を監禁する為に使用される……。

離宮の入口は1つ、それ以外からの出入りは不可能。離宮内は複雑な迷路になっている。初見では必ず迷うように作られている上に、離宮全体に任意の人物しか通れないよう結界が幾つも張られている。

窓は全て鉄格子がつけられ、扉という扉に鍵がついている。常時、探知魔術がかけられており、部外者だけでなく、監禁対象の監視の為にも使われる。この離宮の警備は全て警吏が行い、常時、警戒をしている。

……まるで、監獄のような場所だった。

しかし、アーシェルを……一時的だが、置いておくには丁度いい場所だった。

他の場所では警備が薄すぎる。

離宮を歩き、アーシェルがいる部屋に入る。

アーシェルがいる部屋はこの離宮でもかなり奥にある籠樋の間と呼ばれる部屋だ。

部屋は真っ白な大理石で出来た豪華な寝室の姿をしているが、ここには窓がなく、出入りも扉1つに限定される。逃げ道がない部屋だった。

アーシェルはその部屋のベッドで未だに眠りについていた。

「うっ…………うん……」

夢見が悪いのか魘されており、眉間に皺が寄っている。蹴ったのか、毛布がベッドの隅に追いやられている。

僕はベッドサイドに腰かけて、アーシェルに毛布をかけるべく、隅に追いやられていた毛布を手に取って、彼を見る。その魘されている表情に罪悪感を抱いた。

だが、同時に、こんな手の届く位置に彼がいることに仄暗い喜びを覚えているのも確かだった。やっとあるべきものが近くにあることに、安心すら感じる。

酷く魘される彼に手を伸ばす。薄く汗ばんでいる額の汗を拭うと、少し、眉間の皺が取れて、ホッとしたように息を吐いた。

……少しでも、楽にしてあげたい。

僕はそう思って、頭を撫でる。すると、忽ち、彼は微笑みを浮かべた。

あぁ、よかった。

思わず、自分の口角を上げてしまう。

……だが。

「…………テオドア……」

そう吐息混じりに漏らした嬉しそうな声と同時に、彼の胸から滑り落ちてきたそのリングが僕の目前に現れる。

それを見て、僕は思わず目を見開いて、彼から手を放した。

そして、感じたのは紛れもない……。

嫉妬だった。

第二十三話　ここどこ!?

大人な僕と大人なレオドール殿下の年齢制限がかかる一歩手前みたいな不思議な夢からゆるゆると目が覚める。

ふと、僕の頭を撫でる誰かの感覚があって、寝ぼけていた僕は、こういうことをするのは絶対彼だと思って名前を呼んだ。

「…………テオドア……」

すると、僕からパッと手が離れる。

あ、ちょっと、手を放さないでまだ撫でて欲しっ……！

「ハッ！　今僕は何思った!?」

思わず、僕は飛び起きた。

今、一応、既に形無しとはいえ、僕の方が兄なわけで、た、確かに恋人？　婚約者？　でもあるけど……それはさておき、頭を撫でられるのを喜ぶ兄って良いのだろうか?? 僕にも矜持というものがあるわけで……!

と、そこまで考えて、はたと気づいた。

僕は思わず目を瞬く。

完全に目が覚めて飛び込んできた風景は見知らぬものだった。

知らない部屋。

知らない家具。

何故か、ベッドで寝ていた自分。

「ここどこ?」

目の前の見知らぬ景色に目を見開いた。ふと、視線を感じて、そちらを見ると……こちらをびっくりしたように見つめる……なぜか毛布を握ったレオドール殿下がいた。

なんで? レオドール殿下?

はぁ?

僕は混乱して、すっかり状況が把握出来なくなっていた。

僕、さっきまでベン兄様といたはず? なんでレオドール殿下と一緒にベッドにいるの……??

ていうか……!

……さっきの変な夢に似たシチュエーションじゃん!?

うわぁ、気まずっ! どういう顔すれば良いの? ていうか、あの夢なんだったの? 妙にリアルだったし、なんであんな夢見るかなぁ?? しかも僕、レオドール殿下とそこまで親しくないのに……! はぁ、あんな夢見たせいで、本人を目の前にするとかなり気まずい……。

僕は思わず、正座になった。

「あ、あの……レオドール殿下。お、お久しぶりですね」

「うん、久しぶりだね……」

レオドール殿下は何とも読めない顔をしていた。困惑しているような、傷ついているような、何とも言えない表情だった。

レオドール殿下の成人パーティー以来だな、レオドール殿下に会うの。直前までベン兄様と殿下の話をしていたから、物凄く久しぶりという感じはしないけど……。

「ところで、殿下、ここはどこでしょうか？　何で僕はここにいるんでしょうか⁇　僕、さっきまでベン兄様とお茶してて、そこから記憶が全くもってすっぱりさっぱりないんですけど……」

多分、ここは王宮じゃないな……。窓が１つもないし、パッと見て、扉はかなり頑丈な鍵付きだし、家具も生活用品一式揃ってる感じ……。なんというか、悪い言い方だけど……監禁部屋っぽい。

こんな部屋、王宮にないから、やっぱりここは王宮じゃないな。時計もないから時間も分からないし、便利そうで、妙に不便な部屋だ。

と、そこで、ふと、気がついた。今何時だ？　僕はテオドアと約束してて……。

「で、殿下！　あの今すぐ退室しても宜しいですか？」

「なんで？」

「約束があって、今から人に会うんですけど……」

僕はテオドアと会う約束をしていたのだ。それをすっぽかして、ここにいるのは確かだ。僕は慌てて、退室しようとした。

ところが、僕が腰を浮かせた瞬間、レオドール殿下の瞳が一瞬、剣呑に光った気がして……。

「アーシェル」

「⁉」

突然、僕は押し倒され、レオドール殿下に組み敷かれた。

「へ？　な、何するんですか⁉」

「……ごめんね。アーシェル。君を外に出す訳にはいかないんだよ」

は？　え？

視界いっぱいにレオドール殿下の顔がある。いやいやどういうこと⁇　なんで、押し倒されているん

でしょうか。まるで、さっきの夢の再来じゃないか!? 予知夢だったのかアレ!?

……待てよ……。

もしあの夢が予知夢だとしたら……。

その時、レオドール殿下が僕の服に手をかけようとして……さっきの光景がフラッシュバックした。

もしかして、僕、今から、アレされるの!?

「NO! NO! NOOOO!!」

僕は思わず、レオドール殿下を押しのけ、起き上がり、素早く殿下から距離を取った。

「アーシェル!?」

「僕、そういうのは大人になってから好きな人としたいというか!! いや、まず合意なしとか! 無理やりとか! そういうのアウトなんで!! 本気で無理!! てか、なんなんですかー!?」

思わず、レオドール殿下が僕を押し倒す時に手放した毛布を咄嗟に抱きしめた。

脳内はもうあまりの意味不明な状況で混乱中だ。パンクしそう。処理落ち寸前。頭がショートしているような気がする。

押しのけられたレオドール殿下は何故か傷ついたように顔を歪め、息を呑んだ。そして、殿下は困ったように微笑んだ。

「アーシェル、本当に今の状況が分からないかい?」

「分からないです……」

なんで、僕、レオドール殿下に押し倒されたの??

頭を整理しよう。

まず、ここはどう見ても普通の部屋じゃない。監禁とか……貴人専用の監獄にも見えるし、時間も分からないように作られている。

扉はどう見ても鍵がかかっている。けど、2人で閉じ込められているという線はない。なぜなら今、目の前にいる殿下は、あまりに落ち着きすぎているから。

もし、閉じ込められているとしたら、おかしい。僕が何かの拍子なら、ここは誰かの自室なのか? 僕が何かの拍子に倒れて運び込まれたとか？　だとしたら、何で僕はレオドール殿下に……。

……そもそも、この部屋は誰の部屋だ？

レオドール殿下ではないよね……じゃあ、ここにいない誰か？　でも、扉には不自然に鍵がかけられている。まさか……。

僕は、先程僕を押し倒したレオドール殿下を見た。

「僕、もしかして、殿下に監禁されています？？」

そう僕が問いかけると、レオドール殿下は意味深に微笑んだ。……その微笑みからは肯定しか汲み取れない。うそだろ……。

「あ、あの？　本当に？　冗談、では、なく？」

戸惑う僕に、じりじりと殿下が近づく。……獲物を狙うその目に、背筋が凍った。

カルロス殿下が言っていたじゃないか。「アーシエル、お前を婚約者にしたいが為に、まだ婚約者の席を空けているらしい」って。

あれが本当だったとしよう。信じられないけど、あれがマジでガチだったとしたら。

僕はカルロス殿下の婚約者候補になった。これでレオドール殿下は僕を婚約者にすることは出来なくなった……。

だけど、レオドール殿下がそこで諦めなかったとしたら、どう行動に出る？　莫大な権力を持っていて、莫大な金と人材が使える殿下なら、本気の恋の為に、横暴な手段の１つや２つ出来る。

……多分、レオドール殿下の思考傾向からして、恐らく、あれだ。

マイナスル公爵家に不祥事を人為的に起こして、そのどさくさに紛れて、ベン兄様を呼び水にして、僕を誘拐して閉じ込めたってところじゃなかろうか。

勘違いであってくれ！

ヤバい、ヤバい……。僕がレオドール殿下に閉じ込められる理由なんて、それしか浮かばないのが怖い。とにかくレオドール殿下から離れるしかない。

じりじりとにじり寄る殿下を前に、僕は手にあった毛布を両手で広げて、バリケードにする。……心許ないけど。

「お、お触り禁止の方向でお願いします……！」

冷や汗がダラダラと流れる。

だけど、僕の意に反して、レオドール殿下は直ぐ目の前まで迫り、バリケード代わりにしている毛布に手をかけた。

「なんで、触っちゃダメなんだい？」

「……安心と安全の確保が出来てないからです」

「それなら大丈夫。ここには邪魔する奴も傷つける奴もいないよ？」

「でも、襲う奴はいるわけですね。完全にアウトです」

「襲うつもりはなかった。あまりに君が僕を目の前にしても呑気なものだから、ついね」

「つい押し倒す人間がいますか？　殿下、しかも、貴方は僕を閉じ込めているんですが」

「必要なことだからね」

殿下が場違いな程に柔和に笑う。

思わず、僕は身体が震えた。

あの夢を思い出す。あの妙にリアルな夢がただの夢とは思えない。だって、大人になったレオドール殿下もこのくらいの執着を大人になった僕に向けていた。

なんで殿下が僕にそんな感情を向けるのか、さっぱり分からない。分からないけど……彼を止めないと、僕が……僕の未来が大変なことになるのは分かる。

まだレオドール殿下とは会話出来る……。話が通じないレベルじゃない……。その場しのぎにしかならないかもしれないけど……今なら殿下を説得出来る。

全ては僕の手腕にかかってる……。

僕は内心祈った。

胸にあるリングはまだ取り上げられていない。それに酷く安堵する。

きっとテオドアなら異変に気づいて、もう動いているはず……。

……テオドア、早く助けに来て……。

そう祈ると胸元にあるリングが僅かに一瞬光った気がした。

side 23.5　離宮到着（テオドア視点）

警吏達は離宮周辺の警備に尽力していた。

視界に映る全てのものに目を光らせ、ありとあらゆる事態に備えていた。

そんな時だった。

「……あぅっ！」

突然、仲間の1人が倒れた。

何かぶつけられて倒れたと思しき彼に警吏達は周囲を警戒しながら彼に近づく。しかし、倒れた彼は気絶しているが負傷はなく、何故か葉が1枚服に付いていたがそれだけだった。

そんな状況に警吏達は首を傾げながらも、とりあえず彼を介抱すべく数人がかりで抱え、救護室に連れて行こうとした。

そんな彼らの近くに忌むべき侵入者がいることにも気づかずに。

＊　＊　＊

透明化して、敷地内に侵入する。

先程昏倒させた警吏に奴らの注意が向いているうちに、身を隠せるところを探し、物陰に隠れた。

飛ばした葉を追って着いたのは、王宮からはかなり離れた場所にある王族の直轄領。その直轄領に広がる森林地帯にひっそりと建つ異様な雰囲気の宮殿だった。

第一印象は監獄。

周りを高い塀で囲い、塀の外には深い堀が掘られている。格子付きの窓が並ぶ家壁に扉はなく、入口は正面玄関の1つしかない。ここは誰かを閉じ込める為に出来たような場所だった。

俺は警吏達が離れていくのを確認すると、物陰から出て宮殿の辺りを探索する。

この場所にアーシェルがいるかどうかはまだ分からない。しかし、アーシェルがいてもおかしくない場所だ。

中を探索して、アーシェルがいるか確認したいところだが、まず先に、敵地に乗り込むとしても状況確認が必須だ。

よく観察すれば、宮殿そのものに何重もの魔術がかけられている。こちらが魔術を行使したまま、不用意に近づけば、すぐさま俺の存在が探知されるだろう。

あの何重にもかけられた魔術を解くのは簡単だが、それだと警備についている警吏に見つかってしまう。

それは得策ではない。一体ここに何人配備されているか分からない今、もし戦闘になって多勢に無勢な状況になると不利だ。催眠も使えない。アバラナみたいに人数が少なければ問題ないが、次から次に人間が出てくるような状況だと、かえって手間だ。

とはいえ、時間がない。

アーシェルの身に何があるか分からない。急がなくては……。

そんな時、宮殿の正面玄関から誰かの騒ぎ声が聞こえた。そちらを見てみると門扉の前で警吏に詰め寄る人物がいた。

ベン。

アーシェルが最後に会った人間だ……。

彼は焦った様子で警吏に何かを懸命に頼み込んでいた。気になった俺はその会話に聞き耳を立てる。

「お願いします。レオドール殿下に会わせていただけませんか？」

「こちらに殿下はいらっしゃいません」

「お願いします。どうしても私はあの方を止めたいのです」

どうやらベンはレオドール殿下に会いにきて、警吏に追い返されているようだ。彼らはしばらく言い争っていたが、警吏はしつこい彼に痺れを切らし、粘るベンを無理やり塀の外へ出した。

頭を抱え、宮殿を去るベン。

いいチャンスだと思った俺は彼から話を聞くべく、塀の外に出て、ベンに近づいた。

ベンは後をつける俺に気づかないまま、グランチア家の馬車に乗る。そこに俺も乗り込んだ。

そして、馬車の扉を御者が閉め、俺が彼の視界に入ったところで、俺は透明化の魔術を解いた。

「おい」

「うわ!?　むぐっ！」

「声を出すな。面倒なことになる」

咄嗟にベンの口を押さえる。突然目の前に人が現れて驚くのは理解出来るが、今は時間が惜しい。

「……俺は、テオドア・マイナスル。あんたがベネディクト・グランチアで間違いないな」

ベンは瞠目していたが、一応、状況は理解出来たらしい。御者に聞こえないくらいの声で答えた。

「アーシェルから聞いているよ。君がテオドアくんか。君、警吏に捕まっていなかったのかい？」

「あんな奴らに俺が後れを取るわけがない。

単刀直入に聞く。あの監獄みたいな宮殿にアーシェルがいる。そして、確認だがアーシェルをあそこに連れ去ったのはレオドール殿下。それで間違いないな？　答えなかったら、この馬車とお前を爆散する」

その俺の脅しにベンは目を見張る。しかし、彼は思い悩むように考え込んだあと、意を決したように頷き、口を開いた。

「ああ、そうだよ。君の言う通りだ」

予想外にも、ベンはすんなりとそう答えた。どうやらコイツはレオドール殿下の側近だが、俺の味方をしてくれるらしい。

「レオドール殿下を止められなかったのは、私の責任。側近として失格だ。だからこそ、私はアーシェルを……殿下を救い出したい。君に協力しよう。

ここは夜の離宮。歴代の王族が軟禁場所として使ってきた場所だ。側近になるまで、こんな場所があるなんて知らなかったが、その用途から考えるに、アーシェルも殿下も確実にここだ。警吏は口を割らないけどね」

予想通り、ここにアーシェルとレオドール殿下がいることが分かった。問題はどうやって入るかだ。

「テオドア。君はこの離宮に入る気なのかい？」

「当然だ。アーシェルが待ってる」

そう即答すると、目の前の彼は聞いた。

「私もアーシェルを助けたいが……君はどうやって入る気だ。警吏が案内する以外に穏便に入る方法なんてないぞ」

「元から穏便に入る気はない。アーシェルを取り戻すまで、邪魔する奴も物も潰す」

その俺の発言を聞いて、ベンはポツリと零した。

「何か君、レオドール殿下に思考が似てるね」

「はぁ!?」

思わず、殺意が湧いた。

「何言って！」

「ふと、思っただけだよ。すまない。なんというか、アーシェルのことととなると見境がなくなる辺りが似てる気がしただけ」

「尚、悪い」

苛つく俺にベンは苦笑をした。そんな時、ふとベンは思いついたようにあっと声を出した。

「ヒントになるかもしれない話をしてもいいかい？」

「ヒント？」

「70年くらい前、ヤンファンガルは隣国カランザラと戦争していたんだが、その戦時中に離宮がカランザラの敵襲に遭ったらしいんだ。この離宮は王族だけしか使わないから、襲っても意味がないのだけど、きっと捕虜施設か何かに勘違いされたんだろうね。

その時、敵側に腕の立つ戦士がいて、離宮の警備に当たっていた警吏も、離宮にかけられていた魔術も、頑丈に作られた離宮も三つまとめて、武器を一度振り下ろしただけで、全て木っ端微塵に吹き飛ばして離宮を全壊させたらしい。

事実かどうかは分からない。記録にそう残っていただけで、そもそもそんなことが可能かどうかも分からないが、もし出来れば確実にアーシェルは救える。面倒な警吏も魔術も離宮も一度に壊せるからね。

ただ、レオドール殿下を思えば、私はこの通りにやりたくない。あの方を私は救いたい。これを元に何か新しい計画を考えるべきだと思うのだが、どうだろうか」

その話に……思わず俺は笑みを浮かべてしまう。ああ、本当に良いことを聞いた。

「ほう、なるほど、回りくどくなく短時間で解決し合理的に対処するには良い方法だ。理論上、何も問題がない。後は威力計算とアーシェルの詳細な場所さえ分かれば良い。そして、状況を加味して式を組み立てて……」

「テオドア？」

訝しむベンは無視だ。俺は計算で忙しい。

ベンには悪いが、あの王子様や離宮がどうなろうが知ったこっちゃない。

俺の目的はハッキリしている。

潰す。

そっちが権力で俺達を潰してくるなら、こちらは力で潰す。そして、アーシェルを取り返す。

その時、胸元にあるリングが僅かに光った。

side 23.5　王宮にて

一方、その頃。

カルロスは王宮内を走っていた。

向かう先は、この王宮で、いや、ヤンファンガルで最も偉大な存在がいる場所。

カルロスは乱れる呼吸を抑えつけながら、その部屋……王の間に入った。

「失礼します。父上……いえ、国王陛下」

王の間、ここは、歴代の国王が執務室として使い、国政の中枢として様々な政策を生み出してきたヤンファンガルの歴史の始点たる場所。

その部屋から漂う威容に、カルロスは身が震えるのを感じた。

執務室の真ん中に、巨大な円卓が1つある。側近達との会議に使うその円卓に、立派な白髭を生やし、堂々とした威厳に満ちた1人の壮年の男が座っていた。

　ヤンファンガル国王、ジェフタ－フ。

　そこにいるのは、紛れもなくヤンファンガルの最高権力者であり、生きる権威であるその人だった。

「どうした……カルロス」

　声をかけられて、カルロスは息を呑む。

　カルロスは……この父親がちょっと苦手だった。

　国王という生き方そのものを体現するような父親は、全ての物事を公正に見ているせいか、自分の息子のことも他人の子どものように見ているところがあった。

　その目には、あまりに愛がない。

　第一、恐らく実子である三兄弟、皆、父に愛されたことなどないのではないだろうか。この人はいつも淡白で、兄弟が争っていても他人事のように思っているところがあった。

　だから、カルロスは苦手だった。

　でも、今、苦手などと言ってられない。

　……為さねばならないことがある。

　この一連の事態を起こした責任はカルロスにある。だから。

「……夜の離宮の鍵を、私に貸してください」

「ほう。それは何故だ？　その鍵は今、レオドールが使っている。兄弟揃って閉じ込めたい何かがあるのかね？」

「いえ、私は……解放したいのです」

「ほう……」

　国王はじっと見定めるようにカルロスを見る。それをカルロスは真っ向から見つめ返した。

　そして、カルロスは……確かに、言った。

「私の努力を唯一認めてくれた……友を解放したいのです」

　……その言葉に国王はフッと口端を上げた。

「良いだろう。……と言っても、お前が行く頃には、良い結果か悪い結果かはさておき、全てのカタがついているやもしれぬぞ？」

「構いません。徒労に終わる覚悟はあります。あのアーシェル・マイナスルのことですから。しかし、どんな結末であれ、やれることをするつもりです」

「……分かった」

国王は円卓の上に、錆び付いた古い鍵を置いた。

「行きなさい」

「ありがとうございます」

カルロスは感謝を述べつつ、鍵を取り、足早に王の間から出て行った。

カルロスが出て行った途端、王の間の扉の向こうから人が一心不乱に走り去る音が響いた。

そんな足音を聞きながら、国王は項垂れるように俯き、ため息を吐いた。

「……全く……私の息子達は皆、良くも悪くも若いものだ……」

そう小さく国王陛下が独り言ちた時だった。

「全くだよね！　本当に若いよねぇ!?」

突然、聞こえたその声に国王が顔を上げると、満面の笑みをしたその人がいつの間にか向かいの席に座っていた。

「お前……いつの間に……どこから入った!?」

「そこから来たよ。いや、あっちから来たっけな？　こっちだったかな？　まぁ、いいや。ねぇねぇ聞いてよ。今日はすっごく疲れたんだよ。身体に鞭打って年甲斐もなく頑張っちゃったよ。はぁーぁ、帰ってからアーシェルたんに癒されたい。あ、でも、アーシェルたん、今、国王やってる再従兄弟の子どもに連れて行かれているんだった。悲し!!」

「警吏はどうした!?　お前は捕らえられたと……!」

「やだぁ！　もしかして心配して、わざわざ公務ほっぽり出して調べてくれたの？　ジェフくん優しー！　親戚で尚且つ、腐りに腐って骨になったレベルの腐れ縁なだけあるね！」

「断じて心配などではない！　違う！　一体どうし

て、ここにいるんだ!?」

驚愕する国王を前にその人はニコニコと笑う。

その裏に凄まじい程黒いものがあると国王は物心ついた時から知っていた。

そして、その人は国王に上機嫌に告げた。

「さて、子ども同士の問題は、子ども達も大きくなったことだし、子ども達だけで解決してもらうとしてだね。我が幼馴染くん？　君と僕とで、大人同士の濃ゆ～い話をしようか☆」

第二十四話　救われたい

「アーシェル。君、今、何考えてる？」

毛布が取り払われ、目と鼻の先に迫るレオドール殿下に僕は息を呑む。

「殿下は僕をどうするつもりなのか、と……」

「……そうだね。端的に言うのなら、結婚かな？　当然、非公式、という文字が前につくけどね。事実婚を想像してもらうといい。ただアーシェルには悪いけど、僕以外の人とは縁を切ってもらう……因みにこれは決定事項だよ」

冷や汗が止まらない。

殿下の言ってること、完全に監禁じゃないか！

僕、このままだと、この部屋から一生出られなくなる！

「殿下、ちなみに……嫌だと言ったら……？」

僕の問いにレオドール殿下は困ったようだ。苦笑を浮かべる。

「ごめんね。アーシェル。これについては君を尊重出来ない。大人しくここにいてくれるなら、出来うる限り君の願いは叶えるつもりだけど……もし、嫌だなんて言われたら……ちょっとアーシェルには困ったことになると思うよ。……僕、出来るだけアーシェルの身体に傷はつけたくないんだ。分かるね？」

「……っ」

血の気が引いた。僕が抵抗したら、この人、何をしてでも、僕を従わせるつもりだ。

レオドール殿下の手が僕の肩に触れる。

「僕には君が必要なんだよ。どうしてもね。だから、君に逃げ出されたら物凄く困るんだよ、アーシェル」

そのまま僕は抱き寄せられた。僕の首元に殿下が顔を埋め、両腕にきつく抱きしめられる。

振り払うことは出来なかった。

「殿下、僕にはよく分かりません……。なんで、僕なんですか……？」

「…………」

その僕の問いにレオドール殿下は黙ってしまう。

僕はレオドール殿下を知らなすぎる。

御学友時代は言わずもがな、その後も、式典とかパーティーで挨拶するくらいだ。だから、レオドール殿下に何があって、僕をこうやって監禁するに至ったか知らない。

ただ1つ言えることは……。

「……殿下。不敬ですが、失礼します」

僕は抱きしめているレオドール殿下を引き離した。

そして、突然引き離されて、呆然とするレオドール殿下の両頬に手を添えて、殿下の目を強引に僕の目と合わせる。レオドール殿下がみるみるうちに、戸惑いの表情になっていく。

「な、なにをするんだ……!?」

「僕、このままだと、レオドール殿下のこと、嫌いになってしまいますよ？」

「!?」

　レオドール殿下が目を見開いた。

　……殿下の真意は分からない。けれど、殿下が僕にこの状況を強いるというのなら、このままじゃお互いの関係にとって悪い。

「殿下、僕はレオドール殿下のことを尊敬しているつもりです。殿下は国王という立場になる為に、日々貴族や国民の期待を背負って、完璧にやっておられます。その裏で……遠くから見ていただけだった僕には想像出来ないくらい、きっと殿下はお辛い思いをしてきたでしょう」

「……アーシェル」

「殿下、僕は……嫌いになりたくはないですよ？　でも、あまり理不尽なことをされると……愛というものは尽きるものですから」

　踏みとどまって欲しい。

　僕は、暗にそう告げた。

　今の殿下は形振り構わず、僕を捕らえようとしている。でも、1つ、殿下は見落としている。

「殿下、僕にも感情がある。殿下は僕を必要だと言ったけど……僕の感情を無視して、ないがしろにすれば、傷つくのは結局、僕を求めた殿下ですよ？　それでも貴方は幸せですか……？」

　僕の目に、レオドール殿下の瞳が揺れるのが見えた。

　両手を放す。

　相変わらず、殿下の瞳が揺れている。

　戸惑いか、悲しみか、それとも……絶望か……。

　とにかく僕の目には……殿下が迷子に見えた。

独りで何処に行けばいいのか分からなくて、彷徨って帰れなくなったような……。

そんな殿下を、僕は出来るだけ穏やかに諭した。

「殿下、まだ今なら、未来を変えられます。僕は……正直に言うなら、殿下との結婚は無理です。殿下のことを嫌いになる未来しかないです」

そう僕が言うと、殿下はその整った顔を悲痛に歪めた。

「では、どうしたら、君が僕の傍にいてくれるんだ。僕の救いはアーシェルしかいないというのに」

僕に縋りつくように、殿下は僕を抱き寄せ、固く抱きしめた。

その声は泣いているようだった。

「僕はアーシェルがいなければいけない……。でなければ、もう限界なんだ。君だけなんだ。僕を思いやるのは。僕にとって、君は唯一なんだ」

そうだ。今になって僕は思い出した。

気を失う前、幻聴くんが言っていたじゃないか。


ハッ、僕がいなきゃ回らなかったって？　そりゃそうだ。アレに気づいていたのは最初も今も僕だけだった！　だから、僕はあの王子様を利用しようと思ったんだ。周りの奴らは馬鹿ばっかりだ！　誰も気づかなかったんだからな！　そう！　あの王子様はな、孤独なんだよ！　誰も助けない。誰も労わることをしない。誰も彼もが王子様に理想を押し付けて、潰れないと思っている。ハハッ、だから、僕が利用して、軽く立ち回れば、コイツはコロッと堕ちるぞ！


幻聴くんの意見には賛同できないけど、参考にはなった。

孤独。

そうだ。多分、殿下は独りだったんだ。きっと独りで、色んな人達の想いを背負っていた。周りに頼れる人もいなくて、弱音も吐けなくて、もしかしたら、側近達も殿下に頼りきりだったのかもしれない。殿下は独りで抱えるしかなかったんだ。

それで、こんな僅かな間だけしか関わっていない僕に執着するほど、追い詰められたんだ。

推論の域を出ないけど、殿下の様子からして、そんな気がした。

「レオドール殿下……救われたいですか？」

「うん」

「こうして、貴方の傍にいることしかしなくても？」

「ああ。君がいる、それだけで救われる。どうか、僕と2人で生きてくれないかと思う」

「……でも、僕は貴方のその願いをそのまま叶えることは出来ません。……僕にはもう約束した人がいるので」

「……」

レオドール殿下は僕を抱きしめていた手を放すと、僕の胸にあるそれに服の上から触れた。あぁ、気づいていたのか……。

殿下は悔しそうに、でも、諦めたように目を細めた。

「テオドアだね」

「……はい」

「やっぱり普通の養子じゃなかったわけか……」

殿下は重いため息を漏らした。

「あーあ、負け試合を最初からしていたのかな……僕は……。心に決めた人のいる君を無理やり引き離せば、僕は君に嫌われるだけだ……」

そう。

僕には心に決めた人がいる。

その人を僕は好いている。

その人を僕が裏切るなんてしない。

殿下には、悪いけど……唯一の人がいる僕は、殿下を嫌うしかない。

殿下は悲しげに目を伏せて、笑った。……諦めたような笑いだった。

……きっと、レオドール殿下は、僕から愛されたかったんだろうな……。申し訳なく思う。けれど、だからといって、僕のテオドアへの想いはそんな情に流されるようなものでもない。

もう僕を監禁しようなんて全く思ってないその人は、力なく言葉を発した。

「もう、僕は君に救いを求められないんだね。独りで抱えていくしかない……」

そう彼は言う。けど、僕は首を横に振った。

「……殿下。でも、他に方法はあると思うんです」

「方法？　あると思えない。ただでさえ、マイナスル公爵に君との接触を妨害されているのに」

「……それは……知りませんでした」

……父上……そんなことしていたのか！　帰ったら、問い詰めて説教だ……!!

僕は咳払いして、殿下に告げた。

考えたのだ。

この孤独でどうしようもなくて追い詰められてしまった彼を、救う方法を。

といっても、これが正しいのか、本当に意味があるかは分からない。でも、何か変わると期待して、僕は伝えた。

「……僕は貴方と夫婦にはなれません。でも、貴方を支える立場には……側近にはなれると思います」

その言葉に、レオドール殿下が目を見開いた瞬間。

轟音と激しい揺れが部屋を襲い、僕の胸元にあるリングが光り輝いた。

第二十五話　思惑の終わり

ひと振りの剣を携えたかの人が、離宮を見据えられる森の中にある開けた丘の前に立つ。

濡れ羽色の髪、アクアマリンを思わせる宝石のような瞳……完成された美貌の彼は、剣を鞘から抜き、構えると、振り上げて、横一閃。視界の全てをぶった斬るようにそれを放った。

稲妻のように光り輝く、凄まじい破壊力を内に秘めた閃光。

それが剣から放たれる。

その閃光は凄まじいものだった。

ただ遠くから見るだけでも目が潰れ、意識がくらむような感覚がするだろう。閃光に呑まれた者なら更に身体が光に喰われる感覚を覚えるに違いない。

閃光は眼前に広がる森を尽く斬り伏せると、真っ直ぐ離宮を襲う。

離宮を警護していた警吏も、幾重にも重ねられた魔術も、頑丈に造られているはずの宮殿でも、意識外からの攻撃に反撃出来ない。

閃光に意識を刈り取られ、魔術は綻び、離宮はまるで炎天下で溶ける氷菓子のように崩れていく。

瓦礫も人も吹っ飛ばし、そして、閃光は消えた。

剣を鞘に戻した彼……テオドアがそっと息を吐く。

計算通りに魔術は展開出来た。

しかし。

彼は予想通りなら、全壊しているはずの離宮を睨みつける。

全壊しているはずの離宮は……半壊しかしていなかった。


一方。

この離宮にやってくるだろう彼を迎撃すべく、対策を打っていたその人……レオドールは、笑みを浮かべた。

「……負け試合だったけど、一矢、報いたかな」

その人の目の前には、光るリングから放たれる防護障壁……バリアに守られたアーシェルがいる。アーシェルは突然、リングから展開されたバリアに驚いており、バリアの中で頻りに瞬きしている。

アーシェルを閉じ込めていた部屋は、扉と壁の一面と天井が半分なくなっていた。だが、部屋に瓦礫1つなく、ほぼそのままの姿でそこに残っていた。ただ……衝撃からか部屋の絨毯が捲れており、床に描かれた魔法陣が、露出していた。

「あのテオドアのことだ。アーシェルに何の対策もしないとか、防御魔術もかけずに放っておくとか、絶対にしないと踏んでいた。……アーシェルにかけられた魔術と同じ魔術がこの部屋周辺にも展開するよう陣を描いておいたんだ。僕はともかく警吏達が重傷になるようなことは避けておきたかったからね。……これは、君の計算式では絶対出てこないだろう。ああ、でもなぁ……」

レオドールが一息吐くと、空が見える天井を見上げた。

「アーシェルには説得されてしまったし、テオドアには、チェックメイトを決められてしまった。……僕が想定していた未来は、それ以外、1つも叶わなかったな……」

ここから再起することは確かに可能だ。アーシェルを連れて逃げ出す手段も用意してる。でも、レオドールはもう抵抗する気はなかった。だから、叶わなかったと、自らこの結末を受け入れた。

扉があったそこに人影が立つ。転移魔術で彼は急いで駆けつけたらしい。

そのやってきた人影を見て、アーシェルの瞳がぱあっと輝いた。待ち焦がれていたその人に向けるそのアーシェルの表情を見て、レオドールは自嘲混じりに苦笑を浮かべるしかなかった。

……あーあ、この手の中に閉じ込めたかったな。

でも……それだと、きっと、アーシェルが今、彼に向けるような表情は……愛しい人に向けるその顔は一生拝めなかったな……。

レオドールが諦めたように目を伏せたと同時に、彼が……テオドアがアーシェルをレオドールから引き離し、部屋の外に連れ出す。まるで、囚われの姫を救う騎士のようだ。……逆に、自分は、さながら2人を邪魔する悪役のよう。

でも、酷くスッキリした気分なのは何故だろう。

自分の思考を押さえつける力から解放されたような心地だ。

レオドールは1人、ほっと息を吐いた。


近衛兵数百人を連れたカルロスが離宮……いや、半壊状態になり、瓦礫だらけとなった廃墟に着いた時、最初に出たのはため息だった。

「……どんな結末も受け入れると決めていたとはいえ、予想外すぎるだろ……はぁ……」

夜の離宮が壊れているのも驚きだが、離宮を壊せる人間がいた事実にも驚きを隠せない。

父上に借りた鍵、無駄になったな……。

あれはどう見ても、カルロスが解放したかった友が誰かの手によって解放された後だ。国王から言われた通り、カルロスが着いた時、全てカタがついた後だった。完全に無駄足だ。でも、後悔はない。

自分に出来ることをするまでだ。

とりあえず、カルロスは離宮の瓦礫に生き埋めになっているらしい警吏達を救うべく、近衛兵達に指示を出し、瓦礫の撤去と生存者及び負傷者の探索を開始する。崩壊具合からして、死者はいないだろう。そもそも宮殿が半壊したくらいで死ぬような者を王族は警吏にしていない。

「ていうか、アーシェルめ。こんな警吏も魔術も宮殿もぶっ壊せるような奴を味方につけてるとは……。はぁ。アイツの天然タラシを舐めてた。……どう父上に報告をしよう……」

カルロスは半壊したそこで、ため息を吐いた。

ベンは瓦礫の山と化した廃墟で、必死に誰かを探しているようだった。

「殿下！」

必死に探し、呼び続ける彼に声がかかる。

「ここだよ、ベン」

ベンがそちらを向くと、無傷ながら何処かすっきりした表情をした、ベンが探していたその人、レオドールが半壊した建物から出るところだった。

「殿下、ご無事ですか!?」

「……うん、まあね」

「良かった……。貴方に何かあったら、と心配していました」

ほっと息を吐くベンに、レオドールは目を瞬いて、ねぇ、とベンに話しかけた。

「僕は君を利用したよ？　君を騙したんだ。どうして、僕を未だに慕うんだ？」

それにベンは微笑んだ。

「……殿下、私には自由がありません。貴族の柵に囚われて、結婚も人生も決められている。側近も当主も最初は誰かに望まれたものだ。ですが……殿下をお支えしたいという、この気持ちは紛れもなく、私自身が思っているもの。殿下、私の気持ち、この忠義は貴方が一度や二度、私を利用しようが曲げられない信念なのです」

そう答えたベンに、レオドールは頭を抱えて苦笑した。

「……はぁ、僕の周りはどうしてこうも意思がはっきりした奴が多いのだろうね……」

その最たる2人は、既にここにいない。

レオドールは2人が行った方向に視線を向けた。

「何もされていないか?」

「うん。テオドアが間に合ってくれたからね。何にもないよ」

「そう……」

「……でも、僕、ちょっと実は今、嬉しいんだ」

「どうしてだ?」

「テオドアが助けに来てくれたから。……説得は出来ていたんだけど、やっぱりテオドアが来てくれなきゃ不安だったんだ。そんな時、テオドアが来てくれたから、嬉しかったんだ」

「…………そうか」

「助けに来てくれてありがとう。テオドア」

「……でも、アーシェル、二度と攫われるなよ……。でないと、俺の心臓が持たない」

「分かってるよ! 次は、ないから!」

お互いの手を握って、2人は帰路につく。

帰る場所も2人一緒だ。

……これから先の未来も2人一緒でありたいと2人とも思っているのも一緒だった。

第二十六話　終わってこれから

数日後。

レオドール殿下の一件は結局、闇に葬られることになった、と聞いた時、僕は納得した。

まぁ、そうだよね……と。

あの一件の直後、何も知らされずに連れ去られたから、何が起こったのか、さっぱり分からなかった僕は、部下を呼んで色々聞いた。

なんとマイナスル公爵家は国家反逆の疑いをかけられて警吏に捕まり、尋問される一歩手前だったらしい。父上もテオドアも警吏に捕らえられて、そのどさくさに紛れて、僕は攫われたらしい。

……うわぁ、僕の予想通りだったよ。

でも、父上もテオドアも2人とも警吏から直ぐに逃げて、テオドアは独断で僕を助けるために離宮に行き、父上は国王陛下に直談判して、警吏の捜査を中断させたらしい。マイナスル公爵家の屋敷に捜査が入る前に父上が食い止めたから、屋敷は無事だそうだ。

「良かった。じゃあ、後はどう始末をつけるかだけど……」

中断されたとはいえ、貴族であるマイナスル公爵家にとって、あの警吏が動いた事実は重すぎる。でも、王家にとっても、今回、警吏を動かしてまでマイナスル公爵家を潰そうとして、結局中断してしまった事実は、王家の尊厳に関わる醜聞だ。

しかも、テオドアが警吏ごとあの王家の闇の遺産である夜の離宮を壊したことで、今回のことを表沙汰にすれば、警吏自体の評判も地に落ちる。まだ成人もしていない子どもに一本取られたからね……。

……こうして考えると、十中八九、なかったことにされるだろうな……。

その数日後、僕が思っていた通り、やっぱりなかったことにされ、今回のことは闇に葬られることになった。

レオドール殿下は何もしていない。王家は警吏を動かしてない。夜の離宮は魔術の暴走と老朽化による崩落で半壊状態になったということで今回の件は片付けられる。

でも……それは表向きの話。

ここまで騒動を起こされて、はいなかったことにしまーすなんて大人しく従わないのがマイナスル公爵家。表沙汰にはせず、非公式の場で父上は、謝罪を王家に迫った。

結論から言えば、マイナスル公爵家に警吏は今後一切関わらない、という話になった。幾ら怪しい動きをしてようが、事実をでっち上げようが、警吏はマイナスル公爵家を捕らえることも捜査することも出来ない。

事実上、王族はマイナスル公爵家を法的措置で排除することが出来なくなった。今後、王家がマイナスル公爵家に疑いを持っても邪魔に思っても、警吏を使って干渉することは不可能だ。

「ある意味、妥当だったかな……」

僕がそう呟くと、テオドアが僕を後ろから抱きしめてきた。

今、僕らは2人座って、いつものティータイムをしていた。ただいつもと違って、テオドアの膝の上に僕は座ってる。後ろから抱きしめられて、何だか役得な気分。へへ、あったかーい。

だけど、テオドアから発せられたその声は冷たかった。

「納得いかない……何で、その引き換えに、アーシエルがあのクソ野郎の側近になることになるんだ……」

「クソ野郎はダメだよ、テオドア。もうちょっとしたら、僕の上司になるんだから……」

そう、僕は特例でレオドール殿下の側近になった。流石に王家も矜持というのがあるからね。自分達に責任があるとはいえ、マイナスル公爵家に言われっぱなしというわけにもいかない。詫びをする引き換えに、僕をレオドール殿下の側近にしたいと言ってきたのだ。

　警吏が使えなくなる分、せめてマイナスル公爵家の人間を手元に置いて、王家からの反逆離反を防ぎたいというわけだ。

　で、僕は了承した。

　父上は猛反対して、床に転がって駄々をこねてヤダヤダ言っていたけど、僕がそんな父上をねじ伏せた。

　元はといえば、この騒動は父上が、僕とレオドール殿下を引き離し、レオドール殿下を妨害していたから起こった出来事だ。つまり、父上が元凶。父上の意見は聞かないことにした。

　因みに、父上には罰として、１週間口を利かないことにした。父上はテオドアがドン引きするくらい大号泣したけど、知らない。責任はみんな父上にある。

　それに、側近の件はレオドール殿下に僕から提案していた話でもある。断る理由はなかった。

　ところが、テオドアがそれで盛大に不機嫌になってしまった。

　で、僕は今、テオドアを宥めようとしているわけだけど。

「絶対に認めない」

「大丈夫だよ。テオドア、この前みたいなことにはならないって」

「ならなくてもだ。お前があの病んでる王子様と、お前の初恋の奴がいる場所に行く時点で、気に食わない」

　テオドアは頑なだった。

　まぁ、うん、そう言われるとテオドアの気持ちも分からなくはない。要は、恋敵がいるところに行って欲しくないってことだもんね。分からなくもないけど……僕、もうテオドア一筋なんだよね。

「ちょっとくらい僕を信じてよ。テオドア以外に流されないよ？」

　不満を伝えようと、後ろから抱きしめるテオドアに思いっきり体重をかけて後ろに倒れる。でも、僕よりも体つきがしっかりしてるテオドアには効かなかったみたいで、あっさり受け止められる。ちくしょー……体格差がデカすぎる……。

　後ろのテオドアがため息を吐いた。

「違う。お前を疑っているんじゃない」

「じゃあ、何がダメ？」

　そう僕が聞くと、テオドアは小さく呟いた。

「……アーシェルを好いているのは俺だけでいい……」

「テオドア？　何て言った？　聞こえなかったんだけど」

「……別に」

side 26.5　どうしてくれようか（テオドア視点）

「……アーシェルを好いているのは俺だけでいい……」

「テオドア？　何て言った？　聞こえなかったんだけど」

「……別に」

　そうアーシェルと話しながら、俺はきつくアーシェルを抱きしめる。

「なーに、テオドア。ちょっと痛いよー」

　腕の中で、アーシェルは苦笑混じりにそう不満げに言うが、抵抗したり振り払ったりはしない。それだけ俺に気を許しているということであり……コイツが優しいということでもある。

　そう、アーシェルは優しいのだ。

　アーシェルはあれだけのことをされたのに、あっさりとあの王子様を許した。

「だって、原因はレオドール殿下じゃなくて、外的要因でしょう？」

なんて、言っていたか。

確かにあの王子様があんなことをした原因は公爵であったり、彼を孤独にした周りの人間だったりするのかもしれない。しかし、どんな原因であれ、アーシェルを実際に攫ったのはあの王子様だ。……俺は許せる気がしないが、懐が深く気が優しいアーシェルは王子を許してしまった。

分かってる。アーシェルはそういう奴なのだ。どれだけ嵌められても、何か切羽詰まった事情がある人間はつい情状酌量してしまう。手を伸ばして助けようとしてしまう。そして、遂には本当に救ってしまう。

それ自体は悪いことではない。アーシェルの良さでもある。

でも、その優しさは……人を惚れさせるには十分なものだ。

その懐の深さに誰も彼も好きになる。自分を受け入れてくれ、困った事態になったら必ず助けてくれる安心感に甘えたくなる。しかも、アーシェルは基本的に相手を認め、尊重する人間だ。尊重されて嫌いになる人間はまずいない。

そんなアーシェルが側近になれば、元からアーシェルを好いているあの王子様や、アーシェルの初恋の野郎のベンだけでなく、あのアーシェルのことだ、出会う人間全てから程度の差はあれ、好かれるだろう。

中には王子様のように、アーシェルを囲おうとする奴が出てきたっておかしくない。それくらいアーシェルは天然タラシなのだ。

……アーシェルは俺だけのものなのに……。

俺は、アーシェルが色んな奴に好かれ、これからも色んな奴に好かれていくだろう事実に、自分のことながら狭量なことに、凄まじく不快な気分になっている。

独占欲、執着、嫉妬、なんとでも言えるその黒い感情が隠せない。

アーシェルをこのままマイナスル公爵家から出したくない。もし、この前みたく、アーシェルが奪われたら、正気でいられない。

認めたくはないが、あの王子様がアーシェルを監禁したくなるのも理解出来る。アーシェルを自分のものにしておきたかったら、アーシェルに首輪でも嵌めて、部屋に閉じ込めるしかない。……絶対にそんなアーシェルに嫌われるようなことはしないが。

だからといって、このまま、アーシェルが無自覚に色んな奴を誑し込むのを、指をくわえて見ていることは出来ない。

「アーシェル」

「なに？　テオドア」

信頼しているからと、無防備に俺に身を預けているアーシェルに、少しお仕置きしてやろうと、アーシェルの耳に息を吹きかけつつ、キスを落とした。

「ひゃぁん!?　な、何するの！」

アーシェルの弱点が耳なのは既に分かっている。存分に……アーシェルを膝の上に乗せて抱きしめていることを良いことに俺はアーシェルの耳を虐めた。

「やだぁ……！　耳にキス落としたり息をかけたりしないで、へ、へんな気分に、ひゃぁ！」

「無防備なお前の責任だから」

「だって、テオドアだしっ！　ひゃう！　ゃあ……ぁ、だめだって！」

顔を赤くして潤んだ瞳で、嫌だと言うアーシェル。だが、気づいているだろうか。俺を振り払うこともせず、むしろ先程より俺に身体を押し付けていることに。しかも、無自覚だろうが、小さく発せられるその悲鳴には喘ぎ声が混ざっている……あぁ、こんな姿、他の人間に絶対見せたくない、気づかれたくもない……。

どうしてくれようか。

まずは、コイツに俺を刻みつけることだろうか？

俺なくしては生きていけなくなるくらい刻みつければ、アーシェルが他の人間に幾ら好かれようが、俺の傍を離れることはないはずだ。

「アーシェル、好きだ」

「耳元で言わないで、ゾクゾクする……へんな感じする……。それにテオドアが僕を好きなことくらい、言われなくても知ってるよ」

「言い足りない。アーシェルには更に理解してくれなきゃ困る」

アーシェルが側近になるのを止めることはもう俺の力では不可能だ。

だが、これからアーシェルに俺という存在以外、要らないくらい刻みつけていくことは出来る。

願わくば、この時間が永遠に続くことを願って。

「アーシェル、愛してる。好きだ」

「そんなに言われたら、照れちゃう……。ぼ、僕も好き……」

照れながら、愛の言葉を告げるアーシェルが愛おしくて、俺はまたアーシェルの耳に口付けた。

幕間　マイナスル公爵家の当主は

話は戻って数日前、2人が半壊した離宮から公爵家に帰る頃。

マイナスル公爵。ヒューベルト・マイナスルは2人よりも先に自宅に到着していた。先程まで警吏に捕まっていた人間とは思えない程、堂々とした帰宅だった。

「あーあ、疲れたー」

おどけた調子で、そう言いながら、侍従を従え、ヒューベルトは自宅に入る。

そして、彼を出迎えたのは、濃紫の軍服を着込んだ数十人程の異様な集団だった。

彼らはヒューベルトを視認すると、即座に整然とした動作で一斉に敬礼した。

そんな彼らにヒューベルトは笑みを浮かべた。

「御苦労さま。我がマイナスル公爵家の家宝達。じゃ、予定通り、プランAで動いて頂戴」

そうヒューベルトが言うと、彼らは敬礼した手を下ろし、一瞬でその場から数十人が消えた。

「……昔っから、我が家は、本当に何でもありだよね」

ヒューベルトは一息吐くと、屋敷の奥に歩みを進める。

「レオドール殿下も国王陛下も我が家を舐めすぎなんだよ。我が家マイナスル公爵家の祖は表向きには400年前からヤンファンガル王家に仕えた豪族となっているけど、祖父であるルーファス・マイナスルがこちらの養子になり後継となった時点で公爵家自体別物になっているんだ」

そう、別物。貴族の皮を被った、国王でさえも飼いならせない、この国の裏側に巣食う存在。

「我が家の祖はあのヤンファンガルの妖花と謳われたルーファス祖父様。あの人によって、我が家は王家の飼い犬ではなく、誰の手にも負えない狂犬となった。我らマイナスル公爵家に、警吏如き飼い慣らされた温室育ちの血統書付きの犬では、相手にもならんのだよ。そもそも我々には、ルーファス祖父様から受け継いだ凄い力があるからね。どんな人間が敵になろうと、負けることはない。……ま、だからといって、無敵じゃないんだけどね。所詮、我々は運命に従わざるを得ない人間でしかなく、同時に、どうしようもない未来に抗い続けるだけの一兵卒でしかない」

ヒューベルトはそう独り言ちると、もうすぐ帰ってくるだろう彼らを迎えるべく、侍従に温かい食事と湯浴の準備を命じ、本人は執務室に戻った。

そして、一筆、手紙を書いた。

宛先はレオドール。

そして、内容は。

「やっと失恋してマトモな大人になった君へ。アーシェルがあと4年しか生きられないって言ったら、君は何してくれるー？　っと」

ヒューベルトはいつものおちゃらけた調子でそう呟くが、その表情は、何処にでもいる子の将来を思い悩む親の表情だった。

かつて、少年だったヒューベルトにこの公爵家を創った祖父ルーファスが告げた言葉を思い出す。

「良いかい。ヒューベルト。私達のこれは呪いではなく、ギフトなのだよ。しょうもないゲームのストーリーの悪役に、神様が同情して渡した特典。幻聴や夢という形でやってきて、見たくない未来ほど見えてしまうのが玉に瑕だけど、それをチャンスに変えていくのが、私達なのだよ。実際、私はチャンスに変えて、このヤンファンガルを王でもないのに裏で牛耳っているだろう。そう思えば、この呪いもギフトに思えないか？」

祖父は笑っていた。

「お前は苦労する子だよ。そう私の目には見える。……だからこそ、笑顔でひょうきんに暮らしなさい、私のように。でないと、悲惨な運命を変える気力が出ないのだよ。むしろ、無視するくらいが明るく生きられる。……お前の未来が暗いものにならないことを、私は願っているのだよ。ヒューベルト」

　そう思い出の祖父が告げた言葉に、手紙を出したヒューベルトは息を吐いた。

幕間　全ての始まり①

今から70年前。

当時、ヤンファンガル国は、隣国の大国、カランザラ帝国と戦争状態にあった。

　カランザラ帝国とは完全実力主義を掲げる、魔導と武力の国である。

　世界最高峰の山々が連なる山岳地帯と広大な平原を領地とし、様々な民族が住む多民族国家。君主制と貴族制度が主流だった当時としては珍しく、皇帝、そして、大臣、それ以外は全て国民という身分制度で、カランザラの皇帝は臣民の投票で決まる選挙制度を導入していた。立派な民主主義国家である。文持者さえ集まれば国王になれる自由の国として、他国の平民からは憧れられる国だった。

　そんなカランザラ帝国とヤンファンガル国が戦争状態に陥った理由は、国境問題だった。

カランザラ帝国とヤンファンガル国の国境には、だだっ広い平原が広がっており、国境の目星となるような川や山がなかった。その為、お互いの建国当初から国境が曖昧になっており、その国境を明確にしようと、当時、既に50年以上２カ国間で協議していた。

しかし、70年前、この当時のカランザラ皇帝は、何も決まらないまま50年以上が経ったその国境問題を協議する意味はないと考え、ならばヤンファンガルを全て我が国にしてしまえば良い、と思い立った。

そして、4月のある日、大軍を率いて、ヤンファンガル国に侵攻を決行したのだ。

それが後に、ヤンファンガル国境戦争と呼ばれる戦争の始まりだった。

その戦争は熾烈を極め、70年前のその時、開戦から休戦を2度経ながらも、既に2年が経っていた。

カランザラ帝国は最初、これだけ時間がかかるとは思っていなかった。武力は圧倒的にこちらが有利であったから。

しかし、ヤンファンガル国はその時点で３００年以上続く世界でもかなり長命の国家だった。それ故に様々な戦いの経験から、常に軍備は最新鋭を揃え、高性能な砦や壕を国境に整備し、軍も実戦前提で訓練されていた。

そのため、カランザラ帝国とヤンファンガル国の戦いは常に拮抗し、犠牲者が増え続けるばかりの終息の見えない泥沼の戦いとなっていた。

そんな戦いの最中。

カランザラ帝国皇帝の子息、リッウェルは兵団を率いて、ヤンファンガルとカランザラの境にある砦の制圧をしていた。

リッウェルは皇帝の子どもであったが、皇子ではない。選挙制のカランザラでは皇帝の子息であっても、王族として扱わず、身分上では平民であった。

しかし、此度の戦では、皇帝の命により、第二兵団を率いる団長になり、戦に参加していた。

まだ若い、少年だった。

しかし、その強さは、既に神業に達していた。

パラパラと塵クズのように細かく砕かれた瓦礫が舞う。

その人の手には一筋の槍。

そして、かの人の周りには大量の負傷者が倒れており、砦だったそこは、リツウェルの手により、侵攻されて1分と経たず、瓦礫と負傷者が溢れかえる廃墟と化していた。

廃墟の外には彼が率いている兵団が控えていたが、皆、彼の魔術の巻き添えをくらって、気絶している。

そんな状況にもかかわらず、彼は眉ひとつ動かさない。

彼は自分の敵も味方も顧みない人間だった。その槍をたった一閃、振るっただけで死んだ敵も気を失った味方も軟弱だと内心、吐き捨て、死に際で呻く敵兵を足蹴にした。


そんな彼の背後、どうにか命からがら生き延びた、ヤンファンガルの兵が瓦礫の中から這い出てきた。

瓦礫と衝撃波でボロボロになった身体を引きずりながら彼は、辺りに散らばる自分の仲間達のなれの果てを見て息を呑み震えた。たった一瞬で、彼の仲間達は彼に――死神にその命を刈り取られた。

「あああああ!!」

発狂した人間の絶叫が廃墟に響く。兵は闇雲にリツウェルに向かって魔術を使い幾度も攻撃した。最高威力で放たれ乱発された魔術は、しかし、リツウェルに届く前に、消えた。

「え?」

信じられない光景だった。

ある1点を通過した途端、兵の魔術はそれ以上先に進まなくなり、兵のもとへまるで時が巻き戻るように戻って消えたのだ。理解しがたい光景に兵は目を見開いて呆然としてしまう。

　その次の瞬間、そんな兵の首に槍の刃先があてがわれた。

「ひっ！」

　音もなく気配もなく突如現れた少年の姿をした死神が、兵の隣に立つ。そして、兵と彼が目を合わせた瞬間、兵の視界は暗転した。


　返り血が飛び散る中をリツウェルは魔術で血を払い除けながら歩く。

「……」

　簡単に壊れてしまった世界にリツウェルは眉をひそめる。

　ため息を吐いた彼にその時、声がかかった。

「わお、これは凄いね！　君！」

　実に、呑気で穏やかな、場違いな雰囲気の声だ。

　リツウェルがそちらを見ると、1人の男がいつの間にかボロボロになった砦の入口だった場所に立っていた。

　瓦礫の山で陰になり、彼の顔は窺えない。しかし、リツウェルはその陰の中でもきちんと彼が見えた。

　そして……その瞬間、息の仕方を忘れ、声を失った。

　そんなリツウェルに一歩一歩、彼は近づく。

「やぁ、初めまして。君一人で、この砦を壊しちゃったのかい？　凄いねぇ。魔力量だけじゃ実力は分かんないね」

　段々と近づくにつれ、彼の容貌がはっきりと、陽の光に照らされて露わになる。

　髪は明るいブラウン、瞳は深い緑色、肌は白く艶めいている……それだけ見れば、平凡な人間にも思えただろう。

　しかし、彼は……恐ろしく美しかった。

　その美貌は一夜だけ咲く月下美人のよう。煌めき、麗しく、退廃的でもあり蠱惑的で妖艶。今は昼間だというのに、彼からは何故か淫靡な夜の匂いを感じる。

人ではなく何か別の存在にリツウェルは思えた。

そんなその人は、リツウェルの目の前で立ち止まると、妖しく微笑んだ。

その微笑みに、氷のようだったリツウェルの心に、火が灯るような感覚がした。

「ふふっ、私はルーファス・マイナスル。しがない元ヤンファンガルの第四王子様。君は隣の国の人だけれど……君と仲良くしたら、未来が面白おかしく変わりそうだね。ねぇ、仲良くならない？」

ルーファス・マイナスル。

彼を知る者達からはヤンファンガルの妖花と呼ばれているその人。妖花と呼ばれる所以はその色香鮮麗な容姿にもあるが……何より……。

無意識に、リツウェルはその妖花に誘われるように、手を伸ばす。

ここが戦場であるとか、この状況で無傷でそこにいる彼の異様さだとか、最早、リツウェルにはどうでもいい話だった。

ただ、触れたい、と思った。

花の蜜に誘われた蝶のように、または、飛んで火に入る夏の虫が如く、リツウェルは彼に触れようとした。

しかし。

その手は、彼にクスクスと楽しそうに払い除けられる。

「……だーめ。簡単にお触りは許さないのだよ。私は」

リツウェルは眉をひそめた。

目の前に極上の花が咲いている。それなのに、触れることは出来ないという。

今までリツウェルは欲しいと思ったものは、そのずば抜けた才覚で以て、殺してでも手に入れてきた。

しかし、妖花に、彼に阻まれる。手を出してはいけないという。酷く腹ただしかった。

だが、何故か分からないが、自らの手にある武器を彼に向けようとは思わなかった。むしろ、向けようとすること自体、おかしいと感じる。それはまるで、本能が、この花に武器を向けてはいけないと、言っているようだった。

剣呑に瞳を細め、リツウェルは不機嫌に問う。

「どうすれば触れられる？」

「そうだねぇ……。じゃあ……」

「君が次のカランザラの皇帝様になるのなら良いよ？」

その言葉に、リツウェルは目を見張った。

第二十七話　成人パーティー

あれから約1年が経って。

僕は……16歳になった。

そう16歳になった!!　大人だよ!!　成人だよ!!

というわけで、今!

公爵家で僕の成人パーティーを開いていた。

いつものウチでのパーティーだけど、今日は違う!　何せ成人パーティーだからね!　楽団雇ったり、外部から腕の良いシェフを呼んだり、招待客も沢山だ。

「おめでとうございます。アーシェル様」

「大きくなりましたねー」

「今後ともよろしくお願いします」

親戚はもちろん、仕事とか友達とか僕とマイナスル公爵家に繋がりのある人はみんな呼んだ。ある程度、振るいにかけているけど、１００人以上は呼んだんじゃないかなぁ？

おかげで招待客との会話も大変だ。

四方八方から人に祝いの言葉をかけられるので、忙しい。

おかげで、テオドアを放ってしまっている。

テオドアは会場の隅でじっと物言いたげに多忙の僕を見ていた。うぅ、視線が痛い。

テオドアと僕の成人パーティーは別だ。僕の1ヶ月後にテオドアの成人パーティーを予定している。テオドア的にはパーティーは僕と合同でも良かったらしいけど……やむを得ない理由から別にした。

あれから1年が経って、テオドアは正式に魔法騎士になった。歴代最年少だそうだ。凄いよね。魔術省でも騎士団でも名を上げているし、今やテオドアは有名人だ。

そんな凄すぎるテオドアだから、招待客の人数が僕とは全く違う……僕の3倍だ。公爵家の関係者以外に騎士団関係者、魔術省の関係者、エトセトラ……。合同で行うには無理がありすぎる。

というわけで、テオドアとは別にするしかなかった。

だから、今、テオドアは僕が招待客から解放されるのを待っているのだけど……。

僕は完全に待たせていた。

と、そこに。

「やぁ、アーシェル。成人おめでとう」

レオドール殿下が来た。隣にはベン兄様もいる。

「なかなか公務が終わらなくてね。こんな時間になってすまない」

「いえいえ、来てくださってありがとうございます。シーライの国への視察、お疲れ様でした。殿下」

「うん、そう言ってもらえたなら、頑張った甲斐があるよ」

そう言ってレオドール殿下は微笑んだ。

うん、今日も元気そう。今、目の前にいるその人に、僕が御学友だった頃に感じてた憂鬱さはもうない。

　1年前、あの一件の後、レオドール殿下の側近になった僕は、当時のレオドール殿下の状況に目玉が飛び出るくらい驚いた。

　レオドール殿下の仕事を全部合わせて１００とすると、側近が6人いるはずのレオドール殿下はその内の90をご自分１人だけで行っていて、他の側近はその残りの雑務だとか本当に細々とした仕事しかしてなかった。

　なんで??

　流石にどんな人間でも悲鳴をあげるような膨大な仕事量をレオドール殿下は１人でしていたのだ。しかも、レオドール殿下は、何故か国王陛下の側近達が担当するはずの仕事まで請け負っていた。王宮ってこんなに王子にブラックだったっけ?

　で、僕はレオドール殿下と国王陛下、双方の側近達の間に入り、レオドール殿下の仕事を減らすべく、仕事を彼らに問答無用で戻したり回したりした。殿下がやった方が完璧だから、という意見は握り潰した。確かに完璧なのは素晴らしいよ？　でも、一国の王子が過労死なんて大問題になっちゃうでしょ！

　というわけで、側近になってからずっと僕は大忙しだった。

　何せレオドール殿下なら出来て当然だと過信している奴らが多すぎる。レオドール殿下が完璧超人だからって、無理難題を押し付ける人もいれば、殿下に仕事を任せっきりにしようとしたり、仕事をさぼろうと殿下に仕事を回そうとしたりする人もいる。

　貴方の目の前にいる殿下は神様でも天才でもなくて、人間なんですけど？　分からないんだろうか？

　そんな奴らに頭がきた僕は、弱みを握って笑顔で脅しつつ全員撃退した。そして、やっと最近、殿下と側近全員で仕事を処理する適切な勤務体制を作り上げた。大変だった。

　そんな僕の仕事に、ベン兄様は。

「……やり方がえげつないけど……アーシェルが一

番、側近らしいことをしているね。えげつないけど」

と、やや引き気味に褒めてくれた。

そんなベン兄様は僕が側近になった時からずっと新参者の僕を支えてくれた。

マイナスル公爵家の人間とはいえ、最年少で、側近としての実績がない僕は、最初は舐められた。でも、ベン兄様がいつも助けてくれて、僕の代わりに指示出ししてくれたり、不慣れなことも一から教えてくれたりした。もう僕を舐める奴なんて潰したからいないけど、今でもベン兄様は頼りになる優しいお兄様だ。

そんなベン兄様もレオドール殿下も今日は招待客として来ている。

同僚であるレオドール殿下の他の側近方もみんな呼んでいるけど、やっぱり2人は格別、どうしても呼びたかったんだよね。お世話になっているし。ただ父上が呼びたくないと駄々をこねて、招待の手紙を出すのが凄く大変だったけど……。

「アーシェルも16かぁ。出会った時は一桁だったのに」

ベン兄様が懐かしげに言う。それにレオドール殿下も頷いた。

「本当にそう思う。可愛い男の子だったのに、今は立派な男の子だよね」

ふいに、レオドール殿下の手が僕に伸びる。多分、頭を撫でようとしたんだと思う。

それをいつの間にか僕の隣まで来た彼が叩き落とした。

「アーシェルに触れないでもらおうか」

テオドア……案の定、超不機嫌だ。オーラがヤバいくらいドス黒い……怒ってる……。

「おや、親愛の意味合いだったんだけどなー」

「何が親愛だ。未練がましい。不愉快極まりない。アーシェルに触れるな」

「ふふふ。アーシェル、彼、狭量すぎると思わないかい？　こんな嫌な男やめといたら？」

「はあ!?」

　あの一件以来、テオドアとレオドール殿下の仲は犬猿の仲と言っていいくらい悪い。僕がいようがいなかろうが会う度にこんな感じだ。

　今、目の前で、レオドール殿下とテオドアの間にバチバチと火花が散ったのはきっと気のせいじゃない……。

「お前に言われたくないな。この監禁野郎」

「そういう君は束縛野郎だよね。常にアーシェルにくっついてて、騎士というよりストーカーじゃないか。もしくは、全く親離れ出来ない子どものようだよね。そんな君にアーシェルは勿体ないよね」

「そのまま、その言葉そっくり返す。成人済みの王子の癖にアーシェルがいなければ、まともに仕事も回せない上に、俺とアーシェルの仲を邪魔するしか能がないお前に言われたくない」

「ふふふ、本当に腹立つね。君……」

「チッ……お前が王子なんて最悪」

　そんな2人を横目にベン兄様が苦笑を浮かべた。

　そして、そうっと僕に耳打ちした。

「あの2人、本当に似た者同士だよな……。同族嫌悪ってやつかな？」

　そんなベン兄様に僕もヒソヒソ声で返す。

「どうしたらいいと思う？　ベン兄様」

「あれは無理だな。一生どうしようもないと思うぞ？」

「ぐっ。……僕を間に挟んで喧嘩しないで欲しいのに……」

　2人とも喧嘩になると、お互い退いたりしないから、喧嘩の仲裁も大変なんだよね……。

　ヒソヒソとベン兄様と話していると、テオドアとレオドール殿下の鋭い視線がベン兄様に向いた。

「おい、何故、お前がアーシェルに近づいている」

「抜け駆けかい？　ベン。……だとしたら、ちょっと許さないよ?」

ベン兄様の額に冷や汗が流れる。僕とベン兄様はそうっとお互いに距離を置いた。

第二十八話　波乱の予感

こうして、すったもんだあったものの。

「じゃあ、僕はこれで。アーシェル、また王宮で会おう。ベン行くよ」

「はい。殿下。アーシェル、またな」

レオドール殿下はにこやかにベン兄様を連れて去っていった。

1年前、僕を監禁しようとしたレオドール殿下だけど、僕が側近になってからは、憑き物が落ちたように穏やかになった。今は、時々、テオドアに嫌気が差したら、僕のところおいでよ。と口説かれるだけで、それ以外は特にない。殿下は、他人の仕事を押し付けられがちなだけで、仕事は出来るし有能で頼りになる人だ。本当に良い上司。

……ただ。

「やっと行ったか。あの野郎。油断も隙もない」

テオドアとはやっぱり仲悪いけど……。

僕の隣でテオドアが苛立ち混じりにため息を吐いた。そんなテオドアに僕は苦笑してしまう。

「テオドア、そんなに怒らなくても……」

「お前はそうかもしれないが、あの野郎、負け犬の癖に、未だに諦めを知らない。お前が靡かなくても、婚約者を決めずに隙あらばお前を口説こうとしているのが、いけ好かない」

小さく舌打ちするテオドアをどうにか宥めようとしたけど、苛立ちが収まらないらしかった。

未だにレオドール殿下は婚約者の席を空けている。詳しい理由は分からないけど、テオドアは未だにレオドール殿下が僕を諦めてないからだと思ってるみたい。

うーん、レオドール殿下のことだから僕とは関係ない何か理由があると思うんだけどな……。

そんな眉間に皺が寄ったままのテオドアに僕が声をかけようとした時だった。

彼はやってきた。

「こちらにいたか。アーシェル」

その声に振り返る。カルロス殿下がワイングラスを片手に、すっかり板に付いた営業スマイルを浮かべてやってきた。

テオドアの目が剣呑に光る。

うぐっ……テオドアがレオドール殿下と喧嘩した直後の、この今のタイミングで来て欲しくなかった……！　流石、嫌なタイミングにやってくることに定評があるカルロス殿下。

思わず、思いっきり僕はしかめっ面になった。

「アーシェル、俺のこと、今、貶しただろ。顔に出てるぞ」

「仕方がないですぅ。僕、正直なんで」

「はぁ……。お前って本当に嫌な奴……」

カルロス殿下はため息を吐いた。

因みに、僕はまだ、カルロス殿下の婚約者候補だったりする。レオドール殿下との一件も終わって解消するつもりだったんだけどね。

全て（すべ）はレオドール殿下とカルロス殿下の派閥闘争のせいだ。

あれから1年経（た）ったけど、まだ国王陛下は王太子を決めていない。相変わらず、有力なのはレオドール殿下派だ。国内外からレオドール殿下は支持されているし、海外の支持者から嘆願もされているけど、でも、国王陛下は頷かない。カルロス殿下派も同様に国王陛下に圧力をかけているけど、国王陛下は絶対に頷かなかった。

だから、今も国は分裂したままだ。

マイナスル公爵家は僕がカルロス殿下の婚約者候補なのもあって、完全にカルロス殿下派だった。だけど、そうせざるを得なかったとはいえ、僕はレオドール殿下の側近になった。

もし、ここでカルロス殿下の婚約者候補でなくなれば、マイナスル公爵家はレオドール殿下派になる。

そうなれば、困るのは、カルロス殿下と……特にカルロス殿下派の貴族達。ただでさえ支持者がレオドール殿下より少ないのに抜けては困ると、カルロス殿下の婚約者候補のままでいてくれと懇願してきたのだ。で、それを僕は了承した。

カルロス殿下の婚約者候補であり、レオドール殿下の側近。それで表向き、マイナスル公爵家は両派閥の中立ということにしてる。

父上はそれで構わないのか、特に何も言わない。

僕自身も構わないと思っている。カルロス殿下も僕も本当に婚約して結婚する気はない。王太子が定まれば、どちらも直ぐにでも解消する気満々だ。

それに、僕にとって、この2人の王子様は、どっちとも今や友人みたいなものだから、片方だけに肩入れする気になれない。中立だと周りに示しといた方が楽だ。

それにそういう事情だから、婚約者候補と言っても、立場を示す為（ため）の肩書き以外何でもなく、かなり形ばかりになってしまった。だから、今や公的な場でテオドアとイチャついていても何も問題がないぐらいになっている。すでに、カルロス殿下も僕とテオドアの関係を認めているし、社交界でも暗黙の了解と化している。

ただ……テオドアにとっては、形ばかりとしても、とても不愉快な話で……。

僕の隣から凄く、物凄く不機嫌なオーラを感じる。

そんなテオドアにやっと気づいて、カルロス殿下は営業スマイルを浮かべたままだったものの、たじろいだ。

「お、お前もいたのか、テオドア」

「ええ。お世話になってます」

テオドアがカルロス殿下に微笑む。でも、目が完全に据わってて全く笑ってない……！

そんなテオドアにカルロス殿下は笑みを引き攣らせたようだった。

カルロス殿下はテオドアが物凄く苦手だ。目の前にすると、後ろから刺されそうな気になるからしい。

仕方がないね。僕がカルロス殿下の婚約者候補のままなせいで、未だに僕達が婚約者なのを世間に公表出来ないんだもの。たとえ、テオドアじゃなくても逆恨みすると思う。

早く国王陛下が王太子を決めればいいんだけどな……。

カルロス殿下はテオドアから目を逸らし、咳払いした。

「まぁ、いい。２人ともいるなら幸いだ。話が手短に済む」

「？　僕達に用があるんですか？」

「ああ、お前達、２人に用がある。成人パーティーの最中にすまないが、こういう場所で話すのが正解だろうから時間をもらうぞ。出来るだけ、周囲に流布しておきたい」

カルロス殿下から僕達に用ってなんだろう？

思わず、テオドアと目を合わせる。

そんな僕らの前で、カルロス殿下はため息を吐きながら、話し出した。

「半年後に、俺達は全員、ヤンファンガル最高学院に入るよな？」

「はい、そうですね」

ヤンファンガル最高学院。この国の最高学府。そこに僕もカルロス殿下も……そして、テオドアも入る。テオドアの本当の年齢は未だに分かんないけど、入るなら一緒がいいなと思って、16歳ってことにして、入学届を出した。だから、一緒に入学だ。

ふふ、絶対楽しいよねー！　テオドアと学園生活ー！　楽しみなんだよねー。

だけど、カルロス殿下の表情は険しい。

「それが、実に面倒な話になった」

「何かあったんですか？」

「……カランザラ帝国から、新入生が来る」

その言葉に僕は目を見開き、何も知らないテオドアは僕を見て、訝しげに目を細めた。

「カランザラ帝国？」

「……あ、テオドアは知らないか。分かんないよね。カランザラ帝国っていうのはね」

僕はテオドアに説明した。


カランザラ帝国。ヤンファンガルとは北に流れる大河を国境に、隣に位置する国だ。

一応、ヤンファンガルとは国交も結んでいるし、表向き、頻繁に交流する友好国ではあるのだけど……。

70年くらい前、突如、ヤンファンガルに侵攻してきた敵国家だ。

当時、ヤンファンガルとカランザラ帝国の国境は大河ではなかった。その時の国境はヤンファンガルの北に広がる大平原にあった。しかし、あまりにその国境は曖昧で、しばしばヤンファンガルとカランザラ帝国は国境問題で論争になっていた。

それならばヤンファンガルを全て手に入れれば解決するとカランザラ帝国は考え、ヤンファンガルを手中に収めようと戦争を仕掛けた。

それが70年前に起こった、ヤンファンガル国境戦争だ。

戦争は3年にわたって続き……結果、ヤンファンガルが負け、大河より北側全て。当時のヤンファンガルの6分の1の領土が奪われた。

今は和平合意して、お互い、もう争わない方向で終わっているけど……。カランザラ帝国にとっては煮え切らない結果だったらしく、未だにカランザラ帝国内では、ヤンファンガル侵攻を望む声が出ている。

友好国だけど、カランザラ帝国は要警戒国家だった。

そこから、新入生……？

しかも、留学生ではなく新入生ときた。どういうことだろう。その上、今までカランザラ帝国からヤンファンガル最高学院に入学してくる人なんていなかった。

おまけに、カルロス殿下が面倒なことになったということは……。

「やってくるのは誰ですか？」

「……皇族だ。だが、訳ありでな。皇族は皇族でも、その皇族を追放された奴だ」

は？　どういうこと？

「今、カランザラ帝国では革命の機運が高まっている。その原因が、ウチに来るんだと。先方め、こちらが断る前に捻こんできやがった」

カルロス殿下は営業スマイルも忘れて、舌打ちした。

side 28.5　カランザラ帝国

カランザラ帝国。

その国では今、国家の根幹が揺らぐような大問題に、国中が揺らいでいた。

そのきっかけは、カランザラ史上最悪の大事件とも言える皇族の大スキャンダルだった。

カランザラ帝国には皇子が2人いるのだが、この皇子2人、ラフェエルとリカルドは、現皇帝の血を引いておらず、実は王妃が別の男と作った子どもだったのが分かったのだ。

事の発端は、ラフェエルとリカルドの容姿だった。

ラフェエルは世界で最も美しいと称される程の美少年だったが、その髪色は金髪で目は赤紫。ラフェエルに次いで美少年と言われるリカルドは金髪に赤色の瞳。

しかし、2人を産んだ王妃ナナリーは、金髪であったものの、瞳の色は赤系統の色ではなく琥珀色。父である現皇帝ウィリアムに至っては、2人の息子のどの色もなく、全く違う黒髪に青い目だった。その上、顔つきや体つきも2人の皇子と実父であるウィリアムとは全く違い、まるで他人の子だった。

そして分かったのが……。

2人の皇子は実子ではなく、王妃が密かに別の男達と作った子どもだったことだった。しかも、2人は皇帝の実子ではないだけでなく、異父兄弟だったのだ。

皇子2人の処遇はまだ決まってないものの、王妃とその実父2人は処刑された。これで事態は終息したかに見えた。しかし、その事実に国中が荒れた。

皇族を謀った王妃に対する非難、そして、皇族でもない人間を皇族として扱ってきた不満。女に軽じられ騙された現皇帝への不信。

そして、浮上した問題が、後継者問題だった。

カランザラ帝国は元々70年くらい前まで完全民主

主義の国だった。皇帝は投票によって決まり、皇族はいなかった。

それがとあるカリスマの登場によって、国民投票の結果、皇帝職は世襲制となり、皇族が出来た。今の在り方は民主主義の国というより立憲君主制の国に近い。

しかし、当然ながら、国民全てがその改革に賛同していたわけではない。国民の中には、かつてのような投票による皇帝の選出、つまり、選挙制度の復活を望む声が今も尚、依然としてあり、燻っていた。

そんな状況で、次期皇帝とされていた皇子が皇族の血を引いておらず、現皇帝が既に子を生せる年齢ではないこともあり、誰も後継者がいなくなった。

ならば、と一部の国民達は立ち上がった。

世襲制と皇族の廃止、選挙制度を復活！

真なる自由の国を取り戻そう！

彼らはそれらをスローガンに国内各地でデモを行い、講演し、支持者を集めた。元々スキャンダルのせいで皇族への信頼は地に落ちている。賛同する者は多かった。その結果、現皇帝政権を揺るがす程、彼らは大きな組織となり、絶大な力を得た。

このまま彼らは国を変える勢いだ。

しかし、現皇帝ウィリアムはそんな国民達に舌打ちした。

ウィリアムには生まれついての皇帝として生きてきた自負がある。だからこそ、他人に自分の席を渡す訳にはいかなかった。

そして、彼は密かに動き出す。

だから、本来なら処刑に処すべき、血の繋がらない息子2人をわざわざ生かし、彼らを呼び出した。

ウィリアムは1人、口角を上げた。

今の世論を変え、邪魔者を排除するには偉業が必要だ。

現在は、一線を退いて隠居している我が父。

先代皇帝、リツウェル・カランザラ。

今も尚、その鮮烈で偉大な功績によって国民から絶大な支持を得、信奉されているその人。

彼が唯一成し遂げられなかった偉業、それを成す。

ウィリアムはほくそ笑みながら、彼らにとある本を渡し、ヤンファンガルに送り込んだ。そして、カランザラが誇る暗部組織にとある依頼をした。

……現在、行方不明になっているウィリアムの年の離れた妹……カランザラ帝国に嫌気が差したなどという理由で出奔した彼女の捜索だ。

「栄光は我に……！」

ウィリアムは祈るように、もしくは決意を新たにするようにそう天を仰いだ。

第二十九話　扱いが上手くなってる

カランザラ帝国は皇族の醜聞で国内が揺れに揺れている。

その国内をまとめる為に、ひいては、皇帝の求心力を取り戻す為に、何らかの戦争を仕掛けるなんて有り得る話だった。そんな矢先に皇族から追放されたはずの息子2人がヤンファンガルに入国し、学院に入学するという……何かの思惑を感ぜざるを得ない。

カルロス殿下はそう語り、頭を抱えた。

「……カランザラの皇帝が何を考えてるか分からない。だが、こんな分かりやすい刺客を入学させてくるとは……。断わろうとしたが、カランザラ帝国とヤンファンガルの国境に、既にカランザラ帝国の軍隊が配備されている。断った瞬間、侵攻すると言わんばかりだ。で、俺は父上直々にこの案件を任されたわけだ。……その新入生と同い歳だからという理由で」

カルロス殿下のため息が重い。

同い歳だから……超軽い理由。カルロス殿下を信頼してるからとかじゃないんだ……。

ということは、国家の重要案件なのにカルロス殿下に丸投げで、国王陛下並びにレオドール殿下はノータッチってこと？　え？　それ大丈夫なのだろうか？　国防的に。

そう思っていると、顔に出てたらしく、カルロス殿下が僕をじっと見つめて言った。

「だから、お前に今、話しているんだろう？」

そう言って、カルロス殿下の口角が上がった。

あ、嫌な予感……。

僕はテオドアの手を掴んで逃げようとしたが、僕の後ろにいつの間にか、いつぞやの侍従長がにっこり笑顔で逃げ道を塞ぐように立っていた。

あぁ！　クソ！　また嵌められた！

カルロス殿下は焦る僕を小さく鼻で笑った。

「兄上の側近であるお前に、俺が何か命令することは出来ないが、学院生活は実に面倒なことになる……協力は出来るだろ？」

「お断りしますー！　御遠慮しますー！　返答は全ていいえですー!!」

協力??　はぁ？　なんで！　僕がカルロス殿下と協力して、こんな事案に巻き込まれなきゃいけないんだよ!?　絶対面倒事に巻き込む気満々じゃん。

分かっている罠にハマるほど、僕はバカじゃないもん！　侍従長を振り切って、僕はテオドアを連れて、その場から立ち去ろうとした。

したんだけど……。


「…………ファンベルジョの卵」

カルロス殿下が意味深に呟いたその言葉に僕の足は止まった。

「大国レイナードルの高級製菓店、ファンベルジョの最高級チョコレートプディング、通称、ファンベルジョの卵。お前は知ってるよな。

　純金のイースターエッグ型の入れ物に入れられ、ダイヤモンドと金箔で装飾されているそれは、ベリナ高級チョコレートが4種と、ダイヤモンドシュガーと呼ばれる最高級品の砂糖、高山地帯でしか入手できない希少なシルキーミルクなど贅沢で高価な品々を使った最高級プディング……。しかも、スイーツでありながら芸術品としても完成度が高く、あまりの美しさから食べる金細工とも呼ばれるスイーツだ。」

　僕は生唾を飲み込んだ。

「器も含め値段は余裕で城が建てられるほど。しかも、それが食べられるのはファンベルジョのオーナーに認められた人間か、その人間が紹介した人間だけ。通常では食べるどころか拝むことすら出来ない珠玉の逸品だ。

　で、偶然、俺はここにファンベルジョへの紹介状を握っているわけだが……？」

「その話、乗ったー！」

　乗らないわけがない！　乗るしかない！　ファンベルジョの卵って言ったら幻のチョコレートプディング！　金を積んでも食べることが出来ないそのプディングを食べられるだって!?　無理！　断るとか無理！

　くそう……カルロス殿下、この2年で、権謀術数、人を嵌める才能が開花してる。

　そんな僕にテオドアが嘆息した。

「アーシェルの扱いが上手くなってるだけだろう、どう考えても。面倒だ。断れ」

「でも、ファンベルジョ！」

「でも、じゃない。簡単に物に釣られやがって！」

「……うぐっ」

　でも、ファンベルジョ、ファンベルジョ！　どうしても諦めきれない！　マイナスルの伝手でも他国のパティスリーのオーナーと懇意になるのは難しすぎる！　これを逃したら、無理だ……！

そんな様子の僕に、テオドアは呆れたようにため息を吐いた。そんなテオドアの方を見てカルロス殿下は何食わぬ顔で言った。

「アーシェルが乗り気で助かったよ。テオドアはアーシェルがこれなら乗るだろ？」

テオドアは顔を顰めながらも、仕方がないとばかりにもう一度ため息を吐き、諦めの表情で了承した。

「ヤンファンガルもカランザラもどうでもいいが、アーシェルがやるなら、やる。だが、いよいよ面倒極まりないことになったら、手を引くからな」

「それで構わない」

カルロス殿下は協力を取り付けられれば、それで良かったみたいだ。すっと紹介状を懐から出して、目を輝かせる僕に渡し、用は済んだとばかりに背を向ける。

やった！　ファンベルジョの卵ゲット!!

「じゃあ、詳しいことは、入学が近づいてから。言質は取ったからな」

こんな衆目の集まる場所で、約束させられたんだ。やっぱりなかったことになんて出来ない。

でも！　でもだ！

立ち去るカルロス殿下を放っておいて、僕は紹介状を抱きしめた。

「チョコレートプディング……！」

これは仕方がない！　仕方がない！　うう、スイーツに罪はないもの！

……とはいえ、それはそれとしてだ。僕はちらりと小さくなっていくカルロス殿下の背を見た。

カルロス殿下の事情に、無理やり巻き込まれたのは確か。スイーツは嬉しいけど、素直に丸め込まれる気はない。やっぱり多少の意趣返しはしたいよねー。

「テオドア、摩擦ってあるじゃん？　アレって一瞬でもなくなるとどうなるんだっけ？」

「こうなる」

その瞬間、カルロス殿下が何もないところで盛大に転んだ。

額をぶつけて赤くなってるカルロス殿下が、僕を睨むけど、無視してテオドアとアイコンタクトを取った。

流石！　テオドア分かってるー!!

第三十話　70年前のマイナスル公爵家

深夜。

パーティーも終わって、招待客も見送って、やっと落ち着いた頃。

「つーかーれーたー！」

正装から着替えて自室のソファに僕はうつ伏せに寝転んだ。

今日はただ色んな人に祝われる以外にも色々ありすぎた。主にカルロス殿下とかカルロス殿下とか。

でも、ファンベルジョの卵！　大国レイナードルはカランザラとは反対側にある隣国だ。５０００m級の山々が連なる山岳地帯が国境になっているから、行くのにも帰るのにも苦労する、簡単には行けない国だけど、いつか長期休暇取って行こう!!

そんな寝転んだ僕の隣に、僕と同じく、すっかりラフな格好になったテオドアが座る。

「なぁ、アーシェル。プディングに釣られたとはいえ、了承して良かったのか、あれは」

ずっと気になっていたらしい。

確かに……。どう考えてもヤバい話だもの。

僕達と同時に入学してくる新入生が、本当にただの学生という可能性はない。カランザラ帝国は今まで留学生も学生もヤンファンガルに送ってきたことはなかった。なのに、国内の情勢が不安定になった瞬間、有無も言わさず入学させてきた。

どう考えてもカランザラ帝国の何かの企みを感じる。

それなのに、カルロス殿下に丸投げした国王陛下は何を考えているんだか……。

一歩間違えば、国際問題になりかねないような問題なのに。

だから、カルロス殿下は不安だったに違いない。いきなり責任重大な案件を丸投げされたんだから。

カルロス殿下は確かに能力がある人だけど、戦争に発展するかもしれないこの問題は、流石に無理だ。殿下は自分1人で手に負えないと早々に判断して、使える人間……つまり、僕とテオドアに白羽の矢を立てたんだろう。

僕とテオドアは同時に入学するし、テオドアは天才だしね。味方につけて損はない。

で、僕を巻き込んだ理由は……。

「了承してしまったし、もう仕方がないよ。それに頼んできた理由も分かるし」

「理由……？」

「70年前のカランザラ帝国とヤンファンガルの戦争の時、カランザラ帝国との和平交渉を担当していたのはマイナスル公爵家だからね。カランザラ帝国では一番知られているヤンファンガルの貴族なんじゃない？　……カランザラによるヤンファンガル完全征圧を阻止したのは、王家じゃなくてマイナスル公爵家だから」

その言葉にテオドアは瞠目した。

まぁ、そうなるよね。マイナスル公爵家……いや、その時、既にマイナスル公爵家の当主だったルーファス曽祖父様が、この国を守ったんだ。

「カランザラ帝国は70年前の国境戦争で、本気でヤンファンガルを征圧しようとしてた。最初は拮抗していたらしいけど、戦争末期の方にはヤンファンガルは完全にカランザラ帝国に競り負けていたらしいし、カランザラ帝国は征圧できると踏んでいた」

文献に残るヤンファンガル国境戦争末期は、本当に悲惨な状況だった。砦は崩壊し、町は占拠され、兵を派遣しても死傷者が増えるばかり。戦況は、惨いほど敗色濃厚だった。カランザラに本格的に攻め込まれたら、一巻の終わりだっただろう。

「でも、王家から交渉人に指名されたルーファス曽祖父様が、和平交渉して、カランザラ帝国に征圧を諦めさせたの。

……どういう手段を使ったのか僕は知らない。

でも、カランザラ帝国はギリギリまでヤンファンガルの王都に侵攻するつもりだったし、実際、王家の直轄領の近くまで進軍していた。カランザラには死神と呼ばれる強者もいた。カランザラ帝国に侵攻の手を止める理由はなかった。

けれど、ルーファス曽祖父様がそれを止めたの。それで、国境戦争は和平して終了。ヤンファンガルは領土の一部を失ったとはいえ、王都が無事だったから終わって良かったんだけど、カランザラ帝国にとっては煮え切らない結果で終わってね。今でも、カランザラ帝国はヤンファンガルを狙っているんだよ」

だから、マイナスル公爵家は、カランザラ帝国では結構、有名なんだよね。

あれから70年も経っているのに、名前を出すと、あの時我が国の栄光を阻んだ奴！　って特に老齢の人には睨まれる。

「カルロス殿下は、マイナスル公爵家の僕に協力させることで、ある程度、カランザラ帝国の抑止力になることを期待しているんだよ。ま、ルーファス曽祖父様がどうやってカランザラ帝国に諦めさせたのか分からないから、役に立たないと思うんだけどね」

ソファの上で寝返りを打って、テオドアを見上げる格好になる。

「でも、テオドアが一緒にやってくれるなら、凄く心強いよ！　カルロス殿下にまた嵌められて、とんでもないことになっちゃったけど」

「お前がスイーツに釣られたせいだろ」

「うっ……だって、ファンベルジョ……」

「……まぁ、いい。アーシェルがスイーツに目がないのは今に始まったことじゃない。これから、こういうことが起こらないよう、俺がアーシェルを見張ればいい」

そう言ってテオドアは、僕の額にデコピンした。

side 30.5　八つ当たり（テオドア視点）

「いったーい!!」

額を押さえて痛みに悲鳴をあげるアーシェルに、内心、燻っていた苛立ちが晴れた気がした。八つ当たりなのは分かっているが、原因は全てアーシェルだ。あの腹立つ王子様をパーティーに呼んだのも、分かりやすい甘言に乗ったのもアーシェル……はぁ、イライラする。

今日の成人パーティーは正直に言うと、不快だった。

アーシェルに出会ってから2年、色んな奴に好かれるコイツをどうしてやろうかと思ってから約1年。

相変わらず、アーシェルは人たらしを発揮していた。色んな奴に好かれ、頼られ、求められている。

特に不快なのがレオドール……！　未だに本気で虎視眈々とアーシェルの隣を狙いやがって、本当に腹立つ。

今回のパーティーも俺が来なかったら、どうなっていたか……！

それだけでも不快だったが、カルロスめ……！

カルロスはやむを得ない事情とはいえ、未だにアーシェルの婚約者候補だ。それだけでも、不快だというのに。

アーシェルがスイーツに目がないことを利用して面倒なことを……。

アーシェルがやると言えば、俺は従うまでだ。だが、本来なら国王が主導して解決すべき、どうでもいい国際問題に、アーシェルが巻き込まれるのはやはり理解し難い。

ため息を吐くと、頬を膨らませて怒るアーシェルと目が合った。

「何するのさ、テオドア！　痛いじゃないか」

「お仕置きだ。全く、お前には相変わらず悩まされる」

「……そ、それは……うぅ、悪かったよ」

アーシェルは寝転んだ体勢から、起き上がって、俺の隣に座り直した。

目線の下にいるアーシェルが申し訳なさそうに俺を見ている。

「テオドアには申し訳ないことした。幻のファンベルジョとはいえ、軽率だったのは否めない」

「分かればいい。次からは止める」

「うん、ありがとう」

そう言って、微笑むアーシェルは2年前と変わらない。変わったのは身長ぐらいだ。

2年前は7㎝くらいしか身長差がなかった俺達だが、この2年で2人とも成長して、更に俺の方が身長の伸びが早かったせいもあって、今の身長差は13㎝ぐらい。俺が今、180㎝、アーシェルの方は今、167㎝。前に、アーシェルが絶対いつか並んでやるから！　と言っていたが……既に止まりかけているアーシェルと、まだ伸びる可能性のある俺、恐らく絶望的だろう。

　だから、身長差がこれだけあるとアーシェルの視線は自然と上目遣いになる。しかも、今は、お互い密着している。アーシェルから風呂上がりの良い匂いまでする。

　不意に、俺はやりたくなって。

「アーシェル」

「なーに？　……ぅ！」

　アーシェルの唇にキスをした。

　アーシェルの顔が真っ赤になっていくのが、分かる。キスからアーシェルを解放すると、アーシェルは面白いくらい動揺していた。

「て、て、て、テオドア!!」

「どうした？」

「い、いきなりはやめてよ！　心臓に悪いよ！」

　相変わらず、アーシェルはこの手のことが慣れないらしい。顔を真っ赤にして恥ずかしがる。不意打ちするな、とアーシェルは言うが、事前にやりたいと伝えたところで恥ずかしがって逃げるのがオチだ。

　甘い空気にも不慣れだから、そういう流れになると心臓が耐えきれないらしく、いつも逃げる。おかげで、まだ一線を越えることが出来ないでいる。しかし、まぁ、それはいいとして。

「これでチャラにする」

「……まだ心臓がドキドキする……」

　未だに頬から赤みがひかない不満げなアーシェルと視線がかち合う。「もう1回するか？」と聞けば、慌てて首を横に振った。

「も、もう今日は勘弁して！　テオドアはどうしてそんなに平然としているのさ！　き、キスとかドキドキしないの??　心臓に毛でも生えてる!?」

「お前が慣れなさすぎなんだろ。今更、緊張しないし、俺はいつもアーシェルとしたいと思っているだけだ。お前はしたくないのか？」

「……ぐ……」

　そうわざと意地悪く言えば、アーシェルの顔が茹でダコのように真っ赤になる。

「……し……」

「し？」

「したいとは……思ってるけど……」

そう尻すぼみになって消えていく声には確かにアーシェルの本音があった。

それについ、口角が上がってしまう。

視線を彷徨わせるアーシェルの顎に逃げられないよう手を当てる。レオドールにカルロスまでいるパーティーは不愉快な気分だったが、今はすこぶる良い気分だ。

アーシェルの深い緑色の目に俺が映る。

「……好きだ。今までもこれからも……」

「は、はんそく……っ！」

狼狽えるアーシェルに構わず、その唇を奪う。アーシェルの背に腕を回すと、ビクリッとアーシェルの身体が震える。でも、抵抗はしない。

今日はもう逃がさない。せっかく、アーシェルの自室にいるんだ。身体を重ねるのはアーシェルがこれではまだ難しいが……明日の朝まで、アーシェルには俺の腕の中にいてもらおう。慣れる良い機会だろうし。

「テオドア、こ、これじゃ死んじゃう……！」

「大丈夫だ。死なせない。まだアーシェルとヤりたいことは、いっぱいあるからな」

「意味深！」

「でも、満更でもないんだろ？」

「意地悪……」

あぁ、いい夜になりそうだ……。

第三十一話　ルーファス曽祖父様の家

成人パーティーから数日後。

僕は父上に呼ばれていた。

「アーシェル。ちょっといいかい？」

父上は幾つ年月を経ても、相変わらずだ。頭の白髪が若干増えたかな？　と思うぐらい。仕事も相変わらず世間にブイブイ言わせているし、ついでに言うと、僕への愛情もテオドアへの態度も相変わらず、母上との関係も相変わらず……。僕の成人パーティーの時、母上も呼んだけど、2人は睨み合うだけで結局、会話しなかった。

そんな父上だけど、最近、忙しそうだ。

ちょっと前まで朝食だけは必ず一緒にとっていたけど、今は週に3回が良い方だし、朝からバタバタと忙しく働いている。手伝おうか？　と聞いても、

「父上、アーシェルたんの応援があれば幾らでも頑張れちゃうから！　大丈夫！」と言うばかりで手伝わせてくれない。

なんなんだろ……。

そんな父上からの呼び出し。

心当たりがなくて、父上の執務室に入っても、どうも落ち着かない。

カルロス殿下から頼まれたカランザラの件は、既に了承をもらっているし、一体何だろう？

父上は執務室の机に座って、1枚の紙を取り出した。

それは……地図だった。

「なにこれ？」

「王都郊外の地図。ヤンファンガル最高学院にかなり近いとこさ」

そう言って、父上は羽根ペンで地図のある場所に丸を付けた。

「ここにね。ルーファス祖父様名義の家が最近発見された」

「え？　家？」

「ルーファス祖父様が、ヤンファンガル各地に家を持っていたことは知っているね？」

その問いに僕は頷いた。

ルーファス曽祖父様には、引越し癖というものがあり、頻繁に家を買ったり造ったりして引越しては、定住しない人だったらしい。同じ家に1年居座ったことがなく、仕事は僕が今住んでいる王都の屋敷でやっていたけど、住居は転々としていた。

そのルーファス曽祖父様がかつて住んでいた家は、今は賃貸住宅にして色んな人に貸し出している。結構良いお値段の家だけど、元王子様のルーファス曽祖父様が造っただけあり、どの家も好立地好条件好物件だから、巷では人気だったりする。おかげで結構な家賃収入が入ってウハウハ……ごほんっ。

とにかく、そんなルーファス曽祖父様の別荘が見つかったらしいと聞いて、僕は瞬きした。

「今まで分からなかったの？」

「……うん。ルーファス祖父様って物に頓着しない人だったからね。自分の財産管理とか絶対しなかった。だから、実を言うと、あの人が生前、所持していた権利だとか土地だとか全部はまだ分かっていないんだよねぇ。判明しているのはごく一部だけ、後からどんどん出てくる……」

父上はため息を吐いた。

「この家も最近、ルーファス祖父様名義の家だって分かってね。

でも、父上、忙しいでしょ？　調査も出来てないし、家の中にルーファス祖父様の遺品があるはずだけど、整理する余裕もなくて。分かってからも随分放置しちゃってね。

だから、アーシェル、どうせアーシェルが当主になっても、こういうことは多々あるだろうから練習だと思って、この家の遺品整理と名義変更、あと、手入れが必要なら業者も入れたりして、この家の管理を頼むよ。何だったら、最高学院に近いから、住めるようにしてここから通ってもいいし」

「良いの!?」

ヤンファンガル最高学院は王都郊外にある為、通えないことはないけど王都からかなり遠い。それもあって大体の貴族が寮生活をする。

でも、寮生活……テオドアとは別室になるんだよね。

ヤンファンガル最高学院は凄く規律が厳しい。だから、貴族の越権行為も認められていない。何一つ、注文をつけることは出来ず、寮についても、宛てがわれた部屋を使うしかない。

で、僕とテオドアは身内だから部屋が近いと気が緩むだろうと思われたのか、別室……しかも、別棟別階である。

完全隔離。

それなのに、僕の隣室はカルロス殿下なのが既に決まっている。僕が婚約者候補だからなのかな!?

本当にいーやーだー!　あの性悪と毎朝毎夕、顔を合わすのは御免こうむる。寮担当の学院の人、鬼畜すぎない？

それでもテオドアと毎日会えるようになるから良いかと思っていたけど……ルーファス曽祖父様、ありがとう！

「住めるようにする！　半年後には絶対住めるようにする!!」

「……なーんか嫌だなあ……。アーシェルたんがこんなに喜ぶのを見て嬉しいけど！　なんか！　嫌だな！　ハッ！　もしかして僕、愛の巣を提供しちゃった？　わぁ！　やだぁ！」

父上が地図を隠そうとしたのに、すぐさま気づいて、地図を取り上げる。それでも、父上は諦められなかったようで席から立つ……直感した僕は逃げ出した。父上が追いかけてくる！

「父上！　有難くこの件引き受けます！　本当にありがとう！」

「やっぱりなし！　やっぱりなしッ!!　爛れた学園

生活なんてパパ認めないからね!!　うわーん！」
　僕が逃げる、父上が追いかける。執務室の中で、父上と年甲斐もなく追いかけっこ状態になる。けど、絶対逃げ切る!!

「なしはなしだよ！　父上！　僕にルーファス曽祖父様の遺品整理を任せた時点で終わってたんだよ！　この家からテオドアと学院に通う！」

「許しません！　あの可愛くない憎らしいテオドアは寮で良いんじゃん！」

「いーやーでーす！　こんなチャンス逃すわけないじゃないか！」

　僕は執務室の扉まで逃げ込むと、父上にウインクした。

「では、本当にありがとうございました！　この家はお任せください！　名義も管理も僕がします！　お仕事頑張って！　父上！」

「どういたしましてとか言えなーい！　頑張ってと言われても嬉しくなーい！　この2年で完全に親離れして、あの野郎にゾッコンになっちゃって、父上悲しー！」

　そんな父上の声を背後に、僕は執務室から意気揚々と飛び出した。

　地図を見る。

　大体学院まで馬車で10分ちょいくらいの距離。

　ルーファス曽祖父様の遺品が山積みになっているだろうけど、それらを片付けてしまえば、通学には好立地な一軒家に早変わりだ！

「テオドア！」

　僕はあまりの嬉しさに、最近テオドアの為に作って出来たばかりの公爵家の鍛錬場で、自主鍛錬中のテオドアに突撃した。

　思い立ったが吉日!!　早めに行動しなくちゃね！

　それにしても、ルーファス曽祖父様……最近、何かと聞くなぁ……。カランザラといい、家といい……偶然だろうけど。

　ルーファス曽祖父様は、僕が生まれる何年か前に亡くなった。僕は会ったことがないその人。数々の逸話や功績は聞くけれども……どんな人だったんだろう……？

　僕はふと、まだ僕が本当に小さい頃、まだ儚くなる前のエドガー祖父様……父上の父上で、ルーファス曽祖父様の一人息子だったその人の言葉を思い出していた。

「アーシェルは……一番、父上に似てるかもしれないな」

「？」

「父上の美貌は私に受け継がれなかった。だから、我が家は比較的平凡な容姿の者ばかりだ。ヒューベルトは急逝した亡き妻に似たしね。しかし、アーシエル、お前の容姿は色も一緒だし、最もあの人の面影がある。さぞあの御方が見たら……いや、これは忘れてくれ。とにかく、アーシェル、似ていることは喜ばしい話だけど、父上のようになってはいけないよ」

「じぃじ？　どういうこと？」

「花は存在し続ける限り、咲き誇り続け、他の存在を惹きつけ続ける。その中でも、妖花とは妖しく咲き、人を惑わし狂わせる花のことを言う、まさに父上はそんな人だった。アーシェルが成長したところで、ただのそこら辺の野花のままだろうけど、父上はその容姿で人を誑かしては、色々悪いことをやっていたのさ。そのおかげで今のマイナスル公爵家があり、私達があり、アーシェルがいる。でも、アーシェルはあんな人とは違う良い子になるんだよ？……良い子じゃないと直ぐに不幸せになるからね？」

　祖父様の言葉が頭の中で反芻する。

　ヤンファンガルの妖花……。

　ルーファス曽祖父様はかつて、そう呼ばれていた。本当にどんな人だったんだろうか。

　祖父様の話以外で聞いた内容だと、人を惹きつけて止まない美貌とカリスマ性を武器に世間を渡り歩いた、凄まじく仕事が出来た人だったらしいけど……僕の聞いた中で一番印象に残っているのは……。

「一夫一妻を理想とするヤンファンガルで、大勢の愛人を持っていたらしいんだよね。その愛人の数、歴代の愛人だけで日めくりカレンダーが出来るくらい。しかも2冊分」

「どういうことだよ、それは……」

先程から鍛錬を中断して僕の話をずっと聞いてくれていたテオドアは、ドン引きした。

第三十二話　地雷だと思う

数々の偉業を成したルーファス曽祖父様だけど、生前はさんざん浮名を流した人でもある。

まだ王子だった頃に政略結婚で結ばれた人とエドガー祖父様をこさえて、相手が流行病で儚くなると、それから、再婚はせず、愛人を作るようになった。

元々ルーファス曽祖父様は、その凄まじい美貌から人に好かれる質（たち）だった。

その上、来る者拒まずな性格だったからか、告白されれば誰（だれ）でもOKした。流石に既婚者だとか他にも愛人がいるだとか、そんな人はお断りしていたみたいだけど。

「子どもはエドガー祖父様以外作らなかったから良かったものの、ヤンファンガルでは有り得ない話だったから、当時は大問題だったみたい。それに構わず、ルーファス曽祖父様は愛人を次から次に作ってた。けど、あの人は物に無頓着なように、人にも無頓着だったらしくて、次々付き合っては次々別れてを繰り返してて、気づけば日めくりカレンダー2冊分、700人以上。本当に凄まじいよね……」

そう話すと、テオドアが目を白黒させてるのに気づいた。やがて、段々と眉間に皺を寄せて。

「俺、絶対、そんな奴、無理」

そう断言した。

「……あはは」

テオドアは一途なタイプだから……次々、愛人を変えていくルーファス曽祖父様は多分、地雷だと思う。

テオドアの生家であるエスパダ伯爵家の当主も浮名を流しまくる人だったと言うし、実のお父さんを毛嫌いするテオドアは生理的に受け付けないだろうな……。

「でも、もう故人の話だから。今回見つかったルーファス曽祖父様の家から、もしかしたらそうした愛人達の遺品も出てくるかもしれないけど、売ればいいし。気にすることないよ」

「それはそうだが……」

テオドアはため息を吐いた。

「……お前に愛人なんて作らせないから」

「そもそも作る気ないよ!?」

失礼な！　曽祖父様がそうだったからって僕が愛人なんて作るはずないじゃん!!　思わず、頬を膨らませて怒ってしまう。

「僕、こう見えてめちゃくちゃ一途なんですけど！　どうして本人に伝わらないんですかね！」

「あぁ？　誰がお前の想いを疑ってると言ったかよ。勘違いするな。お前に愛人なんて作らせないくらい、夢中にさせるから、覚悟しとけってことだ」

「……ぐっ……」

カウンター……。そのテオドアの言葉は心臓に悪すぎた……。僕は火が吹き出そうなくらい真っ赤になって撃沈した。

そんな僕に対して、テオドアは涼しい顔だ。くそぅ……このイケメンに勝てない……。

お星様になったエドガー祖父様へ。

貴方が言っていた野花は、完全に摘まれて捕まってます、このテオドアに……。

そんな僕にテオドアが心底、楽しそうに意地悪くほくそ笑んだ。うっ、相変わらず眩しい。それを見て、僕はそもそも惚れた時点で負けだったなと思った……。

side 32.5　俺が立っていた(テオドア視点)

アーシェルの成人パーティーから2ヶ月後。

俺はまる1日有給休暇を取って、アーシェルと王都郊外に来ていた。

先日の、アーシェルの曽祖父さんの家だったという家の片付けの為だ。

ここを片付けて、学院に通う間の家にしようとアーシェルは人一倍息巻いている。

そうなるのも理解出来る。この家さえ住めるようにすれば、あの寮に入らずに済み、一緒に暮らせるのだから。

あの極端な寮分け、俺も嫌だった。特にカルロスがアーシェルの隣室なのが、気に食わなかった。あまりに気に食わなすぎて、そろそろ後ろから刺してやろうかと思っていたが、幸運なことにこの家があった。

曽祖父さんの家だというそこは、王都郊外に広がる森の中にひっそりと建っていた。

煉瓦ではなくコンクリートで出来た立派な2階建ての邸宅だ。建物は凹字型をしていて、窓はステンドグラス、建物の四隅にはコンクリート性の柱があって、どれも精巧な彫刻が施されていた。当然のように庭もある。しかし、そこは貴族の邸宅にしてかなり小さく、一般家庭の庭ほどしかない。とはいえ、野草に紛れているが薔薇やダリヤが植えられていたらしく、昔はかなり整備された庭だったと分かる。

とはいえ……何十年も使われていなかったらしく、外壁だけでなく建物自体古くなって色あせていた。蔦や背の高い雑草が玄関周りを覆い、窓には黒く埃が降り積もっていた。

アーシェルが肩を竦めた。

「リフォームに時間かかりそうだね。まぁ、予算はあるから良いんだけどさ」

「屋敷の中に入れるか？　これ」

「多分……大丈夫。大丈夫だと思いたい……」

玄関を覆う背の高い雑草を俺が魔術で刈り取ると、アーシェルが持ってきた鍵を使い、屋敷の古びた扉を開けた。


そうして入った屋敷の中は……何十年も前で時間が止まってしまったかのような空間だった。

「家具も何もかもそのまま……？」

屋敷の中には、使われていた当時のものだろう家具やカーテンなど、全て当時のままの状態で置かれていた。テーブル、椅子、ソファ……果ては、読みかけていたらしい本まで放置されている。何十年も使われていないのに生活感が溢れている。だが、使われていない年月だけ、それらには埃が雪のように積もっていて、歩いたり手で触れたりするだけで跡がついた。

アーシェルが驚いている。

「物に無頓着とは聞いていたけど……ここまでとは……。丸ごと残ってるじゃん。これは粗方、どんな物があるか調べて、重要なもの、売れそうなもの、捨てるものに仕分けしないといけないいな……」

「骨が折れそうだな」

「全くだよ……。僕、今からありったけの荷馬車を頼んでくる。テオドア、先に屋敷全体、見てもらっていい？　重要書類が放置されてそうな書斎があったら教えて？」

「分かった」

そう了承して、アーシェルと分かれる。とはいえ、この規模なら歩き回らずとも、魔術を使えば一瞬で調べられるんだが。

「……造作もない」

探知魔術を使って屋敷内全てをスキャンして調べあげる。後は透視で1つ1つ精査すればいい。

この建物の部屋数は6つ、キッチン、リビング、浴室、書斎、寝室が2つ。家具は大小合わせて全部で75個、残っている書類関係は大体50年前のものらしい。ここを使っていたのはそれくらい前と考えていいだろう。

ふと、書類関係を漁っていると、ダイヤモンド鉱山や銀鉱山の権利書が、無造作に他のどうでもいい書類に交じって置かれているのに気づく。……ダイヤモンドと銀……なんてものが放置されているんだ。アーシェルが飛び上がって驚きそうだ。

意外だったが、この屋敷内にアーシェル曽祖父さんの愛人の痕跡とやらはなさそうだった。あのプライベートの爛れっぷりからすると、いかがわしいものの1つや2つありそうだったが、ここは本当に住居としてしか使ってないらしい。

だが、ふと、俺はそれに気づいた。

俺の探知魔術が1階にある書斎の床下に階段があるのを発見する。しかも、魔術的な防御が施されており、かなり厳重に封じられているようだ。俺の探知魔術をもってしても階段から下が分からない。

興味が湧いて、俺は書斎に行った。書斎に敷かれた埃を被った絨毯を剥ぎ、床板を露わにする。

ハッチ式の入口が1つ。あんなに厳重だったのに鍵はついていない。俺は躊躇なく、その入口を開けた。中にはやはり階段が下に延びていた。地下室があるのは確かだろう。俺は魔術でランタン代わりに光源を作り出すと、ひんやりとした空気が漏れるそこに、足を踏み入れた。

地下室は、随分広かった。20m四方くらいだろうか？　出入口は俺が降りてきた階段以外になく、白い壁紙や黒い床板が張られているが、明かりを灯す燭台はなく倉庫のようだった。

そして、そこに所狭しと置かれていたのは……大量の絵が描かれたキャンバスだった。

「……なんだこれ」

三脚や床、壁に大量の絵が乱雑かつ無造作に置かれている。あまりにありすぎて、足の踏み場もない。

ざっと数えて800枚もの絵がこの部屋にあるようだ。

そして、その部屋にある絵は全て……。

「アーシェルの曽祖父さん……」

髪は明るいブラウン、瞳は深い緑色、肌は白く艶めいている……それだけ見れば、アーシェルとかなり似ていると思うだろう。

しかし、絵に描かれている彼は……恐ろしく美しかった。

その美貌は一夜だけ咲く月下美人のよう。煌めき、麗しく、退廃的でもあり蠱惑的で妖艶。ただの絵だというのに絵姿の彼からは何故か生々しい淫靡な夜の匂いを感じる。

人ではなく何か別の存在に思えた。

これが愛人を多く持ったヤンファンガルの妖花か？

ふと、アーシェルを思い出す。幸せそうにスイーツを頬張っている時のアーシェルと、目の前の絵の中の美人、つい2人を比べてしまう……。

…………そして、思う。この美人の遺伝子、どこにいった。

アーシェルが前に祖父さんから聞いたという話と同じで、確かに彼とアーシェルは、色が同じだけであとは面影を感じる程度しか似ていない。それ以外は本当に似ていない。養父は以ての外だ。血縁を疑うレベルで何も似ていない。せいぜい目の色が似ている……ぐらいだろうか?

血縁とは分からないな……。

そんなアーシェルの曽祖父さんの絵が、地下に所狭しと並んでいる。

しかも、1つとして同じ絵はない。油彩で描かれたものや、黒一色の鉛筆画、水彩で描かれたもの、風景画の中に描いたもの……裸婦画同然のものもある。

更に、それらは全て同じ人間が描いたのか、キャンバスに描かれたサインは皆同じ文字で同じ筆跡だった。

とはいえ、曽祖父さん本人が描いたとは思えない。アーシェルから聞いた彼の性格からして自分を描くなんて自惚れたことはしないだろう。十中八九、曽祖父さんの愛人の1人によるものだ。

……この視界にある全ての絵を1人の人間が描いたと考えると、震えるものがあるな……。

その執念と愛には驚く。

700人以上も愛人がいた人間なんて俺は御免こうむるが、少なくともこの絵を描いた画家にとっては、唯一無二、これだけの絵を捧げる価値があったのだろう。……無造作に地下に放り込まれているが……。

……しかし、そう考えると不思議だ。こんなに無造作に放り込まれているのに、この地下室には魔術的な防御が施されていた。俺の魔術でさえも中を探ることは出来ないほど厳重だったのに。何か、探られたくない、見せたくないものがここにあるのか？

ふと、山のように積み重なった絵の中に、１枚だけ布に包まれた絵があることに気づく。

「何故？　これだけ？　他のは出しっぱなしだというのに……」

興味を覚えて、俺は他の絵を魔術で片付けて、その１枚を手に取る。一抱えほどあるキャンバス。俺は躊躇いなく、布を剥ぎ取った。

そこに描かれていたのは……。

「………は？」

絵の中で、アーシェルの曽祖父さんが、椅子に座って笑顔で前を見ている。その隣には不機嫌そうな表情で……。


俺が立っていた。

俺だった。どう見ても。


いや、正確には俺が成長したような、髪の色から瞳の色まで全て俺と同じ容姿の青年がそこにいた。

だが、自分でも信じられない程、鏡合わせのように酷似している。

「一体どういう……」

あまりに驚愕しすぎて、声を失う。

そんな時。

「テオドア？　ここにいるのー？」

地下室の入口からアーシェルが俺を呼ぶ声がする。

動揺した俺は思わず、その絵を自分の亜空間収納に放り込んだ。

第三十三話　似た者同士だったりして

ありったけの荷馬車を頼んで、屋敷に戻ってくると、テオドアの姿がなかった。

あれ？　どこに行ったんだろ？

テオドアを何度か呼んでみるけど返答がない。外には僕がいたから、屋敷の中なのは確かなんだけど。

うーん、どこだろう？

埃だらけの屋敷は床も真っ白に埃が溜まっていて足跡がすぐに出来る。テオドアの物だと思われる足跡を追って、僕も屋敷の奥に歩き出した。

テオドアの足跡は迷いなく書斎に入っていったみたいだ。

書斎は表向き綺麗に整えられているけど、ファイルだとか資料だとか不規則に適当に並んでいる。

……ルーファス曽祖父様、きっと整理整頓が苦手だったんだな。

その書斎の床、そこに扉が開いていた。地下に行くらしい階段が下に延びている。おぉ！　秘密基地みたいでいい！　……じゃなくて、足跡は真っ直ぐこの地下に行っている。この下にテオドアがいるっぽい！

「テオドア？　ここにいるのー？」

入口から呼ぶと、下からゴトンッと何か重いものが落ちたような音がする。その音に僕は慌てて、階段を降りた。

階段を降りると、びっくりした顔のテオドアと目が合った。

「こんなところにいたの？　探したよ？」

「……あ、あぁ」

急に目を逸らされる。ん？　何かあったのかな？

不思議に思っていると、ふと、その部屋に積み重ねられたそれに気づいた。

「うわぁ！　何これ全部、絵？」

「今、気づいたのかよ」

「凄い！　しかも、全部ルーファス曾祖父様が描かれてる！」

　視界に映る全ての絵に描かれているのは、間違いなくルーファス曾祖父様だ。しかも、公爵家に飾られている肖像画より上手い。きっとルーファス曾祖父様本人を何度も観察して、何度も描き直して、本人を忠実に再現しようと試行錯誤して描いたんだろうな……一目見ただけでも、絵から凄まじい熱量を感じる。

「誰が描いたんだろう？　こんなに情熱を感じる絵、初めて見た。きっとルーファス曾祖父様の愛人の1人だと思うけど、曾祖父様の愛人に画家がいたのか……」

　その僕の呟きに、テオドアがハッとしたように顔を上げて、鬼気迫る勢いで聞いてくる。

「誰か分からないのか？」

「何せ700人以上いるからね。ていうか……正確に言うと判明しているのが日めくりカレンダー2冊分ってだけで、マイナスル公爵家が把握していないルーファス曾祖父様の愛人は腐るほどいるらしいよ。多分、この絵を描いた人はそういう把握出来てない人じゃないかな？　こんなに綺麗にルーファス曾祖父様描いてた人がいたなら、ウチの公爵家のお抱え画家になったろうし」

　僕がそう話すと、テオドアは落胆したように肩を竦めた。んー？　何だか変なの。

「テオドア？」

「……なんでもない」

「本当に？　ねえ、テオドア、ここに住んでも大丈夫？　何かあったならやめとくけど……」

「いや、それはしない」

　即答だった。

「お前とあの弟の方の王子様が隣室の寮生活とか真っ平御免だ。そんなことがあるなら、持ちうる限りの全てを使って、奴を葬る」

　……何故だろう。全然、冗談に聞こえない。何となく。今、カルロス殿下がくしゃみして身体を震わせた気がした。

「いつかは解消する関係だし、そこまでしなくても……」

「その解消はいつだ？　国王が王太子を決めるまでか？　形ばかりの婚約者候補とはいえ、あの罠嵌め野郎の婚約者候補だと書類上ではなっているんだぞ？　腹立たしい。偶然だろうが何だろうが、隣室になんてなってみろ。周りは絶対、カルロス殿下の婚約者だから隣室なんだと思うぞ。それで誤解されて、やはりお前が殿下の婚約者などと思われたら、俺は嫌だ。そんな腸煮えくり返る事態になるなら、当然、この家をリフォームする」

　ノンブレス!!　さっきまでの動揺具合はどこに行ったのか！　息をつかせない勢いで言い切った！　分かるけども！

「アーシェル、兎にも角にも、この家に住む！　寮に行くのは却下だ！」

「う、うん」

　あまりの剣幕に、僕はたじろいだ。

　……もしかしてだけど。僕、テオドアが初めての、こ、恋人だし、巷の恋をよく知らないから、今まで気にしたことがなかったけど。テオドアって……なんていうのかな……人より……独占欲が強い？　……それも、かなり？

「と、とりあえず、テオドアの気持ちは分かったから！　早くこの家、住めるようにしよ？　家具の搬出手伝って。それで、早く片付けて、リフォームして、新しい家具買いに行こ」

「あぁ、そうだな」

　テオドアは吹っ切れたようで、すっかりいつもの調子を取り戻したらしく、さっさと地下室から出て行く。一体、さっきのなんだったんだろう……？

　ふと、乱雑に置かれている大量の絵が目に入る。この部屋に所狭しと置かれたそれが全部で幾つあるのか僕には分からないけど、全てルーファス曽祖父様が描かれた絵。

なんとなく勘だけど、この絵を描いた人、テオドアと同じく、すごーく愛が重いタイプな気がした。

「かなり似た者同士だったりして」

僕はそう思いつつ、部屋から出た。


その後、2人で手分けして簡単に掃除した後、残っていた家具を荷馬車にありったけ載せて、家から出した。

この国では基本的にゴミは各家庭で処理するか、売って手放すかだ。ルーファス曽祖父様の屋敷から出た家具はデザインが古臭いけど、使い込まれていないせいか、まだ使えそうなものばかりだった。売ることにして査定の為(ため)に、マイナスル公爵家が持ってる倉庫に送り込む。


でも、地下から見つかった大量の絵だけは売るには惜しいと思って、売らないことにした。だってあれだけ上手いんだもん。もしかしたら、かなり名のある芸術家がお忍びで描いた可能性だってある。

……あんな狭い部屋から800枚も出てくるとは思わなかったけど。しかも、全部ルーファス曽祖父様。もう美術館出来るんじゃないかな？

そして！

テオドアが！

ダイヤモンド鉱山と銀鉱山の権利書を見つけてくれた！

「ルーファス曽祖父様名義の権利書……！　凄い！　びっくり！　一生遊んで暮らせるじゃん」

特に銀とか銀とか!!　何でこんな家にこんな宝の山が放置されているの！　場所はヤンファンガルの北側、カランザラにかなり近いところだけど、近くに川と街があって物流はいい。一攫千金(いっかくせんきん)、間違いなしじゃん！

「……僕名義に変更しよ」

「父親に言わなくていいのか？」

「名義変更してからね。父上名義だとポケットマネーにならないから」

ポケットマネーにして、世界中のスイーツを食べに行く資金にしよ!!　ファンベルジョだけじゃなく、美味いスイーツは国外にいっぱいある！　暇を見つけて、食べに行こう。

「ふふふ、スイーツ……お菓子……」

そんな僕を見て、テオドアが「相変わらずだな……」と、呆れたように呟いた。

こうして片付けを終え、この家はあと、リフォームするだけとなった。３ヶ月あれば住める家になる。今度、テオドアと家具選びに行こー！　楽しみだー！

学院入学まであと少し、不安がないと言えば嘘になるし、カルロス殿下のこともある、でも、なんか、何とかなりそうな気がした。

第三十四話　入学式の出会い（カルロス視点）

ヤンファンガル最高学院。

王都郊外に建つその場所は、ヤンファンガルの超難関の名門校として知られていた。

平等の精神に基づいた校風から、入学届を出し面接を経て入学金さえ払えば、平民であっても入れる学校ではあるが、しかし、その定期試験は恐ろしくレベルが高いことで有名で、定期試験を合格した僅かな人間だけしか進級を許されない。

そうして残った、本当に優秀な人間だけに学院は卒業を許可するのだ。

卒業すれば、薔薇色の人生だ。ヤンファンガル王国の要職に就く機会も、周りから尊敬され敬われる未来も待っている。野心を持つ人間なら、誰もが入学することを決めた。

入学できるのは原則、成人である16歳から。

卒業まで約3年、ここで生徒達は切磋琢磨しながら、未来に向かって学び成長していくのだ。

そんな学院は今日、入学式を迎えていた。

今年は全国から入学生が６３２人集まった。

校門の前にある馬車の停留所から次々と貴族の子息が降り、その停留所の横、学院所有の寮に続く並木道から、昨日までに引越しを終えたらしい平民が出てきた。

校門の内側は貴族や平民など人が溢れかえっており、人がひっきりなしに行き交っていた。

そんな中を、カルロスは人々に紛れて、歩いていた。

王子といえど、この平等第一の学院では、王子として特別扱いすることはない。護衛や侍従を常に引き連れる王子も、この学園では１人で行動しなくてはならない。

ふと、カルロスは行き交う人々の中に、紛れ込んでいるその人を見つけた。

流れるような金髪に、宝石のような赤い瞳……そして、その美貌……。

カランザラ帝国、元第二皇子、リカルド。

間違いなく彼だった。その表情は何処となく暗い。

元第一皇子であるラフェエルは見当たらない。彼は入学していないようだった。入国しているのは分かっているが、所在は不明だ。

そんなリカルドを遠目に見つつ、カルロスは内心、とうとうこの時が来たかと思い、息を呑んだ。

あれからカランザラについてカルロスは自分の手で調べたが、あまり収穫はない。

２人の皇子は表向きには国外追放ということになっていた。皇族が置かれて以来の初にして最大の大醜聞だから、それも止むを得ないのだろう。

そして、カランザラの皇帝ウィリアムは今、革命派と現政権の融和を進めているようだ。次代の皇帝はどうするのか？　という課題を残したまま、自分の治世が奪われないよう革命派を宥め、抑え込んでいる現状だ。それで何とか今も尚、皇帝でいる。今は大スキャンダルで落ちた信用を取り戻すのに必死らしい。

調べられたのはそれだけだ。

結局、元皇子2人が何のためにヤンファンガルに来たのか、未だに分からない。しかも学院に入ったのはリカルドだけ……確実に皇帝ウィリアムの策なのだが……どうも意図が読めない。

……まぁ、いい。これから警戒しよう。

カルロスはそう思って、教室に向かおうとした。

だが……。

「あ……！」

目の前を歩いていた男子生徒が、何かにつまずいて転倒した。

カルロスは助けなければと思い、彼に手を差し出した。

「大丈夫か……？」

「だ、大丈夫です……」

転んだ彼はそう恥ずかしそうに告げると、ぱっとカルロスの方を見て微笑み、頭を下げた。

柔らかそうなヘーゼル色の髪、ミルクチョコレートのような茶色い目、華奢な体つきで可愛らしい顔立ちの彼にカルロスは、感じのいい子だ、と思った。

小石につまずいたようだが、怪我はなさそうだ。

「本当にありがとうございます」

「いや、いい。困った時はお互い様だろう」

と、そこへ、カルロスがこの世で最も嫌う彼が、面白いものでも見つけたかのように笑……。

笑っておらず、というか、こちらに気づいてもおらず、隣にいるテオドアと談笑しながら、登校してきた。こちらが見ていると、ふと、目が合う。

「あ、カルロス殿下じゃないですか。おはようございますー！」

アーシェルは爽やかな笑顔でそうカルロスに告げた。

人の目があるから、愛想良くそう言っているが、多分、人の目がなければ、「貴方の隣室じゃなくなって、マジで爽快です！」ぐらいは言う。絶対言う。カルロスは長い付き合いで分かっていた。

そこで、ふと、カルロスは疑問に思った。

この世で最も嫌う……？　確かに自分はそう今思った。あのアーシェルを？　嫌う？　いや、不仲ではあるがお互いに憎からず思っているはずだ。

変な思考をしたな……。カルロスがそう思っていると、自分が先程助けた少年が慌てた様子で礼もそこそこに俯いて学院の中に走り去っていった。何だったんだろうか？

彼とは入れ替わりに、アーシェルと……カルロスに気づいた瞬間、嫌そうな顔になったテオドアがやってくる。そんなテオドアにカルロスは内心、萎縮した。

テオドアの視線にはいつも殺意が含まれている。それが、カルロスは苦手だった。

「ごきげんよう。殿下、いい日和ですね？」

「どんな顔でそれを言っているんだ！　殺気がだだ漏れなんだよ！　お前は！」

カルロスは思わず、嘆息する。ふと、アーシェルが人混みに消えていくあの男子生徒の背を見ながら聞いてきた。

「さっきの人、誰だったんですか？」

「さっき……？　あぁ、転倒したところを助けただけだ。新入生らしいが、名前は確認しなかったな……。どうした？」

「いや、見たことあった気がして？」

「なんで……疑問形なんだよ」

そう突っ込むが、しかし、アーシェルは本気で考ないまま。

え込んでいるらしく、首を傾げていた。

「うーん。気のせいかな？　テオドア、見たことない？」

「ない。興味もない。ほら、さっさと行くぞ。アーシェル。カルロス、邪魔だ、退け」

「邪魔扱い……！　一応、俺、お前より身分上だぞ。テオドア！」

　カルロスはそう言いながらため息を吐きつつ、ふと、周りを見た。

　当然だが、もうそこにリカルドはいない。

　要注意人物は既に校舎内に入ったようだ。

　例の件については、アーシェルとテオドアとは、入学前、事前に計画は話し合って、大体の今後の計画は決まっている。あとは、奴らがいつ尻尾を出すかだ。

　慎重にやらなくては……。

　カルロスはそう思って、学院に入っていく。

　頭の片隅から、あのヘーゼル色の髪がどうも離れ

第三十五話　この人は妄想を話している！

すーぴーすーぴー……。

……うーん、ガトーショコラ……美味し……。

やっぱり、チョコレートだな……チョコレートの違いだな……良いチョコ使うと、ケーキは美味くなる……幸せぇ……。

『お久しぶりです。私は案内役。このBLゲーム、「Dolce/bitter/sugar」を日頃プレイしてくださりありがとうございます』

うわぁ！　びっくりしたぁ！

ああ！　ガトーショコラの夢を壊さないでよ!!　せっかく美味しいガトーショコラを食べられたのに!!

何かすっごく事務的なお姉さんの声が突然、頭に響いてきたんだけど！　頭に響くのは幻聴くんだけでいいよ！　最近、あの声、聞かないけどね！

『貴方は実に素晴らしいヘビーユーザーとお見受けしました。日頃、プレイしていただきありがとうございます。

さて、今回は、次の攻略対象の彼を紹介しようと思います』

ヘビーユーザー？　プレイ？　何の？　何も話聞いていなかったから全然、分かんないや。

だいたい、攻略対象ってなに？　なんで人をゲームみたいに……。

『多分恐らくきっと、次に攻略するのは、魔術省大臣の息子で天才魔術師の侯爵令息コンラッド・サックウェルでしょう。彼の説明をさせていただきます』

いやいや待ってよ。多分恐らくきっとって、すごく曖昧な未来を言われたんだけど。しかも、また攻略……人を攻略する趣味、僕にはないんだけどなぁ……。謀略と策略と蹴落とし合いなら、仕事上、日常茶飯事だけど。

それにしてもコンラッド・サックウェル？

誰だろ……？　魔術省とはあんまり関わりないからな……テオドアが頻繁に講義しに行くイメージしかない。

『コンラッドは魔術の天才中の天才。冷静沈着、実にクールな性格です。その一方、非常に努力家で、日夜、魔術の研究に勤しんでいます！

将来の夢は憧れの父と同じく、魔術省大臣。魔術で国家に貢献した偉大な人物だけがなれる職です』

へぇ、天才中の天才かぁ……。テオドアより凄いのかなぁ？　テオドアも凄すぎるけど、それより凄いってどんな人だろう？　しかも、魔術省大臣が将来の夢とかガチだよね。本当に魔術で国家を潤した人しかなれないもん。

『そんなコンラッドと、そして、デイビッドはたまたま同じ授業を取り、同じ課題をする班となります。その中で、時にぶつかり合いながらも切磋琢磨し、時に悪役令息からの妨害や虐めを受けながら、課題を乗り越えるのです』

……おぉ！　青春って感じ!!

ぶつかり合い、切磋琢磨、課題！

学園生活でよくあるやつだよねー！

『そして、コンラッドは世界初の魔術を開発します。風と土、火、水、雷の5属性魔術を同時展開する魔術です！』

…………ん？　5属性？　同時展開？

『この魔術を開発したことでコンラッドは一躍有名になり、在学中にもかかわらず、魔術史を次々と塗り替えていき、やがて、魔術省で講義する程の優秀な魔術師となります』

ん？　んん？　あれ……？　どっかで聞いたような展開だな……確かに見た。

5属性同時展開を成功させて、次々と魔術の歴史を変えて……魔術省で講義してて……。

……これって、テオドアじゃない……？

『そんなコンラッドにも苦難が待ち受けています。自分の開発した魔術を悪役令息アーシェルに奪われたのです。彼はデイビッドと協力して彼から自分の魔術を奪い返す為、ヤンファンガルの卒業パーティーを使い……』

なんか知らないけど、僕の名前が出た。いや、それはいいや。

ははん。僕は理解したぞ？　この人は妄想を話しているんだ。さっきから攻略だとか何だとか言ってるけど、これは自作の小説か何かを僕に話して聞かせているんだ。

だって、コンラッドくん？　だっけ？　彼がやってることは、ずっと前にテオドアが成し遂げてしまったことだ。絶対、この案内役だか何だか分からないけど、このお姉さんがテオドアを参考に作り上げた創作キャラか何かだよ。コンラッドくん。

そうじゃなきゃ5属性同時展開なんて今や魔術省どころかヤンファンガルでも、もう古臭い理論の話が出てくるもんか。今は複合魔術っていう全ての属性を兼ね合わせた多属性魔術を極めるのが主流だからね。もちろん、その複合魔術を作ったのはテオドア。凄いよね。小説のキャラの参考にしたくなるのも分かる。

『以上が、コンラッド・サックウェルの説明です。
では良いプレイヤー生活を……』

お姉さんがそう語り、そこで僕はフッと覚醒(かくせい)した。

「うーん……」

僕は寝ぼけながら、ゆっくりと起き上がった。

あ、そういえば、夢を見てた気がする……。でも、覚えていないなぁ……まぁ、いっか。

僕は起き上がると、部屋のカーテンを開けて、窓を開けた。

窓を開けると部屋に澄んだ涼しい風が入る。

眠い目をこすって、外を見ると、眼下に広がる森に緩やかな朝日が差し込んでいる風景が飛び込んできた。朝だなー。森を飛び回る鳥の鳴き声が良い目覚まし時計だ。まだ眠気が覚めないけど。

王都の屋敷は街の中にあったから、窓を開けても広がるのは街並みばかりだった。それも良かったけど、森もいいものだ。

大きく伸びをすると、部屋がノックされた。そうして扉を開いたのは、この家の唯一の同居人、テオドアだ。

「アーシェル、起きたか？」

「おきたー」

「飯にするぞ」

「はぁーい」

僕はまだ寝ぼけ眼のまま、のそのそと2階から1階にある食堂に向かった。

ルーファス曽祖父(ひいじい)様が遺(のこ)したこの家は、綺麗(きれい)にリフォームして、今、僕達2人の家になっている。

コンクリート製の屋敷は、外観はそのままに外壁の色だけ白に塗り替えて、ステンドグラスで出来た窓は全部張り出し窓にして、透明な板ガラスをはめた。部屋数は元々6つだったけど、キッチンとリビングだった場所を繋げて、キッチン接続型のダイニングにしたり、書斎だった場所を潰して書庫にしたりして、今は5部屋だけなった。因みに、寝室は2つのままだ。1つにするのだけは父上にリフォームやる前からやるなとゴネられ……言われたから、2つのままなんだよね。

そんな新しくなった家の生活はなかなか快適だ。

でも、びっくりすると思う。

なんと、この家、侍女どころか侍従もいない。

公爵家にあるまじき話だけど、現に僕達は2人だけでここに住んでいる。

それもこれもテオドアが天才だからだ。

最初、僕はここに侍従を何人か住まわせるつもりだった。それにテオドアが。

「実験したいことがあるから、侍従は要らない」

と言い、リフォーム中の家に色々勝手に魔術を施していた。

その結果。

フルオートマティックハウスが出来た。

何言ってるか分からないと思うけど、全自動で家が家事も何もかもしてくれるという有り得ない家が出来た。もう一度言う。家が！　この家自体が！　何もかもしてくれる家が出来た。

キッチンに食材を置けば、勝手にキッチンにかけられた魔術が調理したり亜空間収納に保存したりするし、浴室は温水が出るだけではなく勝手に汚れた衣類を集めて洗濯乾燥してくれる。しかも、ちゃんとクローゼットに入れてくれる。書庫は題名を言うだけで目的の本が飛び出すし、戻したい時は勝手に整理して戻してくれる。

全部当然、魔力で動いているのだけど、魔石っていう魔力を溜めておける石があるらしくて、で、その魔石で50年は何もしなくても動くようにしたそうだ。だから、実質、魔力消費ゼロでこの家は全自動で回っている。

因みにセキュリティもオートだ。少しでも悪意がある人間は入れないどころか、即、何処かに転移するシステムになってるらしい。

しかも、玄関に転移魔術がかけられていて、ドアノブを捻るだけで任意の場所に行ける。だから、馬車の必要性もない。学院の入口には徒歩一歩で行けるし、公爵家の屋敷にも一歩で行ける。帰る時だけはテオドアが送ってくれなきゃ帰れないけど、登下校一緒だし問題ない。

テオドアって凄いね……。もう未来を生きてるよね。理解が追いつかないよ、僕。

そんな家だから、男2人暮らしでも全然、問題がない。

顔を洗いたいと思ったら、温水が出て、手元にタオルが既に用意されている。着替えたいと思えば、アイロンがけされたシャツとスラックスが、クローゼットから出てくる。朝食が食べたいと思えば、焼きたてのパンとカリカリのベーコン、ふわふわのオムレツ、シャキシャキレタスのサラダが机に並んでいる。

もう絵本の世界より凄いことになってる。おかげで、すっかり生活が魔術任せになっちゃって、侍女がいた生活が思い出せない。

あ、そうそう。大量のルーファス曽祖父様の絵があった地下室は、僕の希望で、入口をキッチンに変えて、大量のスイーツ用の冷蔵庫を置いた。ふふっ、湿度温度管理ばっちりの冷蔵庫は、時間経過がない亜空間収納の応用で、入れたスイーツがいつまでも腐らず、いつでも食べられるようにしている。そう！　あの日持ちしないスイーツを永遠にいつでも食べられるんだ！

14歳の頃みたいに材料の供給がなくなってスイーツ作れないから家にスイーツがないとか、街からスイーツが食べ尽くされたとかあっても大丈夫！

今や地下室は超夢のようなスイーツパラダイス！

この世の幸せはこの地下室にある！

「幸せすぎて、僕、元の生活に戻れないかも……」

「だが、まだまだ。やはり開発途中だな。ベッドのシーツが今日歪んでた」

そうテオドアは言うが、そのシーツの歪みなんて1ミリ2ミリの話なのを僕は知ってる。テオドアって完璧主義なんだよね。

「因みにだけど、この技術も魔術省で発表するの？」

「しない。自分とアーシェルが快適に暮らせれば、それで良いからな。そもそも、こんなもの、複合魔術の延長線上にある魔術で、既存の理論を応用して実践しただけだ。魔石だって使われていないだけで元からあったものだし、発想さえあれば誰でも出来る」

誰でも出来るとは思えないなぁ……。

目の前にいる天才すぎる婚約者を見ながら、僕はパンを頬張った。

うん、美味しい。

第三十六話　魔術論

ヤンファンガル最高学院の授業は全部、選択制だ。

ここでは必修科目ってものがない。全てが選択科目。自分で授業を選んで学ぶのだ。でも、何でも選びたい放題だからって現実は甘くない。進級するには定期試験をクリアするだけではなく、単位数も必要になってくる。

1年間につき50単位。サボりは許されない。しかも、半年ごとに行われる定期試験を全部クリアしなければ、単位にならないから、かなり手厳しい。だから、凄く毎日大変だったりする。

「うぅ、気乗りしないなぁ……。授業が朝から晩までぎっちり……」

「詳説魔術史に、経済学、数学、魔術論、国文学研究、国際立法論、行政学……。アーシェルの授業は、今日だけで凄まじいラインナップだな」

廊下を歩きながら、そうテオドアと話す。

公爵家にいた頃も勉強大変だったけど、流石エリート学校、ヤンファンガル最高学院。朝から晩までスケジュールを詰めないと単位数が足りないから、更に大変だし、しかも、授業は難しい上に、専門的すぎる、最初からついて行かせる気なし。心折れそう。

それでも何とかやっているのは、テオドアがいるからだ。僕より頭良いし、苦楽を共にする仲間って大切。

ただ、テオドアは……。

「お前のサポートはしてやりたいが、俺は魔術関係の授業は免除されている。まぁ魔術関連だけは、1人で頑張れ」

「ずるーい」

「諦めろ。俺の今までの努力の成果だからな」

そう！ テオドアは何せ、今やヤンファンガルの魔術の最先端。魔術省で講師するくらいだから、特例ということで学院での魔術関連の授業は全て免除されている。

そもそも学院の先生よりテオドアは魔術に精通してるから授業にならない。妥当な対応だと思う。

「テオドアって本当に凄いよね……」

「まぁな」

「もし、分からないところがあったら聞いていい？」

「聞いてもいいが、多分、学院で教えられている非効率で前時代的すぎる理論にダメ出ししながら、お前に教えることになるぞ？」

「それはやだな……」

それって数学の解法をやっと覚えた頃に、実はもっといい別の解法がありますって言われるようなもんだよね？ しかも、教科書に載っていない最新の。

……自力で頑張ろう……。

……まさか、そんな雑談を知らない誰かに聞かれているとは思わずに僕らは教室に向かった……。

僕はテオドアと別れて、魔術論の授業が行われる教室に入った。

そこで思わぬ再会を果たした。

「アーシェル様！」

「エイダン!?」

そこにはエイダンが手を振って笑みを浮かべていた。

実は、最近、エイダンとは会えていなかった。エイダンの養父であるハートレス伯爵の商会がとうとう海外進出して、エイダンは次期後継者としてハートレス伯爵と一緒に、この1年、海外に行っていた。だから、僕の成人パーティーには呼べなかったんだよね、エイダン。手紙でお祝いしてもらったけど。

因みにあの元奴隷で今立派な騎士をしているドミニクとは今でも相思相愛だ。お祝いの手紙も八割、近況報告という名前の惚気だった。

久しぶりに会うと、元々美人だったエイダンは更に綺麗になっていた。

「まさかアーシェル様と同じ授業とは……」

「僕もびっくり。よろしくね、エイダン」

僕らがそんな会話をしながら、席につく。

今から受ける魔術論という授業は、簡単に言うと、魔術を効率良く合理的に扱えるようにする実践的な魔術の研究をする授業だ。

如何に最小限の魔力と労力で最大の効果を得られるかという、正にテオドアと僕が住んでいる、魔石1個で50年は快適に住めるあの家みたいな研究。というか、この魔術論の集大成は、あの家なんじゃなかろうか？　究極に効率的かつ合理的だぞ、あの家。

……あれ？　結論がもう出てしまっている気がする……。

「アーシェル様？　顔色が悪いようですが……？」

「大丈夫。テオドアの鬼才ぶりが改めて分かっただけ……」

「テオドア……？　あぁ、アーシェル様の義弟の……あの方、凄いですよね。噂程度しか知りませんが、最年少の魔法騎士でありながら、魔術に造詣が深く、毎週のように魔術の新説を学会で発表なさっているとか。魔術論なんてもう修得してるどころか、論じるレベルじゃないんでしょうね……」

「うん、その通り。未来に生きてるよ、あいつ……」

なーにーがー！　あの家、発想があれば誰でも出来るだ！　みんな思いつかないから、魔術論なんて授業があるんだよ！

テオドア！　流石、天才！

と、そんな時だった。

教室が俄にざわつき始めた。気になって、顔を向けると、教室にいた生徒達は皆、入口の方を見ている。

入口には、１人の少年がいた。艶やかな黒髪に、切れ長で、きつい印象がある黄金色の瞳、不満そうに唇をへの字に曲げて、かなり卑屈な性格してそう。

衆目を集めて、居心地が悪いのか、彼は足早に席についた。

その少年を見て、エイダンが目を見開く。

「……あれ、なんでここに？」

「？　エイダン、誰、あれ？」

「意外ですね。知らないんですか？」

「公爵家の仕事関係以外の貴族はあんまり知らないんだよ。僕、後暗いところのない家とは関わりないし」

「あぁ、なるほど……。……つまりそれってアーシエル様が知ってる貴族は皆、何かしら後暗いことがあるってこと？」

「何か言った？」

「い、いいえ」

エイダンの表情が引き攣った気がする。気にしないでおこう。

エイダンは空気を変えるように咳払いし、そして、少年に聞こえないように説明してくれた。

「彼はコンラッド・サックウェル。現魔術省大臣の息子です。サックウェルという魔術師の名門の出身、ご本人もとても優秀な魔術師で、魔術省でも一目置かれている方です。本当に優秀なので、魔術関連の授業を受けるような方ではないはずです。どちらかというと本来なら講義する方ですよ、コンラッド様は」

　そうなんだ……。

　なるほど、この教室のざわめきはこの授業にいること自体、有り得ない人が来たからか。

　ふと、その瞬間、視線を感じた。

　そちらを見ると、何故か、そのコンラッドがこちらをじっと見ていた。僕が首を傾(かし)げると、目を逸(そ)らされた。

　なんだったんだろう……？

第三十七話　カルロスは出会ってしまった

「これより、魔術論の授業を開始するが……その前に、この授業では2人1組で課題に取り組んでもらいたい。ああ、仲の良い者と組めるとは思わないように。組み分けはこちらで決めさせてもらった。このプリントにある組み分けの通りによろしく。パートナーが見つかった者から席に座れ」

　そう言って、先生からプリントが渡される。うーんと。お、仲良い者と組めるとは思わないようにって言われたのに、エイダンがパートナーだ。

「アーシェル様と一緒で良かったです」

「うん、だね！」

　教室の中で、どんどんパートナーが決まっていく。

　ところが、コンラッドだけ一向にパートナーが見つからず立っていた。先生が訝(いぶか)しみ、名簿を見ながら、名前を呼んだ。

「デイビッド。デイビッド・クライナ。早く出ないか。……まさか、出席していない？」

デイビッド……？　んー？　どっかで聞いたことがある名前だけど……どこで聞いたかな……？

先生は嘆息して、名簿にペンで何やら線を引く。

「この際、言っておくが、私の授業では遅刻、もしくは、無断欠席をした場合、受講資格はないと考え、即刻、出禁にする。よって、デイビッドはこれより私の授業全て出入り禁止だ。単位取得どころか受講も不可能となった。皆も肝に銘じておくように」

その言葉に皆、青ざめた。

怖い……怖すぎる……。

デイビッドだって、もしかしたら何か事情があるだろうに、出禁って……。しかも、この先生の授業、今後受けられなくなったって……。

あまりの厳しさに教室は静まり返っていた。先生だけは慣れているのか、淡々と授業を進めていく。

「パートナーがいないコンラッドは……そうだな……。エイダン・ハートレス。アーシェル・マイナスル。この2人と組んで、3人で取り組むように」

ええ!?　僕達と一緒!?

僕達もコンラッドも目を見開いて、驚いた。


「は、はじめまして。エイダン・ハートレスです」

「僕、アーシェル・マイナスル。よろしくね」

とりあえず、初対面なのでコンラッドに挨拶する。

……だけど、彼は見事な仏頂面だった。あのひねくれ者のカルロス殿下でも初対面の相手には営業スマイルしてくれるのに……何か、感じ悪い？

「……俺はコンラッド・サックウェル……」

嫌そうに彼はそう言った。なんかすっごい拒絶の空気を感じる！　お前なんかと仲良くしたくないと彼を包むオーラが言ってるような気がしてならない！　僕は、それでも、めげずに明るく言った。

「急遽、こうなったけれど、これから一緒に頑張ろう?」

「……」

プイッと目を背けられて、あからさまに無視された。な、なんでー!? エイダンの方を見ると、彼も困惑していた。

これ、一緒にやって大丈夫かな……。

こうして不安な中、始まった魔術論の授業。この後、苦難続きになることを僕はまだ知らなかった……。

＊　＊　＊

一方、その頃。

カルロスは空き時間を持て余し、皆、授業で教室の中に入り、静かになった学院の中庭を散策していた。

本来ならこの学院の生徒に空き時間なんて出来ないのだが、第二王子とはいえ、カルロスは幼い頃から特一級の教育を受けてきた。だから、どうしてもかつて学んだ勉強と、学院の授業内容が被ることがある。そうなると授業を受ける意味はない為、自然とカルロスには空き時間が出来ていた。

と、その時。

「おや、カルロスじゃないか」

廊下の向こうからやってきたのは、レオドールだった。

レオドールもこの学院の生徒だ。……だが、あまりに優秀すぎるこの兄は、既にこの2年で、学院で得られる学びは全て学び終えてしまっており、定期試験の時しか登校しない生徒になっていた。

しかし、今回、彼は仕事でこの学院に来たのだろう。後ろに護衛を2人ほど連れていた。

「空き時間かい? カルロス」

「ええ。魔術論は既にやってますから」

「あぁ、あれか……。あの授業、昔受けた時、魔術の素人が魔術の効率化を図ろうなんて、それこそ非効率的な話だと思ったなぁ」

「それは思います」

2年前、冷めきっていた2人の関係だが、今はこうして雑談を交わす仲になっていた。

全てはアーシェルのせい……いや、アーシェルのおかげである。

派閥争いというどうしようもない壁があったカルロスとレオドールだが、片や婚約者候補、片や側近という立場で、2人には共通してアーシェルの存在があった。

その上、彼は良い意味でも悪い意味でも話題に事欠かない人物である。だから、ごく自然にお互いにアーシェルの話をし、いつの間にか雑談くらいなら交わせる仲になった。

因みに、あの時、アーシェルを物の見事に釣り上げたファンベルジョの卵の存在をカルロスに教えたのは、レオドールである。

カランザラ帝国の件を父に丸投げされて不安に思ったカルロスが、どうにかマイナスル公爵家は味方につけたいと思い、レオドールに頼ったのだ。

レオドールはファンベルジョの卵の存在を教え、あとは、カルロスの手腕でファンベルジョのオーナーを説得し、紹介状を得たのだ。

まさかこの2人が協力するような関係になるだなんて誰も予想しなかっただろう。アーシェルもレオドールとカルロスが2人で自分を嵌めたとは気づいていないはずだ。

ふふと穏やかに笑っていたレオドールだが、ふと残念そうに肩を竦めた。

「……ということは、今、アーシェルは魔術論の授業中か。残念。会えたら良かったのだけど」

「兄上は本当に変わってますね……残念がる意味が分かりません……」

アーシェルを共通点に持つ2人だが、アーシェルに関して2人の考えは正反対だ。レオドールから見れば、アーシェルは癒しと幸運の女神だが、カルロスから見れば、有能だが厄介極まりない悪友である。会いたいかと言われれば、否だ。しかし、レオドールは違う。そこだけがカルロスには理解不能だった。

「兄上は仕事ですか？」

「うん。でも、終わったから帰るつもり。アーシェルもいないしね。カルロスは散策かい？」

「ええ。やることもないので」

そうカルロスが言った時だった。

ドサッと何か重いものが盛大に地面に落ちた音がした。

王子2人がそちらを見ると、中庭の真ん中で子猫を抱えた少年が1人、木から落ちたらしく、葉っぱ塗れになりながら地面に尻もちをついていた。

「っ……」

「大丈夫か!?」

カルロスは元来の人の好さから、彼を助けに行く。

しかし、レオドールは彼を見て、目を細めた。

カルロスが助け起こすと、彼が助けたらしい子猫は暴れながら彼の手を離れ、どこかに走っていく。

彼はほっとしたように息を吐いた。

「ありがとうございます」

「猫を助けたのか？」

「はい。降りられなくなっていたみたいで……木を登るなんて人生初でしたけど、どうにか助けられて良かったです」

そう言って彼は微笑んだ。そのヘーゼル色の髪と茶色い瞳に、カルロスは既視感を抱いた。そういえば、彼は……。

「お前、入学式の時にも会ったな」

そうだ。あの時、助けた彼だ。彼もカルロスが分かったのか得心したように頷いた。

「……あぁ、あの朝はありがとうございました。それに今回も……」

「いや、問題ないさ。しかし、君に感謝もしないなんて薄情な猫だな」

「動物ですし、仕方がないと思います。それに、感謝がなくともあの子を助けることが出来ましたから……自己満足ですけど僕はそれで十分です」

　優しい子だとカルロスは思った。こんなに心優しい、そして、目の離せない人、初めて会った。その優しい微笑みにカルロスの胸は不思議と満たされた。

　彼は立ち上がると、カルロスに一礼した。

「ありがとうございました。では、僕は授業に……」

「授業？　何の授業だ？」

「あ、あの……魔術論を……」

「……あぁ、だったら、もう遅いかもしれない。魔術論の担当教師は、遅刻と無断欠席に厳しい。もしかしたら、既に出禁になってるかもしれない」

「で、出禁!?　こ、困ります……！」

「もう諦めた方がマシだと言っておこう。それより怪我はないのか？　派手に落ちたが……」

「け、怪我……」

　授業のことで頭がいっぱいで自分の怪我など考えていなかったのだろう。葉っぱや土が身体中についていて見えにくいが、よく見れば、彼は擦り傷だらけだ。服の下に痣もあるかもしれない。カルロスは世話の焼ける奴だな、と思い、自分が彼を保健室に連れて行かねばならないと思った。

　だが。

「君、彼を保健室に。カルロス、彼は僕の護衛に任せよう。それ以上、何もしなくていい」

レオドールの明瞭な声がカルロスの手を止めさせた。


レオドールの護衛に連れて行かれる彼は、何が起こったか分からず困惑しているようだった。それはそうだ。カルロスに助けられたと思えば、その兄の護衛に保健室に連れて行かれているのだから。

カルロス本人も戸惑っていた。

先程まで彼は自分が助けるものだと本気で思っていた。だが、結局水を差され、レオドールの護衛が彼を連れて行ってしまった。

「あ、あの兄上……」

何を、と言いかけて、カルロスは気づく。こちらを見るレオドールの表情は苦虫を噛み潰したような苦渋に満ちたものだった。オマケに、ブツブツと何か呟いている。

「……なるほど、昔の僕もあんな……客観的に見ると……あぁ、父上が王太子を決めないのも……」

「兄上？」

「……あぁ、すまない。過去の自分はアーシェルに断られて当然だったな、と……まぁ、そんなことはいいか」

レオドールは疲れたようにため息を吐いた。流石に訳が分からず、カルロスは首を傾げるしかない。

そんなカルロスに、ややあって落ち着きを取り戻したらしいレオドールが真剣な表情を向けた。

「カルロス。兄としてではなく、人生の先輩として忠告しておこう。君にはこれから試練が待っていると思う。その試練にどう対処するのか、君の手腕が試されてる」

「手腕？」

カルロスはただ人を助けただけだ。それが何故、試練という話になっているのか、カルロスには分からない。しかし、真剣な表情のレオドールは、何かを確信している。……カルロスでは分からない何かを。

レオドールは言う。

「良いかい？　カルロス、何があっても何に巻き込まれてもそれを忘れてはいけないよ。父上はいつだって僕達を見ているのだから」

「父上ですか……？」

「そう。あの人は凡愚だと勘違いされやすいけど、何に於いても、考えなしに動く人ではないからね」

そう言って、レオドールは身を翻し、カルロスの前から立ち去っていく。

「あとは、カルロス次第だ。……先程の彼だって、些事と判断せず、真剣に考えておくことをオススメするよ」

その言葉にカルロスは心優しい彼が貶されたようで、やや不快に感じたが、レオドールが意味のないことを言う人ではないのは知っている。忠告、もしくはヒントとして胸に刻むべきだろう。

「だが……一体、何を考えれば良い……？　彼に不審な点なんてなかったはず……」

そう言いかけて、ふとカルロスは気づく。

……自分はこの空き時間、あまりに手持ち無沙汰すぎて、この中庭をずっと散策していた。なのに、彼が落ちてきたのは自分とレオドールが話している時。

…………妙にタイミングが良かったな。

カルロスはそう思って、しかし、その僅かな懸念を振り払うように頭を振った。

なぜなら、自分は彼を好ましく思っている。……まだ2度しか会ったことない彼を疑いたくなかった。

カルロスは気づかなかった。

そんな様子を見ていた人間が1人いたことを。

「……簡単にはいかないか……」

魔術で気配を消しながら、隠れていた物陰からゆっくりと出て行く。

警戒されているが、まだ、問題ない。時間はある……。

彼は既に後がなかった。どうしても成し遂げなければならないことがあった。だからこそ、こうしてコソコソと隠密に行動しながら観察していた。

ヘーゼル色の髪の彼が消えていった方を見つつ、彼は身を翻し、先程、目の前で起こったことを脳内で分析する。

「アーシェル……」

その名を口にした時、彼は笑みを浮かべた。第一王子の方はかなり好意的に、第二王子はどちらかというと嫌そうに、彼のことを話していた。

今のところ、予言通りだ。多少なりともズレがあるかと思っていたが、それも今のところ見当たらない。それに一先ず安堵した。

彼は人気のない学院の廊下に出ると、魔術を解いた。

この学院は規律が厳しい。学院内の魔術の使用は、場合によっては、退学の処分の対象になる。しかし、この計画を実行するには、魔術を使わなければどうしようもない。

辺りを探る。

誰も自分には気づいていないらしく、追っ手はいないようだ。ほっと息を吐く。

その時だった。

「流石です。やはり貴方は素晴らしい。長いこと、我がヤンファンガルの魔術研究を牛耳っていたサックウェル家も、今頃、青ざめているでしょう」

「…………そう」

誰かと誰かが会話する声がする。廊下の向こうからやってくるその会話に、彼は慌てて、近くにあったベンチに座り、持ち運んでいた教科書を適当に手に取り、顔を隠すように開いて、生徒の振りをした。

やってきたのは、教師らしい白髭の男と……そして……。

「……………………………は？」

彼は思わず、声を失った。

「テオドア様も思いませんか？　魔術の発展に貢献してきた歴史に尊敬はすれど、サックウェル家は最近、貴方に後れをとるばかりで、目新しい新理論も出さず、あの方も魔術省大臣という名誉ある立場でありながら、かつてのような目覚ましい活躍は見られず、研究室ではなく、執務室にこもられてばかり。サックウェル家の栄光は最早過去のもの……貴方の才に、ひれ伏したのでしょうね」

上機嫌に白髭の男は言うが、彼の話を聞くもう1人の少年は、うんざりしているようで顔を顰めている。

「……貴方の話は分かりました。それで？」

「それで……？　あ、あの？　何か思うことはないのですか？　サックウェル家に。サックウェルには16歳の嫡子もおりますが優秀な魔術師とはいえ、他人の研究をなぞるばかりで、全く才も能もないと有名ですし……」

「特に何も。……魔術研究に関係のない下らない話で、これ以上引き止めるようなら、こちらにも考えがありますが？　先生？」

そう少年が言うと、慌てたように「失礼した！」と男は言って頭を下げて逃げるように去っていった。

そんな彼を見て、少年は小さくため息を吐くと、ベンチに座る彼には気づかず、何処かへ向かい、歩き去っていった。

その後、しばらくしてから彼は教科書から顔を上げた。もう周りには誰も人はいない。呆然と先程まで少年がいた場所を見てしまう。

「……………」

あまりの衝撃に絶句してしまう。彼……ずっと魔術で気配を消し、探りを入れていたリカルドは、息を呑んだ。

「…………何で、ここに……いや、別人か？　しかし、あまりにも……」

彼は……お祖父様に似ていた……。

第三十八話　コンラッドは飛び出した

コンラッド・サックウェルと出会ってから……あっという間に1ヶ月が経った。

時間が経つのは早ーい。

学院生活にも慣れ、地下室の冷蔵庫はお取り寄せスイーツでいっぱいになりかけ、テオドアとの生活も穏やかに過ぎていた。

けど……！

けれど！

魔術論の授業が始まる直前、僕とエイダンは頭を抱えていた。

「ねぇ、エイダン。僕達、よくやっていると思うんだ」

「はい……。どんなに困っても、毎回遅刻はしていませんし、無断欠席もしていません。よく授業に参加してると思います……」

「うん、僕達やってるよ……やってる……」
けど！　けれど!!
あのコンラッドと書いてサボり魔と読むあの野郎!!

魔術論はとにかくグループ課題が多い。魔力の特性を理解し、物理学など魔術の弊害となりうる自然現象を上手くかわして、循環と軌道論理を基に最高効率の魔術を編み出すわけだが……1人では難しいだろうということで、2人または3人で課題に取り組む。

なのに、あのコンラッドは毎回遅刻も無断欠席もしないものの、課題はやらないし、宿題にレポートなんて出たら、すっぽかして来るのである。それも毎回！　この魔術論の先生は厳しいのに！

僕とエイダンが課題に取り組んでいても、あの野郎は目の前で、ずっとシカトするから課題が進まないし。彼がレポートをやっていないことで先生に僕達まで怒られるし、本当に意味分かんない。

くそぅ……魔術省大臣の息子、不真面目すぎる。これって、親が真面目すぎると、子どもはグレるってやつなのかな？　いや、魔術省大臣のお父さんのこと全く知らないから、分からないけど。

そんな不真面目なコンラッドに、先生も手を焼いている。叱っても言うこと聞かないし。

現に今、もう授業の直前だというのに、レポートをやってこなかったことを教壇でコンラッドは叱られている。

しかし、コンラッド本人は澄まし顔で明らかに説教を聞き流していて、反省の色がない。先生はため息を吐いた。

と、そこへ。

「アーシェル」

テオドアが魔術論の教室に来た。その手にあるのは、僕のノートだ。

「前の授業の机に、忘れてたぞ」

「ありがとう！」

そのテオドアの登場に教室はざわめいた。

「あれ、テオドアじゃないか？」

「あの天才の……？」

「やべぇ本物見ちゃった」

「魔術省でも騎士団でもエリートってやばくない？」

「特に魔術は、もう世界一だよね」

そんなざわめきに、先生の言葉にも表情を変えなかったコンラッドが、目を見開き、身体を震わせた。

そんなことが起こっているとも知らず、僕は呑気にテオドアにエイダンを紹介する。

「テオドア、彼がエイダン・ハートレス」

「は、はじめまして……」

エイダンは初めて会ったテオドアに緊張していた。毎日一緒にいるから僕はあんまり実感ないけど、魔術省でも騎士団でも名を馳せていて、ヤンファンガルの時の人なんだよね、テオドア。だから、初めて会う大概の人は緊張する。

「……よろしく」

無愛想にテオドアは挨拶して、僕の手元にあるそれに気づいた。

「これ……この授業の課題か？」

「うん。今、頑張ってるとこ」

その課題に興味を持ったらしいテオドアはさらっと課題に目を通すと、そこに書かれてる僕の解答にクスッと笑った。あー！　笑うことないでしょー！

「てーおーどーあー？」

「あぁ、すまない。アーシェルの努力を笑うつもりはなかったんだが、その……なんだ……頑張ってるな……と思ってな」

「それって出来てないってこと？　出来てないってことだよね!?」

「仕方がないだろ。間違ってはいないが、効率を考えるなら、これは逆に非効率すぎる。本末転倒、だな」

「ぐぅ……！」

テオドアのダメ出しに、心に大ダメージを負った！　今から提出するんだぞ！　それ！

　そんなテオドアと僕の会話に周りが興味深そうに聞き耳を立てる。まぁ、今日の課題の話だし。みんな気になるよね。

　テオドアは面白くなってきたのか。勝手に課題を解き始めた。

「なるほど、課題としては良い問題だ。旧来の理論のままであれば難問だったろうよ。だが、実にシンプルな答えだ」

　そう言って、僕のノートを拝借して、淡々と解答……いや、多分、自分が打ち立てた新説を書いていく。僕に向けて分かりやすく、僕の理解力にわざわざ合わせて解説しながら。

「魔術行使に於(お)いて、最も弊害となるのは物理現象だ。質量や重力、摩擦といったどうしようもない理(ことわり)。今まで、魔術はその理を乗り越えて行使するものだったが、それではいつか頭打ちになる。そもそも魔術そのものも、どうしようもない理の一部だ。つまり、必然的に全(すべ)ての理を理解した上での魔術を考えなければならない。そう、この課題は、そのありとあらゆる物理現象の法則を理解出来ているか否かが肝だ」

「つまり、効率化には物理法則の理解が必須(ひっす)だと……」

「そうだ。紙飛行機が、強風時と平常時の風でその飛距離に違いが出来るように。どのような条件下であれば、魔術の効果に違いが出るのか。最も効果が出る条件は何か、それを考えるのがこの学問だろう。ま、結論、魔力をエネルギーとして考えて……」

「私の仕事を取らないでくれますか、テオドア様」

　そこで、コンラッドを教壇に置いたまま、こちらにやってきた先生が何とも言えない表情で、テオドアの説明を遮った。

　しかも、せ、先生、テオドアを様付けで呼んだ!!

　先生とテオドアは既知の間柄らしく、先生はどこかテオドアに親しげだった。

「テオドア様、ここは貴方が講義する魔術省ではなく、私が講義する学院です。貴方に講義されると、私の立場がなくなってしまいます」

テオドアも先生にそう言われると口角を上げた。

あのテオドアが僕以外の人に笑った……！ 他の人に笑ったところ、今まで見たことなかったから、新鮮!!

「グレイン、貴方が担当教師か。それは失礼した。しかし、貴方が教師だなんて想像出来ないな」

「いつもならば私が生徒ですからね。テオドア様、そういうわけですので、もうすぐ開始時刻ですし、退室を。あぁ、それはそうとして、今度また魔術力学について語り合いたいですね」

「分かった。では今度予定を空けよう。アーシェル、またな」

「う、うん！」

そう言って、テオドアは僕のノートに答えだけ書いて出て行った。


先生がテオドアの生徒!? 先生がテオドアの生徒!!

魔術省で講義してたのは知ってたよ!? でも、まさかテオドアの3回りくらい歳上(としうえ)の先生が、生徒だとは思わないじゃん！ 改めて、テオドアの凄(すご)さを知った。

テオドアが退室した後も、教室はざわついていた。時折やっかみも聞こえるけど、総じて、テオドアの天才ぶりを称(たた)えていた。

「俺達が分からなかったことを、簡単に……」

「流石(さすが)だ。見習いたいものだね」

「これからの時代はテオドアだろうよ」

そんな彼らを見て、先生は肩を竦(すく)めると。

「テオドア様の話は授業が終わった後になさい。ほら。授業を開始しますよ」

彼らに静まるよう言い、席につくよう促した。

だけど。

「っ!!　……テオドア、テオドア……クソッ、アイツばかり……!」


突然、コンラッドが教室から飛び出した。心做しか顔が真っ赤だったような気がする。

出て行ったコンラッドに、僕もエイダンも周りもびっくりだ。先生も驚き、目を見張った。

「何処に行く!　コンラッド・サックウェル!!」

先生が教室から出て、そう叫ぶが止まらない。嘆息して、先生は……僕達を見た。

「アーシェル、エイダン。連れ戻しに行きなさい」

え、僕達が行くの?　どこに行ったかも分からないのに?

僕とエイダンは思わず、顔を見合わせた。

side 38.5　腐ってしまった(コンラッド視点)

コンラッド・サックウェル。

それが俺の名前だ。

俺はサックウェル家の嫡子として生まれた。跡取りであり……そして、今後のヤンファンガルの魔術研究を引っ張っていく存在になるよう、皆から望まれていた。

「貴方の父はこの世で最も優れた魔術師。貴方は将来、その魔術師と肩を並べるのよ」

母はいつもそう言って、幼い俺を抱き上げた。

俺もそのつもりだった。

父は凄い魔術師だ。僕が生まれる少し前に、3属性の魔術の同時展開を成功させて、魔術界で名を馳せ、魔術省大臣になった。それまで2属性が限界だった世界を塗り替えた、そんな父が誇らしかった。

そんな父に憧れて、俺は日々、懸命に魔術の研究に励んだ。

研究すればするほど、分からない何かが分かって、新しい世界が開いていく。努力すれば努力する程、父に近づけるようで、楽しかった。

「コンラッド。魔術省大臣は世襲制ではなく、功績のある人間しかなれない。でも、お前なら、きっと私の次の大臣になれる。私は待っているよ」

父はそう言って、激励してくれた。

新しい魔術を作る、絶対に。

今後100年、歴史に刻まれるような人間に、俺はなるんだ！

なるはずだったんだ……。


「4属性の同時展開どころが、5属性の同時展開だって!?」

「はい、あの子は天才です！　ただ騎士としての才能もあり、騎士団も勧誘を……」

「騎士団に優秀な人材を取られてはいかん。今すぐ魔術省に呼べ」

テオドアは流星の如く現れた正真正銘の天才だった。

何もかもが規格外。才能も魔力量も……発想も……。

彼が考えた魔術は今までの歴史を尽く塗り替え、今までの魔術を古の魔術にしていく。そうして、テオドアはあっという間に、魔術の常識さえ、変えてしまった。

今の常識は多属性の魔術を組み合わせて使う複合魔術。

父が考えた3属性の同時展開は、今や、旧文明の遺跡が如く、忘れ去られていた。

「……テオドア様が出てきてから、サックウェル家はダメになりましたね」

「今はもう落ち目でしょう。今まで我がヤンファンガルの魔術研究を牛耳ってきましたが、もう常識すら変わってしまった今、再び栄光を掴むのは無理でしょう。……次の魔術省大臣はテオドア様ですよ」

悔しかった。

俺が生まれた大切な家も誇っていた父も……今までやってきた魔術の研究も、全部、貶された気がした。

どうにかサックウェル家を盛り立てようと研究するけど、俺や他のサックウェルの人間が結果を出す前に、テオドアは新説や新理論を確立し、どんどん引き離されていく。

気づけば、どうしようもなく追いつけない程の差が出来てしまった。

そうして、後れをとるうちに、いつの間にか、サックウェル家は終わったと言われるようになった。

そして、ある時……。

父が折れた。

魔術省大臣として立派な成績を収めてきた父。昔は魔術研究の第一人者として、沢山の弟子を持ち、ヤンファンガルの魔術師を牽引する存在だった。

けれど、今やテオドアの時代。

テオドアに何一つ敵わず、テオドア以上の研究成果が出せない父は、ヤンファンガル内での求心力を失い、殆どの弟子は離れ、ただただ大臣として、テオドアが極めた最新の魔術を承認するだけの人間になっていた。

父はそんな生活に、いつか心が折れてしまった。

魔術省では執務室にこもりきりで研究室に行かなくなり、屋敷に帰っても自室から出なくなった。

変わってしまった父に母は泣き暮らすようになり、家はいつも鬱屈としていた。

僕達家族は、昔のような希望に満ちた明るい家族ではなくなってしまった……誰も彼も未来に希望を抱けない暗い家……。

そして、俺もそんな現実にいつしか腐っていった。

テオドアを超えるのは、幾ら努力しても無理だ。

彼は僕らより100年先を生きている。この2年で僕らが100年かかっても到達出来なかったであろう境地まで、彼はたった1人で成し遂げた。

……努力なんてしても、無駄なんだ。俺はどうせ凡人。あの天才に敵う術はない。

僕はそれに気づいて、努力する意義も研究する理由もなくなった……。

あぁ、テオドアさえ、いなければ……。

「サックウェル家も憐れなものだ。今や昔の栄光ですな」

「しかし、あのサックウェル家を凋落させるような凄まじい方がこのヤンファンガルにいるとは」

「あの方、エスパダ伯の子だったんだろ？　あの節操なしが育児放棄してた子どもをマイナスル公爵家のアーシェル様が見出して、マイナスル公爵家に迎え入れたって聞いたぜ」

「アーシェル様……あぁ、あの第二王子の婚約者候補で第一王子の側近の。側近最年少でありながら、優秀かつ有能と噂に聞く。あのマイナスル公爵家次期当主っていう肩書きだけで既に驚異だというのに、まさか天才を見出す慧眼まであるとは……」

アーシェル・マイナスル……。

そいつが全ての原因なのか。

彼がいなければ、こんなことにならなかった……。

こんな……家族も不幸になることには……。


「……久しぶりだな。コンラッド」

その日、俺は父に呼び出された。

父に会うのは随分久しぶりだった。久しぶりに見た父は、げっそりと痩せてやつれていた。昔はふくよかで、朗らかに笑う人だったのに。

「最近、魔術研究に身が入っていないらしいな……」

「……」

痛いところを突かれて……見違える程、痩せた父が見ていられなくて、無言で返す。それに父はため息を吐いた。

「……私のせいだな」

自分を責めるようなその言葉に、俺は怒りが湧き上がった。

「違う！　テオドアが……！」

「コンラッド。他人のせいにするな」

眉根を寄せた父は悲しげだった。けれど、なら、誰のせいでこんなことになっているというのか。

俯く俺に、そんな父は厳かに告げた。

「コンラッド。学院に入ったら、魔術に関する授業は全て受けるんだ。基礎から学び直しなさい」

「え……？」

「これは命令だ。……初心に帰りなさい」

俺はその命令に絶句した。

ある程度修練した魔術師なのに、魔術の授業を一から受けるのは、はっきり言って屈辱以外の何物でもなかった。悔しくてたまらない。

更に腹立たしいことに、テオドアは当然のように魔術関連の授業は免除されていた。

授業に行く途中、たまたま聞いたテオドアと彼を見出したアーシェルの会話。その会話は酷く不快だった。

「お前のサポートはしてやりたいが、俺は魔術関係の授業は免除されている。まぁ魔術関連だけは、1人で頑張れ」

「ずるーい」

「諦めろ。俺の今までの努力の成果だからな」

努力？　お前が？　そんなの絶対に嘘だ。涼しい顔で俺やみんなの努力を踏みにじりやがって！

「テオドアって本当に凄いよね……」

「まぁな」

ほら、やっぱり自意識過剰な奴じゃないか！　内心、見下して馬鹿にしてるんだろ！

「もし、分からないところがあったら聞いていい？」

「聞いてもいいが、多分、学院で教えられている非効率で前時代的すぎる理論にダメ出ししながら、お前に教えることになるぞ？」

「それはやだな……」

非効率？　前時代的？　お前が言うそれは全部サックウェル家が積み上げてきた偉大な魔術だ！　馬鹿にするな！

俺は怒りで真っ白になりそうになるのを、どうにか抑えて、魔術論の授業に向かう。

……ところが。

パートナーになるべきだった学生が授業をサボり、そのとばっちりで俺は……よりにもよって、アーシェルがいる組と一緒になった。

なんで、コイツと！　テオドアを世に出した奴だ、絶対好きになれない！　コイツがエスパダ伯爵家からテオドアを連れ出さなければ……こんな惨めな思いはしなかった!!

だから、アーシェルも同じ組のエイダンも無視した。

全ての元凶である奴がいる授業に懸命になれるはずもなく、魔術論の課題もレポートもしなかった。

視界に映る全てに嫌気が差していた。

そんな時に……！　またしても！

テオドアは入ってきた瞬間から注目の的だった。

クラスの奴らはみんなテオドアを称えていた。

先生はテオドアの生徒らしく、尊敬の目でテオドアを見ていた。

そんなテオドアはたまたま魔術論の課題に興味を抱いたらしく、授業を受けてもいないのに、スラスラと解説を交えて答えを導き出していた。

……俺が、一晩、考えても分からなかった答えを……。

課題やレポート、提出こそしていないが、実はいつかやってくる定期試験の為に、解いてはいた。

しかし、今回の課題は、どうしても分からず、懸命に考え調べたが、納得のいく答えが出なかった。

それをああも簡単に……！

そして、そんなテオドアを周りは称えて、誰もが尊敬の眼差しで奴を見て騒ぐ。

……アイツさえいなければ、俺がきっとその視線の先になっていたかもしれないのに。

そう思うと、頭が真っ白になって、教室を飛び出していた。

何がしたいのか自分でも分からない。だが、テオドアを称えまくるこの空間がただただ不快で……悔しかった。それだけは確かだった。

第三十九話　頑張ってみるよ

コンラッドを探せと先生に言われて、教室を出たものの……。

「学院広すぎ！　一体どこだよ！」

「どっちの方向に行ったかも分かりませんね……」

僕とエイダンは頭を抱えた。

はぁ、困った。こういう時、テオドアがいたなら、探知魔術であっさり見つけるんだろうな……。でも、テオドアいないし……。

僕の初級の探知魔術じゃ頑張って半径50mがせいぜいで、見つけるのは難しい……。しかも、学院って中庭に食堂まであって広いし基本的に2階建て、3階建ての場所もある。1つ探ったって間に合わない。

首を傾げエイダンはぽつりと呟いた。

「猫だったら、上に行くんですけどね。猫って木に登って降りられないとパニックになって、何故か逆に登ってしまうらしいですから」

「コンラッドは人間だよ？　……あ、でも、上って屋上だ。今、いる校舎には屋上がある。この時間は授業中だから、きっと誰も いないだろう。……もしかしたら有り得るかもしれない。

屋上に走り、両開きの扉を開けると、そこには……コンラッドが屋上の床に大の字で寝転がっていた。

「ビンゴ！　やった！」

「ようやく見つけました！　コンラッドは猫だったんですねー！」

現れた僕達にコンラッドは不快そうに目を細めた。

エイダンがコンラッドに近づく。

「コンラッド様、教室に戻りましょう。授業を放るなど、問題大ありです！」

床に仰向けになっているコンラッドに手を差し出して、起き上がるよう促す。しかし、その手をコンラッドは叩き落とした。

「……」

そして、不機嫌そうに黙り込んできた。エイダンを無視して、一歩も動こうとしない。

…………へぇ、そう。

そんな彼を見て、自分の中の何かが切れる音がした。

「ねぇねぇエイダン。これから僕がやることを気にしないでね？」

「え？　はい」

一応、エイダンに断りを入れ、僕は……仰向けになったコンラッドの腹の上にわざと腰かけた。

「グボ‼　な、何する‼」

「あークッションかと思って腰かけちゃったー。一言も発しない人とかクッション同然だよねー」

僕の暴挙に逆上したコンラッドが僕を押しのけて、立ち上がる。そして殴り掛かってくるが、それを立ち上がった僕は軽くいなして、むしろ、その腕をかるーく捻(ひね)ってやった。魔術では勝てないけど、体術はこっちの方が上だ！　コンラッドが悲鳴をあげた。

「痛っ！　痛い!!　お前何するんだ！」

「あーあ、このクッション、うるさいなー。ほら、クッション、いつもみたいに黙りして、無視して、さっきみたいにサボり魔やってれば？　魔術師より今の君にはよっぽどお似合いだよ、サボり魔」

「……っ！」

　ちょっとわざと煽(あお)れば、コンラッドの目が怒りに燃える。捻ってない方の拳(こぶし)が飛ぶけど、それも僕は軽く受け止めて、叩き落とした。

　コンラッドが吠(ほ)えた。

「お前に何が分かる！」

「知らないよ。だって、君と話したのは今日が初めてだもの」

「…………っ！」

「コンラッド。君のことは1ミリも知らないけど、これだけは分かる。……サックウェル家の名を落としているのはアンタだ」

　その言葉は、コンラッドの怒髪天を衝(つ)いたらしい。憤懣(ふんまん)やるかたないとばかりに……コンラッドから炎魔術が飛んできた。

　その爆炎は僕の視界を覆う程だった。

「アーシェル様！」

　エイダンの悲鳴が響いた。

けど、大丈夫。何せ。

　服の上から胸にあるそれを握る。肌身離さず大切にしてるそれが光り輝いた。

　パァン、と音がして、コンラッドの炎は僕に届く前に弾け消えた。それにコンラッドは目を見開く。テオドアとお揃(そろ)いのペアリング、舐(な)めてもらったら困るよ！

　コンラッドが呆然(ぼうぜん)と僕を見る。

「……嘘(うそ)だろ……。防御魔術……？　でも、最大威力で……！」

「悪いね。僕、有難いことに、大概の魔術には対処出来るようにしてもらっているんだ」

「くっ……！　テオドアか……！」

　察したらしいコンラッドの目が釣り上がる。

　その目には憎しみがある……なるほど、コンラッドにはテオドアに対する私怨があるようだ。

　でも、だから何だって言うんだ。

「そんなことはどうでもいいよ。授業受けないの？　こんな名誉ある学院にいて、課題とレポート出さない上に、授業から逃げ出すとか、サックウェル家に随分な悪評が立つと思うけど？　嫡男の素行が悪いと家全体の評判が落ちるよ？　いいの？」

「黙れ!!」

　コンラッドはムキになって僕に魔術を放つ。次々と放たれる爆炎は彼の怒りそのもののようだ。でも、その魔術を僕の首にかかるそれは全部消した。

「僕、こう見えて怒っているんだよね。コンラッド、君はサックウェル家の魔術師でありながら、専門分野だろう魔術論の課題もレポートもしないし逃げ出すし！　あげく、僕とエイダンを振り回して！」

　僕はコンラッドに向けて、駆け出した。

「お前みたいな奴、魔術師やめたらどうだ！」

　魔術で足を強化して、コンラッドに回し蹴りをかました。コンラッドが綺麗に飛んでいき屋上の床に転がった。

「ぐっ」

　体術なんて今までやってこなかったのだろう。彼はまともに受け身さえ取れない。あ、ちょっとやりすぎたかも……あれ、絶対身体中痛いよ。けれど、彼は気丈にも、口を開いた。

「俺は魔術師だ！　やめるものか！　父の命令で授業を受けているだけだ！　お前達がどうなろうが関係ない！　そもそもテオドアさえいなければ、俺だって出来る魔術師に……！」

「テオドアは関係ないだろ！」

　かちーん！　テオドアさえいなければだって？　僕だってお前さえいなければ、こんな無駄な時間過ごしてないよ！　ちょっと話しただけで、コンラッドの思考が何となく分かってきた。僕の中で怒りが更に湧く。

「コンラッド。自分が出来ない魔術師になった理由にテオドアを使うなんて許さない。テオドアは凄いよ。あぁ、凄いさ。もう僕なんて比較にならない。でもね、だからって、腐っていい理由にはならない。君の場合、テオドアを言い訳にして、逃げてるだけじゃないか！」

　僕の言葉に、コンラッドが目を見開く。僕は地べたに転がるコンラッドに一歩ずつ近づいていく。

「君を見ていると昔のカルロス殿下を思い出すよ。カルロス殿下には優秀すぎるレオドール殿下がいた。君も知ってるだろ、レオドール殿下の鬼才ぶりは。あの頃のアイツは今の君みたいに僕に八つ当たりする嫌な奴だった。でも、あれだけレオドール殿下に劣等感を抱きながらも、殿下は腐らなかった。あの方はレオドール殿下を超える為の努力をいつだって惜しまない人だ。結果、レオドール殿下と真っ向から対立して派閥を作るまでになった。気に食わない奴だけど、あの方のあの点だけは僕は認めているんだ。逃げるな、コンラッド。確かにテオドアは凄い。規格外すぎる。テオドアの活躍で、魔術師の名門である君のサックウェル家も打撃を受けたことは容易に想像できる。でも、テオドアが凄いのと、君が魔術師として大成していないのはイコールにならない」

　怒り任せにまくし立てて、呆然とするコンラッドの目の前に立つ。

「……っ」

　すると、コンラッドが痛む身体を引きずるように起きて僕の前に立つ。そして、僕の胸倉を掴んできた。

「……ならどうしろと!?　アイツが天才なせいで！　俺の家族は崩壊した！　幸せもない！　魔術師の連中には笑われる！　父には初心からやり直せと言われる！　あんな奴、努力しても追いつけないのに、どうしろと！」

「ああそう!!　悲観するしかない現実には同情するけど？　で？　だからってやるべきこともやらない理由にはならないよ？　コンラッド、君は出来ることもしないから大成しないんだ。よく努力をすれば報われると言うけれど、努力をしても報われないことが多々あるのも事実だ。本当に徒労に終わることだってある。でも、努力しなければ、そもそも報われることもないんだ。出来ることもしないなんて以ての外だ。今の君は、サックウェル家という名門に生まれていながら、サックウェル家の現状に嘆いて腐って名を汚すだけで、何も変えようなんてしてないじゃないか。今はテオドアの一色の世の中だけど、君が努力すれば、幾らでもサックウェル家が名門に返り咲く可能性があるのに」

　魔術省大臣ではなくても、偉大な魔術師になって歴史上に名を遺（のこ）した人間はいっぱいいる。歴史っていうのは、そういう人達が全員で築いてきたものだ。たった1人が築き上げてきたものじゃない。

「テオドアは確かにすごいけど、万能の神じゃない。テオドアでも開発出来ない新魔術も新技術も絶対あるはずさ。サックウェル家の名誉を挽回（ばんかい）できるチャンスはまだまだある。……そのチャンスを君はドブに捨てるの？　良いの？　このまま君んちが積み上げてきた研究が、古臭い時代遅れの魔術って貶（けな）され続けても？」

「良くない……」

　僕の胸倉を掴んでいた手が離れて、コンラッドが崩れ落ちた。青ざめた彼は床に手をついて俯（うつむ）いた。

「良くない……それだけは。サックウェル家の……父の人生を……」

　コンラッドはそう言って、蹲（うずくま）った。

　そこへ予想外の来客が訪れた。

「アーシェル!!」

　テオドアが焦った様子で、屋上に駆け上がってきた。

あ、リング使ったから、自動的にテオドアに使ったのが伝わったんだ。久しぶりに使ったから、忘れてた。

「無事か！」

「うん、大丈夫。ちょっと喧嘩しただけ」

そう話すと、今まで僕に遠慮して黙っていたエイダンがぼそりと「ちょっと……ではなかったような……」と、そう呟いた。ちょっとだよ、ちょっと。僕が言うなら、ちょっとだって！

テオドアは訝しげに僕を見て、ふと、蹲るコンラッドに気づいた。最初、コンラッドが顔を伏せて蹲っているせいで、誰だか分からなかったようだが、次第に理解したようだった。

「……アンタ、コンラッドか。サックウェル家の」

「!!」

コンラッドが顔を上げると、僕やコンラッドの様子を見て状況を理解したらしいテオドアは、ため息を吐いた。

「大臣から優秀な魔術師になる人間だと聞いていたが、何やってんだ？」

「……ッ」

優秀な魔術師になる人間か……。コンラッドのお父さんは彼に期待していたんだ。そして、それをテオドアに言っていた。時の人であるテオドアに。その意味はきっと深い。大臣が息子とはいえ魔術師を紹介したんだから。……一緒に盛り立てていって欲しい。そんな願いが垣間見える。

その事実にコンラッドは言葉を失ったらしかった。けれど、コンラッドの目は真っ直ぐテオドアに向けられている。そして、意を決したようにテオドアに問うた。

「お前は何で魔術師になった？　名声か？　富か？　それとも、才能を試したくなったからか？」

その問いに、テオドアは嫌そうに顔を歪めた。

「はぁ？　何故、そんなことを聞く？」

「……答えろ」

答えない、という選択肢は与えない。コンラッドにはそんな気迫があった。そんな時、ふいに、テオドアと目が合った。

「テオドア？」

何か言いたげなテオドアの目に、僕は首を傾げる。

テオドアはまたため息を吐いた。

「……アーシェルには聞かれたくなかったが……まぁ、いい。時効だろう」

テオドアはコンラッドを見据え、淡々と問いに答えた。

「魔術師に、いや、魔法騎士になって成果を出し続けなければ、命がなかったからだ。俺は、名声も富も要らなかったし、どうでも良かった。ただ、マイナスル公爵家に、いや、アーシェルの傍にいる為にはやらざるをえなかった。今でこそ、多少認められて、すぐさま切り捨てられる心配はなくなったが、不要になれば、あの人は俺を容赦なく切るだろうさ。……どうだ？　満足か？」

その返答にエイダンもコンラッドも絶句だ。……成果を出さなければ殺す。そんな残酷な命令を下されたが故に、今のテオドアがある。

……僕は真っ白になった。

やがて、湧き上がる怒りで真っ赤になる。

……父上！　テオドアに冷たいとは思っていたけど……こんな……！

「今すぐ、実家に帰る！」

飛び出そうとした僕の服の後ろの襟をテオドアが掴みあげた。あー！　猫みたいに掴むなー！

「テオドア放せ！　父上にちょっと、いや、かなり、いや、めちゃくちゃ話がある！」

「やめろ。お前が言ったところで、俺の立場が更に悪くなるだけだ」

「でも！」

僕がテオドアに放すよう説得しようと振り返ると……何故か、不敵に微笑んでいた。

「俺はもう既にあの人の飼い犬ではない。切り捨てられようものなら抵抗するさ。それにだ。既に……俺はマイナスル公爵が最も大切にしているものを奪って自分のものにしている。この世に1人しかいないかけがえのない人だ。意趣返しとして十分だろ？」

「……え？　それって」

別の意味で僕は真っ赤になり、全て察したエイダンがテオドアに言う。

「テオドア様、やりますね」

「まあな」

テオドアは涼しい顔で言うけど、僕はもう限界だ。ぐぅ……勝てない……。

コンラッドはそんな僕らのやり取りを呆然と聞いていた。そして、やがて、腹を抱えて大笑いしだした。

「あはははっ！」

な、何事!?

コンラッドは涙が出るほど一頻り笑った後、口を押さえて、僕とテオドアを見た。

「あーあ……。きっと、俺、お前らは人間じゃねえと思ってたんだ。雲の上の存在で、平気で人を貶められるような……そんな敵だと思ってた。だが、あぁ、お前らも人間なんだな……。そんなことも知らずに俺って本当に馬鹿だな……」

コンラッドは立ち上がると、やけにすっきりした顔で、出口に向かっていった。ふと、ちらりと僕を見た。

「……かといって、正直、まだ折り合いつかねえけど……まぁ、頑張るよ……」

そう言って、彼は出て行った。

第四十話　天才は何人いてもいい！

あれから、5ヶ月経った。

入学してから半年、一時はどうなるかと思った前途多難すぎた魔術論だけど、今は上手くいっている。

「コンラッド。教えてー。分かんなーい」

「コンラッド様、御指導お願いします」

僕とエイダンはコンラッドを間に挟んで、机に座り、質問攻めしていた。そのコンラッドは嫌そうな顔をして、僕らの間に挟まっている。

「お前ら、うぜぇ」

「いいじゃん。ほら、持てるものこそ与えるべきとか言うじゃん。君の叡智のお零れくれよ」

「はい、特に今回の課題は難しすぎます。仮定した物理現象と実際に起こる結果が合いません。お願いします！」

「アーシェルはテオドアに聞けばいいだろ！　エイダン、お前は教科書一から読み直せよ」

「だーめーなーの。テオドアに教えてもらうと、教科書以上のこと、教えられるのがオチだから。コンラッドはキチンと教えてくれるし、魔術論はもう完璧にマスターしてるじゃん。本当に凄いよね」

「教科書を一から読み直しても分からないから、聞いているのです。コンラッド様の教え方、ものすごく分かりやすいですし。流石、サックウェル家の魔術師です」

その僕達の言葉に、コンラッドはそっぽを向いた。その耳は赤くなっている。

コンラッドはあの一件以来、心を入れ替えたらしく、真面目に授業を受けるようになった。また、個人的に魔術の研究を始めたらしく、元々出来る人だったのもあって、めきめきと優秀さを発揮している。この前あった定期試験は、魔術関連の授業で、全ての試験で学年1位を取った。凄すぎる……。

コンラッド・サックウェル。

彼は、努力すればする程、花開くタイプだった。

そんなコンラッドと、僕達は色々あったけど、すっかり打ち解けていた。

「つまり、AとBの伝導率を調べて、やればいいの？」

「伝導率だけじゃ意味ねえだろ。ばーか。抵抗も調べてだな」

「コンラッド、グラフが理想の曲線を描きません」

「参考データが違う。やり直せ！」

魔術論の授業はコンラッドの檄が飛ぶ。かなりコンラッド任せになっているが、僕らは切磋琢磨して課題をこなす。そんな僕らに魔術論の先生は満足げに笑う。

先生はコンラッドが元々優秀な人間だったのを知っていたようだった。

「元のコンラッドくんに戻るのを待っていました。天才は何人いても困りませんからね。これでヤンフアンガルも安泰というやつですよ」

その先生の言葉に、「買い被りすぎです……」と言って、コンラッドが耳まで真っ赤してたのを僕は忘れない。

仲良くなってから気づいたけど、彼、いつもクールぶっているけど、実は照れ屋だ。特に褒められると、頑張って冷静を装うけど耳まで真っ赤にして照れる。それを指摘すると、真っ赤な顔で叩かれる。

「つんでれ？　ってやつかもしれない」

「まぁ、確かにそうかもしれないですね」

コンラッドが先生に呼ばれて不在になってる間、僕とエイダンはコンラッドの話で盛り上がっていた。

「コンラッド様、本当に様変わりしましたよね。最初はこんな方だとは分かりませんでした。まさに猫ですね。猫」

「僕、ペット飼ったことないけど、そんな感じするな」

エイダンの中では完全にコンラッドは猫だ。なんでも、最初は威嚇してくるのに、ある日、いつの間にか距離感ゼロになるところが似ているそうだ。

そんな時、ふと、エイダンが僕をじっと見つめていることに気づいた。

「どうした？　エイダン」

「いえ、アーシェル様って不思議だなぁと思って」

「不思議？」

首を傾げる僕に、エイダンは少し照れたように言った。

「アーシェル様は、公爵家、その中でもすこぶる影響力を持つマイナスル公爵家の次期当主、更に、次期国王陛下と目されているレオドール殿下の側近で、第二王子カルロス殿下の婚約者候補、凄く偉い方です。まぁ、婚約者候補なんてあってないようなものですが、テオドア様がアーシェル様にはいますし……。でも、アーシェル様は全然権力を振り翳すようなことはしませんし、むしろ、誰よりも対等に明るく接してくださいます。相手が醜態を晒しても気にしませんし……そのせいか、アーシェル様の傍はとても居心地が良いんですよね。毒気を抜かれてしまうというか……つい気を許してしまうというか……そこが何とも不思議で。なんというか……花のようですよね」

「花？」

「はい。花って目立ちますし色んな存在を惹きつけますが、基本的に嫌いな人いませんよね。雑草は踏み潰されますが、花はどんな花であれ、皆、一歩引く。むしろ、心癒されて摘み取って飾ろうとする。そんな花なんだと思うんです。アーシェル様は」

エイダンはそう語ると、まぁ、容姿的に野花ですけどね。そう小声で漏らした。聞こえてるよ、エイダン……。

でも、花ねぇ……。そうかな……？

そんな僕にエイダンは朗らかな笑みを浮かべた。

「ま、アーシェル様自体は、花よりスイーツでしょうけどね」

「その通り！」

今日のおやつは桃のシャーベットなんだよね！

あー楽しみ!!　桃ー!!


……ん？　そういや、今、気づいたけど、最近、幻聴くん聞かないな？

ま、あの頃色々あったけど、今はまぁまぁいいこづくめだから、幻聴くん聞かなくて当然かも。

このまま幻聴くんとおさらばだといいなぁ。

……と思っていたら。

そいつは穏やかに暮らしていた３ヶ月後、全く嬉しくないことに帰ってきた……。

第四十一話　カルロス殿下の個人的な依頼

学院の食堂は、合計４つある。

１つは職員用。もう３つが生徒用だ。生徒数が多いから、食堂も多いんだよね。北側、東側、南側、それぞれ１つずつあって、食堂によって出す料理も料金も違う。

北側の食堂アダージョは平民に合わせて安価でボリューミー、家庭的な料理が食べられるところ。東側の食堂アンダンテは、サンドイッチなどの平民も貴族も食べられる軽食がメイン。

そして、南側の食堂モデラートは主に貴族向けの高級料理が出る。そして、そこにはスイーツメニューがあり、毎日食堂のシェフが腕によりをかけて日替わり限定スイーツを作っていた。

つまり、南側の食堂モデラートはこの学院での僕の天国っ!!

「んーまーい！」

あぁ、もう至福。

今日の紅茶のシフォンケーキ美味しすぎ!!　紅茶の香ばしい渋みを含んだ豊かな味と香り、そこにも上乗せされるケーキのスポンジのふわふわさと甘い味。そこにとろーりとした生クリームがかかったら、超最高！

んー幸せー！

つい、笑みが零れちゃう。

そんな僕を目の前に座るテオドアが飽きもせず、じっと見ている。ちょっと恥ずかしい……。

「めちゃ見てる……」

「あぁ、すまん。あまりにいい笑顔だったから」

そう言って、テオドアが微笑む。うわ、イケメンの微笑み眩しっ！

思わず、手をかざすと、テオドアがその手を退けた。そして、ごく自然な動作で。

「生クリームついてる」

僕の口元についていた生クリームを自分の指で掬いとると、舌でぺろりと舐めとって食べてしまった。

確信犯的にテオドアは僕に微笑む。な、なんてことしてくれるんだ。思わず、顔が熱くなる。

絶対わざと見せつけてきた……！

しかも、ここは色んな人が集まる食堂の中、テオドアの行動はバッチリ周りにも見られている。あ、ご令嬢が何人か倒れた。他の生徒も顔を真っ赤にする人がいっぱいだ。

テオドア、わざと僕にも周りにも見せつけたな……出会ったばかりの頃は、僕が食べてると、妙に視線を外したりしてたのに、いつの間にか、余裕の表情で大変心臓に宜しくないことをするようになった。うぅ、流石に。

「……て、テオドア、は、恥ずかしい……」

「んー？　でも、美味かったぞ？　ま、お前とのキスの方が上だが」

その言葉に、こちらを実に楽しそうに見つめる愉快犯に、沸騰するくらい赤面するしかなかった。

あ、周囲の人達が悶絶してる。

そんな時。

「……そこにいたか、2人とも」

珍しい。生徒が大勢集まっている食堂の人波をかいくぐって、カルロス殿下が僕らのもとへ来た。

カルロス殿下とは授業が被ることもあるけど、それでも基本的には会わない。理由は単純だ。カルロス殿下がテオドアを避けてるから。

カルロス殿下は本当、テオドアが苦手なんだよね。

そんなカルロス殿下がやってきて、先程までのあまーい雰囲気なんて一瞬で吹き飛び、テオドアは無表情になって殺伐とした雰囲気になり、彼から殺気が溢れる。あまりの温度差に周囲は震え上がった。

グッピーなら死んでるよ、テオドア。

カルロス殿下の顔色が、心なしか青い。

「待て。話を聞け。大体、俺はアーシェルと婚姻なんてするつもりはない」

「そうか。では、さっさと解消しろ」

「いや、それだと派閥が……」

「あ？」

こんな会話が繰り広げられている中、僕は紅茶のシフォンケーキを食べ終える。食べ残したらいけないもんね。

きっとカルロス殿下がテオドアを恐れずに会いに来たということは、余程重要な案件だろう。食堂では話せないかも。

口元をナプキンで拭いて、僕は席から立ち上がった。

「では、場所を変えましょうか？」

そう言った僕に、カルロス殿下は意図を理解したらしい、テオドアから目を背けて頷いた。

「……あぁ、頼む。あと、テオドアを宥めてくれると助かる」

「すみません。怯えるカルロス殿下が面白いので、無理です」

「お前、本当に嫌な奴！」

そう恨みがましい顔つきで僕を見ながら、ふとカルロス殿下が僕にそっと小声で耳打ちしてきた。

「……個人的な願いで来た。頼みを聞いてくれ」

珍しい。カルロス殿下が、僕に個人的なお願いだなんて。今まで政治的なお願いは聞いてきたけど、多分、初めてではなかろうか。

「よろしい聞いてやろう有難く思えよ。お礼は日替わり限定スイーツでいいよ」

「何で上から目線なんだよ……。まぁ、良いけど……」

不承不承って感じだったけどカルロス殿下は約束し、僕達は人気がない場所に移動した。当然、テオドアも一緒だ。

着いたのは、学院内にある自習室。小さな個室で、基本的に自習以外では使えないけど、生徒が放課後まで勉強出来るよう常に開かれている。で、この部屋は防音仕様で作られていて、秘密の会話にはうってつけだった。

その自習室で、カルロス殿下は何かをこらえるような神妙な顔つきで、衝撃的なことを打ち明けた。

「……恋をした」

あまりの衝撃に、僕は鳩が豆鉄砲を食らったかのような顔になってしまう。

「貴方みたいな卑屈陰険メガネが!?」

「卑屈陰険とか言うな。あと、俺は別にメガネじゃない。……事実だ。どうしようもなくな」

「いやいや、でも、殿下みたいな性格ねじ曲がったまま矯正不可能まで陥って、顔まで卑屈に歪んでいる人が恋なんて信じられませんよ！」

「お前、喧嘩売ってるだろ」

はぁ、とカルロス殿下はため息を吐いた。僕の隣ではテオドアが興味なさそうに手に顎を乗せて、足を組んで座っていた。

「で、お前が恋したから何だってんだ。俺達をそんな報告の為だけに呼んだのか？」

「辛辣……」

テオドア、基本的に興味がないことには非協力的だからな。ま、だから、カルロス殿下は僕も連れてきたんだろう。

だって。

「殿下、もしかして恋愛相談ってやつで僕らを呼んだのでは？　だって、殿下の周りでマトモに恋愛してるの僕らだけですし」

そう僕が言うとカルロス殿下は強く頷いた。

「そうだ。……俺の周りで相談出来そうなのがお前らしかいなかった。侍従達は歳がいってるし、他の友人は政略的な婚約ばかりで、まともに恋愛している奴はいない。まだそんな年齢ではない弟と初恋を拗らせている兄上は言語道断だ。……非常に不服かつ不満なことに、お前らだけだったというわけだ」

なるほど、分かりやすい。ま、普通、貴族で恋愛なんて珍しいからね。この学院生活で恋愛に目覚めた人もいるらしいけど、多分、貴族らしい貴族しかいないカルロス殿下の周りじゃまだいないだろう。

けど、堅物陰キャ顔だけ王子様なカルロス殿下が恋かぁ……。

「アーシェル、また失礼なこと思ったな」

「ナニモオモッテマセーン！」

「はぁ、まぁいい。人選ミスなのは百も承知だ」

「逆に言えば、人選ミスだろうが、頼らざるを得ないくらい切羽詰まっているんですね。藁にもすがる思いで、僕らを選んだと」

「まあな。理解が早くて助かる。俺の話を聞いて、アドバイスが欲しい」

そう言うと、カルロス殿下は淡々と話し始めた。

「あれは、入学式の……」

「え？　そんな前から話し始めるんですか？　僕らどのくらいカルロス殿下の話を聞かされるんです？」

「黙れ。限定スイーツ要らないのか」

「はい！　聞きます！」

……カルロス殿下は淡々と話し始めた……。

side 41.5　カルロスの初恋（カルロス視点）

あれは入学式の日……。俺はあの子に出会った。

正直、その時は気になるぐらいだったんだが、その後、色々あって……。

今はランチする仲になった。

え……色々端折り(はしょり)すぎだと？　全部話したら、この後、8時間は……そう、聞かないでおくか。いつか聞いて欲しいものだが……。

とにかく話を戻そう。


この学院に入学してから、俺と彼は偶然、会うことが多かった。

転んだ彼を助けたり、中庭で彼が猫を助けているところに出くわしたり、忘れ物した彼に物を貸したり……そんな中で、少しずつ仲良くなってな。定期試験の時には図書館で一緒に勉強したんだ……そして、今はランチを共にしている。

東側の食堂。そこで俺たちはサンドイッチを買って、いつもそこのテラス席に並んで座って食べるんだ。

あそこは人も少なくて、王子の俺を気にする人もいない。

実に穏やかな時間を過ごしている。


彼はいつも独りでな。

人見知りでなかなか友人も出来ないらしくて、昼食も1人で食べていて、見かねた俺が一緒にどうかと誘ったんだ。それで彼は喜んで……今、毎日会っている。

彼、控えめでお淑やかで……笑うと凄く可愛くてな……本当に考えるだけで胸が高揚する。これを恋と言わずしてなんという！

だが、どうしても気持ちを告げるのは、はばかられる。初めてのことに今までの経験をフルに使っても、緊張からか、言葉に出来ない。

だから、友人以上の関係になれなくて……それだというのに、最近、彼の周りには俺以外の男が来るようになって……。どう見ても平民なんだが、彼にプレゼントを贈るような仲になっていて……正直、焦りを感じている。


カルロスはそこまで話して、目の前を見る。

意外にも真剣に聞いているアーシェル。予想通り、興味の欠片もないらしく余所見しているテオドア。

カルロスはずっと疑問に思っていた。

この2人はどうして恋人同士になったのか。テオドアをマイナスル公爵家が引き取ってから、いつの間にか2人は付き合っていた。

アーシェルはともかく、テオドアはこの容姿にあの才覚だ。引く手あまただったろう。想像に難くない。実際、モテるという話も聞いたことがある。しかし、テオドアが選んだのは、この腹黒曲者スイーツ馬鹿だ。なんでコイツを？　そして、どうやってスイーツしか目がないコイツに恋愛なんて目覚めさせた？　カルロスはずっと疑問だった。

同時に、その手腕が欲しい、とカルロスは思った。

「お前ら、どうやって恋人になった？　真似出来るものならしたい。俺はあの平民の男より先に彼を手に入れたい」

そうカルロスが聞くと、面倒くさそうに投げやりにテオドアが答えた。

「離宮に監禁して閉じ込めれば？」

「おい、それは兄上じゃないか！　テオドア適当に答えるな」

全く……。テオドアはアーシェル以外どうでも良いと思っている節がある。アーシェルがスイーツに目がないのと同じように、彼はアーシェル以外眼中にない。……はぁ、困る。

そんなテオドアとは逆に、そのアーシェルは真面目に考えたようだ。

「そうですね。とはいえ、僕らはお互いいつの間にか好きになったって感じなので参考には出来ないと思いますけど……でも、僕は、その、意識させられて、惚れるしかなかったというか、テオドアに惚れさせられたというか……」

話すうちに、どんどんアーシェルの頬が朱に染まっていく。いつもは憎まれ口を叩く腹立つ彼が、急に恋する少年になる。

……こ、恋ってこんなに人を変えるのか……。

カルロスは衝撃を受けた。

アーシェルは当時を思い出したらしく、酷く赤くなった頬を両手で押さえて、カルロスからもテオドアからも視線を逸らした。

「その……テオドアはモテるから、つい嫉妬しちゃったこともあって、独占欲とか抱いちゃって……そこからは好きになるしかなくてですね！　ま、まぁ、その、カルロス殿下もですよ。まず、相手に自分を好きになってもらうっていうのはどうでしょう？　ライバルがプレゼントを贈るならこっちもプレゼントで返したり、街にデートとか行ったり……僕らもそーいうこととして今がありますし、告白はまだ早いかと！」

　アーシェルは照れでいっぱいいっぱいになりながら、そうカルロスに説明する。そんな様子から、今までテオドアとどれだけ甘い生活をしていたか分かる。

　……実際、先程までの面倒くさそうな表情とは打って変わって、そんな真っ赤になったアーシェルに気づいたテオドアは飢えた肉食獣のように目を光らせ、舌なめずりしていた。

「なぁ、アーシェル、もう家に帰っていいか？　カルロスなんて放ってさ」

　そんなテオドアに、家に帰ってから、何されるか分かったのだろう。アーシェルは茹でダコのように真っ赤になった顔を隠すように俯いた。

「ダメ！　今帰ったら……僕、死んぢゃう」

「死にはしない。窒息するかもしれないが」

「テオドア！」

　ダメダメとアーシェルは首を横に振る。かなり恥ずかしそうだ。しかし、何処か満更でもなさそうなのは、カルロスでも分かった。

　恋、恐るべし。カルロスの前では余裕を崩さないあのアーシェルでさえもここまで変えるのか。

　同時に、カルロスはあの片想いする彼とこういう関係になりたいと、心の底から思った。

　穏やかに笑う彼が、顔を赤らめながらカルロスを熱っぽい目で見てくれたら……。

「良いなぁ……」

　だが、カルロスでは恋愛経験値が低すぎる。現状、友達以上になれていないし、向こうからしても、友達以外の何物でもないだろう。彼を好きにさせるなど、まだまだ遠い道のりだ。

頼るか……。カルロスは意を決した。

目の前にいる2人は、恋愛のプロでもないが、カルロスよりは詳しい。

カルロスは姿勢を正し、改めて、目の前で未だ帰る帰らないと痴話喧嘩し、甘い空気を漂わせてイチャイチャしているカップルを見た。

「正式に協力要請したい」

「へ?」

カルロスの言葉に素っ頓狂な声をアーシェルは出す。カルロスはそんなアーシェルを見据え言った。

「俺のサポートを頼む!!」

「えええええええええええ！　面倒くさ!!」

アーシェルはあからさまに嫌そうに表情を歪めるが、カルロスには奥の手がある。

「……俺と彼が両想いになるまで、限定スイーツ、俺の奢り」

「了解です！　全力でサポートさせていただきます!!」

こうして、アーシェルはカルロスに協力することになった。限定スイーツは魅力的すぎた。

「ああ、それで相手の方、なんて名前で？」

「デイビッド・クライナ。同じ1年生だ」

「……デイビッド……」

その名前にアーシェルは何故か考え込み始めた。

「どうした？　アーシェル」

「いえ、どっかで何回か聞いたなぁと思って、でも、思い出せないな……」

アーシェルは首を傾げる。

……アーシェルはすっかり忘れていた。彼が魔術論で出禁にされた生徒で……あの時、自分の前でテオドアに告白してきた人物の名前なのを。

第四十二話　ラファエロとの遭遇

翌日、僕とテオドアは東側にある食堂アンダンテに来ていた。カルロス殿下からの依頼である。

カルロス殿下がデイビッドのハートを射止めるお手伝いに駆り出されたわけだけど、デイビッドのことを僕らは全く知らない。デイビッドをこの目で見る為にここに来た。


女装して。


黒髪のかつら、メイド服、瓶底メガネ……それらを着けて、僕はここに来た。どう見ても冴えない女の子のウェイトレスだ。ちなみにテオドアは変装してない。僕だけだ。

「なぁ、お前の変装、意味があるのか」

「意味あるとも！　テオドア！　魔術は学院では基本的には使えないからね。魔術で盗聴も透視も出来ない。だから、メイドに扮してカルロス殿下とデイビッドに近づくんだよ！　ウェイトレスなら、こっそり近づいて話も聞けるし！」

ちなみに最初はウェイターの変装しようとしたら、学院のウェイターは身長170cm以上ないとなれないらしく、身長が伸び悩んでいる僕は出来なかった。結局、女装してウェイトレスに扮することにした。

とは言っても、僕は、女装に抵抗はないいんだよね。スカートがすんごいヒラヒラする以外、特に問題ないし、意外と、結構楽しい。テンションあがーる！

「いえーい！　テオドア可愛いー？」

「………………」

テオドアは無言無表情で僕のスカートをめくった。スカートの下は当然、半ズボンだ。僕、女の子じゃないから、ショーツ1枚でスカートとか無理だもん。なんでめくったんだろ？　それにテオドアが不満げに目を細めて、舌打ちした。

「アーシェル、今度、覚悟しとけよ」

「何の!?」

　そんな会話をしつつ、僕は働くメイドに交じって、カルロスとデイビッドの方に向かう。ちなみに、カルロス殿下と食堂の人達には女装した僕が来ることは既に伝えている。だから、誰も気に留めることもない。

　テオドアには店の奥で、控えてもらっている。

　ちなみに今日、テオドアについてきてもらったのは、実を言うと、カルロス殿下の恋とは関係ない別件の為だ。その別件をテオドアに任せて、僕はテラス席の掃除に行く体で、カルロス殿下とデイビッドのもとへ行く。

　テラス席にはそこそこ人がいる。皆、食事しながら勉強道具を広げていた。そんな中、カルロス殿下とデイビッドは、人気のないテラス席の隅の方にいた。

　雑巾片手にデイビッドをちらりと見る。

　ほーん、カルロス殿下の隣に座るヘーゼル色の髪の子がデイビッドか……。

　カルロス殿下とデイビッドは2人で和やかに話している。僕はテーブルを拭く振りをしながら聞き耳を立てた。

「今日は本当にありがとうございました。物理、苦手で……」

「いや、君の為だ。俺が教えられることなら、是非協力させてくれ」

「……ありがとうございます。僕、カルロスがいなかったら、授業で孤立してましたし……」

「他ならぬ君の為だからな」

　そうカルロス殿下が言うと、デイビッドは嬉しそうに笑った。

　……前にカルロス殿下から聞いていた通りだな。

　デイビッドはパッと見、地味な印象の子だった。話し方からするに、控えめで大人しい性格。あまり積極的な人間ではなさそうだ。

だけど、デイビッドはそのカルロス殿下の隣で本当に嬉しそうに笑っている。カルロス殿下に気を遣って笑ってる風ではない。楽しそうだ。

そんな時だった。食堂の外からテラス席に乱入してくる人間が来た。なんと彼は大胆に和やかに過ごす2人に割って入ってきた。

「やぁ、デイビッド」

その人にカルロス殿下は顔を歪め、デイビッドは困ったように笑った。

明朗快活な雰囲気のその青年は、鮮やかな赤毛に、タレ目な赤紫色の瞳、そして、テオドアには及ばないけど、かなり端整な顔立ちだった。なかなかの美男子。ただ、何故だろう……雰囲気が物凄くチャラい。途轍もなくナンパ男の雰囲気をしている。

彼はにこやかに笑うと、デイビッドにプレゼント個装された小さな箱を差し出した。

「いつも頑張っている君にプレゼント！　さあ、受け取って」

彼がカルロス殿下の話に出てた、デイビッドにプレゼントを贈る男。男の名前はラファエロ・ダリモア。

彼は平民向けの商品で商売しているヤンファンガルの大商会、ダリモア商会の会長の息子で跡継ぎだ。デイビッドとラファエロがどのように出会ったかは謎だけど、ラファエロという人物については、今、学園で知らぬ者はいない。

学院一の好色男。

カルロス殿下から頼まれて、調べたら本当にびっくりした。

ラファエロは一言で言うと陽キャ。彼は性格の明るさと容姿の良さから身分関係なく同級生に人気で、常に人が周りにいるようなタイプだ。

ただ、彼は惚れっぽく好色、とにかく女遊びも男遊びも嬉々とする人間で、貴族平民男女関係なく、気に入ったという理由で人を口説き、また、付き合ってと言われたら誰とでも付き合う。ナンパ男でモテ男だった。

学院で1番恋愛している人間といって過言じゃない。けど、……同時並行で何人も付き合うから、修羅場がかなり多いとの噂だ……。デイビッドが巻き込まれないことを祈ろう。

そんな学院一の好色男からデイビッドはその箱を受け取ると、箱につけられたリボンを外し、箱を開けた。

中には……はっ！　めっちゃくちゃ美味しそうなシュークリーム！　見ただけで分かる。良い焼き色、良いシューのサクフワ具合……絶対美味しい！

しかし、受け取ったデイビッドの表情は何処かぎこちない笑顔だった。ラファエロだけが、にこにこと笑っている。

「どうした？　嫌いかい？」

「……い、いいえ、ありがとうございます」

デイビッドはぎこちなく微笑みながら、箱を閉めてしまう。

「あとで、いただきますね」

「今、食べてもいいのに……」

残念そうにラファエロは笑うと、ふと、僕の方に気づいた。

「へぇ……」

おっと嫌な予感……。

知らない振りして、雑巾片手にテラス席から退散しようとしたけど、ラファエロは後ろから僕の手を掴んだ。そして、手馴れた手つきで、僕の腰に手を回し、くるりとラファエロの方を向かされた。

「ねぇ、ねぇ、君、新顔だよね。初めて見る顔だから、びっくりしちゃった」

そして、僕にしか聞こえない楽しげな小声で奴は言った。

「君、なんで女装してるの？　可愛い……。ねぇ、そういう趣味？　別に俺、嫌いじゃないよ？　むしろ好き。どう？　君のシフト終わったら、お茶しない？」

嘘でょー!?　秒でバレた……！

　とりあえず、僕は瓶底メガネの奥でにっこり笑顔を作り。

「ごめんあそばせ☆　私、他の方にプレゼントを渡したその足で、別の方口説いてくるようなの無理ですの！」

　きらっきらのバリッバリの裏声でそう告げて、ラファエロの脛を思いっきり足で蹴り上げ、盛大に奴をテラス席のど真ん中で無様に転ばせた。

第四十三話　既視感!!

「うっ、ぐっ……」

　脛を蹴られたショックで呻いているラファエロの綺麗な顔は、地面に当たって泥だらけだ。せっかくの美貌も台無しな案件だけれど、部外者の僕が彼と関わっては事態がややこしくなるだけ。というわけで、彼には嫌われた方がマシだ。

　とはいえ、女装がバレたのはまずい。僕はこれ以上、ここにいるのは危険と考えて、振り返らずにその場から出て行くことに決めた。地面にいるソイツから、「え？　ズボン……そこはショーツだろ？」という変態すぎる呟きが聞こえたけど無視。別に減るものでもないし。

　カルロス殿下はともかく、デイビッドは目の前で起こったことに驚いている。若干、その顔が引き攣っているような気もするけど……まぁ、良いか。

僕は何事もなかったかのように雑巾を持って、テラスから出て行った。
その時だった。

はぁ、まじウザイったらない。

めっちゃくちゃ久しぶりに聞きたくない声が脳内に響いた。
嘘だろ!? 幻聴くん! 再来!?

あのナンパ野郎。女装した男子が趣味で、声かける奴は大概女装が似合う奴ばかり、デイビッドに構うのも、デイビッドに女装が似合うからだ。
任務とはいえ不愉快な女装をさせられた僕にまで、欲情しやがって。変態め。

うーわー。久しぶりに聞く幻聴くんの話が、初対面の美男子の性癖の暴露とか、次からラファエロのこと、どんな目で見ればいいんだよ。変態? 変態として見るしかないのか?

しかし、あの野郎、本当、演技下手だな。

は? 演技?
全然そんな感じしなかったけど?

くくっ、演技に見えない演技が下手だなんて笑える……間者だというのに、あれではつまらんな。

間者……? 間者って何!? スパイ!? ちょっと幻聴くん、何を知って……!!

…………。

そんな気になるところで、黙り込むなぁ!

……結局、幻聴くんはめっきり喋らなくなり、僕は着替えてテオドアと合流する頃には、自分でも分かるくらい、妙に疲れて、げっそりしていた。

「テオドア……ただいま」

「何故、そんなに疲れてるんだ」

「……変態野郎と意味深野郎に疲れたの……」

「は？」

そんな時、テラス席の方から、食事を終えたらしいカルロス殿下とデイビッドがやってくる。あの変態……違った、ラファエロはいない。帰ったのかな……？

2人は和やかな雰囲気に戻っており、次の授業、隣同士で座る約束をしている。

ふと、僕の視線に気づいたのか、デイビッドがこちらを振り向いた。

「…………え？」

衝撃を受けたように、デイビッドの目が見開かれる。その視線の先にはテオドアがいる。テオドアは気づいていない……いや、そもそも2人に興味ないらしく、余所見をしていた。

そんなテオドアを見つめたまま、デイビッドは……これ以上ないくらい赤面して、ぱあっと目を輝かせ、あまりにビックリしたのか、あんぐりと口を開けた。

あれ……この風景、凄く既視感がある。

カルロス殿下と僕の目が合った。嫌な予感がする……。

デイビッドは紅潮した頰を左手で押さえながら、テオドアに近づき、そして、僕なんて視界に入ってないとばかりに、素通りして、テオドアの前に立つ。

「あ、あの、あの、あの……！　えっ、ああ、僕、デイビッド・クライナといって、そ、そのその……えっとえーと！　お名前！　何ですか……!!」

思い出した！　デイビッド・クライナ!!

2年くらい前、同じようにテオドアに一目惚れして告白した人……!!

そして。

「は？　興味のない奴に名乗る名前なんてないだろう。帰れ」

テオドアに恋心を瞬殺された人……。

前回と同じようにテオドアはデイビッドを追い返した。

第四十四話　違和感!!

テオドアに、にべもなく帰れと言われ、デイビッドは目に見えて、落ち込んでいる。

そこに慌てて、カルロス殿下が来た。

「デイビッド……。その……とりあえず、行こう……」

「……う、うん……」

カルロス殿下に手を引かれて、デイビッドは出口の方に向かっていく。ちらちらと何度かテオドアの方を振り返るが、テオドアは一度もデイビッドの方を見ず、不機嫌そうに手に顎を乗せて、目を閉じていた。

そんなテオドアと、去っていくカルロス殿下とデイビッドの背を見ながら、僕は内心、軽いパニックを起こしていた。

え？　カルロス殿下が好きなデイビッドは、テオドアに一目惚れした人で、そのテオドアは僕の婚約者……うわぁ複雑……。

カルロス殿下にどう話そう。デイビッドが2年前、テオドアに告白した人だって、しかも、多分、あの感じ再燃した感じじゃない？

……でも、それにしては……。

初めて会ったみたいな反応だったような……。

＊　＊　＊

一方、カルロスもまた内心、混乱と困惑で動揺していた。

隣にいるデイビッドは憂鬱（ゆううつ）そうに目を伏せて、酷（ひど）く悩んでいるようだった。やがて、悲しげに潤んだ目をカルロスの方に向けた。

「……僕、嫌われるようなことをしたのでしょうか？」

そんなデイビッドに、カルロスはぐっと胸が締め付けられた。

……人が一目惚れする瞬間を初めて見た。

カルロスはその事実に頭が痛い。まさか、デイビッドがテオドアに一目惚れするなんて、そんなことが起こるなんて誰（だれ）が予想出来たか。しかも、あの食堂にテオドアが来た遠因はカルロス本人にある。カルロスは頭を抱えたくなった。テオドアのモテ男ぶりを舐（な）めていた。それに尽きる。

カルロスから見れば、理不尽な脅威そのものであるテオドアも、他の人間から見れば、才色兼備の美男子だ。本当に舐めていた。

しかし、デイビッドも運が悪い。テオドアはアーシェル以外に靡（なび）く男じゃない。そんな男に一目惚れとは……不運以外の何物でもない。

落ち込むデイビッドにカルロスはどう声をかけたら良いものか分からない。でも、ここで黙り込むという選択肢はなかった。どうにか彼をフォローしなくては。

「デイビッドの問題ではないと思う。その……デイビッドは決して悪い奴じゃない。彼には既に恋人がいるからな。それに……」

デイビッドには俺がいる、と言いかけたところで、勢い良くデイビッドはカルロスの話を遮った。

「こ、恋人……!?　それってどういうことですか？」

「え？」

話を遮られた……カルロスはショックだったが、耐える。大丈夫だ。まだ伝えるチャンスはある。

気を取り直して、カルロスはデイビッドに向き合う。

「彼の隣にいただろう。アイツが彼の恋人だ」

「……彼が……？」

デイビッドはカルロスから目を背けて、考え込む仕草をする。

「……彼が恋人？　……え？　一体どうなって……予言と違うじゃないか……」

ブツブツとデイビッドは呟いているが、カルロスには分からない。

「デイビッド？」

「あっ、ご、ごめんなさい……。……まさかその……恋人がいたなんて思わなくて……。大丈夫です。今日だけ落ち込んで、明日からは普段通りに戻りますから……」

それっきり、デイビッドは俯いてしまった。

そんなデイビッドに何もしてやれないカルロスは苦く思った。同時に現状に頭が痛くなる。

どうすればいいか分からず、カルロスは頭を抱えた。


（下巻へつづく）

番外編　アーシェル15歳の誕生日

「ふ〜んふ〜♪」

鼻歌歌いながら、僕は机に向かっていた。右手には羽根ペン。左手にはまだ何も書いていない手紙がある。僕は筆を走らせ、丁寧に文字を書く。

「パーティー開くから、誕生日、祝ってくれると、嬉しいな、と！」

そして、書いた手紙を封筒に入れた。ふふっ。

実は、一ヶ月半後に僕の誕生日パーティーをする予定だ。今、僕はその招待状を書いていた。友達に親戚に、知り合い！　皆呼んで盛り上がるぞー！

そうして鼻歌を歌いながら手紙を書いていると、部屋の扉が軽くノックされた。

「アーシェル。入るぞ」

入ってきたのはテオドアだった。

テオドアは入るなり、僕の机の上にある手紙の束に目を見張った。

僕の机の上には、まだ何も書かれていない手紙が封筒とセットで平積みされて塔のようになっている。

「招待状か、何枚あるんだ、これ……」

「うーん。分かんないけど、招待する人達が100人くらいいるから、それくらいはあるかな？」

そうテオドアに説明して、ふと気づく。そういや、テオドアが僕の誕生日パーティーに参加するの初めてだ。そっかー！　初めてか！

「テオドア、僕の誕生日、見ての通り、いっぱい色んな人が来るんだ！　いつも賑やかだし楽しいんだよ！　楽しみにしててね」

「……へえ、色んな人が来る、ねえ……」

すると、何故かテオドアは眉間に皺を寄せて招待状に書かれた宛名を1枚1枚眺め始めた。そんなテオドアに僕は首を傾げる。どうしたんだろ？

「テオドア？」

「……コイツらはみんなお前のダチ？」

「うん友達。みんな良い人達だよ？　どうしたの？」

「……いや、別に」

そう言って、テオドアはすっかり黙ってしまった。

んー？　知り合いでもいたのかなぁ？　何だか考え込んでいるみたいだけど。


その数日後、テオドアは小さな箱を持って、僕の部屋にやってきた。

その表情はとても真剣で、有無を言わせない迫力があった。しかも、何故かテオドアはやってくるなり僕を抱えて、膝に座らせた。

な、な、なんで？

「テオドア、突然、何!?」

戸惑う僕。でも、テオドアは全然説明してくれない。どころか。

「アーシェル、耳、出せ」

「み、みみ？」

なんで、耳!?

「ああ、左でも右でもいい。耳、出せ」

「わ、分かった」

髪をかき上げて差し出すようにテオドアの前に耳を出すと、テオドアは小さな箱を開けた。

中に入っていたのはイヤリング。一見すればピアスにも見える随分シンプルなデザインの銀のイヤリングが2つある。よく見れば、それぞれ青と緑の小さな宝石が嵌め込まれていた。

テオドアは箱から青い……丁度テオドアの瞳と同じ色の宝石がついたイヤリングを取り出した。

察した。テオドア、僕とペアでイヤリングをするつもりだ。でも何も言わずになんで？　あと、この何も言わせない雰囲気、怖いんだけど。

そんな僕にテオドアはニヤリと口角を上げた。

「立場はしっかり分からせないとな」

そう言って、僕の耳に青い宝石のイヤリングをつけ、自分の耳には緑の宝石のイヤリングをつけた。


パーティー当日。

友人の1人が僕の耳にあるそのイヤリングと、少し離れたところにいるテオドアの耳のイヤリングを交互に見て、物凄く遠い目をした。

「なぁ、アーシェル、お前の弟さ。もしかして、独占欲塗れの凄く嫉妬深い面倒くさいタイプ？」

「ん？　どういうこと？」

そう聞かれて僕は首を傾げた。

結局、あれからイヤリングの理由を聞けなかったんだよね、僕。外すのも憚られて、常に身につけている。それがどうしたんだろう？

そんな僕にため息を吐いた。

「はあ……やっぱり知らなかったか。お前、弟の瞳の色のイヤリングつけてる今、弟の恋人って周囲に触れ回ってるようなもんだぞ」

「ええ!?」

思わず、ぽかんと口を開ける。

テオドアの恋人って触れ回ってる!?　へ？　どういうこと!?

友人は驚く僕に呆れた目を向けた。

「今、騎士連中を中心に広がっている流行りでさ。恋人同士が瞳の色の宝石がついたイヤリングをお互いの片耳につけて、恋人同士であることを周囲にさりげなく見せつけてアピールするんだ。このさりげなさが粋だって巷で流行ってる」

「え、嘘。ほ、本当に!?」

テオドアの恋人なのは本当だけど、まだカルロス殿下との婚約者候補の件がどうなるか不透明なのに！　テオドアの恋人ってことになってる!?

だからか！　だからテオドア、理由を言わなかったのか！　僕がまだ時期じゃないって止めると思ったから、説明しなかったのか！

でも、正直、満更でもない。それは否定出来ない。本当は怒らなきゃいけないんだけど、さりげなくでも恋人だと周りに言いたいと思ってくれたテオドアの気持ちが凄く嬉しい。

思わず赤くなる僕に、友人は「マジでそういう関係かよ……」とボヤいた。うっ、嬉しい気持ちに蓋をして本当はポーカーフェイスでも浮かべなきゃいけないんだけど、こればかりは嘘がつけない。

そんな僕に彼はまたため息を吐いた。

「それは別にいいけどさ。1つ、オメでたい恋愛脳に補足してやるよ。恋人同士って意味だけじゃなくて、恋人関係で、尚且つ、誰も手を出すなとか、出したら潰すとか、そういう殺意満々な意味だぞ」

「へ?」

それってつまり……。

「僕、もしかしてとんでもないことしてる?」

「無知は良いよな。平気で随分なやらかし出来て」

「それ、どういう意味!?」

思わず詰め寄る僕に彼は肩を竦めた。

「まぁ、お前と弟がそういう関係なら、結果的にいいんじゃねぇの? 今回のパーティー、お前に弟を紹介してもらおうと思ってた連中もそこそこいるし」

「え、そうなの? ……いや、確かにそうだよね」

言われてみれば、確かにテオドアを狙ってる人は多いだろう。テオドアは今や時の人だ。有望株で超イケメン。誰もほっとかないし、誰もが欲しがる存在。しかも、表向きとはいえ、テオドアには婚約者がいない。

納得する僕に彼は言う。

「お前の弟と良い意味でも疾しい意味でも関係を持ちたい連中は腐るほどいる。だが、あのマイナスル公爵家のお前が、知らなかったとはいえ、潰すなんて言ったら、そりゃあ誰も手出さなくなるよな」

僕を通してテオドアと知り合えたら良いなと思ってる人はこの中にいっぱいいるだろう。

けれど、マイナスル公爵家次期当主の僕が手を出さないでって言えば、恋人になろうなんて皆思わない。その点、ライバルからテオドアを守れるし、いい牽制になる。でも！

「ねえ、殺意ヤバイ脅しじゃないか！　それ！」

物騒すぎ！　潰すって！　僕、テオドアにモーションかけてくる人がいても、そんなことやるつもりないよ！　恋人関係をさりげなく公表できるのは嬉しいけど、殺意を持ってるとか思われたくない！　特に今日のパーティー、仲のいい人しかいないのに！

「は、外すかつけておくか悩む……」

「諦めてつけとけよ。それにお前の性格を知ってる奴なら、潰すなんてしないって分かってるさ」

「うぅ、それなら良かった。親しい人に誤解されたくないもん……」

「まぁ、だからこそ、お前の弟がヤベェ奴だってことになるんだが」

「あ」

そう気づいた瞬間、僕は背後から抱き寄せられた。もちろん、犯人はテオドアだ。

「て、テオドア！」

噂をすれば影だ。話し込む僕を見かねて来たらしい。テオドアは無言で僕を抱きしめ友人を見据え……いや、睨んだ。察しのいい友人は僕にヒラヒラと手を振って逃げるように去っていく。

「じゃ、アーシェル、俺は命が惜しいからこれで。誕生日おめでとう……そして、ご愁傷さま」

「ちょっと！　それどういう意味!?」

戸惑う僕を置いて友人が立ち去ると、先程とは打って変わって、テオドアは今にも鼻歌でも歌い出しそうなくらい機嫌良く微笑んで、僕をズルズルと引き摺るように会場から連れ出した。

人気のない会場の裏手の方までテオドアに連れてこられる。そして、その途端、僕は壁際まで追い詰められ、テオドアは僕の顔の横に手をついて、完全に僕の逃げ道を塞いだ。か、壁ドン……！

「アーシェル、効果あったか？」

「い、イヤリングのこと？」

「あぁ」

　そりゃあもう、効果抜群。

「で、でも、相談してよ。びっくりしたじゃないか。それに、テオドア、勘違いされちゃっていいの？　ヤバイ人だと思われちゃうよ？」

「むしろ、それでいい。狙（ねら）い通りだ」

　え!?　狙い通り？

　驚く僕を更に追い詰めるようにテオドアがジリジリと迫ってくる。近い！

「お前が出していた招待状。あの中に、知り合いがいてな。いたくアーシェルを気に入っている奴なのは知っていたから、しっかり立場は見せないといけないと思ったんだ。アーシェルには俺がいる、と」

　お前には俺がいる。で、手を出したら潰す。ひゃぁ……その人に殺意満々じゃないか。

　不意に、テオドアの手が僕のつけてるイヤリングに触れる。その確かめるような手つきはついでに僕の耳をやわやわと触ってきて、僕は真っ赤（まか）になるしかなかった。僕、耳が弱いんだって！　その触り方、変な気持ちになる！

「ふっ、ひぁ、うっ、テオドア、や、やめて」

「やめてっていう顔じゃないんだが」

　真っ赤になる僕をじっと見つめるテオドアは随分楽しそうだ。ぐっ、このドS楽しんでる。やっとテオドアが手を放した時には僕は息が上がっていた。そんな僕にテオドアはそっと耳打ちしてきた。

「パーティー終わったら、続きしような」

　そして、恋人の証（あかし）である僕のイヤリングにキスを落とした。

　甘すぎるそのキスに僕の頭は真っ白になった。惚（ほう）けたまま動けないでいる僕に、テオドアは微笑んだ。

「誕生日おめでとう、アーシェル」

　そう言い残して颯爽（さっそう）と会場に戻っていく。そんなテオドアの背を遠くに見ながら、僕はへなへなと腰が抜けて床に座り込んでしまった。

「あーもーなんてことしてくれたんだ！　テオドア！」

　この後、どうにかパーティー会場に戻ったけど、しばらく僕の顔から赤みが引かなくて、散々友人にからかわれた。でも、そんな僕を見て、招待した人達は察したようで、僕にテオドアを紹介してもらおうとする人は出なかった。もちろん、僕に声をかける人も。

　でも、僕は全くパーティーに集中出来なくなった。頭の中はさっきのテオドアのことばかりだ。

　イヤリング越しのキスの感覚が耳元に残って離れない……仄(ほの)かに残るそれに胸が高鳴ってしまう。

　きっとテオドアはこのイヤリングに、周りに僕達の関係を伝える以外に、僕だけに向けて他の意味も持たせている。けれど。

「イヤリングなくても、余所見(よそみ)しないし、ちゃんと分かってるよ、僕」

　テオドアはちょっと独占欲強めで強引で最近意地悪で、でも、僕を誰よりも想(おも)ってくれて大切にしてくれる人……言われなくたって、そんな人……。

「15歳になってもそれからもずっと好き」

　耳が熱い。きっとそれはさっきのキスだけじゃない。15歳の誕生日、僕はこんなに愛されて幸せ者だ。

　こんな誕生日が毎年ありますように。

　そう僕は願わずにいられなかった。

無視し続けた強制力曰く、僕は悪役らしい。上

2021年4月1日　初版発行

著者　パルメ

発行者　青柳昌行

発行　株式会社KADOKAWA
〒102-8177
東京都千代田区富士見2-13-3
電話：0570-002-301（ナビダイヤル）
https://www.kadokawa.co.jp/

印刷所　株式会社暁印刷

製本所　本間製本株式会社

デザインフォーマット　内川たくや（UCHIKAWADESIGN Inc.）

イラスト　鈴倉 温

初出：本作品は「ムーンライトノベルズ」（https://mnlt.syosetu.com/）掲載の作品を加筆修正したものです。

ISBN：978-4-04-111282-3　C0093　　Printed in Japan